全新開始
學日語文法
JAPANESE GRAMMAR FOR EVERYONE

全MP3一次下載

http://www.booknews.com.tw/mp3/9789864543106.htm

透過耳朵來學習的話，連文法也能輕鬆學好！

用聲音來學文法的話？一舉兩得！

大部分人都認為文法要透過閱讀來學習，但這種學習方法會導致文法、聽力和會話全都要個別學習，因為在學習過程中沒有豎耳傾聽的話，就算聽到已經認識的文法也很有可能聽不懂。準備考試時亦是如此，大部分人會先透過閱讀文法書來補充知識，再另外進行聽力訓練。不過，若是能從一開始就透過聲音來學文法，就能同時學好文法和訓練聽力了。這種學習方法不僅可以節省花在學習方面的時間，也不會發生明明知道該文法卻聽不懂的鬱悶情況。學習任何新事物都是如此，刺激越多則記憶越深刻。學習文法時亦然，學習時一邊用眼睛看一邊動手書寫的話，只能獲得來自視覺與手的觸覺刺激，此時若搭配本書提供的音檔，就能多感受到聽覺刺激，若能一邊聆聽一邊跟著唸，還能獲得來自嘴巴的觸覺刺激。意即這種學習方法可以提供三種感官刺激，而且觸覺刺激還包括了手和嘴巴，學習起來自然記得更加清楚。除此之外，透過閱讀來學習時一定要坐在書桌前，但透過聲音來學習的話，即使外出也能學習，因為只要邊聽邊跟著唸就行了。

學習文法的同時也整理好1700多個必修單字

在學習日語初級文法的過程中，必須認識的單字超過1500多個。若只挑選出容易造句的簡易單字來編撰內容的話，那麼此書使用的單字就容易有所侷限。為了讓讀者在學習文法的過程中也能學會必修單字，本書採用超過1700個的各種單字來編寫例句。不僅能學好文法，還能認識單字，沒有比這本能一箭雙鵰的書更好的學習書了！

體驗自然而然反覆學習的效果

無論學習任何事物，複習都非常重要，學習日語時當然也是如此。即使是母語，不使用的話也會想不起來，複習對於外語的重要性自然更是不言而喻。本書主要是由詞性和活用形態來組成，舉例來說，前面先學「為了（名詞）…」句型，後面接著又會學到「為了（動詞）」句型，藉此達到反覆學習的效果。此時，介紹此名詞句型時會標示對照參考應的動詞句型所在頁數，後面在介紹此動詞句型時亦會標示對應的名詞句型所在頁數，所以一時想不起來或想複習時可以馬上進行確認。除此之外，本書還以動詞活用形態為基礎來整理各種句型，所以可以持續用一個活用形態來練習，達到反覆學習效果，練習變得更輕鬆，印象也更為深刻。

不知不覺地連片假名都學會了

常聽到學習者抱怨再怎麼背誦也背不熟或是一直搞混片假名，這是因為片假名要經常接觸才背得起來。本書的例句使用了各種外來語，所以能藉著這些例句來多接觸片假名。

透過動詞活用書寫和整理表來進行的完美複習

利用本書書末的五段動詞、一段動詞、不規則動詞的活用書寫表格來整理各類動詞活用形態的話，困難的動詞活用變得容易，整理內容也更為確實。

藤井麻里

一起愉快地學習吧…

《照著做就對了—日語文法》學習計劃表

我們為了利用本書學習日語的讀者們規劃了兩個月（八週）讀完此書的學習計劃表。每個人的學習時間跟日語程度都不盡相同，也可自行依照個人情況來規劃適當的學習計劃表來閱讀此書。

			課文學習進度		
第一週	星期一	星期二	星期三	星期四	
第一堂	01 認識名詞 本書：20-28頁	02…03 認識形容動詞、形容詞 本書：29-48頁	04 認識動詞——段動詞 本書：49-56頁	05 認識動詞—五段動詞 本書：57-68頁	
第二週	星期一	星期二	星期三	星期四	
第一堂	07…08 五段動詞在a段音上的變化 本書：78-86頁	09…10 五段動詞在a段音上的變化 本書：87-97頁	11五段動詞在i段音上的變化…13五段動詞在u段音上的變化 本書：98-106頁	14…16五段動詞在e段音上的變化 本書：107-117頁	
第三週	星期一	星期二	星期三	星期四	
第二堂	19 必背的助詞…20 意義多元的助詞 本書：130-147頁	21 語尾助詞…22 其他的助詞 本書：148-159頁	23 必背的疑問詞…25 用於名詞之前的疑問詞 本書：162-166頁	26 必背的副詞 本書：168-174頁	
第四週	星期一	星期二	星期三	星期四	
第二堂…第三堂	28 以そ開頭的基本連接詞…29 其他的基本連接詞 本書：184-192頁	30 修飾名詞的方法…31 名詞和形容動詞、形容詞的て形 本書：196-202頁	32…33 把形容動詞、形容詞變成副詞、名詞的方法 本書：203-209頁	34 把形容動詞、形容詞變成動詞…35 把動詞變成名詞的方法 本書：210-216頁	
第五週	星期一	星期二	星期三	星期四	
第三堂…第四堂	38 表示授受關係的句型 本書：232-240頁	39 自動詞與他動詞 本書：241-242頁	40 連接名詞的句型 本書：248-260頁	41 連接形容動詞、形容詞的句型 本書：261-263頁	
第六週	星期一	星期二	星期三	星期四	
第四堂	43 動詞變化—否定形 本書：278-291頁	44 動詞變化—使役形 本書：292-294頁	45 動詞變化—ます形(1) 本書：295-310頁	45 動詞變化—ます形(2) 本書：295-310頁	
第七週	星期一	星期二	星期三	星期四	
第四堂	47 動詞變化—推量形 本書：321-323頁	48 動詞變化—て形(1) 本書：324-352頁	48 動詞變化—て形(2) 本書：324-352頁	48 動詞變化—て形(3) 本書：324-352頁	
第八週	星期一	星期二	星期三	星期四	
第四堂	50 連接所有詞類的句型—假設句型 本書：362-376頁	50 連接所有詞類的句型—假設句型 本書：362-376頁	51 連接所有詞類的句型—常體說法(1) 本書：377-401頁	51 所有詞性都有的變化—常體說法(2) 本書：377-401頁	

週末複習進度		
星期五	星期六	星期日
06 認識動詞—不規則動詞 本書：69-76頁	1. 複習本週學到內容 2. 若仍不熟悉動詞變化，請利用本書的附錄—動詞活用整理表來進行複習 本書：416-419頁	
星期五	星期六	星期日
17 五段動詞在o段音上 的變化… 18 五段動詞 的另一種變化 本書：118-126頁	1. 複習本週學到內容 2. 若仍不熟悉動詞變化，請利用本書的附錄—動詞活用整理表來進行複習 本書：416-419頁	
星期五	星期六	星期日
27 意思與用法相近的 副詞 本書：175-182頁	1. 複習本週學到內容 2. 請試著遮住日語或中文來進行複習，藉此釐清各助詞的用法和差異 本書：159頁	
星期五	星期六	星期日
36 接頭詞與接尾詞 37 存在句 本書：217-231頁	1. 複習本週學到內容 2. 請試著將中文翻成日語，藉此釐清日語的連接詞 隨身文法複習冊：35-37頁	
星期五	星期六	星期日
42 可接名詞和形容動詞、 形容詞的句型 本書：264-276頁	1. 複習本週學到內容 2. 翻閱本書附贈的隨身小冊中的「38. 表示授受關係的句型」，試著將中文翻成日語 隨身文法複習冊：44-46頁	
星期五	星期六	星期日
46 動詞變化—辭書形 本書：311-320頁	1. 複習本週學到內容 2. 翻閱本書附贈的隨身小冊中的「45. 連接動詞的句型—ます形」，試著將該章節的中文翻成日語 隨身文法複習冊：58-61頁	
星期五	星期六	星期日
49 動詞變化—過去式 本書：353-360頁	1. 複習本週學到內容 2. 翻閱本書附贈的隨身小冊中的「48. 連接動詞的句型—て形」，試著將該章節的中文翻成日語 隨身文法複習冊：65-74頁	
星期五	星期六	星期日
52 連接所有詞類的句型— 敬語 本書：402-413頁	1. 複習本週學到內容 2. 翻閱本書附贈的隨身小冊中的「52. 連接所有詞類的句型—敬語」，試著將該章節的中文翻成日語 隨身文法複習冊：86-88頁	

本書結構

主題文法 ●

每章都有一個主題文法，以下再細分與其同類的其他文法以供學習。

跟著做就對了 ●

說明各種句型，且每個句型都會提供練習的機會。請在聆聽題目後立刻試著造句，隨書附贈的音檔也會播放正確答案。所有練習題的答案都收錄在書後附錄內。（因本書是文法書，故全書例句中文處多採字面直譯，以便讀者習慣以日語結構造句的概念）

關於MP3 的聽力訓練
隨書QR圖處附上線上音檔，皆能隨刷隨聽，最好能同時搭配隨身小冊一起學習。

稍等一下！ ●

挑出一般學習者常弄錯的部分和背下來可提升實力的內容，並以容易理解的方式進行說明。

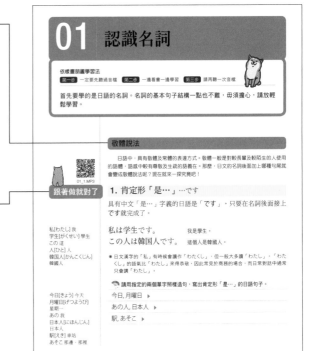

日本概述

日本人稱「生日」為「誕生日」？

「生日」翻成日文是「誕生日[たんじょうび]」。日語「生日」的敬體說法是在前面加上「お」，即「お誕生日[おたんじょうび]」。

有些人對於孩子的年齡會算虛歲，所以出生時就算1歲，因人而異。但在日本來說，一般是算0歲，要到滿周歲時才算1歲。「虛歲」的日語是《数え年[かぞえどし]》。如上所述，因為在台灣每家的計算方式各有不同，但日本普遍是等到生日那天才會多1歲，所以跟日本人聊到年紀時，注意不要誤會對方的年紀囉！

除此之外，日本人也不看農曆生日。日本人幾乎不使用農曆，所以月曆上也大多不會標示出農曆日期。

對了！生日時要唱生日快樂歌吧！中文是這樣唱的－「祝你生日快樂～ 祝你生日快樂～」。日本人在生日時也會唱這首歌。你知道生日快樂歌的日文版歌詞嗎？日本人是直接唱日式英文的歌詞－「ハッピーバースディトゥーユー」。

另外，在日本一般來說慶生時壽星本人也不用出半毛錢，而是由前來慶生的人一同出錢款待。想交到一個日本好朋友，這些文化的小細節都不要忽略掉囉！

日本概述
親切且詳細地介紹跟書中日語例句的內容有關的日本文化。

奠定實力 | 請將下列句子翻成日語（敬體說法） | 正確答案在本書第424頁。

我是學生。
▶

那個人是外國人。
▶

這個人不是韓國人。
▶

奠定實力
為了確認是否已正確理解該課講述的文法而安排的題目。透過這些題目，可一邊複習前面學到的內容一邊奠定實力。答案收錄在書後附錄內。

挑戰長文 | 請試著先聆聽音檔來熟悉內容，練習聽力。

私は来年の3月に韓国へ行きます。日本人は韓国の食事で困る人が多いと聞きました。でも、私は辛い食べ物も好きですし、キムチや焼き肉なども大好きですから、食べ物は心配ありません。

来年[らいねん]明年 3月[さんがつ]三月 韓国[かんこく]韓國 行く[いく]去 日本人[にほんじん]日本人 食事[しょくじ]用餐 困る[こまる]困擾 聞く[きく]聽 辛い[からい]辣 好き[すき]喜歡 焼き肉[やきにく]烤肉、燒肉 大好き[だいすき]非常喜歡 心配[しんぱい]擔心

158 第二章 ● 點繪句子的詞類故事

挑戰長文
聆聽並閱讀日文長篇文章。要多接觸長篇文章才能提升實力。除了該課學到的內容之外，也能同時複習到以前學到的內容。中文翻譯收錄在本書附錄內。

順帶一提！

日語的常體概說

依對話的關係不同，日常對話中當然也有機會以常體的表現提到「是…」或「不是…」。但在採用肯定現在式時會有一些小差異，我們很快來看一下。舉例來說，「是學生」的常體說法是在名詞「学生」的後面加上「だ」，也就是變成「学生だ」，但偏口語的表現時，則不用加任何文字，只要直接說「学生」就行了。也就是說，「学生」一詞可用來表示「學生」或「是學生」兩種意思。另外，如果「学生だ」後面加上「よ」變成「学生だよ」時，也能表示「是學生喔！」。「学生だよ」這個表現則是用於強調告訴對方「是學生」，例如，有人問：「那個人是公司職員嗎？」時，只要回答「学生だよ」，就是在強調那個人是「學生」（而非公司職員的意思）。

然而這個句型只有在肯定形書寫「学生だ」跟偏口語「学生」時有分岔，否定形和過去式的句型都沒有不同。另外，過去式的「学生だった」這句不管是書寫出來，還是口語表現都是一樣的。

A	あの人、誰？	那個人是誰？
B	キムさん。留学生だよ。	金先生，他是留學生喔。
	試験は昨日だった？	

順帶一提！
雖然不是必知的基本文法知識，記住卻對學習有助益的內容。簡單詳解跟該課文法有關或再深度一點的內容。

本書的運用方法

重視口說和聽力能力之人請注意

照著做就對了

重視口說和聽力能力的人在學習新課程時，首先閱讀各項練習的文法說明，接著進入到「照著做就對了」的例句和練習階段時，請先聽過音檔後再閱讀文字。只憑靠聲音來學習時，往往無法第一次就聽懂，此時請再重聽幾遍，重覆聆聽練習。接著，再一邊閱讀文字內容一邊聆聽音檔，就這樣讀完一整個課程內容後，再試著一邊看書一邊完成練習題。

除此之外，遮住各個例句中的日語句子，試著只看中文翻譯來寫出對應日語也是不錯的練習方式。

奠定實力

請試著完成「奠定實力」來確認是否已正確理解該課內容。這部分也請先開口唸一次日語句子後，再動手寫下答案。

挑戰長文

請確認一下自己在不看文字只聆聽音檔的情況下能聽懂多少內容，此時最好能反覆多聽幾遍。接著，再透過閱讀文字內容來確認自己沒聽懂的部分，此時請一邊閱讀一邊聆聽音檔。然後再度闔上書本，確認自己是否能在只聆聽音檔的情況下聽懂所有內容。除此之外，試著一邊看中文解釋一邊改寫成日語也是不錯的學習方式。

重視閱讀和書寫能力之人

雖然不是一定要聽音檔，但還是儘量一邊聆聽音檔一邊學習會比較好，因為正如前言所述，感官刺激越多記憶效果就越好。如果不想練習口語，外出時只聽音檔來學習就夠了。聆聽已學過的內容將對學習大有助益。閱讀完「照著做就對了」後，請透過「奠定實力」來確認是否已正確理解該課內容。另外，遮住「照著做就對了」中的日語句子，試著只看中文解釋來寫出對應日語也是不錯的練習方式。也請利用「挑戰長文」來進行閱讀練習。閱讀練習結束後，試著一邊看中文解釋一邊改寫成日語也是不錯的學習方式。

熱身運動
日語的文字

第一章
構成文法基礎的
詞類故事

目錄

第二章
點綴句子的
詞類故事

第三章
特別且有深度的
文法故事

第四章
華麗的
句型故事

第一節 名詞與形容動詞、形容詞之運用

第二節 動詞活用形之運用

第三節 所有詞類之運用

附錄

稍等一下
目錄

日本概述
目錄

熱身運動

日語的文字

日語的文字

相信很多人應該都已經知道日語的文字主要分成「平假名（ひらがな）」、「片假名（カタカナ）」和「漢字」三大類。平假名為日語文字的基礎元素，片假名則基本上一般用來書寫外來語。不過，除了外來語之外，日語的擬聲詞和擬態詞也大多用片假名來書寫。除此之外，相較於字形較為柔和的平假名，有棱有角的片假名則給予人較為生冷印象，故有時會為了給人這種印象而故意改用片假名來撰寫平假名的詞彙。另外，通常具有漢字的詞彙，若用平假名來書寫會讓給人較無知的印象，而若用片假名來書寫的話，則會給人因為懶得寫或想要寫快一點才用片假名書寫的懶人印象。那麼，現在就來把平假名和片假名整理成表格。

01 平假名長這個樣子！

平假名 清音

段 ▼ \ ▶行	a段	i段	u段	e段	o段
あ行	あ	い	う	え	お
か行	か	き	く	け	こ
さ行	さ	し	す	せ	そ
た行	た	ち	つ	て	と
な行	な	に	ぬ	ね	の
は行	は	ひ	ふ	へ	ほ
ま行	ま	み	む	め	も
や行	や		ゆ		よ
ら行	ら	り	る	れ	ろ
わ行	わ				を
	ん				

表格的橫向為「行」。「行」是「根據子音來劃分」，例如「あ行」指的橫排的「あ、い、う、え、お」。

表格的縱向為「段」。「段」是「根據母音來劃分」，例如「a段」指的直排的「あ、か、さ、た、な、は、ま、や、ら、お」。

平假名（濁音）

（部分清音假名後加上了「゛」
就形成了濁音！）

日語的濁音
有「゛」

平假名（半濁音）

（部分清音假名後加上了「゜」
就形成了半濁音！）

ぱ ぴ ぷ ぺ ぽ

日語的半濁
音有「゜」

02 片假名長這個樣子！

片假名 清音

行

行＼段	a段	i段	u段	e段	o段
あ行	ア	イ	ウ	エ	オ
か行	カ	キ	ク	ケ	コ
さ行	サ	シ	ス	セ	ソ
た行	タ	チ	ツ	テ	ト
な行	ナ	ニ	ヌ	ネ	ノ
は行	ハ	ヒ	フ	ヘ	ホ
ま行	マ	ミ	ム	メ	モ
や行	ヤ		ユ		ヨ
ら行	ラ	リ	ル	レ	ロ
わ行	ワ				ヲ
	ン				

段

片假名 濁音
（部分清音假名後加上了「゛」就形成了濁音！）

日語的濁音有「゛」

片假名 半濁音
（部分清音假名後加上了「゜」就形成了半濁音！）

日語的半濁音有「゜」

03 日文漢字的寫法不太一樣喔！

　　日文中經常使用漢字。指定為常用漢字的漢字，即日常生活中常用到的漢字有1962個，且沒被列為常用漢字的漢字中也有生活中常用的漢字，在平成22年的官方公告中，訂定了常用漢字為2136個字。日文漢字中，有些寫法跟中文漢字相同，也有些跟簡體字相同，更有屬於日本自己創造的漢字三種。日文漢字與中文繁體字大多相同，但還是要注意也有部分漢字的寫法只存在差一個點…等這類微小差異，所以書寫時請務必細心謹慎。

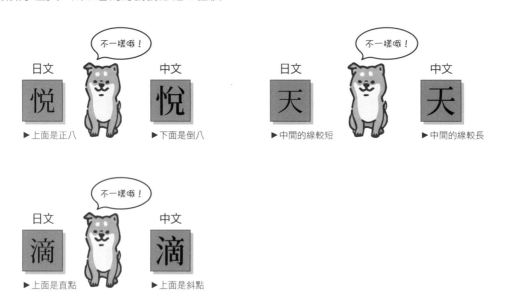

第一章

構成文法基礎的詞類故事

藤井麻里老師的叮嚀

這個章節的學習重點是名詞、形容詞、
形容動詞與動詞的基本活用形態。在這
些基本詞類中,形容詞與動詞活用稍
難,但學習任何事物時本來就是萬事起
頭難。當背不太起來的話就反覆背誦,
而若覺得反覆背誦很無聊的話,就先繼
續往下學,學到一半再回過頭來複習就
行了。請不要給自己一次就要背起來的
壓力,從容學習,才是致勝之道。學習
的訣竅是反覆複習!

01 節

認識基本詞類

日語跟其他語言一樣，具有名詞、形容詞、動詞等基本詞類。其中形容詞又分為「形容詞」及「形容動詞」兩種。

基本上，日語只要是名詞可以在後面加上「です」，就表示「是…（該名詞）」，例如：学生＋です＝「学生です。（是學生）。」。而日文中用形容詞來修飾名詞時，只要把形容詞加在名詞之前就行了；動詞也是一樣。而形容動詞需要在後面加個な字，再接被飾修的名詞。

01 認識名詞

首先要學的是日語的名詞。名詞的基本句子結構一點也不難，毋須擔心，請放輕鬆學習。

敬體說法

01_1.MP3

跟著做就對了

　　日語中，具有敬體及常體的表達方式。敬體一般是對較長輩及較陌生的人使用的語體，語感中較有尊敬及生疏的語義在。那麼，日文的名詞後面加上哪種句尾就會變成敬體說法呢？現在就來一探究竟吧！

1. 肯定形「是…」…です

具有中文「是…」字義的日語是「です」，只要在名詞後面接上です就完成了。

私[わたし] 我
学生[がくせい] 學生
この 這
人[ひと] 人
韓国人[かんこくじん] 韓國人

私は学生です。　　我是學生。

この人は韓国人です。　　這個人是韓國人。

◉ 日文漢字的「私」有時候會讀作「わたくし」，但一般大多讀「わたし」。「わたくし」的語氣比「わたし」來得恭敬，因此常見於商務的場合，而日常對話中通常只會講「わたし」。

🏷 請用指定的兩個單字照樣造句，寫出肯定形「是…」的日語句子。

今日[きょう] 今天
月曜日[げつようび]
星期一
あの 我
日本人[にほんじん]
日本人
駅[えき] 車站
あそこ 那邊、那裡

今日, 月曜日 ▶

あの人, 日本人 ▶

駅, あそこ ▶

2. 否定形「不是…」
…じゃありません／…ではありません

「不是…」的日語為「…じゃありません」或是「…ではありません」。前者的「じゃ」是後者的「では」之縮寫，日常口語對話中較常使用前者，但需要表示較恭敬的感語、或講究格式在書面用語時，則大多使用後者。

父は会社員じゃありません。　　父親不是公司職員。

明日は日曜日ではありません。　明天不是星期日。

☂ 請用指定的兩個單字照樣造句，寫出否定形「不是…」的日語句子。

その人, 中国人 ▶

教科書, この本 ▶

郵便局, そこ ▶

◉ 日文漢字的「明日」，可讀作「あした」，也可讀作「あす」。不管是「あした」或「あす」都表示「明天」，只是日常對話中更常使用「あした」。「あす」的語氣比「あした」來得生硬，像氣象報告那種較正式的場合比較會聽到這種講法。

左欄詞彙：
父[ちち] 父親
会社員[かいしゃいん] 公司職員
明日[あした] 明天
日曜日[にちようび] 星期日
その 那個
人[ひと] 人
中国人[ちゅうごくじん] 中國人
教科書[きょうかしょ] 教科書
本[ほん] 本
郵便局[ゆうびんきょく] 郵局
そこ 那邊、那裡

3. 過去式「是…」…でした

「是（過去式）…」的日語為「でした」，此句型也是直接加在名詞後方即可。

先生は日本の方でした。　　老師是位日本人。

母は銀行員でした。　　　　母親是位銀行員。

☂ 請用指定的兩個單字照樣造句，寫出過去式「是…」的日語句子。

昨日, 休み ▶

ここ, 映画館 ▶

このかばん, 千円 ▶

◉ 上述練習句中「父親」和「母親」的日語分別為「父[ちち]」和「母[はは]」。但跟一般大眾普遍知道的「父親」日語「お父[とう]さん」及「母親」日語「お母[かあ]さん」不同，所以是不是讓人有點困惑呢？事實上，此處提到的「父」和「母」是發話人跟別人提自己父母時的稱呼用語，而「お父さん」和「お母さん」則是稱呼別人父母時使用的用語。也就是説，「お父さん」和「お母さん」是敬稱。另外，當面對自己的父母在當下稱呼他們時，也要用「お父さん」和「お母さん」才行。看起來好像有點難，但很快就會習慣了喔！

左欄詞彙：
先生[せんせい] 老師
日本[にほん] 日本
方[かた] 位
母[はは] 母親
銀行員[ぎんこういん] 銀行員
昨日[きのう] 昨天
休み[やすみ] 休息
ここ 這裡、這邊
映画館[えいがかん] 電影院
かばん 背包
千円[せんえん] 1000日幣

4. 否定形過去式「不是…」
…じゃありませんでした／…ではありませんでした

「不是（過去式）…」的日語為「…じゃありませんでした」或「…ではありませんでした」，前者的「じゃ」是後者的「では」之縮寫，兩種說法的差異與否定形的差異完全一樣。

これは砂糖じゃありませんでした。　　這個不是糖。

二人は兄弟ではありませんでした。　　兩人不是兄弟。

これ 這個
砂糖[さとう] 糖
二人[ふたり] 兩人
兄弟[きょうだい] 兄弟

🌂 請用指定的兩個單字照樣造句，寫出否定形過去式「不是…」的日語句子。

あの人, 外国人 ▶

その方, 田中さん ▶

約束, 4時 ▶

人[ひと] 人
外国人[がいこくじん]
外國人
方[かた] 位
田中[たなか]
（日本姓氏）田中
～さん ～先生／女士
約束[やくそく] 約定
4時[よじ] 4點

◉ 上面的練習題提到了「兄弟（きょうだい）」這個單字，但在日語中，這個字比中文更加的廣義，更可以包括女性的手足在內。有時候在假名不變的前提下，漢字可以表達的更加清楚。例如：漢字寫作「兄妹」的情況下，更明確地指出是「哥哥與妹妹」；漢字寫成「姉弟（きょうだい）」時，明確指的是「姊姊跟弟弟」。其實在日文漢字中，「兄妹」的正確讀音應該是「けいまい」、「姉弟」的讀音應該「してい」，但現在幾乎沒有人會這樣唸，還是直接成「きょうだい」。

我是學生。

▶

那個人是外國人。

▶

這個人不是韓國人。

▶

我媽媽不是公司職員。

▶

兩個人是兄弟。（過去式）

▶

這裡是郵局。（過去式）

▶

老師不是日本人。（否定形過去式）

▶

我爸爸不是銀行員（否定形過去式）

▶

01_2.MP3

跟著做就對了

　　常體一般是用於同輩以下，較不正式的語體。雖然禮貌度稍低，有時候也帶有親切的語感在。日語的名詞後面加上哪種句尾就會變成常體說法呢？現在就來一探究竟吧！

1. 肯定形「是…」…だ

在名詞後面加「だ」，就形成「是…」句型。

今日[きょう] 今天
雨[あめ] 雨
試験[しけん] 考試
来週[らいしゅう] 下禮拜

今日は雨だ。　　今天下雨（今天是雨天）。
試験は来週だ。　　考試在下禮拜。

◉ 當用日語在描述「今天下雨」時，除了與中文結構相似的「雨が降[ふ]ります（今天下雨了）」之外，也會用名詞「雨」直接接「だ」的方式表現 →「今日は雨だ（今天是雨天）」。

☂ 請用指定的兩個單字照樣造句，寫出肯定形現在式「是～」的日語句子。

学校[がっこう] 學校
それ 那個
嘘[うそ] 謊言、謊話
人[ひと] 人
医者[いしゃ] 醫生

学校, あそこ　▶

それ, 嘘　▶

その人, 医者　▶

◉ 當提到「醫生」時，請記得雖然單字只有「医者[いしゃ]」，但日語的習慣一般會在後面加上さん，即「お医者さん[おいしゃさん]」喲！

2. 否定形「不是…」…じゃない／…ではない

想表示「不是…」時，只要在名詞後面加上「じゃない」或「ではない」就完成了。由於「～ではない」的發音十分生硬，所以日常口語對話時較常用「～じゃない」。

姉[あね] 姊姊
看護師[かんごし] 護理師
銀行[ぎんこう] 銀行

姉は看護師じゃない。　　姊姊不是護理師。
そこは銀行ではない。　　那裡不是銀行。

◉ 日本早期稱女護士為「看護婦[かんごふ]」，稱男護士則為「看護士[かんごし]」。但是自2002年起，無論男女都通稱為「看護師[かんごし]」。可是語言的完全更迭也是需要時間的，使用習慣上仍有不少人在使用「看護婦」一詞。

☂ 請用指定的兩個單字照樣造句，寫出否定形現在式「不是～」的日語句子。

主人[しゅじん] 丈夫
サラリーマン 上班族

主人, サラリーマン　▶

鈴木[すずき]
鈴木（日本姓氏）
社長[しゃちょう]
社長、老闆
宿題[しゅくだい] 作業

鈴木さん, 社長 ▶

これ, 宿題 ▶

◉ 日語的「主人[しゅじん]」的詞義雖是「主人」，但是當女性在對其他人提起自己的丈夫時，也是會講「主人」這個用語。除了「主人」以外，「夫[おっと]」也是表示「丈夫」的意思。

3. 過去式「是…」…だった

想表示「是（過去式）…」時，只要在名詞後面加「だった」就完成了。

プレゼント 禮物
花[はな] 花
朝食[ちょうしょく] 早餐
サンドイッチ 三明治

プレゼントは花だった。　　　禮物是花。

朝食はサンドイッチだった。 早餐是三明治。

◉ 另外，還有一個意義同為「早餐」的單字是「朝ごはん[あさごはん]」。它是由「朝[あさ]（早上）」與「ごはん（飯）」這兩個單字組今的詞彙。「サンドイッチ」也能寫成「サンドウイッチ」，且「サンドウイッチ」的發音更接近三明治的英文。

✍ 請用指定的兩個單字照樣造句，寫出肯定形過去式「是…」的日語句子。

妻[つま] 妻子
公務員[こうむいん]
公務員
誕生日[たんじょうび]
生日
一昨日[おととい] 前天
人[ひと] 人
留学生[りゅうがくせい]
留學生

妻, 公務員 ▶

誕生日, 一昨日 ▶

その人, 留学生 ▶

◉ 除了「おととい」之外，「一昨日（前天）」也能讀作「いっさくじつ」，但由於「いっさくじつ」唸起來十分生硬，所以一般日常對話鮮少使用。

4. 否定形過去式「不是…」
…じゃなかった／…ではなかった

想表示「不是（過去式）…」時，只要在名詞後面加上「じゃなかった」或「ではなかった」就完成了，跟否定形一樣在口語中較常使用「じゃなかった」，因為「ではなかった」的發音較為生硬。

夢[ゆめ] 夢
クレオパトラ
克麗奧佩托拉
（埃及豔后）
美人[びじん] 美人

それは夢じゃなかった。　　　那不是夢。

クレオパトラは美人ではなかった。

克麗奧佩托拉（埃及豔后）不是美人。

◉ 「ではない（不是…）」與「ではなかった（不是（過去式）…）」可去掉「は」，直接説「でない」與「でなかった」。

🪭 請用指定的兩個單字照樣造句，寫出否定形過去式「不是…」的日語句子。

子[こ] 孩子
男の子[おとこのこ]
男孩子
コンサート 演唱會
今晩[こんばん] 今晩
高校[こうこう] 高中

その子, 男の子 ▶

コンサート, 今晩 ▶

そこ, 高校 ▶

◉ 「その子[そのこ]」是由表示「那個」的「その」與「子[こ]」組成的詞彙，若單純提及「孩子」時可用「子供[こども]」。

◉ 「高校[こうこう]」是「高等学校[こうとうがっこう]」的簡稱。

日本概述

日本人稱「生日」為「誕生日」？

「生日」翻成日文是「誕生日[たんじょうび]」。日語「生日」的敬體説法是在前面加上「お」，即「お誕生日[おたんじょうび]」。

有些人對於孩子的年齡會算虛歲，所以出生時就算1歲了，因人而異。但在日本來説，一般是算0歲，要到滿周歲時才算1歲。「虛歲」的日語是（数え年[かぞえどし]）。如上所述，因為在台灣每家的計算方式各有不同，但日本普遍是等到生日那天才算多1歲，所以跟日本人聊到年紀時，注意不要誤會對方的年紀囉！

除此之外，日本人也不看農曆生日。日本人幾乎不使用農曆，所以月曆上也大多不會標示出農曆日期。

對了！生日時要唱生日快樂歌吧？中文是這樣唱的－「祝你生日快樂～ 祝你生日快樂～」，日本人在生日時也會唱這首歌。你知道生日快樂歌的日文版歌詞嗎？日本人是直接唱日式英文的歌詞－「ハッピーバースディトゥーユー」。

另外，在日本一般來説慶生時壽星本人也是不用出半毛錢，而是由前來慶生的人一同出錢款待。想交到一個日本好朋友，這些文化的小細節都不要忽略掉喔！

妻子是醫生。
▶
_____

那裡是學校。
▶
_____

姊姊不是公務員。
▶
_____

考試不在下禮拜。
▶
_____

那個人是留學生。（過去式）
▶
_____

前天下雨了。
▶
_____

那不是謊話。（否定形過去式）
▶
_____

演唱會不在今天晚上。（否定形過去式）
▶
_____

順帶一提！

日語的常體概說

　　依對話的關係不同，日常對話中當然也有機會以常體的表現提到「是…」或「不是…」。但在採用肯定形現在式時會有一些小差異，我們很快來看一下。舉例來說，「是學生」的常體說法是在名詞「学生」的後面加上「だ」，也就是變成「学生だ」。但偏口語的表現時，則不用加任何文字，只要直接說「学生」就行了。也就是說，「学生」一詞可用來表示「學生」或「是學生」兩種意思。另外，如果「学生だ」後面加上「よ」變成「学生だよ」時，也能表示「是學生喲！」。「学生だよ」這個表現則是用於強調告訴對方「是學生」。例如，有人問：「那個人是公司職員嗎？」時，只要回答「学生だよ」，就是在強調那個人是「學生」（而非公司職員的意思）。

　　然而這個句型只有在肯定形書寫「学生だ」跟偏口語「学生」時有分歧，否定形和過去式的句型都沒有不同。另外，過去式的「学生だった」這句不管是書寫出來，還是口語表現都是一樣的。

A あの人、誰？	那個人是誰？
B キムさん。留学生だよ。	金先生，他是留學生喲。
A 試験は昨日だった？	是昨天考試的嗎？（考試是在昨天嗎？）
B ううん、昨日じゃなかった。今日だったよ。	不，不是昨天，是今天喲。

　　常體表現可以在句尾加上「です」，讓禮貌度升級，例如否定形「不是…」的「…じゃない／…ではない」可以加上「です」變成「…じゃないです／…ではないです」；否定形過去式「不是…」的「…じゃなかった／…ではなかった」變成「…じゃなかったです／…ではなかったです」便完成了敬意的提升。但由於這種表現雖已帶出禮貌，終究是從常體表現衍生出來的，所以在極度需要表示謙卑與恭敬的情況，還是分別使用原本就是敬體否定形的「…じゃありません／…ではありません」和敬體否定形過去式的「…じゃありませんでした／…ではありませんでした」會比較好。

母は看護師じゃないです。	母親不是護理師。
一昨日は休みではなかったです。	前天不是假日。

　　「是…」的另一種常體說法是「…である」，這是更明確的文章或演講稿的生硬書面體，講話時不會這樣使用喔。在「…である」的書面用語前提下，否定形為「…ではない」（不會是「であらない ×」），過去式是「…であった」，否定形過去式為「…ではなかった」，其中否定形與否定形過去式跟常體中的說法相同。

二人は兄弟である。	兩人是為兄弟。

02 認識形容動詞

依樣畫葫蘆學習法

第一步 一定要先聽過音檔　第二步 一邊看書一邊學習　第三步 請再聽一次音檔

日文的形容詞中又可細分成「形容詞」和「形容動詞」兩種。形容詞的外觀很好
分辨，詞的結構為詞幹（詞彙中不會改變的部分）＋詞尾（會改變的部分，後面
會說明），而詞尾都是「い」，修飾名詞時也直接將名詞接在詞尾い的後方就
好；相對的「形容動詞」就只有詞幹（詞彙中不會改變的部分）而已，所以當它
要修飾名詞時，就必須要在詞幹後面加一個「な」字，例如「きれい」是「漂亮」
的意思，用來修飾名詞的「人[ひと]（人）」，就是要寫成「きれいな人」。接下
來，我們先從形容動詞開始說明。

敬體說法

　　形容動詞的敬體修飾名詞與名詞相同，在詞幹後直接加上「…です、…じゃありま
せん／…ではありません、…でした、…じゃありませんでした／…ではありませんでした」
等就完成了。

02_1.MP3

跟著做就對了

親切[しんせつ]
親切（的）
人[ひと] 人
ソフト 柔和（的）
イメージ 形象

1. 肯定形（修飾名詞）「…的」…な

形容動詞修飾名詞時為「詞幹＋な＋被修飾的名詞」。

親切な人でした。　　　　　　　　　　　　　親切的人。
ソフトなイメージじゃありません。　　　不是柔和的形象。

- 像「親切[しんせつ]（親切）」、「有名[ゆうめい]（有名）」等，大多詞幹本身就
  具有名詞的屬性。除此之外，像ソフト（柔和的）這種從諸外國語融入日語而形成
  的外來語作為「形容詞」時，一般變化的方式自然就會遵循「形容詞」的規則。

- 上例的「ソフト」語源自英文的「soft」，在規則中，只要英語是[f]的字，轉化為
  日語時，都會落在片假名「ハ行」裡面。

元気[げんき]
有活力（的）、
有精神（的）
きれい
乾淨（的）、漂亮（的）
水[みず] 水
熱心[ねっしん]
熱心（的）、熱情（的）
生徒[せいと]
（國、高中的）學生

☂ 請用指定的兩個單字照樣造句，寫出肯定形現在式「…的」的日語句子。

元気, 人　▶

きれい, 水　▶

熱心, 生徒　▶

◉ 上例的「きれい」除了表示「漂亮的」之外也有「乾淨的」的意思。這個詞有漢字為「綺麗（奇麗）」，但一般不太寫出漢字。

◉ 在日本，就讀高中以下的學生稱作「生徒[せいと]」，就讀大學的學生才稱作「学生[がくせい]」。

子供[こども]
孩子、兒童
いつも 總是、一直
元気[げんき]
有活力（的）、有精神
（的）
警官[けいかん] 警察
親切[しんせつ]
親切（的）

2. 肯定形「是…」…です

當形容動詞作為述語時，只要在形容動詞的詞幹後面加上「です」就完成了。

子供はいつも元気です。　　　　孩子總是有活力的。
警官は親切です。　　　　　　　警察是親切的。

◉ 「子供[こども]」可表示「孩子」或「兒童」。

☂ 請用指定的兩個單字照樣造句，寫出肯定形現在式「是…」的日語句子。

学生[がくせい]
（大學的）學生
まじめ 認真（的）
家族[かぞく]
家族、家人、家庭
大切[たいせつ]
重要（的）、珍貴（的）
ガラス 玻璃
丈夫[じょうぶ]
堅固（的）、結實（的）

その学生, まじめ　▶

家族, 大切　▶

このガラス, 丈夫　▶

◉ 「まじめ（認真的）」有時也寫出其漢字「真面目」。

3. 否定形「不是…」
　　…じゃありません／…ではありません

形容動詞的否定形也跟名詞一樣，只要在詞幹後加上「…じゃありません」或「…ではありません」就完成了。這兩種說法的差異在前面學習名詞時已經說明過了，前者更常用在口語，後者的發音十分生硬。

お酒[おさけ] 酒
好き[すき]
喜歡（的）
パスポート 護照
必要[ひつよう]
必要、需要

お酒は好きじゃありません。　　　不喜歡酒。
パスポートは必要ではありません。　不需要護照。

勉強[べんきょう]
用功學習、念書
嫌い[きらい]
討厭（的）
妹[いもうと] 妹妹
仕事[しごと]
工作、事情
楽[らく]
輕鬆（的）、舒適（的）

請用指定的兩個單字照樣造句，寫出現在否定形「不是…」的日語句子。

勉強, 嫌い ▶

妹, きれい ▶

その仕事, 楽 ▶

◉ 在中文裡的「喜歡」和「討厭」是動詞。但在日文裡，「好き[すき]、嫌い[きらい]」不是動詞，而是形容動詞，廣義來説，可依據前後文意解釋為「喜歡」、「討厭」或「喜歡的」、「討厭的」。

4. 過去式「是…」…でした

形容動詞的過去式表達時，只要將「詞幹＋でした」就完成了。

お祭り[おまつり] 慶典
賑やか[にぎやか]
熱鬧（的）、繁盛（的）
人[ひと] 人
一生懸命[いっしょうけんめい] 拼命的

お祭りは賑やかでした。　　　慶典很熱鬧。
その人は一生懸命でした。　　那個人很拼命。

◉ 「賑やか[にぎやか]」是帶有正面語感的「熱鬧的」、「繁盛的」的詞彙。額外一提，若具有「吵鬧的」這種負面語感的相似用語，則是形容詞結構的「うるさい」。

請用指定的兩個單字照樣造句，寫出肯定形過去式「是…」的日語句子。

ホテル 飯店
便利[べんり]
方便（的）
お寺[おてら] 寺廟
静か[しずか]
安靜（的）
スーツケース 旅行箱
不便[ふべん]
不方便（的）、
不便（的）

そのホテル, 便利 ▶

お寺, 静か ▶

このスーツケース, 不便 ▶

◉ 「お寺[おてら]」是在「寺[てら]」的前面加上「お（名詞＋お）」，是日語中特有的一種美化表現。如果不加「お」而直接説「寺」的話，聽起來較為粗俗，所以一般都會説「お寺」。有關「お」的用法會在第217頁做進一步詳細説明。

5. 否定形過去式「不是…」
…じゃありませんでした／…ではありませんでした

如同之前的説明一樣，「…じゃありませんでした」偏口語稱呼用語，「…ではありませんでした」則用在文章或較生硬的場合上。

店[みせ] 店、商店
有名[ゆうめい]
有名（的）
英語[えいご] 英文
上手[じょうず]
做得好（的）、
熟練（的）

その店は有名じゃありませんでした。　那間店不有名。
英語は上手ではありませんでした。　　英文不太好。

料理[りょうり] 料理
簡単[かんたん]
簡單（的）、容易（的）
練習[れんしゅう] 練習
大変[たいへん]
糟糕（的）、費勁（的）
土曜日[どようび]
星期六
暇[ひま] 悠閒（的）

請用指定的兩個單字照樣造句，寫出否定形過去式「不是…」的日語句子。

この料理, 簡単　▶

練習, 大変　▶

土曜日, 暇　▶

那間店是有名的。

▶

那個人是文靜的。

▶

那個學生不是認真的。

▶

今天不是悠閒的。

▶

那個人是漂亮的。（過去式）

▶

這道料理是簡單的。（過去式）

▶

那間飯店是不方便的。（過去式）

▶

這塊玻璃不是堅固的。（過去式）

▶

02_2.MP3

跟著做就對了

　　形容動詞的常體說法也跟名詞一樣，詞幹加上「…だ、…じゃない／…ではない、…だった、…じゃなかった／…ではなかった」等各種變化就完成了。此外，形容動詞的常體作為述語時也只是列出詞幹就行了。

1. 肯定形「是…」…だ

形容動詞的肯定形，只要用詞幹加「だ」就完成了。作為述語可以只列出詞幹就好。

挨拶[あいさつ]
打招呼、寒暄
大事[だいじ]
重要（的）
夜[よる] 晚上、夜晚
外出[がいしゅつ] 外出
危険[きけん]
危險（的）

挨拶は大事だ。　　　　打招呼是重要的。
夜の外出は危険だ。　　晚上外出是危險的。

◉ 這裡出現的「大事[だいじ]」跟之前提過的「大切[たいせつ]」都是「重要（的）、珍貴（的）、貴重（的）」的意思。兩者的語源上雖異，但大體上可以相互替代。

🌂 請用指定的兩個單字照樣造句，寫出肯定形現在式「是…」的日語句子。

服[ふく] 衣服
変[へん] 奇怪（的）
電柱[でんちゅう]
電線桿
邪魔[じゃま]
礙事（的）
おしゃべり
嘮叨、廢話多
迷惑な[めいわくな]
擾人（的）

この服, 変　▶

その電柱, 邪魔　▶

おしゃべり, 迷惑　▶

◉ 「電柱[でんちゅう]（電線杆）」亦可寫作「電信柱[でんしんばしら]」。

2. 否定形「不是～」
…じゃない／…ではない

形容動詞的否定形常體說法，只要用詞幹加上「…じゃない」或「…ではない」就完成了。

国民[こくみん] 國民
バカ 笨蛋（的）
国[くに] 國家
安全[あんぜん]
安全（的）

国民はバカじゃない。　國民不是笨蛋。
その国は安全ではない。那個國家不是安全的。

🌂 請用指定的兩個單字照樣造句，寫出否定形現在式「不是…」的日語句子。

クリスマス 聖誕節
楽しみ[たのしみ]
期待（的）
出張[しゅっちょう] 出差
嫌[いや] 討厭（的）

クリスマス, 楽しみ　▶

出張, 嫌　▶

日本語[にほんご] 日語
下手[へた]
笨拙（的）、不擅長（的）

日本語, 下手 ▶

◉ 之前提到的「嫌い[きらい]」跟這裡出現的「嫌[いや]」的意思相近；「嫌い」是「好き（喜歡）」的反義詞，用來表示喜好情況下。相較之下，「嫌[いや]」則包括了「不愉快」、「不要（不想做）」之意，舉例來說，當對方說「これを貸[か]してください（請借我這個）」時，不能回答「嫌いです（討厭）」，只能回答「嫌です（不要）」。兩者略有差異，但有時仍可互相替換。

3. 過去式「是…」…だった

形容動詞的過去式常體說法也跟名詞一樣，只要用詞幹加上「…だった」就完成了。

事件[じけん]
事件、事情
複雑[ふくざつ]
複雜（的）
部長[ぶちょう] 部長
来韓[らいかん] 訪韓
急[きゅう]
突如其來（的）

その事件は複雑だった。　　　那起事件是複雜的。
部長の来韓は急だった。　　　部長的訪韓是突如其來的。

◉ 「部長[ぶちょう]、社長[しゃちょう]、課長[かちょう]…」等單字本身已經具有敬意，故不必在後接「様[さま]（先生／女士）」一詞，加了就畫蛇添足。

🐸 請用指定的兩個單字照樣造句，寫出肯定形過去式「是…」的日語句子。

人[ひと] 人
立派[りっぱ]
優秀（的）
手術[しゅじゅつ] 手術
駄目[だめ]
行不通（的）、
無用（的）
教科書[きょうかしょ]
教科書
適当[てきとう]
適當（的）；草草（的）

その人, 立派 ▶

手術, 駄目 ▶

教科書, 適当 ▶

◉ 上面出現的「適当[てきとう]」這個單字除了與中文的「適當」相同之外，同時也具有「大略地、粗略地」或「馬馬虎虎地、隨隨便便地」做某事之意。

4. 否定形過去式「不是…」
…じゃなかった／…ではなかった

形容動詞的過去否定常體說法，只要用詞幹加上「…じゃなかった」或「…ではなかった」就完成了。

食事[しょくじ]
飯、吃飯
量[りょう] 量
十分[じゅうぶん] 足夠
（的）、充足（的）
バラ 玫瑰
特別[とくべつ]
特別（的）

食事の量は十分じゃなかった。　　飯量不是充足的。
そのバラは特別ではなかった。　　那朵玫瑰花並不特別。

◉ 「十分[じゅうぶん]（充足的）」也可寫作漢字「充分」。

請用指定的兩個單字照樣造句，寫出否定形過去式「不是…」的日語句子。

彼女[かのじょ] 女朋友
幸せな[しあわせな]
幸福（的）
怪我[けが] 受傷、傷口
大丈夫[だいじょうぶ
な] 沒事（的）、
沒關係（的）
説明[せつめい] 說明
丁寧[ていねいな]
恭敬（的）、細心（的）

彼女, 幸せ　▶

怪我, 大丈夫　▶

その人の説明, 丁寧　▶

那個人是優秀的。

▶

那朵玫瑰是特別的。

▶

那位女子不是幸福的。

▶

國民不是笨的。

▶

那個人的說明是細心的。（過去式）

▶

那起事件是複雜的。（過去式）

▶

那個國家不是危險的。（否定形過去式）

▶

出差不是討厭的。（否定形過去式）

▶

稍等一下！

在字典裡，形容動詞跟名詞的查法一樣。

　　因為形容動詞與名詞的長相、用法相仿，所以在查字典時初期可能會稍微辛苦一點。不過其實也沒有那麼辛苦。在字典中查形容動詞，字典上普遍都會標記「形動」兩個字，有標的單字就是了。多數的形容動詞同時具備名詞的詞性，只有部分是單獨具有形容動詞的詞性。因此可以記住這個通性。再者，形容動詞的詞幹除了完全是漢字的之外，也有一些詞幹的尾字是「か」的（並非指詞尾），例如：「静か[しずか]（安靜）」、「柔らか[やわらか]（柔軟）」等用詞。習慣了之後，從詞的外觀判斷也能大量記下。

順帶一提！

　　有少數的形容動詞在修飾名詞時不會透過「な」來銜接，即直接以「形容動詞 + 名詞」的形態呈現。舉例來說，「同じ[おなじ]（相同、相同的）」雖然是形容動詞，但在修飾名詞時就是以上述的方式表現，還請記住這個例外。

　　形容動詞也跟名詞一樣，在常體「肯定形現在式」的對話中會省略「だ」。舉例來說，提到「那個人是有名的」（常體說法）時，「有名」的日文是「有名[ゆうめい]だ」，但是在對話中提到時，則可以單獨只說「有名[ゆうめい]」而已。不過如果要加個語氣詞「よ」的話，還是要加上「だ」，變成「有名だよ」這樣才行。

03 認識形容詞

依樣畫葫蘆學習法

第一步 一定要先聽過音檔　第二步 一邊看書一邊學習　第三步 請再聽一次音檔

形容詞的詞尾為「い」，在日語中除了寥寥的一些詞彙之外，「い」結尾的八九不離十就是形容詞了。形容詞修飾名詞時，以「形容詞＋名詞」的方式，直接接續名詞即可。例如：「高い花（昂貴的花）」，裡面的「高い[たかい]（昂貴的）」為形容詞的部分，「花[はな]（花）」則為名詞。有別於形容動詞，形容詞的活用變化可能會稍微複雜，請多花點心思練習喲！

03_1.MP3

跟著做就對了

敬體說法

　　就肯定形現在式的敬體說法而言，跟名詞、形容動詞一樣，只要在形容詞後面加上です就完成了。但是否定形、過去式和否定形過去式的敬體說法就截然不同了，所以稍後出現的文法請多花點心思練習。而形容詞活用變化通常是去掉詞尾「い」再加上各種變化。

1. 肯定形（修飾名詞）「…的」…い

再次強調，形容詞在修飾名詞時，直接以詞尾「い」接續名詞就完成了。

新しい[あたらしい]
新（的）
靴[くつ] 鞋子
古い[ふるい] 舊（的）
切手[きって] 郵票

これは新しい靴です。　　這個是新的鞋子。
それは古い切手でした。　　那個是舊的郵票。

🍄 請用指定的兩個單字照樣造句，寫出肯定形現在式「～的～」的日語句子。

熱い[あつい] 熱（的）
コーヒー 咖啡
冷たい[つめたい]
冰涼（的）、冷淡（的）
ジュース 果汁
ぬるい 溫熱（的）
お湯[おゆ] 熱水

熱い, コーヒー　▶

冷たい, ジュース　▶

ぬるい, お湯　▶

⊙「水」的日語可分成「水[みず]」和「お湯[おゆ]」，其中「水[みず]」意指「冷水」，「お湯[おゆ]」則是指「熱水、白開水」，所以上方練習題中所提到的「ぬるいお湯」指的是中文的「溫熱的水」。

2. 肯定形（作為述語）「是…」…です

肯定形現在式作為述語時，形容詞敬體的表現跟名詞或形容動詞一樣，在形容詞後面加上「です」就完成了。即「形容詞＋です」。

夏[なつ] 夏天
暑い[あつい] 熱（的）
冬[ふゆ] 冬天
寒い[さむい] 冷（的）

夏は暑いです。　　夏天是熱的。

冬は寒いです。　　冬天是冷的。

☂ 請用指定的兩個單字照樣造句，寫出肯定形現在式「是…」的日語句子。

春[はる] 春天
暖かい[あたたかい]
溫暖（的）
秋[あき] 秋天
涼しい[すずしい]
涼快（的）、涼爽（的）
辞書[じしょ] 字典
厚い[あつい] 厚（的）

春, 暖かい　▶

秋, 涼しい　▶

この辞書, 厚い　▶

● 「溫暖」的日語是「暖かい[あたたかい]」，但要注意在形容氣溫溫暖和時用日文漢字的「暖」，而形容食物、茶或人心等溫暖時，則要用日文漢字的「溫」，變成「温かい」（發音不變）。

3. 否定形現在式「不是…」
…くないです／…くありません

形容詞否定形現在式的敬體說法，只要先將詞尾的「い」換成「く」，然後再加上「…ないです」或「…ありません」就完成了。兩種說法都十分常用，但前者的口吻比後者溫和一點。活用變化已經很複雜了，結果連形態都分成兩種，很頭疼吧！雖然學起來有點辛苦，但請多多練習，遵從本書的學習步驟充分熟悉這些文法句型。

ノート 筆記本
薄い[うすい] 薄（的）
私[わたし] 我
うち 家
大きい[おおきい]
大（的）
車[くるま] 車
小さい[ちいさい]
小（的）
教室[きょうしつ] 教室
明るい[あかるい]
明亮（的）、亮（的）
図書館[としょかん]
圖書館
暗い[くらい]
昏暗（的）、暗（的）
漢字[かんじ] 漢字
易しい[やさしい]
容易（的）、簡單（的）

そのノートは薄くないです。　　那本筆記本不是薄的。

私のうちは大きくありません。　　我的家不是大的。

● 「厚い[あつい]」（厚）」的反義詞是「薄い[うすい]（薄）」，但「薄い」除了「薄」之外，還有「淺、淡」之意。而用來表示「淺、淡」時，其反義詞則是「濃い[こい]（濃）」。

☂ 請用指定的兩個單字照樣造句，寫出否定形現在式「不是…」的日語句子。

私の車, 小さい　▶

教室, 明るい　▶

図書館, 暗い　▶

漢字, 易しい　▶

● 「易しい（容易）」一般較少寫出漢字，大部分多只使用平假名表示。

4. 過去式「是⋯」⋯かったです

形容詞過去式的敬體說法，是將詞尾的「い」換成「かった」後再接上「です」即可。注意詞尾「い」就不見了（等於拿「い」換成「かった」），請小心留意。

テスト 考試、測驗
難しい[むずかしい]
困難（的）、難（的）
お客さん[おきゃくさん]
客人
多い[おおい] 多（的）

テストは難しかったです。　考試是困難的。

お客さんは多かったです。　客人是多的。

◉ 在日語中，「テスト（測驗、考試）」指的是較一般的普通考試；而另一個「試驗[しけん]」則是指相對較為重要的考試。

◉ 「お客さん[おきゃくさん]」是在「客[きゃく]（客人）」的前方加上「お」的美化表現，一樣表示「客人」，在日語中聽起來更加隆重。當然一般客人都是衣食父母，所以還可以加上「樣[さま]」，變成「お客様[おきゃくさま]」這樣更加尊重的說法。

☂ 請用指定的兩個單字照樣造句，寫出過去式「是⋯」的日語句子。

友達[ともだち] 朋友
少ない[すくない]
少（的）
荷物[にもつ] 行李
重い[おもい] 重（的）
上着[うわぎ]
上衣、外衣
軽い[かるい] 輕（的）
アメリカ 美國
遠い[とおい] 遠（的）

友達, 少ない ▶

この荷物, 重い ▶

その上着, 軽い ▶

アメリカ, 遠い ▶

5. 否定形過去式「不是⋯」
⋯くなかったです／⋯くありませんでした

形容詞否定形過去式的敬體說法，是將詞尾的「い」換成「く」，然後再接上「なかったです」或「ありませんでした」即可。很複雜吧！

トルコ 土耳其
近い[ちかい] 近（的）
庭[にわ] 院子
広い[ひろい]
寬（的）、寬敞（的）

トルコは近くなかったです。　　土耳其不是近的。

そのうちの庭は広くありませんでした。那家院子不是寬敞的。

☂ 請用指定的兩個單字照樣造句，寫出否定形過去式「不是⋯」的日語句子。

私[わたし] 我
部屋[へや] 房間
狭い[せまい] 狹窄
傘[かさ] 傘
高い[たかい]
昂貴（的）、高（的）

私の部屋, 狭い ▶

この傘, 高い ▶

スカーフ 圍巾
安い[やすい] 便宜（的）
富士山[ふじさん]
（山名）富士山
低い[ひくい] 低（的）

そのスカーフ,安い ▶

富士山, 低い ▶

◉ 「富士山[ふじさん]」是日本最高的一座山脈，海拔高度為3,776公尺。

◉ 「低い[ひくい]」的反義詞是「高い[たかい]（高）」。而「高い」也引申有「昂貴」的意思。故「高い」一詞同時具「高」及「昂貴」之意。

6. 形容詞的例外 いい（好）

形容詞中有一個特殊例子「いい（好）」，其活用變化與眾不同，請特別記下來。當「いい」要活用變化時（後接否定形、過去式和否定形過去式等），前一個「い」會變成「よ」。

椅子[いす] 椅子
机[つくえ] 書桌
絵[え] 圖畫
音楽[おんがく] 音樂

この椅子はいいです。　　這張椅子是好的。
机はよくないです。　　　書桌不是好的。
その絵はよかったです。　那張畫是好的。
音楽はよくなかったです。音樂不是好的。

◉ 「いい」一般採用平假名表達。而在否定形、過去式和否定形過去式的表達時，前面的詞幹如前述變成「よ」之外，也會表記日文漢字「良」。

 請將下列句子改寫成日語

這件外衣是好的。 ▶

我的車是不好的。 ▶

那本字典是好的（過去式）。 ▶

新鞋子是不好的（否定形過去式）。 ▶

 稍等一下！

可用來表示「字典」的每個日語單字們

　　除了「辞書[じしょ]」之外，「字引[じびき]、辞典[じてん]」也可用來表示「字典」。關於這三個單字的概況，平常用中文提到「字典」時大多會說「辞書」。「字引」則是年輕人不太使用的單字，而「辞典」則大多用於表示「××辭典」時使用，例如提到「國語辭典」時宜使用「辞典」。

我的家是小的。
▶

日本是近的。
▶

那張畫是好的。
▶

今天不是溫暖的。
▶

這個果汁不是冰的。
▶

那個雨傘不是好的。
▶

土耳其的冬天是冷的。（過去式）
▶

圖書館是暗的。（過去式）
▶

這音樂是好的。（過去式）
▶

客人是不少的。（否定形過去式）
▶

考試是不難的。（否定形過去式）
▶

這本字典是不好的。（否定形過去式）
▶

熱い（燙）、暑い（熱）、厚い（厚）這三個日語單字的發音都是「あつい」。而其中只有「厚い」這個字的語調不同。

「熱い」與「暑い」的語調如下圖所示：

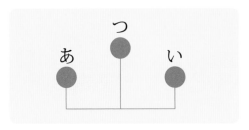

唯獨「厚い」的語調如下圖所示：

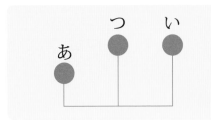

另外，「大きい[おおきい]（大的）」與「小さい[ちいさい]（小的）」用來修飾名詞時，也可採用「大きな」和「小さな」的形態表現，例如「大きな絵[え]（大張的畫）」和「小さな傘[かさ]（小支的傘）」。請注意這兩個是形容詞的例外表現，不要看到「な」就以為是形容動詞喔！

03_2.MP3

跟著做就對了

小説[しょうせつ] 小說
面白い[おもしろい]
有趣（的）
先生[せんせい] 老師
冗談[じょうだん]
開玩笑、玩笑話
つまらない 無趣、無聊

選手[せんしゅ] 選手
強い[つよい] 強（的）
チーム 團隊、團體
弱い[よわい] 弱（的）
今月[こんげつ]
本月、這個月
忙しい[いそがしい]
忙碌

人生[じんせい] 人生
長い[ながい] 長（的）
夏休み[なつやすみ]
暑假
短い[みじかい]
短（的）

兄[あに] 哥哥
腕[うで] 胳膊、手臂
太い[ふとい] 粗（的）
彼女[かのじょ] 女朋友
足[あし] 腳、腿
細い[ほそい] 細（的）
私[わたし] 我
父[ちち] 父親
若い[わかい]
年輕（的）

如果已學好形容詞敬體說法的話，其常體說法學起來會很輕鬆，因為只要將敬體說法中的「です」拿掉就會變成常體說法了。

1. 肯定形（作為述語）「是…」…い

形容詞後面什麼都不加，直接以形容詞原原本本的樣子呈現即是形容詞肯定形現在式的常體說法。

この小説は面白い。　　　這小説是有趣的。
先生の冗談はつまらない。　老師開的玩笑是無趣的。

● 「つまらない（無聊）」的日文漢字為「詰まらない」，但一般只用平假名表記。

☂ 請用指定的兩個單字照樣造句，寫出肯定形「是…」的日語句子。

その選手, 強い　▶

そのチーム, 弱い　▶

今月, 忙しい　▶

2. 否定形「不是…」…くない

形容詞否定形現在式的敬體說法是把「い」換成「く」後再加上「ない」及「です」，這點還記得吧！而現在只要把「です」刪掉，並以「…くない」結尾就完成了常體說法。

人生は長くない。　　　人生是不長的。
夏休みは短くない。　　暑假是不短的。

☂ 請用指定的兩個單字照樣造句，寫出否定形「不是…」的日語句子。

兄の腕, 太い　▶

彼女の足, 細い　▶

私の父, 若い　▶

● 「父[ちち]」是跟別人提到自己父親時的用詞，等同中文裡的「家父」；反之，提到別人的父親時則要用「お父さん[おとうさん]」這個用語。

3. 過去式「是…」…かった

將形容詞的詞尾「い」改成「かった」便形成了過去式的常體說法。

そのピッチャーのストレートは速かった。
那位投手的直球是快的。

インターネットのスピードが遅かった。
網路速度是慢的。

ピッチャー 投手
ストレート 直球
速い[はやい]
快（的）、快速（的）
インターネット 網路
スピード 速度
遅い[おそい]
慢（的）、遲（的）

◉「速い[はやい]」用來表示「速度快」，若是形容時間或時期「快、早」時，則日文漢字要寫「早」，即「早い」。「早い」的反義詞是「遅い[おそい]」，而「遅い」則分別有「慢」和「晚」兩種意思。

☂ 請用指定的兩個單字照樣造句，寫出過去式「是…」的日語句子。

海外旅行, 楽しい ▶

注射, 痛い ▶

その犬, かわいい ▶

海外旅行[かいがいりょこう] 海外旅行
楽しい[たのしい]
愉快（的）、高興（的）
注射[ちゅうしゃ]
打針、注射
痛い[いたい] 痛（的）
犬[いぬ] 狗
かわいい 可愛（的）

4. 否定形過去式「不是…」…くなかった

形容詞的否定形過去式的常體說法，是去掉詞尾「い」改成「くなかった」即可。

そのケーキは甘くなかった。 那塊蛋糕不是甜的。

日本料理は辛くなかった。 日本料理不是辣的。

ケーキ 蛋糕
甘い[あまい] 甜（的）
日本[にほん] 日本
料理[りょうり] 料理
辛い[からい] 辣（的）

☂ 請用指定的兩個單字照樣造句，寫出否定形過去式「不是…」的日語句子。

祖母のカレー, おいしい ▶

昨日の晩御飯, まずい ▶

味, 悪い ▶

祖母[そぼ] 奶奶、祖母
カレー 咖哩
おいしい
美味（的）、好吃（的）
昨日[きのう] 昨天
晩御飯[ばんごはん]
晚餐
まずい 難吃（的）
味[あじ] 味道
悪い[わるい]
差（的）、不好（的）

◉「祖母[そぼ]」是跟別人提到自己奶奶時的用語，而當提到別人的奶奶時，則要用「おばあさん」一詞。

海外旅行是有趣的。

▶

這塊蛋糕是甜的。

▶

女朋友的腿是不粗的。

▶

那隻狗是不可愛的。

▶

打針是痛的。（過去式）

▶

這個月是忙碌的。（過去式）

▶

那個人不是壞的。（否定形過去式）

▶

日本料理不是辣的。（否定形過去式）

▶

還記得一開始提到名詞與形容動詞在常體的肯定形現在式「是…」，偏口語時會去掉「だ」（書面體時加「だ」）吧？舉例來說，「是學生」的日語說法是「学生[がくせい]」，「是有名的」的日語說法則是「有名[ゆうめい]」，即直接用單字本身，句尾不用再加「だ」。而形容詞則與前面兩種詞性不同，形容詞的肯定形現在式「是～」不論是書寫或是偏口語都是一致的說法，舉例來說，「是大的」，原則上都只是「大きい[おおきい]」，不會再刻意加「だ」。

　　在此將表達顏色的形容動詞整理一下。

　　　赤い[あかい] 紅
　　　青い[あおい] 藍
　　　白い[しろい] 白
　　　黒い[くろい] 黑
　　　黄色い[きいろい] 黃
　　　茶色い[ちゃいろい] 褐

　　上述單字也有同義的名詞形表現，如下所示：

　　　赤[あか] 紅
　　　青[あお] 藍
　　　白[しろ] 白
　　　黒[くろ] 黑
　　　黄色[きいろ] 黃
　　　茶色[ちゃいろ] 褐

　　只有一種顏色是名詞形，即：

　　　緑[みどり] 綠

04 認識動詞 —— 一段動詞

依樣畫葫蘆學習法

第一步 一定要先聽過音檔　第二步 一邊看書一邊學習　第三步 請再聽一次音檔

日語的動詞分成三種類型，分別為一段動詞、五段動詞和不規則動詞，其活用變化亦隨著類型而異。這裡的「段」指的是50音圖（假名）中，以母音為單位的五個分段，分別為a段、i段、u段、e段和o段。首先我們來看一段動詞，因為一段動詞的活用變化並不複雜且每段音都維持不變才得此名。要判斷一段動詞並不困難，其特徵在詞幹的最後一個字，也就是辭書形る前面的那個假名是屬於i段或e段音，只要看到有這種特徵的詞彙，通常就是一段動詞（會有少部分屬於五段動詞，後面會介紹。）另外，在台灣既有的教學模式中，詞幹最後一個字為i段的詞，又稱為「上一段動詞」、最後一個字為e段的詞，則稱為「下一段動詞」。為了讓大家更容易理解，現在就舉例說明一下吧！為了便於確認發音，下列例子採用平假名書寫，[　]內則為對應的日文漢字。

敬體說法

　　一段動詞的敬體說法並不難，不管是肯定形、否定形、過去式…等，只要將詞尾的る去掉並作各種變化就行了。

04_1.MP3

跟著做就對了

1. 肯定形 …ます

肯定形，指的是一個動作，即是該動作的未來形。一段動詞肯定形的敬體說法是將詞尾的「る」去掉後，再接上「ます」就行了，此形態也稱作「ます形」。跟其他名詞所接的「です」比較起來，「ます」則是動詞所必須接續的敬體。

映画[えいが] 電影
見る[みる] 看
朝御飯[あさごはん]
早飯、早餐
食べる[たべる] 吃

映画を見ます。　　　看電影。

朝御飯を食べます。　　吃早餐。

◉「朝御飯[あさごはん]（早餐）」一詞是由「朝[あさ]」和「御飯[ごはん]」這兩個所
　名詞組成。「御飯」也常寫作「ご飯」或「ごはん」。

🌂 請用指定的兩個單字照樣造句，用日語寫出「做某件事的ます形」。日語
　　的受格助詞是「を」。

着物[きもの] 和服
着る[きる] 穿
窓[まど] 窗戶
開ける[あける] 開
ドア 門
閉める[しめる] 關

着物, 着る　▶

窓, 開ける　▶

ドア, 閉める　▶

◉「着物[きもの]」是日本的傳統服裝，亦可稱為「和服[わふく]」。台灣人對於「和
　服」一詞早就不陌生，但是在日本，一般還是常使用「着物」這個漢字。

2. 否定形「不…、沒…」…ません

只要把詞尾「る」改成「ません」就形成了否定形現在式的敬體
說法。

車[くるま] 車
借りる[かりる] 借
電気[でんき] 電、電燈
つける[つける] 打開

車を借りません。　　　不借車。

電気をつけません。　　不開燈。

◉日語的「電気[でんき]」，除了「電、電力」之外，也有「電燈」之意。雖然日語
　中也有「電灯[でんとう]（電燈）」這個單字，但它是個幾乎不太使用的詞彙。

🌂 請用指定的兩個單字照樣造句，寫出否定形現在式的日語句子。

電話[でんわ] 電話
かける[かける] 撥打
答え[こたえ] 答案
見せる[みせる] 讓～看
ベルト 皮帶
締める[しめる]
繫、扣緊

電話, かける　▶

答え, 見せる　▶

ベルト, 締める　▶

3. 過去式「…了」…ました

表達過往進行的動作或發生的行動。只要把詞尾「る」改成「ま
した」就形成了過去式的敬體說法。

シャワー 洗澡
浴びる[あびる]
潑、淋、澆
韓国語[かんこくご]
韓語
教える[おしえる] 教導

シャワーを浴びました。　淋了浴。

韓国語を教えました。　　教了韓語。

◉「浴びる[あびる]」是表示「澆」、「潑」、「淋」的日語動詞。

🖐 請用指定的兩個單字照樣造句，寫出過去式的日語句子。

名前[なまえ] 姓名
覚える[おぼえる]
背誦、記
電話番号[でんわばん
ごう] 電話號碼
忘れる[わすれる] 忘記
お皿[おさら]
盤子、碟子
並べる[ならべる]
擺成一排、羅列

名前, 覚える　▶

電話番号, 忘れる　▶

お皿, 並べる　▶

4. 否定形過去式「不…、沒…」…ませんでした

表達過往沒有進行的動作或沒發生的行動。只要把詞尾「る」改成「ませんでした」就形成了否定形過去式的敬體說法。這個句型是由敬體否定形現在式的「ません」，再加上名詞和形容詞、形容動詞的過去式「でした」所組合而成的。

塩[しお] 鹽、鹽巴
入れる[いれる] 放
メール 電子郵件
アドレス 地址
変える[かえる]
改變、變

塩を入れませんでした。　　　不放鹽。（過去式）
メールアドレスを変えませんでした。
　　　　　　　　　　　　　　電子郵件地址不改。（過去式）

◉當用日語提到「電子郵件地址」時，其中的地址通常使用外來語的「アドレス」。而很多年輕人會直接把「メールアドレス」簡化成「アドレス」。

🖐 請用指定的兩個單字照樣造句，寫出「否定形過去式」的日語句子。

ごみ 垃圾
捨てる[すてる]
丟、丟掉
ドイツ語[ドイツご]
德語
勉強[べんきょう]
學習、讀書
始める[はじめる] 開始
人[ひと] 人
集める[あつめる] 集合

ごみ, 捨てる　▶

ドイツ語の勉強, 始める　▶

人, 集める　▶

1. 請將下列句子改寫成肯定形、否定形、過去式和否定形過去式的敬體說法。

見る　　　▶

食べる　　▶

つける　　▶

2. 請將下列句子改寫成日語。

開窗戶。

▶

不吃早餐。

▶

開燈。

▶

沒背名字。（否定形過去式）

▶

丟了垃圾。（過去式）

▶

沒換電話號碼。（否定形過去式）

▶

秀出答案。

▶

沒繫皮帶。

▶

04_2.MP3

飛行機[ひこうき] 飛機
時間[じかん] 時間
調べる[しらべる]
查閱、調查、打聽
木[き] 木、樹木
植える[うえる] 種植

家[いえ] 家
建てる[たてる]
建、建築
キムチ 泡菜
漬ける[つける] 醃製
眼鏡[めがね] 眼鏡
かける 戴

常體說法

　　一段動詞的常體說法，即為詞尾是「る」的動詞原形，也就是辭典上能看到的形態。

1. 肯定形 …る（辭書形）

一段動詞的肯定形常體說法又稱作「辭書形」，即可在字典內查詢到的形態。

飛行機の時間を調べる。查閱航班時刻。

木を植える。　　　　　　種樹。

　請用指定的兩個單字照樣造句，寫出肯定形的日語句子。

家, 建てる　▶

キムチ, 漬ける　▶

眼鏡, かける　▶

◉ 前面學到「家」的日語是「うち」，這裡卻出現了另一個單字「家[いえ]」，這有什麼不同呢？這兩個單字都能表示「家」，但「うち」卻比「家[いえ]」多帶有「家庭」、「內部」的語感，所以也會出現無法互換使用的情況。也因為「うち」帶有這種語感，所以亦有「我家、我們家」的意思。因此，當在提到「うちの子[こ]（我們家的孩子）」時，這句話中的「うち」不能替換成「家[いえ]」。因為「うち」才有我們「內部」的語感在。

◉「眼鏡をかける（戴眼鏡）」是一個慣用表現，建議請整句背下來。除此之外，動詞「かける」在日語的語境中，具有「（把東西）掛、掛上、懸掛」的語義。

 稍等一下！

動詞辭書形之解析

　　日語的動詞原形一般是用來描述未來發生的事。如果是「當下正在…」的話，還會有另外一種現在進行式。這一項文法在後面的章節會加以說明。

2. 否定形「不做…」…ない

一段動詞的否定形常體說法只要將詞尾「る」去掉並加上「ない」就行了。

値段[ねだん] 價格
上げる[あげる]
上升、上漲
コスト 費用、成本
下げる[さげる] 下降

値段を上げない。　　價格不上漲。
コストを下げない。　　成本不下降。

☂ 請用指定的兩個單字照樣造句，寫出否定形的日語句子。

会社, 辞める ▶

部屋, 片付ける ▶

クラスメート, いじめる ▶

◉「クラスメート（同班同學）」一詞也常寫作「クラスメイト」。

会社[かいしゃ] 公司
辞める[やめる] 辭職
部屋[へや] 房間
片づける[かたづける]
整理、處理
クラスメート
同班同學、同學
いじめる 欺負、折磨

3. 過去式「…了」…た

一段動詞的過去式的常體說法，只要將詞尾的「る」去掉改成「た」就行了。

昔[むかし] 過去、以前
日記[にっき] 日記
見付ける[みつける]
找到、發現到
電球[でんきゅう] 燈泡
取り替える[とりかえる]
更換

昔の日記を見付けた。　　發現了以前的日記。
電球を取り替えた。　　換了燈泡。

◉「見付ける[みつける] 是蘊含了「發現」之意的「找到」；單純要表示「尋找」的這個動作或行為時，請記住「探す[さがす]」這個動詞。

☂ 請用指定的兩個單字照樣造句，寫出過去式的日語句子。

結婚[けっこん] 結婚
決める[きめる] 決定
泥棒[どろぼう] 小偷
捕まえる[つかまえる]
逮捕、抓
忘れ物[わすれもの]
遺失物
届ける[とどける]
送到、送給

結婚, 決める ▶

泥棒, 捕まえる ▶

忘れ物, 届ける ▶

4. 否定形過去式「不…了、沒…了」…なかった

一段動詞否定形過去式只要去除詞尾的「る」再加上「なかった」即可。

運動[うんどう] 運動
続ける[つづける] 繼續
試験[しけん] 考試
受ける[うける] 接受

運動を続けなかった。　　不繼續運動了。
試験を受けなかった。　　不參加考試了。

● 試験を受ける[しけんをうける]（參加考試）為慣用表現，請整句背下來。「受ける[うける]」的基本詞意為「接受」。

☂ **請用指定的兩個單字照樣造句，寫出否定形過去式「不…了」的日語句子。**

学生, 褒める ▶

車, 止める ▶

道, 間違える ▶

● 褒めます[ほめます]（稱讚）通常寫作平假名，其日文漢字寫法為常用漢字，也可能出現在考試中，所以在此標注上漢字寫法。

● 「車を止める[くるまを止める]（停車）」的日文漢字也寫成「停める[とめる]」。

学生[がくせい] 學生
褒める[ほめる] 稱讚
車[くるま] 車
止める[とめる]
停止、停
道[みち] 道路
間違える[まちがえる]
弄錯、搞錯

1. 請將下列句子改寫成常體說法的肯定形、否定形、過去式和否定形過去式。

上げます　▶

下げます　▶

止めます　▶

2. 請將下列句子改寫成日語。

稱讚學生。

▶

參加考試。

▶

不持續運動。

▶

不戴眼鏡。

▶

搞錯路了。

▶

查閱了航班時刻。

▶

不種樹了。

▶

遺失物沒送來了。

▶

05 | 認識動詞 — 五段動詞

依樣畫葫蘆學習法

`第一步` 一定要先聽過音檔　`第二步` 一邊看書一邊學習　`第三步` 請再聽一次音檔

五段動詞，是因為會在a、i、u、e、o這五段音上變化才得此名。舉例來說，辭書形以「く」為詞尾的情況下，其中的「く」有可能會變成「か」，也有可能會變成「き」「け」「こ」，此時只有母音會發生變化，子音維持不變。換句話說，其變化只限於同行內。為了讓大家更容易理解，就先以「行[い]く」（去）這個動詞來舉例說明，一睹五段動詞的活用變化情況吧！

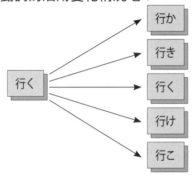

根據上方圖例，可知其活用變化僅發生於同一行「か、き、く、け、こ」內。補充說明一下，包含「く」的「行く」一詞本身具有「去」的意思，而「行け」則是表示「去吧！」的命令形，但後面改成「か」、「き」和「こ」的詞本身則不具任何意義，後面必須再加上其他助動詞才行，詳細內容之後說明。

敬體說法

　　五段動詞的ます形變化中，i段音的假名是關鍵，其包含了「い、き、し、ち、に、み、り、ぎ、じ、び」（請牢記不會有「ひ」和「ぴ」的組合出現）。現在我們來看一下變化的方式吧！

05_1.MP3

跟著做就對了

1. 肯定形 …ます

很簡單，將詞尾改成同一行i段音的假名，然後再接上「ます」即可。

書く[かく] 寫
お茶[おちゃ] 茶
飲む[のむ] 喝

メールを書きます。 寫電子郵件。
お茶を飲みます。 喝茶。

🏓 請用指定的兩個單字照樣造句，寫出肯定形的日語句子。

鉛筆[えんぴつ] 鉛筆
買う[かう] 買
手紙[てがみ] 信
送る[おくる] 送
火[ひ] 火
消す[けす] 熄滅、關

鉛筆, 買う ▶

手紙, 送る ▶

火, 消す ▶

2. 否定形「不…、沒…」…ません

如果已經會了肯定形的敬體表現，那麼再把「ます」改成「ません」就形成了否定形的敬體說法。

人[ひと] 人
知る[しる] 知道、認識
学校[がっこう] 學校
休む[やすむ] 休息

その人を知りません。 不認識那個人。
学校を休みません。 不去學校（不去上學）。

🏓 請用指定的兩個單字照樣造句，寫出否定形的日語句子。

たばこ 香菸
吸う[すう] 抽、吸
コート 大衣
脱ぐ[ぬぐ] 脫
新聞[しんぶん] 報紙
読む[よむ] 讀

たばこ, 吸う ▶

コート, 脱ぐ ▶

新聞, 読む ▶

3. 過去式「…了」…ました

如果已經會了肯定形的敬體表現，那麼再把「ます」改成「ました」就形成了否定形的敬體表現。

写真[しゃしん] 照片
撮る[とる] 拍攝
雑誌[ざっし] 雜誌
貸す[かす]
出借、借（出）

写真を撮りました。 拍了照片。
雑誌を貸しました。 出借了雜誌。

🏓 請用指定的兩個單字照樣造句，寫出過去式的日語句子。

弟[おとうと] 弟弟
待つ[まつ] 等、等待
テニス 網球
習う[ならう] 學習、學
お金[おかね] 錢
返す[かえす] 還、歸還

弟, 待つ ▶

テニス, 習う ▶

お金, 返す ▶

4. 否定形過去式「不…了、沒…了」
…ませんでした

如果已經會了肯定形的敬體表現，那麼再把「ます」改成「ませんでした」就形成了否定形過去式的敬體表現。

歌[うた] 歌、歌曲
歌う[うたう] 唱（歌）
友達[ともだち] 朋友
呼ぶ[よぶ] 呼喊、叫

歌を歌いませんでした。　　　不唱歌了。
その友達を呼びませんでした。　不叫那個朋友了。

ラジオ 廣播
聞く[きく] 聽
歯[は] 牙齒
磨く[みがく] 刷、磨
財布[さいふ] 錢包
無くす[なくす]
遺失、不見

🎐 請用指定的兩個單字照樣造句，寫出否定形過去式的日語句子。

ラジオ, 聞く ▶

歯, 磨く ▶

財布, 無くす ▶

1. 請將下列句子改寫成敬體說法的否定形、過去式和否定形過去式。

習います ▶

待ちます ▶

飲みます ▶

2. 請將下列句子改寫成日語。

不去上學。

▶

不借出雜誌了。

▶

買了報紙。

▶

不脫外套。

▶

寄出信了。

▶

寫電子郵件。

▶

不唱歌了。

▶

沒還錢了。

▶

05_2.MP3

跟著做就對了

　　五段動詞的常體說法變化稍微複雜，可謂是a, i, u, e, o各段全軍出動的一種狀況。很多人學到這部分時可能都會遭遇挫折，但請不要心急，慢慢來，一步一步地學習吸收，終究一定能迎刃而解。

1. 肯定形 …u段

五段動詞的常體用法很簡單，就是動詞的原形（完全沒做任何變化），也就是字典上查詢時用的辭書形。

> **書く**
> 「寫」的原形

薬[くすり] 藥
飲む[のむ] 喝
パン 麵包
買う[かう] 買

薬を飲む。　　　　吃藥（喝藥）。

パンを買う。　　　買麵包。

● 「吃藥」的表現法在日語說法的直譯中為「喝藥」。比較像中文早期在服飲中藥那樣的「服藥」。

　🏮 請用指定的兩個單字照樣造句，寫出「肯定形」的日語句子。

電気, 消す ▶ _____

授業, 休む ▶ _____

靴下, 脱ぐ ▶ _____

電気[でんき] 電、燈泡
消す[けす] 關、熄滅
授業[じゅぎょう]
授課、課業
休む[やすむ] 休息
靴下[くつした] 襪子
脱ぐ[ぬぐ] 脫

2. 否定形「不…」…a段 + ない

否定形的常體用法，是將u段音的詞尾去除掉之後，再接上a段音的假名，然後再加上「ない」即可。但其中請注意沒有子音的 a 行五段動詞是例外，必須將「う」變成「わ」才接「ない」，並不是變成「あ」再接「ない」囉！下面以「飲む」做示範。

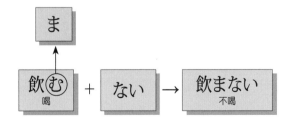

説明書[せつめいしょ]
説明書
読む[よむ] 閱讀
ビデオ 影片
撮る[とる] 拍攝

ボールペン 圓珠筆
貸す[かす] 借出
恋人[こいびと]
戀人、情人
待つ[まつ] 等待、等
入学[にゅうがく] 入學
喜ぶ[よろこぶ]
開心、高興

説明書を読まない。　　不看説明書。

ビデオを撮らない。　　不拍影片。

🌂 請用指定的兩個單字照樣造句，寫出否定形的日語句子。

ボールペン, 貸す　▶

恋人, 待つ　▶

入学, 喜ぶ　▶

● 日本人不常用「恋人[こいびと]（情人、戀人）」這個詞，尤其是年輕人，一般都
　是用「彼[かれ]」或「彼氏[かれし]」稱呼「男朋友」，並用「彼女[かのじょ]」稱呼
　「女朋友」。

3. 過去式「⋯了」⋯た／⋯だ

五段動詞的過去式十分複雜，其形成方法隨著詞尾u段音的假名而
有所不同。當u段音的假名是「く、ぐ」時，兩者詞尾皆先換成
「い」，然後詞尾為「く」的接上「た」、為「ぐ」的則接上
「だ」；當u段音的假名是「う、つ、る」時，詞尾皆先換成
「っ」，然後再接上「た」；當u段音的假名是「ぬ、む、ぶ」
時，詞尾皆先換成「ん」，然後再接上「だ」；當u段音的假名是
「す」時，則詞尾先換成「し」，然後再接上「た」。變化真的
十分複雜，但我們還是循序漸進地練習吧！

首先，來看一下詞尾u段音假名是「く、ぐ」的情況吧！
前面說了，先把「く、ぐ」改成「い」，然後由「く」變來的後面
加「た」、由「ぐ」變來的後面加「だ」。下面我們就以「書く
[かく]」及「脱ぐ[ぬぐ]」為例，了解一下其活用變化吧！

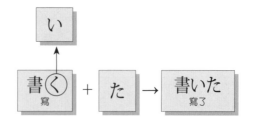

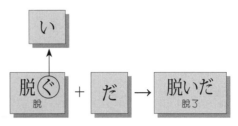

クラシック 古典音樂
聞く[きく] 聽
ズボン 褲子
脱ぐ[ぬぐ] 脱

クラシックを聞いた。 聽了古典音樂。
ズボンを脱いだ。 脱了褲子。

請用指定的兩個單字照樣造句，寫出過去式的日語句子。

ピアノ, 弾く ▶

スリッパ, 履く ▶

におい, かぐ ▶

ピアノ 鋼琴
弾く[ひく] 彈奏、彈
スリッパ 拖鞋
履く[はく] 穿（鞋類）
におい 味道
かぐ 聞、嗅

接著，來練習一下u段音假名是「う、つ、る」時該怎麼做吧！
前面有說過，當u段音假名是「う、つ、る」時，先改成「っ」，
然後再接上「た」就行了。
下面我們就以「吸う[すう]」、「待つ[まつ]」、「知る[しる]」為
例，了解一下其活用變化吧！

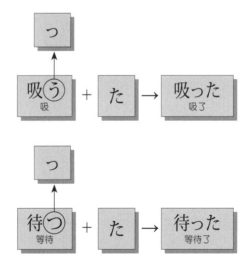

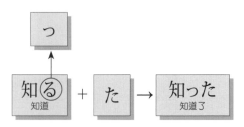

花瓶[かびん] 花瓶
買う[かう] 買
葉書[はがき] 明信片
送る[おくる] 寄

花瓶を買った。　買了花瓶。

葉書を送った。　寄了明信片。

◉「葉書[はがき]（明信片）」一詞也常用片假名的「ハガキ」表示。

🪭 請用指定的兩個單字照樣造句，寫出過去式的日語句子。

荷物[にもつ] 行李
持つ[もつ] 持、拿
手[て] 手
洗う[あらう] 洗
家[いえ] 家
売る[うる] 賣

荷物, 持つ ▶

手, 洗う ▶

家, 売る ▶

接著，來練習一下u段音假名是「ぬ、む、ぶ」時改怎麼做吧！
前面說過，當i段音假名是「ぬ、む、ぶ」時，先改成「ん」再加
上「だ」吧？下面我們就以「死ぬ[しぬ]、飲む[のむ]、呼ぶ[よぶ]
為例，了解一下其活用變化吧！

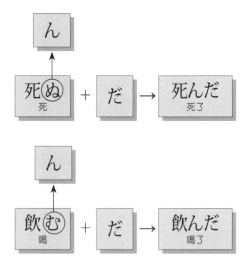

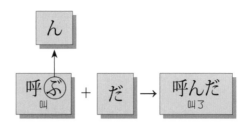

会社[かいしゃ] 公司
休む[やすむ] 休息
本[ほん] 書
読む[よむ] 讀、閱讀

会社を休んだ。　不去上班了。
本を読んだ。　　讀了書。

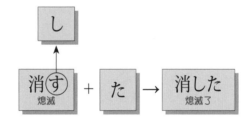　請用指定的兩個單字照樣造句，寫出過去式的日語句子。

掃除[そうじ]
打掃、清掃
頼む[たのむ]
拜託、委託
足[あし] 腳
踏む[ぶむ] 踏、踩
メニュー 菜單
選ぶ[えらぶ] 選、挑選

掃除, 頼む　▶

足, 踏む　▶

メニュー, 選ぶ　▶

◉ 「足[あし]」」分別有「腳」跟「腿」兩種意思。指「腳」時，日文漢字會寫作「脚[あし]」，但偶爾也會用「足」來表示。

最後，來看一下u段音假名是「す」的情況吧！

前面說過，這種情況時「す」要先變成「し」再接上「た」。
現在就以「消す[けす]」為例，了解一下其活用變化吧！

万年筆[まんねんひつ]
鋼筆
貸す[かす]
出借、借（出）
辞書[じしょ] 字典
返す[かえす] 還、歸還

万年筆を貸した。　出借了鋼筆。
辞書を返した。　　還了字典。

　請用指定的兩個單字照樣造句，寫出過去式的日語句子。

無くす[なくす]
遺失、不見
ボタン 鈕扣、按鈕
押す[おす] 押、按
傘[かさ] 傘
さす 撐（傘）

パスポート, 無くす　▶

ボタン, 押す　▶

傘, さす　▶

◉ 「傘をさす[かさをさす]（撐傘）」為慣用表現，請整句記下來。

4. 否定形過去式「不…了、沒…了」…なかった

五段動詞的否定形過去式並不複雜，只要把否定形的「ない」換成「なかった」就行了。

バイオリンを弾かなかった。　不拉小提琴了。

足を洗わなかった。　不洗腳了。

バイオリン 小提琴
弾く[ひく]
彈、演奏、拉
足[あし] 腳
洗う[あらう] 洗

◉「バイオリン（小提琴）」也能用「ヴァイオリン」來表示。當外來語的語源來自於英文的V音時，也可用片假名的「ヴ」來取替。

◉「足を洗う[あしをあらう]（洗腳）」除了單純的「洗腳」之外，也有「改邪歸正」或「洗手不幹」的意思。

☂ 請用指定的兩個單字照樣造句，寫出否定形過去式的日語句子。

自動車[じどうしゃ]
汽車
売る[うる] 賣
ゲーム 遊戲
楽しむ[たのしむ]
喜歡、享受
興味[きょうみ]
興趣、關心
持つ[もつ] 持、拿

自動車, 売る　▶

ゲーム, 楽しむ　▶

興味, 持つ　▶

◉「汽車」的日語單字有「自動車[じどうしゃ]」和「車[くるま]」兩種，在日常生活中，大多是説「車[くるま]」一詞。以中文的概念來説，表示「把車開過來」時，一般也不會講「把汽車開過來」，日語也有一樣的簡化做法。

5. 例外情況 行く（去）／ある（有）

五段動詞中存在兩個活用變化不依常規進行的例外單字。一個是「行く[いく]（去）」、另一個則是「ある（有）」。

記注意「行く」的過去式變化是不規則的，因為它的使用率太高，一定要牢記。

按理說「行く」的u段音假名是「く」，所以按規則應該要先改成「い」然後再接上た，變成「行いた」才對，但是它卻不是這樣，而是跟詞尾「う、つ、る」的規則一樣變成「行った」才行。

行く	行かない	行った	行かなかった
（去）	（不去）	（去了）	（不去了）

来年[らいねん] 明年
日本[にほん] 日本
行く[いく] 去
去年[きょねん] 去年
ヨーロッパ 歐洲

来年、日本に行く。　明年去日本。

去年、ヨーロッパに行った。　去年去了歐洲。

「ある」的否定形也要注意是例外！

依照變化規則，u段音假名是「る」時，否定形應該要先改成a段音再接「ない」，故此單字照理說應該是「あらない」，但事實上卻非如此，而是變成另一個單字「無い[ない]（沒有）」。「無い」是形容詞，故此動詞的否定形過去式也會變成「無かった[なかった]」。因此「ある」的基本活用變化情況如下。

ある	無い	あった	無かった
（有）	（沒有）	（有了）	（沒有了）

ガソリンスタンド
加油站
お手洗い[おてあらい]
廁所、洗手間
無い[ない] 沒有

あそこにガソリンスタンドがある。　　那裡有加油站。

そこにお手洗いが無かった。　　那裡沒有洗手間。（過去式）

●「無い（沒有）」也常用平假名表示，一般少寫漢字。

1. 請將下列單字改寫成肯定形（ます形）。

脱ぐ　▶　　　　　　　　　　待つ　▶

貸す　▶　　　　　　　　　　呼ぶ　▶

2. 請將下列單字改寫成否定形。

弾く　▶　　　　　　　　　　習う　▶

読む　▶　　　　　　　　　　ある　▶

3. 請將下列單字改寫成過去式。

書く　▶　　　　　　　　　　飲む　▶

行く　▶　　　　　　　　　　撮る　▶

返す　▶　　　　　　　　　　待つ　▶

4. 請將下列單字改寫成否定形過去式的常體表現。

洗う　▶　　　　　　　　　　消す　▶

休む　▶　　　　　　　　　　ある　▶

5. 請將下列句子改寫成日語。

撐傘。

▶

沒聞到味道。

▶

聽了古典音樂。

▶

不託人打掃了。

▶

06 認識動詞 — 不規則動詞

依樣畫葫蘆學習法

| 第一步 | 一定要先聽過音檔 | 第二步 | 一邊看書一邊學習 | 第三步 | 請再聽一次音檔 |

不規則動詞，顧名思義就是活用變化不具規律性的動詞，幸好日語的不規則動詞就只有那「来る[くる]（來）」與「する（做）」兩個而已。基本上只有這兩個不規則動詞，然「する」同時能跟動名詞搭配，形成像「勉強する[べんきょうする]」這樣的表現（亦可謂是一個新的動詞）的功用。另外，不過就算是新合成了這樣的表現，當它在變化時，跟「する」是一樣的，毋須擔心。

敬體說法

當在這兩個不規則動詞的敬體說法中，「来る」的詞幹都會保持漢字「来」，但發音會變成「き」，而「する」在這時候詞幹會變成「し」。

06_1.MP3

跟著做就對了

1. 肯定形 …ます

「来る（來）」的肯定形敬體表現是「来ます」（注意發音從「くる」變成「きます」），而「する（做）」的肯定形則是「します」。因為是不規則動詞，所以請死背下來。

明後日[あさって] 後天
課長[かちょう] 課長
来る[くる] 來
講義[こうぎ] 授課
準備[じゅんび] 準備

明後日、課長が来ます。　課長後天來。
講義の準備をします。　備課。

◉「明後日[あさって]（後天）」有時也會只用平假名「あさって」來表示。另外，「明後日」的日語念法除了「あさって」之外，還有「みょうごにち」，兩者都表示「後天」。但兩者相較之下，「みょうごにち」是比「あさって」是更正式的稱呼用語。

🍄 請用指定的兩個單字照樣造句，寫出肯定形的日語句子。

おば,来る ▶

競争,する ▶

おば
姑媽、伯母、舅媽、阿姨
競争[きょうそう] 競爭

2. 否定形「不…」…ません

「来る（來）」的否定形敬體表現是「来ません」（注意發音從「くる」變成「きません」），而「する（做）」的肯定形則是「しません」。簡單的想亦可以想成是把肯定形的「ます」改成「ません」就行了。

いとこ
堂兄弟姊妹、表兄弟姊妹
返事[へんじ] 回答

いとこは来ません。　　表哥不來。

返事をしません。　　不回答。

◉「返事[へんじ]」除了「回答」之外，也有「回信」之意。

🌂 請用指定的兩個單字照樣造句，寫出否定形的日語句子。

おじ 叔叔、舅舅
けんか 打架

おじ, 来る　▶

けんか, する　▶

3. 過去式「…了」…ました

「来る（來）」的過去式敬體表現是「来ました」（注意發音從「くる」變成「きました」），而「する（做）」的肯定形則是「しました」。簡單的想亦可以想成是把肯定形的「ます」改成「ました」就行了。

友達[ともだち] 朋友
お母さん[おかあさん] 母親
洗濯[せんたく] 洗衣服

友達のお母さんが来ました。朋友的母親來了。

洗濯をしました。　　洗衣服了。

 稍等一下！

親戚稱呼

在日本，對父母的姊妹與父母兄弟的妻子的稱呼都是「おば」，父母的兄弟與父母姊妹的丈夫的稱呼則都是「おじ」。這兩個單字都是跟別人提及自己親戚時的稱呼用語，而若是提及別人親戚時則在後面接上「さん」即可。例：「おばさん」、「おじさん」。此外，前述兩例的「おばさん」與「おじさん」也分別用於年紀比較中上，但又不會太老的「大嬸」與「大叔」之意。

● 還記得前面有提過母親的日語是「母[はは]」吧？那是跟別人提及自己母親時的稱呼用語。而這裡出現的「お母さん[おかあさん]」則是提到別人的母親時的稱呼用語。

🌂 **請用指定的兩個單字照樣造句，寫出過去式「做了…」的日語句子。**

友達のお父さん, 来る ▶

社会科学の研究, する ▶

● 前面有提過父親的日語是「父[ちち]」。這是跟別人說起自己父親時的稱呼用語，這裡出現的「お父さん[おとうさん]」則是提到別人父親時的稱呼用語。

お父さん[おとうさん]
父親
社会科学[しゃかいか
がく] 社會科學
研究[けんきゅう] 研究

4. 否定形過去式「沒…了、不…了」
…ませんでした

把「ます」換成「ませんでした」就形成了否定形過去式。

先生[せんせい] 老師
おばあさん 奶奶
車[くるま] 車
運転[うんてん]
駕駛、開（車）

先生のおばあさんは来ませんでした。　老師的奶奶沒來了。

車の運転をしませんでした。　　　　　不開車了。

● 前面有提過奶奶的日語是「祖母[そぼ]」。這是跟別人說起自己奶奶時的稱呼用語，這裡出現的「おばあさん」則是提到別人奶奶時的稱呼用語。

🌂 **請用指定的兩個單字照樣造句，寫出否定形過去式「沒有做…了」的日語句子。**

おじいさん 爺爺
案内[あんない]
帶路、導引

先生のおじいさん, 来る ▶

案内, する ▶

● 前面有提過爺爺的日語是「祖父[そふ]」。這是跟別人說起自己爺爺時的稱呼用語，這裡出現「おじいさん」則是提到別人爺爺時的稱呼用語。

朋友的父親後天來。

▶

開車。

▶

姑姑不來。

▶

朋友的母親不洗衣服。

▶

表哥來了。

▶

回答了。

▶

課長不來了。

▶

沒備課了。

▶

跟著做就對了

常體說法

從先前在一段動詞及五段動詞的學習中能夠發現，好像常體說法的活用會比敬體說法稍微來得複雜一點吧？不規則動詞也是如此，尤其要多花點心思來學習「来[き]ます」的活用變化，因為就像之前提到的一樣，它是詞幹的漢字不變，但是發音依情況會不斷改變的字呢！

1. 肯定形 …る

不規則動詞的活用變化只能無條件死背。肯定形的常體說法就是「来る[くる]」和「する」。動詞「來」的日文漢字「来」在原形時是念「く」，但接下來在的各種常體活用變化時，讀音卻會有數種變化。

来週[らいしゅう]
下一週
社長[しゃちょう]
社長、老闆
お兄さん[おにいさん]
哥哥
毎日[まいにち] 每天
散歩[さんぽ] 散步

来週、社長のお兄さんが来る。　　社長的哥哥下一週來。
毎日、散歩をする。　　每天散步。

● 「来週[らいしゅう]」後面不加任何助詞，表示「下一週」或「在下一週」。除了「前一週」、「本週」…等「～週」之外，表示「～月」或「～年」…等同類形態的詞彙的後面，一般也都不能加表示「在」的助詞「に」。

● 前面有提過提到自己的哥哥時要講「兄[あに]」，而這裡的「お兄さん[おにいさん]」是提及別人哥哥時的稱呼用語。因為只是先做練習，所以這例句的動詞暫且用「来る（來）」，一般來說這種句子要以敬體表現；等學到尊敬語時可以再用尊敬語的詞彙練習，下列的例句也是如此。

🖐 請依下列的句子，寫出不規則動詞肯定形的日語句子。

部長[ぶちょう] 部長
お姉さん[おねえさん]
姊姊
来る[くる] 來
質問[しつもん]
詢問、提問

部長のお姉さんが来る　▶

質問をする　▶

● 前面也提過姊姊的日語「姉[あね]」。這裡出現的「お姉さん[おねえさん]」是提起別人的姊姊時的稱呼用語。

2. 否定形「不…」…ない

「来る」的否定形的常體表現是「来ない」，請注意詞幹「来」這時候從「く」變成了「こ」。「する」的則是「しない」。

課長[かちょう] 課長
おばさん
姑媽、伯母、舅媽、阿姨
花火[はなび] 煙火
見物[けんぶつ]
參觀、觀賞

課長のおばさんは来ない。　　課長的伯母不來。
花火見物をしない。　　不觀賞煙火。

桜井[さくらい]
（日本姓氏）櫻井
おじさん
姑丈、伯父、叔叔、
舅舅
下宿[げしゅく] 寄宿

🌂 請用指定的兩個單字照樣造句，寫出否定形的日語句子。

桜井さんのおじさんは来る　▶

下宿をする　▶

3. 過去式「…了」…た

「来る」的過去式是「来た」，請注意詞幹「来」這時候從「く」
變成了「き」；「する」的過去式則是「した」。

隣[となり] 鄰居
奥さん[おくさん]
（別人的）妻子、老婆
経験[けいけん] 經驗

隣の奥さんが来た。　　　鄰居家的妻子來了。
いい経験をした。　　　得到了很好的經驗。

🌂 請依下列的句子，寫出不規則動詞過去式的日語句子。

お巡りさん[おまわりさ
ん] 警察叔叔
来る[くる] 來
失敗[しっぱい] 失敗

お巡りさんが来る　▶

失敗をする　▶

◉ 前面我們學過了「警察」的日語是「警官[けいかん]」之外，也能用「警察官[けい
さつかん]」來表示「警察」。另外，還有一個「お巡りさん[おまわりさん]」是同義
但口吻比較親切的説法。

4. 否定形過去式「不…了、沒…了」…なかった

「来る」的否定形的常體表現是「来なかった」，請注意詞幹「来」
這時候從「く」變成了「こ」。「する」的則是「しなかった」。

裏[うら] 後面、後
ご主人[ごしゅじん]
（別人的）丈夫
食事[しょくじ]
吃飯、用餐、食物
支度[したく] 準備

裏のご主人は来なかった。　　後排鄰居家的丈夫沒來了。
食事の支度をしなかった。　　沒準備飯菜了。

◉ 裏[うら]除了「後面」、「後」，也常用來表示「自家房舍後方的鄰居」。用「ご
主人[ごしゅじん]」是提及別人丈夫的稱呼用語，反之「主人」則是跟別人提到自己
丈夫時的稱呼用語。

🌂 請依下列的句子，寫出不規則動詞否定形過去式的日語句子。

両親は来る　▶

自己紹介をする　▶

両親[りょうしん]
雙親、父母
自己紹介[じこしょうか
い] 自我介紹

◉ 「両親[りょうしん]」是跟別人提到自己的父母親時的稱呼用語，而稱呼他人父母親
時則是在同一個單字前加上更為鄭重的「ご」，變成「ご両親[ごりょうしん]」，加
上前方的「ご」的用法請參考第217頁的説明。

社長的姊姊下一週來。

▶
- -

準備飯菜。

▶
- -

雙親不來。

▶
- -

不做自我介紹。

▶
- -

老師的哥哥昨天來了。

▶
- -

今天散步了。

▶
- -

部長的大伯沒來了。

▶
- -

不觀賞煙火了。

▶
- -

順帶一提！

看到日語的動詞時，不規則動詞就是之前提到的那兩個，所以死記下來，就不需要判斷。但遇到其他動詞時要怎麼區分是屬於五段動詞還是一段動詞呢？現在就來認識一下辨別動詞類型的幾種方法吧！

1. 原形（辭書形）的詞尾不是的「る」的話，就是五段動詞！

一段動詞的原形詞尾一定是「る」，所以辭書形的詞尾不是「る」的動詞一定是五段動詞。舉例來說，「読む[よむ]（閱讀）」和「書く[かく]（寫）」…等這些不是「る」結尾的都是。這種動詞全都是五段動詞。而以詞尾是「る」的動詞，有可能是一段動詞，也有可能是五段動詞。

2. 原形（辭書形）是的詞尾是「る」，且形態倒數第二個假名為「a段音+る、u段音+る、o段音+る」的話，就是五段動詞！

上面有提到以「る」結尾的動詞中，有些屬五段動詞，有些則是屬一段動詞。但一段動詞的特徵裡，只要詞尾之前的音是一定是 i段音或 e段音的假名。所以用消去法，只要不是這個特徵的動詞，就一定是五段動詞，例如：「終わる[おわる]（結束）、売る[うる]（賣）、撮る[とる]（拍攝）」…等等。

3. 詞尾為「る」的，但前一個假名為 i段音或 e段音的，是「一段動詞」的判斷模式。

當動詞的詞尾為「る」，它有可能是一段動詞，也有可能是五段動詞。所以先看詞尾前的字是否落在i段音或e段音上。若是，那就是一段動詞。（補充：若為i段音則多數為一段動詞裡的「上一段動詞」、若為e段音則多數為一段動詞裡的「下一段動詞」）。不過，還是包含了一些五段動詞的例外存在喲！

4. 如何進階分類五段動詞跟一段動詞！

我們可以有一些進階的判斷，如果這個i段音及e段音「沒有漢字」的情況下，例如：「開ける」的i段音字是「け」（無漢字）、「教える」的e段音是「え」（無漢字），這種情況就肯定是一段動詞。如果「る」前面是是單一音節的話就不一定，例如：「寝る[ねる]（就寢）」、「着る[きる]（上半身衣物）穿」…是屬於一段動詞。但如果是「知る[しる]（知道、了解）」、「蹴る[ける]（踢）」…，則會屬於五段動詞。但嚴格講起來這種情況屬於一段動詞的動詞比較少一些，所以可以考慮從一段動詞的部分死記，再以消去法弄清楚每個動詞的詞性就方便、有效多了。

02 節

變化無窮的
動詞活用

在這三類的動詞中，五段動詞的活用最為複雜難學。
本章節我們來解析五段動詞的活用。在本章的學習
中，我會將同一段音的活用變化都聚集起來一次說
明，例如：開始學習與 a段音的活用變化時，就會全
部都講與 a段音相關的活用，等學完後再學其他段音
的活用。如此一來，能夠集中記憶，練習成效也比較
好。現在就一起透過音檔和反覆練習來征服傳聞中十
分困難的日文動詞活用吧！

07 五段動詞在a段音上的變化 ─ 否定形

依樣畫葫蘆學習法

第一步 一定要先聽過音檔　**第二步** 一邊看書一邊學習　**第三步** 請再聽一次音檔

我們已在動詞的常體說法活用部分學過否定形了，基本詞義為帶著「不～、沒～」的意思。如果想不太起來的話，請往前翻重新複習一次吧！

07_1.MP3

跟著做就對了

否定形的形成方式

還記得五段動詞的否定形，即a段音後面加上「ない」時需要格外注意一件事吧？那就是動詞的辭書形詞尾為「う」時，必須改成「わ」而不是「あ」！另外一個例外則是，動詞「ある（有）」的否定形不是「あらない（×）」，而是「無い[ない]」；一段動詞的話，只要把辭書形中的詞尾「る」拿掉後再加上「ない」就行了，而不規則動詞的否定形則是「来[こ]ない」和「しない」。

五段動詞

人[ひと] 人
全然[ぜんぜん] 完全
笑う[わらう] 笑
席[せき] 位子、座位
一つ[ひとつ] 一個
空く[あく]
空（出）、空（著）

その人は全然笑わない。　那個人完全不笑。

席が一つも空かない。　一個位子也沒空著。

◉「全然[ぜんぜん]」表示「完全」、「全然」，後面通常接否定形，但在輕鬆的對話環境下，後面有時也會接肯定句，例如：「全然いい（非常好）」。

一段動詞

コップ 杯子
割れる[われる]
破、打破
靴下[くつした] 襪子
足[あし] 腳
冷える[ひえる]
發涼、變冷

このコップは割れない。　那個杯子不會破。

この靴下は足が冷えない。　這雙襪子很保暖（腳不會冷）。

◉日文中用來表示杯子的單字有兩個，一個是「コップ」，另一個是「カップ」。「コップ」指的是用來喝水的玻璃杯或紙杯，而「カップ」則有把手的咖啡杯或茶杯。

兄[あに] 哥哥、兄長
来る[くる] 來
友達[ともだち] 朋友
招待[しょうたい] 邀請

鳥[とり] 鳥
飛ぶ[とぶ] 飛
高い[たかい] 昂貴
物[もの] 物品
買う[かう] 買
午後[ごご] 下午
約束[やくそく] 約定
鉛筆[えんぴつ] 鉛筆
手[て] 手
汚れる[よごれる] 變髒
今度[こんど]
這次、下次
日曜日[にちようび]
星期日
仕事[しごと] 工作

不規則動詞

兄は来ない。　　　　　　　　哥哥不來。

その友達は招待しない。　　　不邀請那個朋友。

 請將下列句子中的動詞改成否定形，寫出否定形「不做…」的日語句子。

この鳥は飛ぶ。　▶

高い物を買う。　▶

午後、約束がある。　▶

この鉛筆は手が汚れる。　▶

いとこが来る。　▶

今度の日曜日は仕事をする。　▶

順帶一提！

　　是否還記得否定形的常體，可以用很簡單的方式改變成敬體表現，就是和形容詞一樣，在句尾「…ない」的後面加上「です」就行了。例如剛剛出現的句子：「その人は全然笑わない」，後面加上「です」，變成「その人は全然笑わないです」的話，就形成了表示「那個人完全不笑」的敬體說法。

　　當然，敬體表現還有變成「…ません」的說法。這兩個的差異在於「…ません」是更為恭敬的說法，因為否定形後面加上「です」等同是一種用「です」去堆砌出敬意來，但「ません」本身就是一種敬體的表現，自然在禮儀度上更勝一籌。

奠定實力 請將下列句子翻成日語 正確答案在本書第431頁。

1. 請將下列動詞改成否定形。

話す[はなす]
談論、談話
待つ[まつ] 等、等待
死ぬ[しぬ] 死
飲む[のむ] 喝
移る[うつる] 移動
ある 有
来る[くる] 來

笑う ▶　　　　　　飲む ▶

空く ▶　　　　　　移る ▶

話す ▶　　　　　　ある ▶

待つ ▶　　　　　　汚れる ▶

死ぬ ▶　　　　　　来る ▶

飛ぶ ▶　　　　　　する ▶

2. 請將下列句子改寫成日語。（否定形）

不買貴的東西。

▶

表哥不來。

▶

下午沒有約。

▶

這隻鉛筆不會弄髒手。

▶

挑戰長文 請試著先聆聽音檔來掌握內容，練習聽力。

07_2.MP3

今日、デパートでとても小さな、かわいい金魚を見付けた。でも、その金魚は全然動かなかった。プラスチック製の金魚だった。餌も要らない。水も汚れない。楽な金魚だ。3匹で525円だった。高くもない。

今日[きょう] 今天 デパート 百貨公司 とても 非常、十分 小さな[ちいさな] 小的 金魚[きんぎょ] 金魚 でも 但是… 見付ける[みつける] 發現 全然[ぜんぜん] 完全 動く[うごく] 動 プラスチック 塑膠 …製[せい] …製 餌[えさ] 飼料 要る[いる] 要、需要 水[みず] 水 汚れる[よごれる] 變髒、髒亂 楽[らく] 舒服、輕鬆 3匹[さんびき] 三隻 525円[ごひゃくにじゅうごえん] 525日幣 高い[たかい] 昂貴、高

08 五段動詞在a段音上的變化 —使役形

依樣畫葫蘆學習法

第一步 一定要先聽過音檔　第二步 一邊看書一邊學習　第三步 請再聽一次音檔

使役形為表達「令／使（某人）做某件事」的句型，日文中十分常見，請牢記在心。

08_1.MP3

跟著做就對了

使役形的形成方式

五段動詞時去除詞尾後改成同行a段音假名再加上「せる」變化；一段動詞則是去除掉詞尾「る」再加上「させる」；不規則動詞的話，則分別是「来させる[こさせる]」和「させる」兩種。現在就以「書く[かく]（寫）」和「覚える[おぼえる]（記、記憶）」為例來進行說明吧！

五段動詞

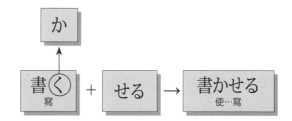

一段動詞

另外，形成使役形的原形（這時非辭書形，因為多半在字典查不到）後，仍可以將其視為一個新的動詞。以「書かせる」為例，

視其為一個獨立動詞，詞尾的「る」一樣能去除掉，再依一段動詞的規則進行其他的活用變化，例如：「書かせる→書かせます」（ます形）、「書かせる→書かせない」（否定形）、「書かせる→書かせた」（過去式）…等。

ウイスキー 威士忌
飲む[のむ] 喝
数学[すうがく] 數學
教える[おしえる] 教

ウイスキーを飲ませました。　　　使…喝了威士忌。

数学を教えさせた。　　　使…教了數學。

請用指定的兩個單字照樣造句，寫出「使…做了…」的日語句子。

家内[かない] 妻子
働く[はたらく] 工作
服[ふく] 衣服
着る[きる]
（上半身衣服）穿
運転手[うんてんしゅ]
司機
来る[くる] 來
地図[ちず] 地圖
コピー 複製

家内, 働く　▶

服, 着る　▶

運転手, 来る　▶

この地図, コピーする　▶

● 「家内[かない]」跟之前提過的「妻[つま]」一樣，都是用來表示「妻子」的單字。

● 在日常對話中使用使役形時，也可將「せる」改成「す」，如「行かせる[いかせる]」變成「行かす」，「食べさせる[たべさせる]」變成「食べさす」，此種説法的ます形可看待成是詞尾為「す」，故分別變化為「行かします」和「食べさします」。

對於使役形有沒有一點頭緒了呢？接著一起練習一下稍微複雜一點的使役形語句吧！使役形語句的助詞，會隨著句中使用的動詞是自動詞或他動詞而異。

當動詞是自動詞時

使用自動詞的句子，即沒有目的語的句子，其句型為「…（指使的人）は…（被指使的對象）を…（使役動作）」。

~ は（主格助詞） ~ を（受格助詞） ＋ 使役動作

以上為基本句型，句中可添加其他內容，如〜に（在…）…と（〜和〜）…等。

弟[おとうと] 弟弟
スーパー 超市

弟はスーパーに行きました。　　　弟弟去了超市。

行く[いく] 去
僕[ぼく] 我

→ 僕は弟をスーパーに行かせました。

我叫弟弟去了超市。

◉ 「僕[ぼく]」是男性稱呼用語。男性也能用「俺[おれ]」來自稱（我），但這個詞比「僕[ぼく]」還要來得粗俗，跟台語「恁爸」的粗俗語感相似，故通常用在跟很親密的人之間講話使用。若身處在講話需要十分恭敬的情境下，最好用「私[わたし]」來自稱。但是男性在不需要用敬體講話的對話時，一般不會用「私」來自稱。

娘[むすめ] 女兒
彼氏[かれし] 男朋友
別れる[わかれる]
離別、分手
私[わたし] 我

娘は彼氏と別れた。

女兒跟男朋友分手了。

→ 私は娘を彼氏と別れさせた。我讓女兒跟男朋友分手了。

◉ 使役形語句中，主語並非一定要用「～は」，也可以用「～が」，但兩者語調不同。以第一個例句「僕は弟をスーパーに行かせました（我叫弟弟去了超市）」為例，將句中的「～は」換成「～が」，變成「僕が弟をスーパーに行かせました」的話，意思就變成「叫弟弟去了超市的人是我」。換句話説，使用「が」的句子是把焦點放在「若問是誰叫他去的話，是我叫他去的」。

🖐 請用指定的三個單字來照樣造句，寫出「使…做…」的日語句子。

その歌手, ファン, 喜ぶ ▶	
永井さん, 子供, 出掛ける ▶	
部長, 会社の人, うちに来る ▶	

歌手[かしゅ] 歌手
ファン 粉絲
喜ぶ[よろこぶ]
高興、開心
永井[ながい]
（日本姓氏）永井
子供[こども] 小孩
出掛ける[でかける]
外出、出門
部長[ぶちょう] 部長
会社[かいしゃ] 公司
人[ひと] 人
来る[くる] 來

當動詞是他動詞時

使用他動詞的句子，即句中有目的語（受格助詞）的句子，其句型為「～（指使的人）は～（被指使的對象）に～を～（使役形）」。

~ | は（主格助詞） | ~ | に（表示目標對象的助詞） | ~ | を（受格助詞） | ＋ | 使役動作

柔道[じゅうどう] 柔道
習う[ならう] 學習
父[ちち] 父親
生徒[せいと] 學生
漢字[かんじ] 漢字
意味[いみ] 意思
調べる[しらべる] 調查
先生[せんせい] 老師

僕は柔道を習いました。

我學了柔道。

→ 父は僕に柔道を習わせました。

爸爸讓我學了柔道。

生徒は漢字の意味を調べた。

學生查了漢字的意思。

→ 先生は生徒に漢字の意味を調べさせた。

老師讓學生查了漢字的意思。

先輩[せんぱい] 前輩
後輩[こうはい] 後輩
ボール 球
拾う[ひろう] 拾、撿
子供[こども] 小孩
道[みち] 道路
尋ねる[たずねる] 詢問
孫[まご] 孫子、孫女
車[くるま] 車
運転[うんてん]
駕駛、運轉

りんご 蘋果
白雪姫[しらゆきひめ]
白雪公主
眠る[ねむる]
睡著、入眠
発売[はつばい] 發售
喜ぶ[よろこぶ]
開心、高興

母[はは] 母親
花[はな] 花
咲く[さく] 開、綻放
彼[かれ] 他
車[くるま] 車
走る[はしる] 跑

請用指定的四個單字來照樣造句，寫出「讓…做了…」的日語句子。

その先輩, 後輩, ボール, 拾う ▶

おばあさん, 子供, 道, 尋ねる ▶

おじいさん, 孫, 車, 運転する ▶

◉ 中文的「孫子」和「孫女」，在日語都是以「孫[まご]」一個字表達。

到目前為止我都以「人」為主語造句。但並非只有人才能當主語，快來看看下面兩個例句：

そのりんごは白雪姫を眠らせました。
　　　　　　　　　　　　　那顆蘋果讓白雪公主睡著了。

そのゲームの発売はゲームファンを喜ばせた。
　　　　　　　　　　　　那款遊戲的發售讓遊戲粉絲感到開心。

除此之外，被指使的對象也並非一定要是人。

母はその花をきれいに咲かせました。　母親讓那朵花盛開了。

彼は車を走らせた。　　　　他讓車子跑起來了（他開起那台車來了）。

稍等一下！

使用表示「問」的動詞時

　「尋ねる[たずねる]」表示「問、詢問」之意，但屬於較生硬的用詞，所以在日常對話中較少使用。而另一個比較常用來表達「問」的單字就是「聞く[きく]」。但要注意「聞く」除了「問」之外，也同時具有「聽」的字義。除此之外，「質問する[しつもんする]」常在教室…等地方場合下用來表示「詢問」之意，但平時想表達「向某人問某事」之意時不太會使用此單字。

　另外，「尋ねる」跟「訪ねる」的平假名寫法都是「たずねる」；但漢字寫出前者時表示「詢問」、寫出後者時則表示「拜訪、訪問」。請注意這兩個單字雖然發音相同，但日文漢字的寫法卻相異。（在日語裡有很多這樣的情況喔！）

貸す[かす] 出借
持つ[もつ] 持、拿
死ぬ[しぬ] 死
休む[やすむ] 休息
来る[くる] 來

1. 請將下列動詞改成使役形。

拾う ▶ 　　　　　　　　休む ▶

咲く ▶ 　　　　　　　　眠る ▶

貸す ▶ 　　　　　　　　尋ねる ▶

持つ ▶ 　　　　　　　　来る ▶

死ぬ ▶ 　　　　　　　　する ▶

喜ぶ ▶

2. 請將下列句子改寫成日語。（使役形）

部長讓公司的人來家裡了。

▶

前輩叫後輩去了超市。

▶

老師讓學生查了漢字的意思。

▶

奶奶讓孫女問了路。

▶

父親讓我學了柔道。

▶

私は高校でテニスクラブのメンバーでした。テニスクラブでは先輩と後輩の関係が難しかったです。先輩は後輩にいつもボールを拾わせました。日曜日は、先輩は後輩にお弁当を準備させました。でも、それも昔の話です。最近は後輩にそんな事をさせる先輩はいません。

高校[こうこう] 高中　クラブ 社團、俱樂部　メンバー 成員、會員　先輩[せんぱい] 前輩　後輩[こうはい] 後輩　関係[かんけい] 關係　難しい[むずかしい] 難、困難　拾う[ひろう] 撿、拾　日曜日[にちようび] 星期日　お弁当[おべんとう] 便當　準備[じゅんび] 準備　昔[むかし] 以前、過去　話[はなし] 話、故事　最近[さいきん] 最近、近來　そんな 那種　事[こと] 事、事情　いる 有

順帶一提！

　　使用了自動詞的使役形語句，其句型通常是【…は…を＋使役形】，但即使在動詞為自動詞的情況下，也可能出現【…は…に＋使役形】這種句型。

> お母さんは子供を遊ばせた。　母親要孩子玩了。
> お母さんは子供に遊ばせた。　母親允許孩子玩了。

　　使役形句的動詞是自動詞時，若用助詞「に」，表示受指使的人（執行動作的人）本身想這麼做。舉例來說，以上述第一個例句「お母さんは子供を遊ばせた」來看，無法得知孩子是否想玩，但是媽媽就讓他去玩；但若如第二個例句使用了助詞「に」這樣，「お母さんは子供に遊ばせた」，則大多用來表示「孩子想玩而媽媽放任或允許他去玩」。換句話說，當孩子不想玩卻讓孩子去玩的情況下，可用助詞「を」也可用助詞「に」；當孩子自己想玩的情況下，則要用助詞「に」表達。

09 | 五段動詞在a段音上的變化 ─ 被動形

依樣畫葫蘆學習法

第一步 一定要先聽過音檔　第二步 一邊看書一邊學習　第三步 請再聽一次音檔

被動形，以中文的角度思考，就是「被吃」裡的「被～」，日語與中文不同，許多表達習慣以被動的狀況表現，經常使用這種被動形語句。所以想要說一口流利的日語，就非得學會這種句型，請好好熟悉這章節的內容。

09_1.MP3

跟著做就對了

被動形的形成方式

五段動詞時去除詞尾後改成同行a段音假名再加上「れる」變化；一段動詞則是去除掉詞尾「る」再加上「られる」；不規則動詞的話，則分別是「来られる[こられる]」和「される」兩種。現在就以五段動詞的「叱る[しかる]（斥責、責罵）」和一段動詞的「食べる[たべる]（吃）」為例來進行說明吧！

五段動詞

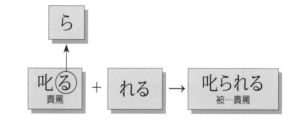

一段動詞

跟使役形一樣，形成被動形的原形（這時非辭書形，因為多半在字典查不到）後，仍可以將其視為一個新的動詞。以「食べられ

第二節 變化無窮的動詞活用　87

る」為例，視其為一個獨立動詞，詞尾的「る」一樣能去除掉，再依一段動詞的規則進行其他的活用變化，例如：「食べられる→食べられます」（ます形）、「食べられる→食べられない」（否定形）、「食べられる→食べられた」（過去式）…等。

被動形語句的句型結構如下所示

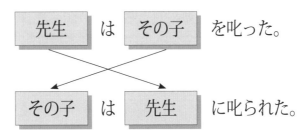

私[わたし] 我
犬[いぬ] 狗
噛む[かむ] 咬
子[こ] 小孩、子女
先生[せんせい] 老師
叱る[しかる]
斥責、責備

私は犬に噛まれました。　　我被狗咬了。
その子は先生に叱られた。　那孩子被老師罵了。

用上方第二個例句來跟主動形的句子做個比較吧！
主動形語句的句型結構如下所示：

先生はその子を叱った。　　老師責罵了那個孩子。

以下是將主動形句子改成被動形句子的方法。

先生　は　その子　を叱った。

その子　は　先生　に叱られた。

🌂 請將下列句子改成被動形語句。

母[はは] 母親
褒める[ほめる] 稱讚
社長[しゃちょう]
老闆、社長
大島[おおしま]
（日本姓氏）大島
呼ぶ[よぶ] 呼喊、叫來
父[ちち] 父親
僕[ぼく] 我
注意[ちゅうい] 注意

母は私を褒めました　▶

社長は大島さんを呼びました　▶

父は僕を注意しました　▶

接著，一起來練習句中有目的語（受格助詞）的被動形句子吧！

私[わたし] 我
すり 扒手
財布[さいふ] 錢包
盗む[ぬすむ] 偷
電車[でんしゃ] 電車
中[なか] 內部、裡面
隣[となり] 旁邊、旁
人[ひと] 人
足[あし] 腳、腿
踏む[ふむ] 踏、踩

私はすりに財布を盗まれました。 我的錢包被扒手扒走了。

私は電車の中で隣の人に足を踏まれた。

我在電車內被旁邊的人踩到腳了。

●すり（扒手）也常用片假名「スリ」表示。

上述例句是用被動形語句來表達身體的某部分或所有物「受損」，使用這種被動形的句子時應特別小心。當句型結構為「～は～に～を + 被動形時」在「～は」的前方接所有者，「～を」前方接身體的某部分或所有物。
接著，用上方第一個例句來跟主動形語句做個比較吧！

すり が 私 の 財布 を盗みました。

扒手扒走了我的錢包。

私 は すり に 財布 を盗まれました。

我的錢包被扒手扒走了。

日語被動形的重要特徵之一，就是大多具有「遭到、遭受」之意。也就是說，發生了主語不希望發生的事，表達出主語「受損」、「受影響、感到困擾」之感，請特別留意這點並銘記在心。

弟[おとうと] 弟弟
カメラ 相機
壊す[こわす]
故障、弄壞
妹[いもうと] 妹妹
テスト 測驗、考試
点[てん] 分數
見る[みる] 看
先生[せんせい] 老師
僕[ぼく] 我
チェック
檢查、核對、支票

 請將下列句子改成被動形的句子。

弟が私のカメラを壊した ▶

妹が私のテストの点を見た ▶

先生が僕のかばんの中をチェックした ▶

除此之外，觀察主動形和被動形語句之間關係，會發現有些被動形語句中，主詞會省略不出現。

（僕は）彼女に泣かれました。

（我）因為女朋友哭了而感到困擾。

12時まで友達にいられた。

因為朋友待到了12點而感到困擾。

僕[ぼく] 我
彼女[かのじょ]
女朋友、她
泣く[なく] 哭
12時[じゅうじ] 12點
友達[ともだち] 朋友

用上方第一個例句來跟主動形句子做個比較吧！

彼女が泣きました。
女朋友哭了。

（僕は）彼女に泣かれました。
我因為女朋友哭了而感到困擾。

「僕は」是可以省略的。第二個例句（12時まで友達にいられた。）也是相同情況，被動形句子中沒有出現主詞。如同上述兩例句，主詞可以省略掉。

沒有主詞的被動句，一般都帶有「感到困擾、受影響」、「受害、受損」之意，所以在使用上，請特別留意這點並銘記在心。

 請將下列句子改成被動形語句。

雨が降りました ▶

犯人が逃げました ▶

お客さんが来ました ▶

雨[あめ] 雨
降る[ふる] 降、落
犯人[はんにん] 犯人
逃げる[にげる] 逃跑
お客さん[おきゃくさん]
客人
来る[くる] 來

日語中雖然常出現表達「感到困擾、受影響」或「發生了不希望的事」情感的被動句，但還是要注意，並非所有被動句都是如此。被動句在幾種情況下不帶負面情感，①秉持中立角度來描述的情況下。②在使用本身帶有正面意義的動詞之時，此時因為動詞的詞義而不會給人負面的感覺。還有一種情況是③主詞不是人，而是物品。

現在一起來看一下幫助大家輕鬆理解的例子吧！

首先要舉的例子，是秉持中立角度來描述的被動形語句。

子[こ] 孩子、小孩
お母さん[おかあさん]
母親
買い物[かいもの]
購物、買東西
頼む[たのむ]
拜託、委託
女性[じょせい]
女性、女人
ドラキュラ
（德古拉）吸血鬼
血[ち] 血
吸う[すう] 吸、吸入

その子はお母さんに買い物を頼まれました。

那孩子受媽媽託付去買東西了。

その女性はドラキュラに血を吸われた。

那位女性被吸血鬼吸血了。

如同上面這兩個例句，內容只是客觀描述，不帶有主語「受損」、「受影響、感到困擾」的負面情感。

私[わたし] 我
先生[せんせい] 老師
発音[はつおん] 發音
褒める[ほめる] 稱讚
展覧会[てんらんかい]
展覽會
招待[しょうたい] 邀請

接著要舉的例子，是使用本身帶有正面意義的動詞的被動句。

私は先生に発音を褒められました。 我的發音被老師稱讚了。
私はその展覧会に招待された。 我被那個展覽會邀請了。

来月[らいげつ] 下個月
新しい[あたらしい] 新
車[くるま] 車
発売[はつばい]
發售、上市
小説[しょうせつ] 小說
韓国語[かんこくご]
韓語
翻訳[ほんやく] 翻譯

最後要舉的例子，則是主語不是人，而是物品的被動形語句。

来月、新しい車が発売されます。 新車下個月發售。
この小説は韓国語に翻訳された。 這本小說被翻成韓語。

現在我們來練習主詞不是人的被動形語句吧！

パーティー
聚會、派對
7時[しちじ] 7點
半[はん] 半
開く[ひらく]
舉辦、開設
ビル 大樓、大廈
去年[きょねん] 去年
建てる[たてる] 建、蓋
茶碗[ちゃわん] 飯碗
韓国[かんこく] 韓國
生産[せいさん] 生產

請用指定的單字和詞組，以被動形的句型造句。

パーティー, 7時半から開く ▶

そのビル, 去年建てる ▶

この茶碗, 韓国で生産する ▶

奠定實力 請將下列句子翻成日語 正確答案在本書第432頁。

1. 請將下列動詞改成被動形。

買う[かう] 買
待つ[まつ] 等
死ぬ[しぬ] 死
呼ぶ[よぶ] 呼叫、呼喚
読む[よむ] 讀、閱讀
撮る[とる] 照相、攝影
来る[くる] 來

買う ▶		読む ▶	
泣く ▶		撮る ▶	
壊す ▶		逃げる ▶	
待つ ▶		来る ▶	
死ぬ ▶		する ▶	
呼ぶ ▶			

2. 請將下列句子改寫成日語。（被動形）

我被狗咬了。

▶

我在電車內被旁邊的人踩到腳了。

▶

被雨淋了。

▶

客人來了。

▶

這個碗在韓國被生產了。

▶

昨日、母に彼氏の写真を見られた。彼氏は外国人だから、びっくりされた。反対されると思ったが、反対されなかった。でも、今日、私は彼氏に振られた。好きな人がいると言われた。そして、その人と結婚すると言われた。二股かけられた。

昨日[きのう] 昨天 母[はは] 母親 彼氏[かれし] 男朋友 写真[しゃしん] 照片 見る[みる] 看 外国人[がいこくじん] 外國人
びっくりする 嚇了一跳 反対[はんたい] 反對 思う[おもう] 思考、考慮 今日[きょう] 今天 私[わたし] 我 振る[ふる] 揮、搖
そして 而且 好き[すき] 喜歡 人[ひと] 人 言う[いう] 說 結婚[けっこん] 結婚 二股[ふたまた] 劈腿

● 「好き[すき]」表示「喜歡的」。而日語中「愛」的動詞則是「愛する[あいする]」，但語感稍微沉
　重，所以在一般在對對方表示喜愛時，一般會用「好き」這個單字。

順帶一提！

| 私は姉に英語を教えられた。 | 我因為姊姊教我英文而感到困擾了。 |

前面有提到大多數的被動句都帶有負面情緒吧？因此，以上面這個例句來說，描述的是我不想學，但姊姊逼我學的情況。當我們對某個人做的事心存感激時，不能用被動句，而是要用「得到了⋯」句型，此句型的介紹說明位在本書第341頁。

有些動詞沒有被動形，如下所示

1. 表示能力的動詞 動詞的可能形、できる（可以做～）⋯等

2. 自發性（進行）的動詞 見える[みえる]（看得見、看起來）、聞こえる[きこえる]（聽得到）⋯等

3. 表示狀態（無意識）的動詞 ある（有）、要る[いる]（需要）⋯等

4. 本身就帶有被動之意的動詞 見付かる[みつかる]（被發現、被看到）、教わる[おそわる]（受教、學習）

10 五段動詞在a段音上的變化 — 使役被動形

依樣畫葫蘆學習法

第一步 一定要先聽過音檔　**第二步** 一邊看書一邊學習　**第三步** 請再聽一次音檔

我們已經學過使役形及被動形了，所以現在來看「使役被動形」。使役被動形就就是把這兩種句型合併起來，直譯為「被…使役…」，即「被迫…」的句型。換句話說，這個句型是用來描述某人在另一個人的指使之下被迫去做某件事的情況。

10_1.MP3

跟著做就對了

使役被動形的形成方式

五段動詞時去除詞尾後改成同行a段音假名再加上「される」或「せられる」變化；一段動詞則是去除掉詞尾「る」再加上「させられる」；不規則動詞的話，則分別是「来させられる[こさせられる]」和「させられる」兩種。現在就以五段動詞的「立つ[たつ]（站、立）」、「話す[はなす]（談論）」和一段動詞的「覚える[おぼえる]（記住）」為例來進行說明吧！

五段動詞

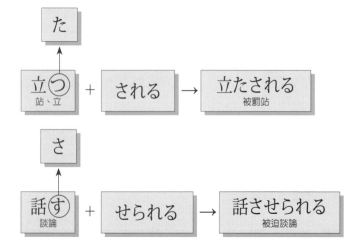

一段動詞

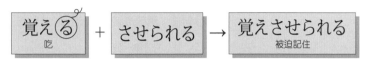

使役被動形的詞尾也同樣會發生一段動詞活用變化，因此若以
「立たされる（被罰站）」為例，其活用變化為「立たされます
（ます形）、立たされない（常體否定形）、立たされた（常體
過去式）」…等等。

此外，使役被動形也跟被動形一樣大多帶著負面情緒，練習此句
型時請別忘了這點。

私[わたし] 我
母[はは] 母親
魚[さかな] 魚
焼く[やく] 烤
僕[ぼく] 我
妻[つま] 妻子
田舎[いなか] 鄉下

私は母に魚を焼かされました。
　　　　　　　我被母親強迫去烤魚了。（我因為母親指使才去烤魚）

僕は妻に田舎に来させられた。
　　　　　　　我被妻子強迫來鄉下了。（是因為妻子要我來，逼不得已才來鄉下）

請試著分兩階段完成使役被動句。先寫出使役句，然後再改成使
役被動句。

→ 母は私に魚を焼かせました。
　　　　　　　　　　母親要我烤魚了。

→ 私は母に魚を焼かされました。
　　　　　　　　　　我被母親強迫去烤魚了。

指使者與被指使者在使役形語句和使役被動形語句中會交換位
置，如下所示。

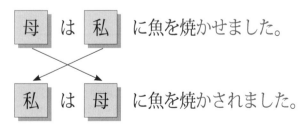

☂ 請用指定的四個單字，先寫出「A讓B去做了～」的使役句，再寫出「B被A強迫去做了～」的使役被動句。在第一題中，請以「買う」寫出句子較短的使役句後，再改成較長的使役形被動句。之後以此類推。

婚約者[こんやくしゃ]
未婚夫、未婚妻
僕[ぼく] 我
高い[たかい] 昂貴
指輪[ゆびわ] 戒指
買う[かう] 買
警察官[けいさつかん]
警察
事件[じけん] 事件
内容[ないよう] 内容
話す[はなす]
談論、談話
先生[せんせい] 老師
生徒[せいと] 學生
テーブル 桌子
並べる[ならべる]
並排、排列
校長[こうちょう]
（高中以下的）校長
私[わたし] 我
学校[がっこう] 學校
辞める[やめる] 辭職
医者[いしゃ] 醫生
病院[びょういん] 醫院
退院[たいいん] 出院

婚約者, 僕, 高い指輪, 買う

▶

警察官, 僕, 事件の内容, 話す

▶

先生, 生徒, テーブル, 並べる

▶

校長, 私, 学校, 辞める

▶

医者, 私, 病院, 退院する

▶

稍等一下！

漢字語序和中文相反的日語單字

中文的「偵探」，在日文漢字的寫法卻是「探偵[たんてい]」，兩者剛好相反。除了這以外，還有很多單字也是如此。舉例來說，「白黒[しろくろ]（黑白）」、「行ったり来たり[いったりきたり]（來來去去）」…等。除此之外，訂婚者在中文有分未婚妻和未婚夫，在日文卻沒有男女區分，無論男女都稱作「婚約者[こんやくしゃ]。」

言う[いう] 說
押す[おす] 按
持つ[もつ] 拿
並ぶ[ならぶ]
排隊、並列
飲む[のむ] 喝
眠る[ねむる] 睡
覚える[おぼえる]
記、背
来る[くる] 來

1. 請將下列動詞改成使役被動形。

言う ▶	飲む ▶
焼く ▶	眠る ▶
押す ▶	覚える ▶
持つ ▶	来る ▶
並ぶ ▶	する ▶

2. 請將下列句子改寫成日語。（使役被動形）

我被未婚妻強迫買了昂貴的戒指。
（我不願意，但未婚妻要我買，所以才買了昂貴的戒指。）
▶

我被警察強迫說了事件的內容。
（警察要我説事件的內容，我才迫不得已説了。）
▶

那個老師被校長強迫辭職了。
（那個老師不願意，但在校長要求下跟學校辭職。）
▶

我被妻子強迫來鄉下了。
（我不願意，但妻子要我來，我才迫不得已來到了鄉下。）
▶

我被醫生強迫出院了。
（我不願意，但醫生安排我出院了。）
▶

11 五段動詞在i段音上的變化 —ます形

依樣畫葫蘆學習法

第一步 一定要先聽過音檔 第二步 一邊看書一邊學習 第三步 請再聽一次音檔

五段動詞在i段音上的變化就只有接ます所延伸出的其他變化（…ません、…ました、…ませんでした）。因為這些前面大致上學過了，所以在這部分僅簡略帶過。

11_1.MP3

跟著做就對了

ます形的形成方式

五段動詞時去除詞尾後改成同行 i 段音假名再加上「ます」；一段動詞則是去除掉詞尾「る」再加上「ます」；不規則動詞的話，則分別是「来ます[きます]」和「します」兩種。現在就分別以五段動詞的「会う[あう]（遇見、碰面）」和一段動詞的「出る[でる]（出去、出來）」為例來進行說明吧！（當ます形將「ます」去除之後，仍可稱為「ます形」。因後面有些文法會需要用到此變化，故先了解一下。）

五段動詞

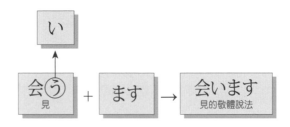

一段動詞

今年[ことし] 今年
8月[はちがつ] 8月
ライブ 現場演唱會
やる 給、做
ナイフ 小刀
折れる[おれる] 折斷

今年の8月にライブをやります。今年8月舉辦現場演唱會。

ナイフが折れました。　　　刀子斷了。

● 「ライブコンサート（現場演唱會）」常簡稱為「ライブ」，與「コンサート（演唱會）」一詞在使用上沒有明顯區分，但「コンサート」是較生硬沉重的用語，「ライブ」聽起來較為柔和，基於這種語感差異，一般比較會講「ライブ」。「コンサート（演唱會）」通常是指多人一同演唱的音樂會，而「リサイタル（演奏會）」則是一人為主演唱的音樂會。另外還有日本的傳統歌謠則稱之為「演歌[えんか]（演歌）」。

🖐 請用指定的兩個單字照樣造句，寫出過去式敬體表現的日語句子。

ソファー 沙發
置く[おく] 放、擺
気[き] 心神、注意
付ける[つける]
安上、穿上
特別番組[とくべつばんぐみ] 特別節目
放送[ほうそう] 播放

ソファー, 置く　▶

気, 付ける　▶

特別番組, 放送する　▶

● 「気を付ける[きをつける]」表示「小心、注意」，是慣用表現，請整句背下來。

● 「特別番組[とくべつばんぐみ]」是由「特別[とくべつ]（特別）」和「番組[ばんぐみ]（節目）」組合而成的單字。

稍等一下！

「やる」與「する」的差別

　　「やる」與「する」都有「做」的意思。但兩者之間仍有些微差異。就感覺差異而言，「やる」更偏口語化，「する」則可能因情況不同而可能給予聽者很堅澀的生硬感。因此，在講究禮貌須恭敬地發言的情況下，使用「やる」可能不太禮貌，請小心留意。

　　另外，「やる」不能用在某些情況下，其中一種情況就是非意志可決定的舉動（例如：「あくび（哈欠）」或「くしゃみ（噴嚏）」，換句話說，「やる」應套用在自我意志可決定要不要做的舉動。此外，表達心理活動和抽象程度高的詞彙（例如：「心配[しんぱい]（掛心、擔心）」…等時也不能用「やる」。還有，跟「する」關連性高的名詞（例如：「怪我[けが]（受傷、負傷）」…等）也大多不能用「やる」。

　　除此之外，「やる」除了「做」之外，還有「給」之意。

1. 請將下列動詞改成ます形。

飛ぶ[とぶ] 飛
折れる[おれる] 折斷
来る[くる] 來

飛ぶ　▶　　　　　　　　　　来る　▶

やる　▶　　　　　　　　　　する　▶

折れる▶

2. 請將下列句子改寫成日語。（ます形）

今年8月舉辦演唱會。
（動詞不要用「する」，請用另一個動詞）

▶

不放沙發。

▶

不小心了。

▶

刀子斷了。

▶

播放特別節目了。

▶

11_2.MP3

私は歌手の友達がいます。大学の時の友達です。ほかの友達はみんな大学卒業後、会社に入りましたが、その友達は会社に入りませんでした。今は有名な歌手です。先週、その友達のライブに行きました。そのライブはテレビでも放送されました。

私[わたし] 我　歌手[かしゅ] 歌手　友達[ともだち] 朋友　大学[だいがく] 大學　時[とき] 時候、時　ほか 另外、別的、此外
みんな 全都、全　卒業[そつぎょう] 畢業　〜後[ご] 〜之後　会社[かいしゃ] 公司　入る[はいる] 進去、進入　今[いま] 現在
有名[ゆうめい] 有名　先週[せんしゅう] 上一週　行く[いく] 去　テレビ 電視　放送[ほうそう] 播放、播出

12 五段動詞在u段音上的變化 — 辭書形

依樣畫葫蘆學習法

第一步 一定要先聽過音檔　　第二步 一邊看書一邊學習　　第三步 請再聽一次音檔

先前我們對於五段動詞在u段音已經有了概念（動詞原形，即字典上看得到的樣態。），所以在這部分就大略複習一下就好。文法內容並不複雜，所以在這部分安排的例句都是身體相關單字組成的慣用表現。這些語句學起來會有點辛苦，但也蠻有趣的。

12_1.MP3

跟著做就對了

辭書形的形成方式

辭書形即為動詞的原形，故不必有任何變化。不過若能熟悉如何用ます形反推回辭書形，對學日語也有很大的幫助。現在就以五段動詞的「消す[けす]（關掉、熄滅）」和一段動詞的「開ける[あける]（打開）」的ます形來練習反推辭書形吧！

五段動詞

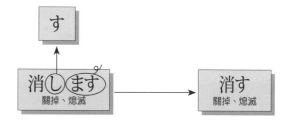

す

消します
關掉、熄滅
→
消す
關掉、熄滅

一段動詞

開けます
打開
＋
る
→
開ける
打開

骨[ほね] 骨、骨頭
折る[おる] 折斷
口[くち] 嘴
過ぎる[すぎる]
超過、過度

骨を折る。　　　　骨折。
口が過ぎる。　　　言之過甚。

◉「口が過ぎる[くちがすぎる]」直譯為「嘴太過度」，即為「說得太超過了、說得太過份了」的意思。整句是慣用表現，請背下來。

🐕 請用指定的兩個單字照樣造句，寫出肯定常體說法的日語句子。

目[め] 眼睛
回る[まわる] 轉、轉動
首[くび] 脖子
飛ぶ[とぶ] 飛、跳
足[あし] 腳、腿
出る[でる] 出去、出來
胸騒ぎ[むなさわぎ]
（因擔心或有不祥預感而）心驚肉跳、忐忑不安

目, 回ります　▶

首, 飛びます　▶

足, 出ます　▶

胸騒ぎ, します　▶

◉「目が回ります[めがまわります]」直譯為「眼珠子打轉」，引申為「頭發暈」、「非常忙碌（忙到頭昏腦脹）」之意。

◉「首が飛びます[くびがとびます]」直譯為「脖子飛走」，引申為「被解雇」之意。

◉「足が出ます[あしがでます]」直譯為「腳露出來」，引申為「支出比預算或收入多」、「透支」之意。

◉「胸騒ぎ[むなさわぎ]」是由「胸[むね]（胸、胸口）」和「騒ぐ[さわぐ]（吵、吵鬧）」的名詞形「騒ぎ」這兩個單字所組合而成。

稍等一下！

日語在辛苦、勞累時說「折斷骨頭」？

　　「折る[おる]（折斷）」是他動詞，對應的自動詞為之前學過的「折れる[おれる]（折斷、斷裂）」。弄到骨頭都斷了，是不是非常累又很費力狀態呢？「骨を折る（折斷骨頭）」除了原意之外，亦引申「辛苦、勞累」或「盡力」之意；而「骨が折れる」亦是除了原意之外，能引申「辛苦、費勁、困難」之意。

1. 請將下列動詞改成辭書形。

来る[くる] 來

折ります ▶ _____ 　　来ます ▶ _____

回ります ▶ _____ 　　します ▶ _____

過ぎます ▶ _____

2. 請將下列慣稱呼用語改寫成日語。（辭書形）

辛苦、勞累。

▶ _____

言之過甚。

▶ _____

頭暈腦脹。

▶ _____

被解雇。

▶ _____

透支。

▶ _____

挑戰長文 請試著先聆聽音檔來掌握內容，練習聽力。

12_2.MP3

私は去年の大学の入学試験で失敗した。だから、今年また試験を受ける。入学試験は明日だ。勉強は十分にした。体の調子もいい。合格すると思う。でも、胸騒ぎがする。試験が心配だ。

私[わたし] 我 去年[きょねん] 去年 大学[だいがく] 大學 入学[にゅうがく] 入學 試験[しけん] 考試、測驗 失敗[しっぱい] 失敗 だから 所以 今年[ことし] 今年 また 再、也 受ける[うける] 承受、得到、應（試） 明日[あした] 明天 勉強[べんきょう] 讀書 十分に[じゅうぶんに] 充分地 体[からだ] 身體 調子[ちょうし] 狀態、狀況 合格[ごうかく] 合格 思う[おもう] 思考、考慮 胸騒ぎ[むなさわぎ]（因擔心或有不詳預感而）心驚肉跳、忐忑不安 心配[しんぱい] 擔心

13 | 五段動詞在u段音上的變化 — 禁止形

依樣畫葫蘆學習法

第一步 一定要先聽過音檔　第二步 一邊看書一邊學習　第三步 請再聽一次音檔

禁止形是表示「不准／不允許…」的句型。雖然日語的禁止形因語氣十分強硬而鮮少使用，但是總是會有要用到的時候，所以也是要教一下。要口吻強烈表達「不准動！」時，這時就是「動くな！[うごくな]」。除此之外，在幫對方加油或危急情況下的命令口吻，也會使用禁止形喲！例如：「負けるな[まけるな]（不准輸！）」，和「それを開けるな[あけるな]（不准打開那個！）」。若在同輩之間的對話使用禁止形時，因為你沒有要翻臉，所以大多會在後面加上「よ」來稍微緩和語氣，但多為男性使用。

13_1.MP3

跟著做就對了

禁止形的形成方式

禁止形的構句非常地簡單，在辭書形後面加上「な」就完成了。現在就分別以五段動詞的「呼ぶ[よぶ]（呼喊、喊）」和一段動詞的「上げる[あげる]（抬起）」為例來進行說明吧！

五段動詞

呼ぶ
叫
＋
な
→
呼ぶな
不准叫

一段動詞

上げる
抬起
＋
な
→
上げるな
不准抬起

止まる[とまる] 停止
遅れる[おくれる]
遲到、慢

止まるな。　不准停。
遅れるな。　不准遲到。

請用指定單字來寫出「不准／不可以…」的日語句子。

騒ぐ[さわぐ]
吵鬧、喧嘩
負ける[まける] 輸
来る[くる] 來

騒ぐ ▶

負ける ▶

来る ▶

する ▶

如前所述，單單只說禁止形語句（如上述例句）時，口氣聽起來會十分強硬。所以在朋友或平輩的對話之間，我們試著在句尾加上「よ」來造語氣較緩和的例子吧！

請將下列句子改寫成「不准／不可以…」較語氣緩和的日語句子。

そんなに 那麼地
怒る[おこる] 生氣
約束[やくそく] 約定
忘れる[わすれる]
忘、忘記
心配[しんぱい] 擔心

そんなに怒る ▶

約束を忘れる ▶

ここには来る ▶

そんなに心配する ▶

日本概述

日語是用哪一個詞來描述「愛故意跟人唱反調之人」呢？

　　台灣人會用「天生反骨」來描述「愛故意唱反調的人」，而日本人則是用「天邪鬼[あまのじゃく]」一詞加以形容。天邪鬼，在佛教中被視為人類煩惱的象徵，後來隨佛教傳入日本而成為日本民間傳說的鬼怪之一，據傳這種鬼會故意做出唱反調的事情，所以後來被引申來形容喜好故意與人唱反調的性格彆扭者。神話故事中居然存在著擁有這種性格的鬼怪，很有趣吧！日本的神話中不單只有神聖的神祇，亦有擁有人形外貌，但會騙人、殺人、忌妒的鬼怪，這點是不是跟希臘神話有點相像？日本神話故事目前在坊間許多地方都找得到中文翻譯版，有機會請看一下吧。特別是可以看看《古事記[こじき]》一書。因為它是日本最古老的史書，裡面亦記載著許多吸引人的日本神話傳說。

奠定實力 請將下列句子翻成日語 正確答案在本書第434頁。

1. 請將下列動詞改成禁止形。

騒ぐ ▶ 　　　　　　　　　　　　 来る ▶

負ける ▶ 　　　　　　　　　　　 する ▶

2. 請將下列句子改寫成日語。（請寫出句尾沒加上「よ」的禁止形語句）

別那麼生氣。

▶

上課不准遲到。

▶

別忘了約定。

▶

不准來這裡。

▶

別那麼擔心。

▶

挑戰長文 請試著先聆聽音檔來掌握內容，練習聽力。

13_2.MP3

私は子供の時、するなと言われたことをよくする子供でした。石を投げるなと言われましたが、よく石を投げました。5歳の時、うちの窓ガラスが割れました。弟が怪我をしました。両親に叱られました。先生に友達をいじめるなと言われましたが、よくクラスメートをいじめました。3年生の時、校長先生に叱られました。

私[わたし] 我 子供[こども] 孩子、兒童、小孩 時[とき] 時、時候 言う[いう] 説 よく 常常地 石[いし] 石頭 投げる[なげる] 丟、擲 5歳[ごさい] 5歳 窓[まど] 窗戶 割れる[われる] 打破 弟[おとうと] 弟弟 怪我[けが] 受傷 両親[りょうしん] 雙親 叱る[しかる] 責罵、教訓 先生[せんせい] 老師 友達[ともだち] 朋友 3年生[さんねんせい] 三年級 校長[こうちょう]（中學、高中的）校長

◉「（中學、高中的）校長」的日語常體説法是「校長[こうちょう]」，敬體説法為「校長先生[こうちょう せんせい]」。

14 五段動詞在e段音上的變化 — 可能形

依樣畫葫蘆學習法

第一步 一定要先聽過音檔　第二步 一邊看書一邊學習　第三步 請再聽一次音檔

可能形，顧名思義是指敘述「具有可能性的，或是有能力能夠達到的」的意思。即表達「可能、可以…」的句型。

14_1.MP3

跟著做就對了

可能形的形成方式

五段動詞是「e段＋る」，一段動詞是「語幹＋られる」，不規則動詞的可能形則是「来られる[こられる]」和「できる」。「する（做）」的可能形是形態截然不同的「できる」，請特別留意。「できる」是一段動詞。現在就分別以五段動詞的「出す[だす]（出、拿出）」和一段動詞的「起きる[おきる]（起床）」為例來進行說明吧！

五段動詞

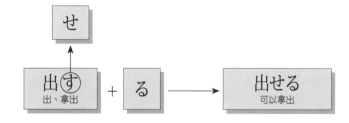

一段動詞

今週[こんしゅう] 本週
週末[しゅうまつ] 週末
遊ぶ[あそぶ] 玩
本[ほん] 書
借りる[かりる] 借（入）

今週の週末は遊べる。　本週週末可以玩。

この本は借りられる。　這本書可以借。

可能形的詞尾也同樣能進行一段動詞活用變化，因此若以「**出せる[だせる]（能拿出）**」為例，其活用變化為「**出せます（ます形）、出せない（否定形）…**」等。

請將下列句子改寫成「可以…、能…」的日語句子。

外国人も住む　▶

朝早く起きる　▶

明日来る　▶

授業に出席する　▶

外国人[がいこくじん]
外國人
住む[すむ] 居住
朝[あさ] 早上
早く[はやく]
盡早、早早
起きる[おきる] 起床
明日[あした] 明天
来る[くる] 來
授業[じゅぎょう]
授課、上課
出席[しゅっせき] 出席

使用可能形的句子時必須注意一件事，那就是句中的目的語助詞主要是用「**が**」，而非「**を**」。

～ **が** ＋ **可能形**

ミニスカート 迷你裙
はく（褲、裙…等下半
身衣物的）穿
試験[しけん] 考試
受ける[うける]
接受、應（試）

ミニスカートがはけません。　不能穿迷你裙。

試験が受けられなかった。　不能參加考試。

● 「ミニスカート（迷你裙）」是由「ミニ（迷你）」和「スカート（裙子）」所組成的單字，也可簡稱為「ミニ」。

請試著用指定的三個單字寫出「可以…／能做…（敬體說法）」的日語句子。

写真[しゃしん] 照片
撮る[とる] 拍攝
ソファー 沙發
形[かたち] 模樣、形狀
変える[かえる]
變更、變動
休み[やすみ]
休息、休假
日[ひ] 日、天
寝坊[ねぼう]
睡過頭、賴床

このカメラ, いい写真, 撮る　▶

そのソファー, 形, 変える　▶

休みの日, 寝坊, する　▶

一段動詞與「**来る**」的可能形中，有時候「**ら**」可以省略，意義不變，也稱之為「**ら抜き現象**」。在日常對話中，當一段動詞的詞彙中，詞尾之前是i段音的詞彙及「**来る**」的狀況下，轉化為可能形時，「**ら**」通常會省略掉。另外，詞尾之前是e段音的一段動

5時[ごじ] 5點
起きる[おきる] 起床
来週[らいしゅう] 下週
事務所[じむしょ]
辦公室
来れる[これる]
可以來、能來

私[わたし] 我
一人で[ひとりで]
獨自、一個人
着物[きもの]
（日本傳統服裝）和服
着る[きる]
（上半身衣服）穿
お金[おかね] 錢
借りる[かりる] 借入
正月[しょうがつ]
正月、新年
友達[ともだち] 朋友
来る[くる] 來

詞，是否會產生「ら抜き現象」那就是看人了。一般來說，年紀越輕的人越有可能省略掉「ら」。不過，在講話必須比較正式，或是必須需要著重禮儀的場合下，可千萬不要省略「ら」喲！畢竟這個說法比較隨便一點。

◉ 單字長度越長則越可能省略掉可能形中的「ら」。

5時に起きれます。　　　　5點可以起床。

来週、事務所に来れる。　　下週可以來辦公室。

 請試著將下列句子改寫成省略掉「ら」的日語可能形語句。

私は一人で着物を着る　▶

お金を借りる　▶

お正月に友達が来る　▶

◉「お正月[おしょうがつ]（新年）」一詞也可以省略「お」，直接說「正月[しょうがつ]」。關於加在名詞前的接頭詞「お」，請參考本書第217頁說明。另外，日本大體上只過陽曆新年而已。

日本概述

着物[きもの] 難以獨自著裝！

　　日本傳統服裝－「着物[きもの]（和服）」穿法非常複雜，在沒有學過穿法的情況下甚至於難以獨自著裝。所以日本不僅有專門教導和服穿法的補習班，甚至還有「着付け師[きつけし]（幫忙穿和服專業技術師）」的專業證照。一般來說，美容師都同時會擁有「着付け師」的證照，所以很多人需要穿和服時都會上美容院去穿。在日本，跟學習穿和服相關的補習班是怎樣的呢？在學習和服穿法方面，學習時間為每週兩次，一次兩小時，課程內容分成入門班、進階班、師資班和高階師資班，且每班的課程都要上課四個月。而聽說最近也有推出新的和服款式，是誰都能輕鬆穿著的簡便衣裝。

1. 請將下列動詞改成可能形。

遊ぶ　▶　　　　　　　　　　　　　来る　▶

起きる▶　　　　　　　　　　　　　する　▶

2. 請將下列句子改寫成日語。（可能形）

外國人也能住在這裡。（常體表現）

▶

朋友在新年時不能來家裡。（敬體表現）

▶

不能穿迷你裙。（常體表現）

▶

假日可以好好地睡懶覺。（敬體表現）

▶

挑戰長文　　請試著先聆聽音檔來掌握內容，練習聽力。

14_2.MP3

昨日、足を怪我した。一人で歩けるが、痛いから、とてもゆっくり歩く。でも、一人で階段が下りられない。私の会社の事務所は2階だが、エレベーターがない。でも、仕事が忙しいから、会社は休めない。

昨日[きのう] 昨天　足[あし] 腳、腿　怪我[けが] 負傷　一人で[ひとりで] 一個人、獨自　歩く[あるく] 走路　痛い[いたい] 痛　ゆっくり 慢慢地　階段[かいだん] 樓梯　下りる[おりる] 下去、往下走　私[わたし] 我　会社[かいしゃ] 公司　事務所[じむしょ] 辦公室　2階[にかい] 2樓　エレベーター 電梯　仕事[しごと] 工作　忙しい[いそがしい] 忙、忙碌　休む[やすむ] 休息

順帶一提！

形態上容易跟可能形混淆的單字

　　請特別留意容易被誤以為是可能形的單字，例如：「見える[みえる]（看得見、看起來）」和「聞こえる[きこえる]（聽得到）」，與它們分別相關的有「見る[みる]（看）」跟「聞く[きく]（聽）」。「見る」的可能形是「見(ら)れる[み(ら)れる]（可以看）」，而「聞く」的可能形是「聞ける[きける]（可以聽到）。」，這兩者日語的應用裡，意思上大體上是能相通的，但是形態上不太一樣。「見える」跟「聞こえる」是自發性的動詞，也就是說「並沒有很想看或聽，但是可以看或聽到。」，而「見られる」跟「聞ける」則是表現有能力的形態，即「想要看或聽，而且辦得到」的意思。大同小異，但還是有些微不同，請多多注意。

不能構成可能形的單字

　　有些單字不具可能形（即不能變化成可能形）。以動詞來說，非意志可控的舉動（即不能靠自我意志決定要不要做的動詞）沒有可能形，例如：「晴れる[はれる]（放晴）」、「見付かる[みつかる]（被發現、被看到）」、「違う[ちがう]（不一樣、相異）」等這類屬非意志可控制的動詞皆是。判斷時，可藉由觀察主詞是誰來判斷是否為意志可控的動詞，通常在主詞不是人的情況下，當然不是意志可決定的動詞。當主詞是人時，只要看該舉動是否為意志可控制之行為就行了。

一段動詞的可能形與被動形

　　發現到一段動詞的可能形與被動形長得一模一樣嗎？舉例來說，「寝る[ねる]（睡覺）」的可能形與被動形都是「寝られる[ねられる]」，所以要根據前後文意來判斷是可能形與被動形才行。

　　此外，前面有提到可能形的「ら」也可以省略，當在可能形的「ら」省略掉的情況下，「寝る」的可能形變成「寝れる[ねれる]」，此時可能形跟被動形就會長得不一樣而可輕易分辨出來。雖然有人不喜歡省略掉「ら」，但也有人認為省略掉「ら」較為合理。

五段動詞的可能形

　　五段動詞的可能形是去除掉詞尾再加上同一行e段音的假名再加上「る」，這是現在最一般的用法。早期時還有「除掉詞尾再加上同一行a段音的假名再加上「れる」的方式，例如：「行く[いく]（去）」來說，以現在日語的習慣是變成「行ける[いける]」，但是還是會有人說「行かれる[いかれる]」。雖然還是有人這麼說，但這個文法已經慢慢的愈來愈少用，使用頻率也遠低於「行ける[いける]」很多了。

15 五段動詞在e段音上的變化 — 假定形

依樣畫葫蘆學習法
第一步 一定要先聽過音檔 第二步 一邊看書一邊學習 第三步 請再聽一次音檔

日語中的假定形的分類細瑣。這裡先說明配合動詞e段音變化（接「⋯ば」）的假定形。

15_1.MP3
跟著做就對了

「⋯ば」假定形的形成方式

五段動詞時去除詞尾後改成同行e段音假名再加上「ば」變化；一段動詞則是去除掉詞尾「る」再加上「れば」；不規則動詞的話，則分別是「来れば[くれば]」和「すれば」兩種。現在就分別以五段動詞的「終わる[おわる]（結束）」和一段動詞的「入れる[いれる]（放入）」為例來進行說明吧！

五段動詞

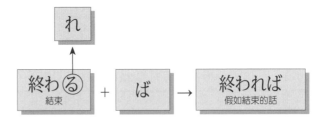

一段動詞

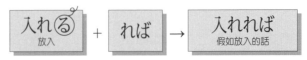

雨が降ればキャンプは中止です。　下雨的話，露營就取消。
晴れればここから島が見える。　放晴的話，從這裡看得見島。

雨[あめ] 雨
降る[ふる] 降、落下
キャンプ 露營
中止[ちゅうし]
中止、取消
晴れる[はれる]
（天氣）放晴
島[しま] 島
見える[みえる] 看得見

読む[よむ] 讀
分かる[わかる]
知道、理解
時間[じかん] 時間
最後[さいご] 最後
8時[はちじ] 8點
過ぎる[すぎる]
超過、過度
電車[でんしゃ] 電車
すく 空曠起來
福田[ふくだ]
（日本姓氏）福田
来る[くる] 來
必ず[かならず]
一定、必定
試合[しあい] 比賽
勝つ[かつ] 勝利
手術[しゅじゅつ] 手術
治る[なおる]
治療、痊癒

 請用「…ば」假定形將兩個句子組成一句。

これを読む, 分かる ▶

時間がある, 最後までできた ▶

8時を過ぎる, 電車はすく ▶

福田さんが来る, 必ず試合に勝てる ▶

手術をする, 治る ▶

◉ 並非只有動詞才有假定形（假如…的話）。我們在這部分只先學動詞的假定形，
跟假定形有關的詳細內容在本書第362頁還有更多說明。

 稍等一下！

「である」的假定形

還記得前面有講解過文章體的「である」嗎？「～である」的假定形是「～であれ
ば」；而「ある（有）」的假定形則是「あれば」，兩者雖然彼此無直接關係，但是看一
眼就能觸類旁通，背誦時也很有事半功倍的效果。

奠定實力 請將下列句子翻成日語 正確答案在本書第435頁。

1. 請將下列動詞改成假定形。

分かる ▶ _____ 来る ▶ _____

見える ▶ _____ する ▶ _____

2. 請將下列句子改寫成日語。（假定形）

假如下雨的話，露營就取消。（常體表現）

▶ _____

假如放晴的話，這裡看得見島。（敬體表現）

▶ _____

假如8點過後，電車會變空曠。（常體表現）

▶ _____

假如福田先生來的話，一定可以在比賽中獲勝。（敬體表現）

▶ _____

假如動手術的話就會好起來。（常體表現）

▶ _____

挑戰長文 請試著先聆聽音檔來掌握內容，練習聽力。

15_2.MP3

学校の宿題のレポートがたくさんありましたが、これが最後のレポートです。これが終われば、宿題は全部終わりです。宿題が全部終われば、夏休みですから、自由に遊べます。私は夏休みに北海道へ行きます。北海道へ行けば、涼しいです。それに景色もとてもきれいですから、楽しみです。

学校[がっこう] 學校 宿題[しゅくだい] 作業 レポート 報告 たくさん 很多 最後[さいご] 最後 終わる[おわる] 結束 全部[ぜんぶ] 全部 終わり[おわり] 結束 夏休み[なつやすみ] 暑假 自由に[じゆうに] 自由自在地 遊ぶ[あそぶ] 玩 北海道[ほっかいどう]（地名）北海道 行く[いく] 去 涼しい[すずしい] 涼爽 それに 再加上、而且 景色[けしき] 景色、風景 楽しみ[たのしみ] 希望、期望

16 五段動詞在e段音上的變化 —命令形

依樣畫葫蘆學習法

第一步 一定要先聽過音檔　第二步 一邊看書一邊學習　第三步 請再聽一次音檔

命令形，顧名思義就是表示「去…（給我去…）」的命令句型。跟前面學到的禁止形一樣都是屬於口氣十分強硬的句型，所以不太常使用。當生活中一些場合要表達強硬態度，例如：「手を上げろ[てをあげろ]！（把手給我舉起來！）」時當然要用「命令形」。除此之外，命令形也跟禁止形一樣會用在幫對方加油或危急的情況下，例如「頑張れ[がんばれ]（加油）」和「気を付けろ[きをつけろ]（小心一點！）」在朋友或平輩之間對話中使用命令形時，大多會在後面加上「よ」來稍微緩和語氣，但也多為男性使用。

16_1.MP3

跟著做就對了

命令形的形成方式

五段動詞時去除詞尾後改成同行e段音假名即完成；一段動詞則是去除掉詞尾「る」再加上「ろ」；不規則動詞的話，則分別是「来い[こい]」和「しろ」兩種。現在就分別以五段動詞的「作る[つくる]（製作）」和一段動詞的「閉める[しめる]（關上）」為例來進行說明吧！

五段動詞

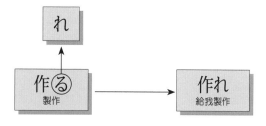

一段動詞

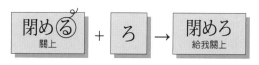

村[むら] 村子、村落
戻る[もどる]
回來、返回
シートベルト 安全帶
締める[しめる] 繫緊

前[まえ] 前、前方
進む[すすむ] 進、前進
犯人[はんにん] 犯人
捕まえる[つかまえる]
抓、捕
こっち 這邊、這裡
来る[くる] 來
子供[こども]
孩子、小孩
親[おや] 父母
教育[きょういく] 教育

村に戻れ。　　　　　　　給我回村子去！
シートベルトを締めろ。　給我繫上安全帶！

 請將下列句子改寫成命令形語句

前へ進む　▶

犯人を捕まえる　▶

こっちに来る　▶

子供は親が教育する　▶

◉「前へ進む」這句中的助詞「へ」的用法會在本書第137頁做進一步說明。

◉「こっち」跟「こちら」同義，但「こちら」的語氣較為恭敬，跟朋友或平輩間的口語對話中會用「こっち」。

接著，我們試著在句尾加上「よ」來稍微緩和語氣吧！

 請將下列句子改寫成命令形語句

ちょっと暫且、一會兒
手伝う[てつだう]
幫忙、幫助
早く[はやく]
提早、早早
決める[きめる] 決定
妹[いもうと] 妹妹
一緒に[いっしょに]
一起、一同
大丈夫[だいじょうぶ]
不要緊、沒關係
安心[あんしん]
放心、安心

ちょっと手伝う　▶

早く決める　▶

妹と一緒に来る　▶

大丈夫だから安心する　▶

奠定實力	請將下列句子翻成日語	正確答案在本書第436頁。

1. 請將下列動詞改成命令形。

止める[とめる]
使…停止

手伝う ▶ _____　　来る ▶ _____

止める ▶ _____　　する ▶ _____

2. 請將下列句子改寫成日語。（命令形）

給我回村子去！

▶

給我繫上安全帶。

▶

快點給我決定。

▶

給我跟你妹妹一起過來！

▶

就說了沒事的，給我放下心來！

▶

挑戰長文	請試著先聆聽音檔來掌握內容，練習聽力。	16_2.MP3

よく聞け。娘はここにいる。明後日までに金を5,000万円用意しろ。そうすれば、娘を返す。警察には連絡するな。警察に連絡すれば、娘は死ぬ。明後日、電話で場所を知らせる。そこに一人で来い。

聞く[きく] 聽 娘[むすめ] 女兒 明後日[あさって] 後天 金[かね] 錢 5,000万円[ごせんまんえん] 5000萬日元 用意[ようい] 準備 そう 那麼地 返す[かえす] 歸還 警察[けいさつ] 警察 連絡[れんらく] 連絡 死ぬ[しぬ] 死 電話[でんわ] 電話 場所[ばしょ] 地點、場所 知らせる[しらせる] 通知 一人で[ひとりで] 一個人、獨自 来い[こい] 來

● 還記得日語的「錢」是「お金[おかね]」嗎？這裡則出現了另一個單字「金[かね]」（沒有お）。當前方沒有加「お」而直接說「金」的話，便屬於較粗俗的說法。名詞前方加「お」的用法請看本書第217頁。

17 五段動詞在o段音上的變化 — 推量形

依樣畫葫蘆學習法

第一步 一定要先聽過音檔　第二步 一邊看書一邊學習　第三步 請再聽一次音檔

推量形又稱勸誘形，用於表示「本人的意向或決心」或「邀約別人」的句型。

17_1.MP3

跟著做就對了

推量形的形成方式

五段動詞時去除詞尾後改成同行o段音假名再加上「う」變化；一段動詞則是去除掉詞尾「る」再加上「よう」；不規則動詞的話，則分別是「来よう[こよう]」和「しよう」兩種。現在就分別以五段動詞的「やる（做）」和一段動詞的「あげる（給）」為例來進行說明吧！

五段動詞

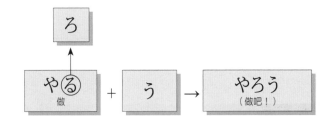

ろ		
や(る) 做	＋ う →	やろう （做吧！）

一段動詞

あげ(る) 給	＋ よう →	あげよう 給吧！

山[やま] 山
登る[のぼる]
上升、上、攀登
昔[むかし] 以前
レコード 記録、唱片
集める[あつめる] 收集

エイプリルフール
愚人節
楽しむ[たのしむ]
享受、期待
ハーモニカ 口琴
吹く[ふく] 吹
感謝[かんしゃ]
感謝、感激
気持ち[きもち]
心情、感受
伝える[つたえる]
傳達、轉達
店[みせ] 店鋪、商店
来る[くる] 來
会場[かいじょう] 會場
予約[よやく] 預約

山に登ろう。

昔のレコードを集めよう。

登山吧！

收集以前的唱片吧！

🪭 請將下列句子改寫成推量形語句

エイプリルフールを楽しむ ▶

ハーモニカを吹く ▶

感謝の気持ちを伝える ▶

この店にまた来る ▶

パーティーの会場を予約する ▶

日本概述

在日本，表達感謝之意的節日

說起具有「感謝の気持ちを伝える（表達感謝之意）」的節日時，首先會想到的一般就是父親節和母親節。日本當然也有「母の日[ははのひ]（母親節）」和「父の日[ちちのひ]（父親節）」，分別是在五月第一個星期日和六月第三個星期日，所以這兩個節日永遠都在星期日。

日本的母親節與世界同軌，故也跟台灣一樣，大多會把紅色的康乃馨當禮物送給母親。但稍稍不同的是大多是花束或花盆，不會把花別在胸口上。父親節則沒有什麼特定的禮物。

額外一提的是，在日本具有感謝之意的節日中，並沒有教師節。

除了母親節、父親節及教師節之外，選舉活動一般也是在星期日舉辦。

1. 請將下列動詞改成推量形。

楽しむ ▶ ------------------------------　　　来る　▶ ------------------------------

伝える ▶ ------------------------------　　　する　▶ ------------------------------

2. 請將下列句子改寫成日語。（推量形）（常體表現）

一起期待愚人節吧！

▶ --

去爬山吧！

▶ --

向母親表達感謝之情吧！

▶ --

收集以前的唱片吧！

▶ --

再來這間店吧！

▶ --

預約派對會場吧！

▶ --

挑戰長文　　請試著先聆聽音檔來掌握內容，練習聽力。

17_2.MP3

　去年、この町は交通事故が多かった。この町から交通事故を無くそう。交通事故は交差点での事故が一番多い。道を渡る時には、気を付けよう。車はゆっくり運転しよう。

去年[きょねん] 去年　**町[まち]** 城鎮、街　**交通事故[こうつうじこ]** 交通事故　**多い[おおい]** 多　**無くす[なくす]** 消除、弄丟　**交差点[こうさてん]** 交叉口、十字路口　**一番[いちばん]** 最　**道[みち]** 道路　**渡る[わたる]** 渡、過　**時[とき]** 時　**気を付ける[きをつける]** 小心　**車[くるま]** 車　**運転[うんてん]** 駕駛、運轉、營運

18 動詞的另一種活用 — て形變化

依樣畫葫蘆學習法

第一步 一定要先聽過音檔　**第二步** 一邊看書一邊學習　**第三步** 請再聽一次音檔

て形變化指的是動詞從原形變成「…て」或「…で」形態的活用變化，「て形變化」在日語的動詞中非常重要，可運用於各種表達語句中。只要記得て形用於句中時，是有「描述動作順序」和「因為…所以…」就行了。另外，若て形結尾時，語意即為提示對方「進行這個動作…」的意思。

18_1.MP3

跟著做就對了

て形的形成方式

て形的活用變化跟常體過去式一樣，只要依循常體過去式的變化將「た」換成「て」、「だ」換成「で」就完成了。

那麼再整理一下，五段動詞的て形會隨著辭書形的詞尾而異，辭書形詞尾是「く、ぐ」的話，則為「く→いて」和「ぐ→いで」；詞尾是「う、つ、る」的話，則「う、つ、る→って」；詞尾是「ぬ、む、ぶ」的話，則「ぬ、む、ぶ→んで」；詞尾是「す」的話，則「す→して」；一段動詞的て形變化是去掉詞尾「る」再加上「て」；不規則動詞的て形變化則分別是「来て[きて]」和「して」。五段動詞的活用變化較為複雜，一起慢慢練習吧！

五段動詞

1. 辭書形的詞尾是「く、ぐ」時

歩く[あるく] 走、走路
急ぐ[いそぐ] 趕往

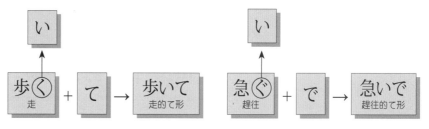

2. 辭書形的詞尾是「う、つ、る」時

会う[あう] 見

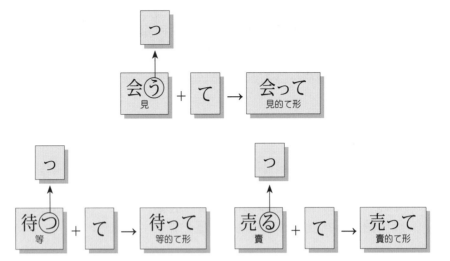

待つ[まつ] 等
売る[うる] 賣

3. 辭書形的詞尾是「ぬ、む、ぶ」

死ぬ[しぬ] 死

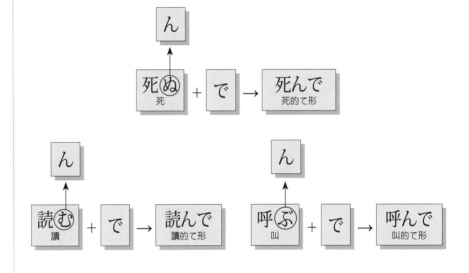

読む[よむ] 讀
呼ぶ[よぶ] 叫

4. 辭書形的詞尾是「す」

話す[はなす] 談論

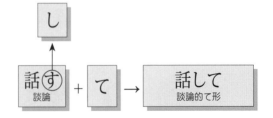

一段動詞

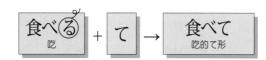

不過，五段動詞的て形變化中存在一個例外情況，那就是「行く[いく]」應該要變成「行って」，這個特例請額外背下來。

1. 描述動作順序 …て

前面提過て形的基本用法之一是表示一個動作結束後再接續另一個動作的作用。現在來練習此一字義的「て形」來連接兩個動詞！

日曜日は友達に会って、食事をして、お酒を飲みました。

在星期日和朋友碰面，先吃了飯，再喝了酒。

テレビを見て、歯を磨いて、寝る。

看了電視，刷牙後，就寢。

◉ 使用「会う[あう]（遇見、碰面）」這個動詞時，助詞不是「を」，而是「に」，所以是「～に会う」，請特別留意。

☂ 請試著用て形將三個句子連接起來，改寫出「～和～和～」的日語句子。（改成敬體表現）

毎朝6時に起きる, 顔を洗う, 朝御飯を食べる

▶

1時間歩く, プールで泳ぐ, ブランチを食べる

▶

毎晩9時からのニュースを見る, お風呂に入る, 12時に寝る

▶

月曜日は10時に学校へ来る, 4時まで講義を受ける, 5時からバイトをする

▶

11時から3時までパートをする, 買い物をする, うちに帰る

▶

食べる[たべる] 吃

日曜日[にちようび]
星期日
友達[ともだち] 朋友
会う[あう] 見
食事[しょくじ] 用餐
お酒[おさけ] 酒
飲む[のむ] 喝
見る[みる] 看
歯[は] 牙齒
磨く[みがく] 刷（牙）
寝る[ねる] 就寝
毎朝[まいあさ] 每天早上
6時[ろくじ] 6點
起きる[おきる] 起床
顔[かお] 臉
洗う[あらう] 洗
朝御飯[あさごはん] 早餐
1時間[いちじかん]
1個小時
歩く[あるく] 走、走路
プール 游泳池
泳ぐ[およぐ] 游泳
ブランチ 早午餐
毎晩[まいばん] 每晚
9時[くじ] 9點
ニュース 新聞
見る[みる] 看
お風呂[おふろ] 浴室
入る[はいる] 進去
12時[じゅうにじ] 12點
月曜日[げつようび]
星期一
10時[じゅうじ] 10點
学校[がっこう] 學校
来る[くる] 來

4時[よじ] 4點
講義[こうぎ] 課程
受ける[うける]
接受、應（試）
5時[ごじ] 5點
バイト 打工、兼職
11時[じゅういちじ] 11點
3時[さんじ] 3點
パート 打工、兼差
買い物[かいもの] 購物
帰る[かえる]
回去、回來

◉「洗臉」的日語是「顔を洗う」。

◉「お風呂に入る[おふろにはいる]」直譯為「進入澡缸」，轉義就變成了「洗澡」，請整句背下來。

◉「講義を受ける[こうぎをうける]」直譯為「接受課程」，進而就是「上課」的意思，日語的思維是以「受ける[うける]（接受）」這個動詞來表示承受「講課」這個行為。此外，也可用「講義を聞く[こうぎをきく]（聽課）」來表示上課。

◉「パート（打工）」大多用來表示主婦們的兼職。很多主婦們一天會到超市收銀台打工幾個小時，或者從事派送貨物…等的兼職工作。主婦們從事的這種短時間兼差（兼職）就稱作「パート」。「バイト」則是「アルバイト」的縮寫，一般用來表示學生們從事的打工，通常都簡略地使用「バイト」。

2. 因為…所以… …て

接著練習用て形來表示「因為…所以…」的用法。

明日[あした] 明天
用事[ようじ] 要事
来る[くる] 來
雨[あめ] 雨
濡れる[ぬれる] 淋溼
風邪[かぜ] 感冒
引く[ひく]
引、拉、罹患（感冒）

明日は用事があって、来られません。 因為明天有事，所以無法來。

雨に濡れて、風邪を引いた。 因為被雨淋濕，所以感冒了。

◉「要事」的日語是「用事[ようじ]」，很多人常誤用「仕事[しごと]」一詞。「仕事[しごと]」指的是「工作、職業」之事。有時也會以「用[よう]」來取代「用事[ようじ]」。

◉「引く[ひく]」的原意是「拉、拖、曳」，而感冒的日語則是「風邪を引く」（可以發揮一下想像力「拉到感冒→罹患感冒」），此為慣用表現，請整句背下。

🪭 請試著用て形將兩個句子改寫成「因為…所以…」的日語句子。（改成常體表現）

試合[しあい] 比賽
勝つ[かつ] 贏
喜ぶ[よろこぶ]
開心、高興
花瓶[かびん] 花瓶
落とす[おとす]
打落、使…掉落
母[はは] 母親
叱る[しかる] 責罵
荷物[にもつ] 行李
運ぶ[はこぶ] 搬運
疲れる[つかれる] 疲倦
パソコン 個人電腦
壊れる[こわれる]
故障、壞掉
困る[こまる] 困擾
怪我[けが] 負傷
病院[びょういん] 醫院

試合に勝つ, みんなが喜びました ▸
_____

花瓶を落とす, 母に叱られました ▸
_____

荷物をたくさん運ぶ, 疲れました ▸
_____

パソコンが壊れる, 困りました ▸
_____

怪我をする, 病院に行きました ▸
_____

3. 進行這個動作… …て

當一個句子只以て行收尾時，此句表示提醒對方「進行這個動作…」的意思。這次就一起寫出「進行這個動作…」的句子吧！

手伝う[てつだう] 幫忙
電話番号[でんわばん
ごう] 電話號碼
教える[おしえる] 告訴

明日[あした] 明天
6時半[ろくじはん]
6點半
起こす[おこす] 叫醒
ページ 頁
読む[よむ] 讀、閱讀
もう一度[もういちど]
再一次、再度
考える[かんがえる]
思考、考慮
来る[くる] 來
お父さん[おとうさん]
父親
相談[そうだん]
商量、諮詢

ちょっと手伝って。　　來幫忙我一下！

電話番号教えて。　　告訴我電話號碼。

🌂 請用て形將下列句子改寫成「進行這個動作…」的日語句子。

明日、6時半に起こす　▶

このページを読む　▶

もう一度よく考える　▶

こっちに来る　▶

お父さんと相談する　▶

◉ 「ページ」是有個漢字的片假名，其漢字為「頁」。但一般都以片假名標記。

◉ 「もう一度[いちど]」是由表示「再」的もう與表示「一次」的「一度[いちど]」所組合而成，故中文意思為「再一次、再度」的意思。

 ## 稍等一下！

「戻る[もどる]」與「帰る[かえる]」有什麼不同呢？

　　之前有學過可用來表示「回（去、來）」的動詞「戻る[もどる]」，這裡則出現了同樣具有「回（去、來）」之意的另一個動詞「帰る[かえる]」，兩者是有一點不同的。「帰る[かえる]」是用來表示「生物（人或動物）」「回去／回來原來的位置」或「回去／回來應該要在的地方」，通常不會用來描述物品。相較之下，「戻る[もどる]」的語義跟「帰る[かえる]」相同，但只可以用來描述物品或事情，不能用來描述人。

　　另外，「帰る[かえる]」可用來表示「回去／回來原來的位置」或「回去／回來應該要在的地方」，但「戻る[もどる]」只能用來單純表示「回到之前狀態下的位置」。因此，當我們想表示「把錢包放在朋友家就出來了，所以又再回去朋友家了」時，動詞要用「戻る[もどる]」，不能用「帰る[かえる]」，因為「朋友家」不是「我」「應該要在的地方」。

　　除此之外，相較於「帰る」只能用來表示位置的移動，「戻る」不僅可以表示位置的移動，還能描述性質或狀態恢復，所以當我們想表達「恢復原狀」這類情況時，應該要用「戻る」。

1. 請將下列動詞改成て形。

住む[すむ] 住

落とす ▶	死ぬ ▶
住む ▶	勝つ ▶
困る ▶	壊れる ▶
引く ▶	来る ▶
行く ▶	する ▶

2. 請將下列句子改寫成日語。

星期日跟朋友碰面，在游泳池游泳，還一起吃了早午餐。
（肯定形常體表現）

▶

因為搬了很多行李，所以感到疲累。（過去式的敬體表現）

▶

請再重新考慮一下。（て形變化）

▶

順帶一提！

「～です」和「～ます」的て形

　　「～です」和「～ます」也可改成て形，分別為「～でして」和「～まして」，這兩個是敬體表現，所以其語氣會比起直接用動詞的て形（常體表現）連接兩個句子來得更為恭敬。一般來說，都可以直接用て形來連接兩個句子（或動詞）表達意思。但在說話必須更有禮貌的情況下，最好改用「～でして」和「～まして」。除此之外，「～である（是…）」也能改成て形，變成「～であって」。

第二章

點綴句子的詞類故事

藤井麻里老師的叮嚀

之前有提醒過，千萬別指望看到只看過一次便將日語的文法內容馬上全都背下來。現在先逐步了解日語有哪些文法，看到後面的例句時再回頭確認一次文法，反覆訓練對日語文法的敏銳度。這樣日後在閱讀其它日語學習書時，若看到一半突然想不太起某個文法時，再翻閱此書來確認該文法的內容即可。使用這種方式來逐漸熟悉文法句型，才能學到紮實的日語文法能力。

01 節

簡單卻也困難的助詞

在學習第一堂內容的過程中，大家應該已經透過例句充分熟悉許多日語文法了。如果是在閱讀此書前已學過日語的學習者，應該會對這一章節的許多內容感到相當熟悉。記得不要囫圇吞棗地死背，請一邊學習一邊思考並感受「各種助詞的正確用法」。

19 必背的助詞
20 意義多元的重要助詞
21 語尾助詞
22 其他的助詞

19 必背的助詞

照著做就對了學習法

第一步 一定要先聽過音檔　第二步 一邊看書一邊學習　第三步 請再聽一次音檔

這裡提到的助詞是初學日語時一定要知道的助詞，其中的部分助詞在第一堂的例句中已經出現過，讓我們學習新助詞時，同步複習之前看過的助詞吧！

19_1.MP3

跟著做就對了

每朝[まいあさ]
每天早上
1時間[いちじかん]
1小時
歩く[あるく] 走路
結婚式[けっこんしき]
結婚典禮
お祝い[おいわい]
祝賀、祝賀禮
3万円[さんまんえん]
3萬日元
出す[だす] 拿出

1. は 主格助詞

「は」用中文較難想像，功用在於一個句子中指示出主詞的主格助詞。「は」所指示的詞為大主詞。

私は毎朝1時間歩きます。	我每天早上走路一小時。
私は毎朝1時間は歩きます。	我每天早上最少走路一小時。
結婚式のお祝いには3万円は出す。	至少出30,000日元的結婚禮金。

● 第二、三句在「數量詞」的後面多了一個「は」，這時候是用於強調「至少該數量」的表現。

另外，在日語中，想提出新話題時助詞也會用「は」，它代表的是「新的資訊」。

趣味[しゅみ] 興趣
何[なん] 什麼

趣味は何ですか。興趣是什麼？

● 發問人在不知道對話者的興趣是什麼時，新提出的詢問。

2. が

(1) 「が」亦是主格助詞，所指示的詞為小主詞（表示動作、狀態等的主體）。

桜[さくら] 櫻花
咲く[さく]
綻開（花）、開（花）
子犬[こいぬ] 小狗
生まれる[うまれる]
出生、誕生

桜が咲きました。　　櫻花開了。

子犬が生まれた。　　小狗出生了。

(2) 表示「喜好、欲求、能力、可能性」的對象。

「～が」有時可以做受格助詞使用。當述語中使用表示「喜好、欲求、能力、可能性」的單字時，則用「が」來標示動詞所提示的對象（第二主詞）。

海[うみ] 海
好き[すき] 喜歡
お菓子[おかし]
點心、零食
嫌い[きらい] 討厭
自転車[じてんしゃ]
自行車
欲しい[ほしい]
想要、希望得到
お弁当[おべんとう]
便當
食べる[たべる] 吃
イタリア語[イタリアご]
義大利語
上手[じょうず]
擅長、擅於
スケート 溜冰

海が好きです。　　　喜歡大海。（喜好）

お菓子が嫌いだ。　　討厭點心。（喜好）

自転車が欲しいです。想要擁有腳踏車。（欲求）

お弁当が食べたい。　想吃便當。（欲求）

イタリア語が上手です。義大利語（說得）很好。（能力、可能性）

スケートができる。　可以溜冰／會溜冰。（能力、可能性）

● 「できる（可以～）」，可以用日文漢字「出来る」的字面書寫。

不過，如上面第三個例句「お弁当が食べたい」的句型，句中有「～たい（想～）」出現的情況下，則可以用「を」取代「が」。在本書第297頁還會有更詳盡的說明。

稍等一下！

固定配合釋義為「喜好、欲求、能力、可能性」的「が」的單字們

　　以前我們學到過的，「好き[すき]（喜歡）、嫌い[きらい]（討厭）、欲しい[ほしい]（想要）、上手[じょうず]（擅長、擅於）」都不是動詞，而是形容動詞，所以自然都搭配助詞「が」構句。這一點基本功請牢記，久了就能熟悉正確使用日語助詞。

(3) 表示「雖然…，但…（語氣轉折）」

句尾加上「が」時，就會和下一句聯結組成「雖然…，但…」的語句。無論是敬體語句或常體語句都適用。

30分泳ぎましたが、疲れませんでした。

雖然已經游了30分鐘，但不覺得累。

十分に寝たが、まだ眠い。　雖然已經睡夠了，但仍然想睡覺。

3. を

(1) 表示他動詞（及物動詞）作用的對象

「を」是指目的語的受詞，即在句子中扮演著表示「他動詞動作的對象」。

ポスターを貼りました。貼了海報。

帽子をかぶる。　　　　　戴帽子。

(2) 表示動作離開的場所

「を」若與移動性的動詞相搭配時，則用來表示該動作所脫離「を」之前的地點。

9時にうちを出ます。　9點鐘離開家裡。

電車を降りた。　　　　從電車上下來。

(3) 表示經過的場所

與移動性的動詞相搭配時，「を」之前的名詞有時候是表示「移動所經過的地點」，此時常使用「移動」或「穿過」等意思。在此釋義下，幾個常跟「を」搭配的動詞有：「通る[とおる]（經過）、渡る[わたる]（穿過）、歩く[あるく]（走、走路）、走る[はしる]（跑）」和「飛ぶ[とぶ]（飛）」…等。

橋を渡ります。　　　　過橋。

あの信号を左に曲がる。在那個紅綠燈左轉。

詞彙（左側）：

30分[さんじゅっぷん]
30分鐘
泳ぐ[およぐ] 游泳
疲れる[つかれる]
疲倦、累
十分に[じゅうぶんに]
充分地、足夠地
寝る[ねる] 就寢
まだ 還是、仍然
眠い[ねむい] 想睡覺

ポスター 海報
貼る[はる] 貼
帽子[ぼうし] 帽子
かぶる 戴（帽子）

9時[くじ] 9點
出る[でる] 出來、出去
電車[でんしゃ] 電車
降りる[おりる]
下、下來

橋[はし] 橋
渡る[わたる] 渡過
信号[しんごう] 紅綠燈
左[ひだり] 左、左邊
曲がる[まがる] 轉彎

4. の

(1) …的

「の」是所有格，即相等於中文「的」的意思。在日語中，「の」通常不會被省略，但在兩個名詞結合成一個新名詞時另當別論。所以在日語中出現「…の…の…の…」形態的句子也不奇怪。如果沒辦法判斷什麼時候該有，什麼時候可省略時，一般建議在剛開始學時勿隨意省略「の」，以免用錯。

父[ちち] 父親
時計[とけい] 時鐘
東京[とうきょう]
（地名）東京
大学[だいがく] 大學
勉強[べんきょう]
用功、念書

私の父の時計です。　　　　我父親的時鐘。
東京の大学で勉強した。　在東京的大學讀過書。

◉ 大學的日語是「大学[だいがく]」。

(2) …的（東西）

接在「の」後面的名詞有時候也能在對話雙方都知道是什麼的情況下省略不講。此時的「の」就表示「…的（東西）」。

鍵[かぎ] 鑰匙
誰[だれ] 誰
カップ 杯子

この鍵は誰のですか。　　　這鑰匙是誰的？
そのカップは私のだった。　這個杯子是我的。（過去式）

(3) 暗示或代指前述之名詞

「の」也可用來暗示或代指前述的名詞，大概等同「…之（事物）」。

大好き[だいすき]
非常喜歡
汚い[きたない]
髒、骯髒
捨てる[すてる]
扔掉、拋棄

私が大好きなのは、このパンです。　我非常喜歡的（食物）是這種麵包。

汚いのは捨てる。　　　　　　扔掉髒的（東西）。

◉ 「大好き[だいすき]（非常喜歡）」這個單字是「大[だい]（龐大、高度）」跟「好き[すき]（喜歡）」結合後形成的單字。相對的，另外「大嫌い[だいきらい]」也是「大[だい]」跟「嫌い[きらい]（討厭）」結合成而的單字。

(4) 取代「が」（主格助詞）

在後接「連體修飾之名詞」的情況下，也可用「の」來取代「が」。

好き[すき] 喜歡的
人[ひと] 人
年下[としした]
年紀比自己小的
友達[ともだち] 朋友
買う[かう] 買
高い[たかい] 昂貴

私の好きな人は年下です。　我喜歡的人年紀比我小。

友達の買ったカメラは高い。　朋友買的相機是昂貴的。

● 以第一句為例「好き[すき]（喜歡）」是形容動詞，「人[ひと]（人）」是名詞，但「好きな人[すきなひと]（喜歡的人）」，已經由這兩個詞結合，變成了一個新的名詞，這就是解說中提到的「連體修飾之名詞」。

●「年下[としした]」一詞是由兩個單字組成。「年[とし]」表示「年紀」，「下[した]」則表示「下、下方」。

● 另外透過「の」還可以讓將動詞給名詞化。此一文法，請參考本書第393頁下半部內容，而關於「の」放在句尾的文法，請參考本書第388頁。

5. も

(1) 也

「も」相當於中文的「也」。

今日[きょう] 今天
天気[てんき] 天氣
池[いけ] 池塘
川[かわ] 河川
近い[ちかい] 近的

今日もいい天気です。　今天也是好天氣。

池も川も近い。　池塘跟河川也都很近。

●「川[かわ]（河川）」的日文漢字可寫作「河」，但也常寫作「川」。

(2)（表示界限、數量）竟達…、…之多

「も」也能用來表示「竟達…、…之多」之意。

兄弟[きょうだい]
兄弟姊妹
5人[ごにん] 5人
入学試験[にゅうがくしけん] 入學考試
3回[さんかい] 3次
落ちる[おちる] 落榜

兄弟が5人もいます。　兄弟有五位之多。

入学試験に3回も落ちた。　入學考試落榜有三次之多。

(3) 疑問詞 も

當「も」接在疑問詞之後，表示全面否定或全面肯定。

何[なに] 什麼
要る[いる] 需要
誰[だれ] 誰
どこ 哪裡
同じ[おなじ] 相同
どれ 哪個
美しい[うつくしい]
美麗

何も要りません。　什麼都不需要。

誰もいない。　沒有任何人在。

どこも同じでした。不論哪裡都一樣。（過去式）

どれも美しかった。不管哪個都很美。（過去式）

●「何」的發音可能是「なん」，但有時候是「なに」，相關詳細説明請看本書第162頁。

6. と

(1) …和…／…與…

「と」表示兩項以上人、事、物的並列，相當於中文的「…和…／…與…」。

男と女は違います。　　男生和女生不一樣。

校長先生と出掛けた。　（我）和校長（一起）外出了。

男[おとこ] 男生
女[おんな] 女生
違う[ちがう] 不一樣
校長先生[こうちょうせんせい]
（中學、高中的）校長
出掛ける[でかける]
外出、出門

(2) 表示引用

「と」是表示引用的助詞，用於表述前述的動作、內容。而口語中更常用「って」。

それは無理だと思います。

　　　　　我覺得那個是不合理的。（引述：那個是不合理的。）

一人で行くと言った。

　　　　　他說要獨自前往。（引述：要獨自前往。）

● 「一人で[ひとりで]」是由名詞「一人[ひとり]（一個人）」加助詞「で」組合而成的單字，表示「獨自、單獨」。

無理[むり]
不合理的、難以辦到的
思う[おもう]
思考、考慮
一人で[ひとりで]
獨自、單獨
行く[いく] 去
言う[いう] 說

日本概述

關於日本的結婚禮金

　　日本的結婚禮金的金額，朋友通常會包2〜3萬日元（大多會包3萬日元，因日本習俗偏好單數），親戚或家人包的金額則會更大。以日本的婚禮來說，只有收到邀請函的人才能前往參加，而且收到邀請函卻沒有答覆會前往的人也不能去參加婚禮。

　　婚禮的賓客座位一開始就已經安排好，大多會一邊享用法式料理或套餐，一邊進行婚禮。其實在賓客到訪前，新人已跟家人先行舉辦結婚儀式，所以一般賓客參加的活動與其說是「婚禮」，不如說是「婚宴」。

　　也許有人覺得結婚禮金很傷荷包，但婚禮結束後主人家都會回送所有賓客禮物，將餐點費用和禮物的價格納入考慮的話，其實不算太昂貴。除此之外，參加婚禮的女賓客不能穿白色衣裳，因為在婚禮上這是新娘的特權，只有新娘可以穿著白色衣裳。

A：下個月日本朋友要舉辦婚禮。

▶

B：是這樣啊。

▶

A：嗯，我和韓國朋友一起去。

▶

B：結婚禮金要包多少呢？

▶

A：要包2萬日元。

▶

B：要包到2萬日元之多嗎？

▶

A：是的。

▶

B：是這樣啊。

▶

20 意義多元的重要助詞

照著做就對了學習法

第一步 一定要先聽過音檔　第二步 一邊看書一邊學習　第三步 請再聽一次音檔

本章內提到許多基本應用一定要知道的重要助詞。而在這些助詞中，有的助詞本身富有多元的意義，有的則與其他的助詞意義相似。讓我們一個一個學習，並掌握助詞的正確用法吧！

20_1.MP3

跟著做就對了

来月[らいげつ] 下個月
フィリピン 菲律賓
行く[いく] 去
自分[じぶん]
自己、自身
国[くに] 國家
帰る[かえる]
回（去）、回（來）

1. へ

助詞「へ」為「表示方向」，跟「行く[いく]（去）、来る[くる]（來）」…等帶有「移動」之意的動詞搭配使用。「へ」當作助詞時發的是「え（e）」的音。

来月、フィリピンへ行きます。　下個月去菲律賓。
ソンさんは自分の国へ帰る。　孫先生返回自己的國家。

2. に

(1)「に」與「へ」的不同

助詞「に」在此釋義之下雖與「へ」相似，但「へ」強調移動的方向，「に」則強調移動的目的地（歸著點）。

先月[せんげつ]
上個月
ウィーン 維也納
来る[くる] 來
日曜日[にちようび]
星期日
子供[こども]
孩子、兒童
公園[こうえん] 公園

先月、ウィーンに来ました。　上個月來維也納了。
日曜日はいつも子供と公園に行く。　星期日都跟孩子去公園。

(2) 表示存在場所（有、在）

描述人、事、物本身的存在場所時，也用助詞「に」。

あちら 那邊、那裡
ソウル 首爾
住む[すむ] 住、居住

エレベーターはあちらにあります。　電梯在那裡。
ソウルに住んでいる。　正住在首爾。

(3) 表示動作發生的時間

描述動作「何時」發生時，也用助詞「に」。

今朝[けさ] 今天早上
7時[しちじ] 七點
起きる[おきる] 起床
4月[しがつ] 四月
引っ越す[ひっこす]
搬家

今朝、7時に起きました。　早上七點起床了。
4月に引っ越す。　在四月搬家。

● 「引っ越す[ひっこす]（搬家）」也可用「引っ越しする[ひっこしする]」替代，後者是
　在名詞「引っ越し（搬家）」後面加上「する（做）」所形成的動詞。

不過，通常以「現在」為基準所劃分的時間點（指談到距離當下
多少時間差的情況）不會搭配「に」一起使用，如「下週」、
「上個月」、「明年」…等時間詞彙。

先週[せんしゅう] 上週
冬休み[ふゆやすみ]
寒假
終わる[おわる] 結束
再来年[さらいねん]
後年
壊す[こわす] 使…毀壞

先週、冬休みが終わりました。　寒假在上週結束了。
再来年、このビルを壊す。　這棟大樓會在後年拆除。

星期幾這類的時間詞彙，搭不搭配助詞「に」都是可以的。

再来週[さらいしゅう]
下下週
火曜日[かようび]
星期二
着く[つく] 抵達
水曜日[すいようび]
星期三
会議[かいぎ] 會議
遅れる[おくれる] 遲到

再来週の火曜日に着きます。　會在下下週星期二抵達。
水曜日、会議に遅れた。　星期三那天開會遲到了。

(4) 表示頻率／次數

描述「一天幾次」、「一週幾次」這種頻率或次數時，也用助詞
「に」。

1日[いちにち] 一天
3回[さんかい] 三次
薬[くすり] 藥
飲む[のむ]
喝、吃（藥）
1週間[いっしゅうかん]
一星期
3日[みっか] 三天
アルバイト 打工

1日に3回、薬を飲みます。　一天吃三次藥。
1週間に3日、アルバイトをする。　一週打工三天。

● 日文漢字「一日」的讀法隨語意而異，表示一天時讀作「いちにち」，表示幾月
　幾號的「一號」時則讀作「ついたち」。

(5) 表示歸著點（變換位置的目的地）

這一點在（1）就有稍微提到，簡單的說，就是描述某動作的歸著地點時，也使用助詞「に」。

11時[じゅういちじ]
十一點
空港[くうこう] 機場
着く[つく] 抵達
人[ひと] 人
隣[となり] 隔壁、旁邊
座る[すわる] 坐

11時に空港に着きました。　　11點抵達機場了。
その人の隣に座った。　　坐在那個人旁邊。

(6) 表示單向動作所指向的對象（授予）

描述單方面授予動作的對象時，也使用助詞「に」。

娘[むすめ] 女兒
あげる 給
息子[むすこ] 兒子
パンフレット
小冊子、宣傳手冊
渡す[わたす] 交（給）

娘にプレゼントをあげます。　　給女兒禮物。
息子にそのパンフレットを渡した。　　把小冊子交給兒子。

(7) 表示單向動作所指向的對象（接受、領受）

表示從別人那收到東西的授受表現時，日語使用的來源助詞為「に」。但如果獲取的來源不是人，例如「從學校收到某個東西」或「從公司收到某個東西」的話，則要使用「から」。在獲取的來源是人的情況下，可以用「に」也可以用「から」。（有關「から」的用法將隨後說明。）

夫[おっと] 丈夫
指輪[ゆびわ] 戒指
もらう
得到、接受、承受
話[はなし]
談話、談論（的事）
家内[かない] 妻子
聞く[きく] 聽

夫に指輪をもらいました。　　從丈夫那裡收到了戒指。
この話は家内に聞いた。　　這件事是從妻子那邊聽到的。

◉ 「夫[おっと]」跟之前提到的「主人[しゅじん]」一樣，是跟別人提起自己丈夫時的稱呼用語。

3. で

(1) 表示動作或狀態的發生之處

描述某個動作發生的場所時，用助詞「で」。

週末[しゅうまつ] 週末
ディズニーランド
迪士尼樂園
遊ぶ[あそぶ] 玩
食堂[しょくどう] 餐廳
集まる[あつまる]
聚集、集會、集中

週末はディズニーランドで遊びました。
　　週末在迪士尼樂園裡玩了。
食堂で集まった。
　　聚集在食堂裡了。

要注意的是初期學習「で」和「に」很容易混淆，請透過下列兩個例句來辨別兩者差異。

車[くるま] 車、汽車
前[まえ] 前、前面
止める[とめる]
使…停止

車をうちの前に止める。把車停在我家前面。
車をうちの前で止める。在我家前面停下車。

第一個例句是「把車停在我家前面。」第二個例句則是「只是臨時在我家前面停了下來，並不是打算（或執行）把車子停在我家前面。」

(2) 表示方法手段或工具

描述使用的方法、手段或工具時，使用助詞「で」。

タクシー 計程車
行く[いく] 去
英語[えいご] 英文
話す[はなす]
談話、談論

タクシーで行きました。搭計程車去了。
英語で話した。　　　　用英文聊天了。

稍等一下！

請注意漢字發音的細微變化，以「話[はなし]」為例

　　之前有出現名詞的「話[はなし]（談話、談論）」，而且這裡也出現了當動詞的「話す[はなす]（談話、談論）」。不知道你有沒有發現，這兩者的漢字都是「話」，但是在這裡有一些稍稍不同的是，當名詞時，「話」除了「はな」，還包括了「し」的音，也就是「はなし」全部併到漢字一部分裡去了，但是當動詞時，就只剩「はな」而已。愈學愈多後，你會發現日語中這樣的情況還不少，但這種微妙的關連，通常都是在動詞及其名詞形（動詞ます形但去掉ます）的模式。在書寫時要多多注意這種微妙的不同，不要寫錯了喔！

(3) 表示理由或原因

名詞後面加上「で」後，則表示理由或原因。

病気[びょうき]
病、疾病
入院[にゅういん] 住院
交通事故[こうつうじこ]
交通事故
死ぬ[しぬ] 死、死亡

病気で入院しました。　　因為生病，所以住院。

交通事故で死んだ。　　因為交通事故而身亡。

(4) 表示限定的數量或長度

「で」也可以用來表示限定的某些數量或長度…等，光看文字說明很難理解，直接來看例句或許能茅塞頓開。

4人[よにん] 四名
山[やま] 山
登る[のぼる]
上升、攀登
料理[りょうり] 料理
10分[じゅっぷん]
十分鐘
三つ[みっつ] 三、三個
100円[ひゃくえん]
100日元

4人で山に登りました。　　四個人登山了。（表示人數）

この料理は10分でできる。

這道料理十分鐘能烹煮完成。（限定在十分鐘）

これは三つで100円です。　　這東西三個100日元。（表示數量）

◉ 日語的十分鐘，有時會用「じっぷん」來表示，但一般較常用「じゅっぷん」。

(5) 表示原料或材料

表示物體的構成原料或材料時也會用助詞「で」。當用肉眼就看得出該物體使用的材料，或是材料變化不大或是完全沒有變的時候，大多用助詞「で」；當材料的變化明顯較大，甚至已經看不出原本樣子時（即已經經過轉加工的狀況），則大多用接著將提到的助詞「から」（可參考「から」項目的第（4）點）。

紙[かみ] 紙、紙張
人形[にんぎょう]
日本人偶
作る[つくる] 作、製作
木[き] 樹、樹木
ネックレス 項鍊

紙で人形を作りました。　　用紙做了日本人偶。

木でできたネックレスだった。　　用木頭做的項鍊。

◉ 「できる」除了「能做到」，也能用來表示「做出」、「發生」之意。

4. から

(1) 從…

「から」最基本的用法，就是用來表示移動的起始點，即「從…到…」中的「從…」之意。

8時[はちじ] 八點
5時[ごじ] 五點
働く[はたらく] 工作
プサン（地名）釜山
大阪[おおさか]
（地名）大阪
1時間[いちじかん]
一個小時
半[はん] 半
かかる
（時間）花、花費

8時から5時まで働きました。　　從八點工作到五點了。

プサンから大阪まで1時間半かかる。

從釜山到大阪要花一個半小時。

(2) 表示「從…（某人）」（收到）

前面提過日語在描述授受表現時給予者的助詞用「に」，也提到當獲取的來源（對象）不是人，就不能用「に」，應該要使用「から」。當獲取的來源（對象）是人時，可以用「に」也可以用「から」。

給料[きゅうりょう]
月薪、薪水
会社[かいしゃ] 公司
手紙[てがみ] 信件
学校[がっこう] 學校

給料を会社からもらいます。

從公司那裡收到薪水。（領到來自公司的薪水）。

手紙を学校からもらった。

從學校那裡收到信（收到來自學校的信）。

◉「給料[きゅうりょう]」即為「薪水」。另外相關的日語單字還有「月給[げっきゅう]」，指每個月的薪水，當然就是「月薪」的意思。日本人提到薪水時都會用到這兩個單字。

(3) 表示場所起點（從…）

表示「從…」時，也會用助詞「から」。

海岸[かいがん] 海岸
見える[みえる] 看得見
窓[まど] 窗、窗戶
風[かぜ] 風
入る[はいる]
進來、進去

ここから海岸が見えます。　　從這裡看得見海岸。

窓から風が入らない。　　風不會從窗戶跑進來。

(4) 表示原料或材料

表示製做某物體的原料或材料時也會用助詞「から」。前面學到表示物體的構成原料或材料時也可用助詞「で」，但是兩者不同，「で」是該材料變化不大的情況下使用；但「から」是該原料明顯不一樣的情況下才使用。

ワイン 葡萄酒
ぶどう 葡萄
作る[つくる] 製作
チーズ 起司
牛乳[ぎゅうにゅう]
牛奶
物[もの] 東西

ワインはぶどうから作ります。　　葡萄酒是用葡萄釀製的。

チーズは牛乳からできた物だ。　　起司是用牛奶製成的。

(5) 因為⋯

助詞「から」可接在名詞後以表示原因、理由、出處或判斷依據。「から」會比較主觀，表達時讓人有理所當然的感覺。

不注意[ふちゅうい]
不注意、疏忽
事故[じこ] 事故
起きる[おきる] 發生
健康[けんこう] 健康
~上[じょう] ~方面
理由[りゆう] 理由
やめる 辭職

私の不注意から、事故が起きました。

（就是）因為我疏忽大意，所以發生事故了。

健康上の理由から、たばこをやめた。

因為健康因素，所以戒菸了。（健康出狀況了，不戒行嗎？）

(6) 表示原因、理由

「から」也可用來連接兩個句子，表示前句為後句的原因或理由。可用在常體句，也可用在敬體句，可接在名詞、形容詞、動詞後面，詞類不受限制。不過用於常體句時稍稍有失禮儀，使用的場合請多加留意。

今日[きょう] 今天
日曜日[にちようび]
星期日
休み[やすみ] 休假
日本語[にほんご]
日語、日文
上手[じょうず]
擅長、擅於
心配[しんぱい] 擔心
上[うえ] 上、上方
家[いえ] 家、房屋
うるさい 吵鬧
電話[でんわ] 電話
疲れる[つかれる]
疲倦、累
帰る[かえる]
回家、回（去）、回（來）

今日は日曜日ですから休みです。

因為今天是星期日，所以休假。

日本語が上手じゃありませんから、心配です。

因為日語不熟練，所以緊張。

上の家がうるさかったから、電話をした。

因為樓上鄰居很吵，所以打了電話。

疲れたからもう帰る。　因為疲累，所以現在要回家。

5. ので

「ので」跟「から」一樣可用來表示原因理由，兩者差異在於「ので」注重結果的敘述，且口氣較為柔和有禮貌，比較類似中文的「由於」。在一般輕鬆的對話中可使用「から」，但在說話時要表示恭謙有禮的情況下則請使用「ので」。

「ので」可用於敬體或常體句中。由於「ので」本身屬於較為恭敬的用詞，所以用於常體句能使口氣變得柔和，用在敬體句裡，則是能讓口吻更加的恭敬有禮。

除此之外，「ので」可接在名詞、形容詞、動詞…所有詞類後面，此時需要注意一件事，那就是名詞和形容動詞在應用時，名詞直接接上「なので」，而形容動詞用詞幹直接接上「なので」才對。

出口[でぐち] 出口
入る[はいる] 進去
母[はは] 母親
意地悪[いじわる]
壞心眼的、刁難的
大変[たいへん]
辛苦、勞累
深い[ふかい] 深
危ない[あぶない]
危險
何も[なにも] 什麼都
答える[こたえる] 回答
先生[せんせい] 老師
怒る[おこる]
生氣、發火

ここは出口なので入れません。
由於這裡是出口，所以不能進去。

母が意地悪だったので、大変でした。
由於母親的天性愛刁難人，所以過得很辛苦。

このプールは深いので危ない。
由於這個游泳池很深，所以很危險。

私が何も答えなかったので、先生が怒った。
由於我什麼都答不出來，所以老師生氣了。

6. より

(1) 比…

想表達比較句「比…（更…）」時，可用助詞「より」。

薬[くすり] 藥
苦い[にがい]
（味道）苦
そっち 那邊
あっち（較遠的）那裡
浅い[あさい] 淺

これは薬より苦いです。這個比藥還苦。
そっちのプールはあっちのプールより浅い。
（較近的）那裡的游泳池比（較遠的）那裡的游泳池還淺。

(2) 從…、自…

「より」跟「から」是一樣的，能表示出發點「從…、自…」的意思。但語氣比「から」來得恭敬，大多用於文章體內。

午後[ごご] 下午
2時[にじ] 兩點
シンポジウム
研討會、座談會
行う[おこなう]
舉行、施行、進行
名古屋[なごや]
名古屋（地名）
出発[しゅっぱつ] 出發

午後2時よりシンポジウムを行います。
自下午兩點開始進行研討會。

名古屋より出発する。　自名古屋出發。

7. まで

句型「從…到…（為止）」中的「從…」，我們已經知道可以用「から」來表示。現在我們馬上來記「到…」的助詞，也就是「まで」。

祖父[そふ] 爺爺
99歳[きゅうじゅうきゅ
うさい] 99歳
生きる[いきる]
活、生存
昨日[きのう] 昨天
夜[よる] 晚上
雨[あめ] 雨
降る[ふる] 降、落下

私の祖父は99歳まで生きました。 我的爺爺活到了99歲。

昨日は夜まで雨が降った。 昨天雨下到了晚上。

◉ 之前我們學過「爺爺」的日語是「おじいさん」，而這裡提到的「祖父[そふ]」是
跟別人提起起自己的爺爺時所使用的稱呼用語，另外「じいさん」則是提到別人爺
爺時的稱呼用語。

8. までに

上面學到的「まで」相當於英文的until，解釋成「…為止」；而
「までに」則相當於英文的by，即意為「在…之前」。但「…ま
でに」算是個期限，有強制的意義。

来週[らいしゅう] 下週
木曜日[もくようび]
星期四
連絡[れんらく]
聯絡、聯繫
彼女[かのじょ]
女朋友、她
作る[つくる]
製作、產生

来週の木曜日までに連絡します。 下個禮拜四之前會聯絡您。

クリスマスまでに彼女を作る。 在聖誕節前會交到女朋友。

◉ 「彼女[かのじょ]」的中文意思是「她」，但在日常對話中大多用來明指「女朋友」
的意思。

9. だけ

助詞「だけ」可用來描述「只」、「只有」的意思。

友達[ともだち] 朋友
泊まる[とまる]
投宿、住宿
世界[せかい]
世界、全球
一つ[ひとつ] 一個
花[はな] 花

その友達だけ泊まりました。 只有那位朋友留宿了！

世界に一つだけの花。 世界上唯一的花。

◉ 「世界[せかい]」表示「世界」或「全球」。「世界に一つだけの花（世界上唯一的
花）」是前日本團體SMAP所演唱的歌曲曲名。

10. しか

「だけ」後面否定跟肯定句都能接，但「しか」後面只能接否定
句。為中文「除了…之外」的意思。

店[みせ] 商店、店鋪
金曜日[きんようび]
星期五
開く[あく]
開、開著、開張
知る[しる] 知道

その店は金曜日しか開きません。
　　　　　　　　　那間店除了星期五之外都不開店。（只在星期五開店）

これは私しか知らない。
　　　　　　　　　這個除了我之外沒人知道。（只有我知道）

11. ばかり

「ばかり」是總是、淨是的意思。與「だけ」相近，但兩者之間仍有些微差異。

日本のドラマだけ見ます。　　只看日本連續劇。
日本のドラマばかり見ます。　總是看日本連續劇。

上面兩個例句中，相較於表示「只看日本的連續劇」的第一句，使用助詞「ばかり」的第二句則是表示「雖然看了很多日本連續劇，但也會看其他國家的連續劇。」，即「だけ」帶有「唯獨」之意，但「ばかり」的限度較為鬆散，表示「大多、主要」，但不是唯一。

びっくりする事ばかりでした。　　總有令人驚奇之事。
カップラーメンばかり食べる。　　大多是吃杯麵。

因為放暑假而來到了大阪。（過去式的常體表現）

▶ ＿＿＿＿＿＿＿＿＿＿＿＿＿＿＿＿＿＿＿＿＿＿＿＿＿

從東京搭電車來到了名古屋。（過去式的常體表現）

▶ ＿＿＿＿＿＿＿＿＿＿＿＿＿＿＿＿＿＿＿＿＿＿＿＿＿

在名古屋投宿在朋友家了。（過去式的常體表現）

▶ ＿＿＿＿＿＿＿＿＿＿＿＿＿＿＿＿＿＿＿＿＿＿＿＿＿

從名古屋搭巴士來到了大阪。（過去式的常體表現）

▶ ＿＿＿＿＿＿＿＿＿＿＿＿＿＿＿＿＿＿＿＿＿＿＿＿＿

巴士上只有我一名乘客。（過去式的常體表現）

▶ ＿＿＿＿＿＿＿＿＿＿＿＿＿＿＿＿＿＿＿＿＿＿＿＿＿

在大阪淨是只吃了美味的食物。（過去式的常體表現）

▶ ＿＿＿＿＿＿＿＿＿＿＿＿＿＿＿＿＿＿＿＿＿＿＿＿＿

我覺得大阪料理比東京料理更美味。（肯定形的常體表現）

▶ ＿＿＿＿＿＿＿＿＿＿＿＿＿＿＿＿＿＿＿＿＿＿＿＿＿

從明天開始還要工作，所以今天要返回東京。（肯定形的常體表現）

▶ ＿＿＿＿＿＿＿＿＿＿＿＿＿＿＿＿＿＿＿＿＿＿＿＿＿

21 語尾助詞

照著做就對了學習法

第一步 一定要先聽過音檔　第二步 一邊看書一邊學習　第三步 請再聽一次音檔

所謂的「語尾助詞」是指接續在句尾的助詞。透過語尾助詞，一般可以表達出疑問、加以確認、自語自語等用途為主的句子。

21_1.MP3

跟著做就對了

鳥[とり] 鳥
声[こえ]
（生物的）聲音
鳴く[なく] 鳴叫、啼叫
外国[がいこく]
外國、國外
生活[せいかつ] 生活
寂しい[さびしい] 寂寞

1. か

(1) 疑問助詞

在句尾加上一個表示疑問的語尾助詞「か」，就能形成疑問句。

この鳥はきれいな声で鳴きますか。

這隻鳥會發出悅耳的叫聲嗎？

外国生活は寂しいですか。 國外生活寂寞嗎？

● 不管是人在哭泣或動物在啼叫都是用「なく」來表示，但這兩種情況的日文漢字卻不同。人在哭泣時是「泣く」，而動物在啼叫時則用「鳴く」。

常體的疑問句加上「か」的話，會變成語氣不太禮貌的疑問句，主要為男性在使用。表示疑問的語尾助詞「か」用於常體句時，只要在名詞和形容動詞的詞幹後面加上「か」就可以了！

本当[ほんとう]
真、真的
こんな 這樣的
物[もの] 東西、物品
珍しい[めずらしい]
稀奇、珍貴

それは本当か。 那是真的嗎？

こんな物は珍しくないか。 這種東西不珍貴嗎？

然而用常體說法提問，通常不會在句尾加上「か」，而是直接以語尾上揚的形式來表示疑問。

試合[しあい] 比賽
始まる[はじまる] 開始
子[こ] 孩子
女の子[おんなのこ]
女孩子

試合はもう始まった？ 比賽已經開始了嗎？
その子は女の子？ 那個孩子是女孩子嗎？

◉ 在日語中，基本上不會使用問號（？），但因為常體的疑問句和陳述句長得一樣，所以大多會為了區分而在疑問句的後方加上問號。

(2) …或…

「か」可以用來連接名詞，這時表示「前面的呢？還是後面的呢？（不確定語感）」的意思，故為從中擇一「…或…」的意思。

来月[らいげつ] 下個月
1日[ついたち] 一日
2日[ふつか] 二日
寄る[よる] 順道去
フォーク 叉子
箸[はし] 筷子
使う[つかう] 使用

来月の1日か2日に寄ります。下個月一日或二日會順便去。
フォークか箸を使う。 使用叉子或筷子。

(3) 表示「是否」

「か」接在常體說法之後，表示「不確定是否像之前說的那樣」。

先週[せんしゅう]
上週、上禮拜
運動会[うんどうかい]
運動會
走る[はしる] 跑、跑步
聞く[きく] 聽、詢問
飛行機[ひこうき] 飛機
飛ぶ[とぶ] 飛
分かる[わかる] 知道

先週の運動会で走ったか聞きました。
詢問了（對方）在上禮拜的運動會跑步了嗎。

飛行機が飛ぶか飛ばないかまだ分からない。
還不知道飛機是否會起飛。

◉ 「聞く[きく]」這個單字除了「聽」，也能用來表示「詢問」的意思。

(4) 表示不肯定、不確定的事物

「疑問詞＋か」表示「不肯定、不確定」，在陳述句中使用疑問詞時一定要使用此句型。

写真[しゃしん] 照片
いつ 何時
見る[みる] 看
何年[なんねん] 幾年
前[まえ] 前
人[ひと] 人
会う[あう] 見

この写真はいつかどこかで見ました。
這張照片不知何時好像曾在某處看到過。

何年か前にその人に会った。
好像幾年前見過那個人。

2. かい

「かい」主要是加在常體句的句尾來形成疑問句，其語氣比句尾只加上「か」所形成的疑問句來得柔和，但主要也是男性使用的表現。除此之外，名詞和形容動詞要接「かい」，也是直接在名詞跟形容動詞的詞幹後直接加上就好。

誰[だれ] 誰
お土産[おみやげ]
伴手禮
驚く[おどろく]
驚訝、吃驚

それは誰かからのお土産かい？ 那個是從誰那裡收到的伴手禮呢？
そんなに驚いたかい？ 　　　　 就那麼害怕嗎？

● 「プレゼント（present）」跟「お土産[おみやげ]」翻成中文雖然都有「禮物」之意，但「お土産[おみやげ]」主要用來表示旅途中買回來的禮物，而「プレゼント」則是一般預先準備好要在特定場合下送人的禮物。

3. だい

「だい」一般加在常體句中有疑問詞或包含疑問詞的子句等的句尾，形成疑問句。此為有年紀的成年男性才使用的疑問表現。

引っ越し[ひっこし]
搬家
昼休み[ひるやすみ]
午休時間
何時[なんじ] 何時

引っ越しはいつだい？ 　　 什麼時候搬家？
昼休みは何時からだい？ 　 中午休息時間幾點開始？

4. ね

(1)（期待對方附合自己的想法而）向對方提出的確認

當說話者期待對方附和自己意見或確認某事時，會在句尾加上「ね」來提問。

次[つぎ] 下次、下一個
信号[しんごう] 紅綠燈
右[みぎ] 右邊
どう 如何
もう 已、已經
決める[きめる]
決定、指定

次の信号を右ですね。 　　　 下個紅綠燈要右轉對吧？
どうするか、もう決めたね。 已經決定好要怎麼做了對吧？

(2) 表達輕度的感嘆或感動

「ね」可用來表達輕度的感嘆或感動。

ずいぶん 相當
急ぐ[いそぐ] 趕緊
人[ひと] 人
すごい 了不起

ずいぶん急ぎますね。 　 還真趕呀！
その人はすごい人だね。 那個人是了不起的人呀！

● 當「ね」直接加在名詞時，通常為女性用語。例如「その人はすごい人ね（那個人是了不起的人喔）」即是女性用語。例句「すごい人だね」雖是男女皆可使用的表達方式，但男性講的還是比較多。

(3) 表達自己的主張或感覺

「ね」也可用來表達自己的主張或感覺。

思う[おもう]
思考、認為
色[いろ] 顔色

私はそう思いませんね。我不那麼認為。
その色はよくないね。　我不喜歡那個顏色。

(4) 口語語助詞

用於句中，表示「是這樣的…」的語助詞或強調句子的內容。

こちら 這邊
…方[ほう] …邊、方面
もう少し[もうすこし]
再
相談[そうだん]
討論、商量
僕[ぼく]
（男性的自稱）我
中学生[ちゅうがくせい]
國中生
時[とき] 時
英語[えいご] 英文
苦手[にがて]
笨拙、不擅長

それはですね、こちらの方もですね、もう少し相談をしますので……。　那個是這樣的…我們這邊也…可能要再討論一下…
僕はね、中学生の時はね、英語が苦手だった。
我呀…在讀國中的時候…英文不好。

● 「こちらの方[ほう]」直譯為「這一位、這一方」，可解釋成「這邊」，也很常用來表示「我們這邊」。

5. よ

想提出對方不知道或錯誤認知的訊息時，可在句尾加上助詞「よ」，這部分較難用中文來說明，請記住句尾加上這個助詞時帶有提醒的含義，直接看例句。

正しい[ただしい] 正確
答え[こたえ]
回答、答覆
駅[えき] 車站
急行[きゅうこう]
快車、急往
止まる[とまる]
停、停止

正しい答えはこれですよ。　　正確答案是這個喲。
その駅に急行は止まらないよ。　急行電車不會停靠那個站喲。

● 「よ」直接加在名詞後亦為女性用語，例如「正しい答えはこれよ（正確答案是這個唷）」即為女性用語。男性說這句話時，一般會在句中加「だ」。跟「ね」一樣，「これだよ」雖是男女皆可使用的表達方式，但一般還是男性在講。

6. わ

(1) 語氣柔和地表達決心或提出主張

「わ」主要為女性使用的表現方法，語氣柔和地表達決心或提出主張。這部分亦難以用中文來說明。

これから 從今之後
もっと 更、更為
頑張る[がんばる]
努力、加油
出席[しゅっせき]
出席、參加

これからもっと頑張りますわ。　　我以後會更努力呀。

私も出席するわ。　　　　　　我也會出席喲。

(2) 表示感嘆、驚訝

「わ」也能用來表示感嘆、驚訝，加在句尾時是女性用語，例如下面第一個例句；而「…わ、…わ」句型則是男女皆可使用，例如下面第二個例句。

まあ 哎呀、哎唷
嬉しい[うれしい]
開心、高興
赤ん坊[あかんぼう]
新生兒
泣く[なく] 哭
困る[こまる] 困擾

まあ、嬉しいわ。　　　　　　唉呀～好開心哦！

赤ん坊が泣くわ、泣くわで困った。

嬰兒哭啊哭啊的真讓人煩惱！

7. かしら

(1) 表示對於不明確的事情的自我提問或詢問他人

「かしら」主要為女性使用的表現方法，語氣柔和。可用於自言自語，也可用來跟別人對話。概念上有「不知道這樣是否行嗎？」的語意在。

間に合う[まにあう]
趕得上、來得及

間に合うかしら。　　　來得及嗎？

これでいいかしら。　　　不知道這樣是不是好的呢？

(2) 表示願望、期待

當以「否定形＋かしら」時，表示願望、期待或信賴。當然，也屬於女性用語。

お願い[おねがい]
委託
明日[あした] 明天
晴れる[はれる]
（天氣）放晴

これ、お願いできませんかしら。

這個不能拜託你嗎？（希望可以拜託你）

明日は晴れないかしら。　難道明天不會放晴嗎？（希望可以放晴）

這個好吃耶。（…わ。結尾句型）

▶

下個月一日或二日會順便去。（…か。）（肯定形的敬體表現）

▶

電話號碼是03-3628-9875對吧？（…ですね。結尾句型）

▶

妳不知道嗎？木村先生也會去喲。（…よ。結尾句型）

▶

那朵花～漂亮耶！（…だね。結尾句型）

▶

稍等一下！

「下手[へた]」與「苦手[にがて]」有什麼不同呢？

　　「下手[へた]」與「苦手[にがて]」用中文來理解時，都是屬於「不擅長、笨拙」的意思，故一般要區分這兩個詞彙並不容易。簡單的說，「下手」通常用來表示不擅長某種技術，屬於比較客觀的判斷。而「苦手」則屬於主觀判斷，可用來表示沒有自信或覺得棘手、不喜歡的人、事、物。「下手」的相反詞是「上手[じょうず]」，「苦手」的相反詞則是「得意[とくい]」。

22 其他的助詞

照著做就對了學習法

第一步 一定要先聽過音檔　第二步 一邊看書一邊學習　第三步 請再聽一次音檔

接下來，讓我們把剩下來一些也算很重要的助詞一網打盡吧！

22_1.MP3

跟著做就對了

1. や

介於名詞之間，用來列舉人、事、物。「や」跟「と（…和…）」的不同之處，在於「AとB」是完全列舉，除了A和B之外沒有其他人、事、物。但「AやB」則是部分列舉，意指除了A和B以外可能還存在其他未列出的人、事、物。

リュック 背包
食べ物[たべもの] 食物
飲み物[のみもの] 飲料
入れる[いれる] 放入
お菓子[おかし]
點心、零食
甘い[あまい] 甜
酸っぱい[すっぱい] 酸

リュックに食べ物や飲み物を入れました。

在背包內放了食物和飲料。

お菓子には甘いのや酸っぱいのがあった。

點心中有甜的也有酸的。

● リュック（背包）是「リュックサック」的縮寫。

2. とか

同樣也具有列舉的意思，列舉對象不侷限於物品，也可以是動作。

紅茶[こうちゃ] 紅茶
飲む[のむ] 喝
食べ物[たべもの] 食物
固い[かたい] 硬
柔らかい[やわらかい]
軟
すぐ 馬上、立刻
騒ぐ[さわぐ]
喧鬧、騷動

紅茶とかコーヒーは飲みません。 紅茶或咖啡我都不喝。

食べ物が固いとか柔らかいとか、すぐ騒ぐ。

有人說食物硬，有人說食物軟，立刻吵成一團。

● 「紅茶とかコーヒーは飲みません」這個例句如在「コーヒー」的後方再加上「とか」，變成「紅茶とかコーヒーとかは飲みません」也是可以的。

● 「固い[かたい]」（硬、結實）的日文漢字也可寫作「硬い」或「堅い」。其中以「固い」最常使用，「硬い」大多用來描寫物體的性質，而「堅い」多用來描述狀態或情況。

3. し

(1) 表列舉

我們之前講到的「と（…和…）」是用來連接兩個名詞。而這個「し」則用來連接兩個句子。

予習[よしゅう] 預習
復習[ふくしゅう] 複習
連休[れんきゅう] 連休
道[みち] 道路
込む[こむ] 擁擠
人[ひと] 人
多い[おおい] 多

予習もしませんし、復習もしません。 不預習也不複習。

連休には道も込むし、人も多い。 連假期間街道擁擠，人潮眾多。

● 「込む[こむ]」（擁擠）的日文漢字也可以寫成「混む」。

(2) 表示原因、理由

用「し」連接兩個句子時，可能是單純列舉，也可能表示原因、理由（前句的內容是導致後句行動的諸多理由之一），必須根據前後文意來判斷屬於哪一種。

喫茶店[きっさてん]
咖啡廳
近い[ちかい] 近
静か[しずか] 安靜的
来る[くる] 來
年[とし] 年紀
取る[とる] 拿、握
太る[ふとる]
發福、發胖
洋服[ようふく]
衣服、西裝、洋裝
似合う[にあう]
適合、合適

この喫茶店はうちからも近いですし、静かですし、よく来ます。

這間咖啡廳離家近又安靜，所以我常來。

年も取ったし、太ったし、この洋服はもう似合わない。

上了年紀又發福，所以這件衣服現在已經不適合（我）了。

● 「年を取る[としをとる]」表示「上了年紀」，為慣用表現，請整句背下來。動詞「取る」擁有多種含義，請好好觀察此動詞在各句中分別代表的意思。

● 「洋服[ようふく]」雖然在狹義上表示「洋裝、西裝」，但現在已廣泛指任何服裝，可當成「服[ふく]（衣服）」這意。

另外，表示原因、理由時，如上述例句「～し、～し」最多只會列舉兩項。而就算只用「～し」舉出其中一項，也意味著尚存在著其他理由，所以上述第一個例句可改寫如下。

この喫茶店はうちからも近いですし、よく来ます。

這間咖啡廳離家也近，所以我常來。

此句即意味著這間咖啡廳除了「離家近」以外，還擁有其他優點，只不過未列出而已。

4. でも

(1) …之類的

「でも」表示「…之類的」。

昼御飯[ひるごはん]
午飯
食べる[たべる] 吃
お風呂[おふろ] 浴缸
入る[はいる]
進去、進入

昼御飯でも食べましょう。　　我們去吃頓午飯之類的吧！

お風呂にでも入ろう。　　我們去泡個澡之類的吧！

(2) 即使／縱然／就算…，也…

「でも」也可用來表示「…即使／縱然／就算…、也…」，在一般口語對話中也會使用「だって」。

子供[こども] 孩子
虫[むし] 蟲
寒い[さむい] 冷
所[ところ] 地方、場所
大丈夫[だいじょうぶ]
不要緊、沒關係
金持ち[かねもち]
富翁、有錢人
不幸[ふこう] 不幸
人[ひと] 人

これは子供でもできます。　　這個就算是小孩子也做的到。

その虫は寒い所でも大丈夫だ。　那種蟲就算在寒冷之處也能生存。

金持ちだって不幸な人はいる。　即使是有錢人，也有不幸福的人。

(3) 不管／無論…都…

「疑問詞＋でも」表示「不管／無論…都…」，在一般口語對話中也會使用「だって」。

何[なん] 什麼
携帯電話[けいたいでん
わ] 手機
事[こと] 事、事情
誰[だれ] 誰
分かる[わかる] 知道

何でもいいです。　　　　　　不管什麼都好。

携帯電話はいつでもどこでもインターネットができる。

手機不管何時何地都能上網。

こんな事は誰だって分かる。　這種事誰都知道。

◉「携帯電話[けいたいでんわ]（手機）」也可縮寫成「ケータイ」。

5. など

牛肉[ぎゅうにく] 牛肉
魚[さかな] 魚
しょうゆ 醬油
買う[かう] 買
休み時間[やすみじかん] 休息時間
漫画[まんが] 漫畫
小説[しょうせつ] 小說
読む[よむ] 讀

「など」表示「…等」，其日文漢字是「等」，但一般少用。

牛肉や魚やしょうゆなどを買いました。

買了牛肉、魚和醬油…等。

休み時間は漫画や小説などを読む。

休息時間看漫畫或小說…等。

6. くらい 表示程度

「くらい」表示「程度」，另有相同意思的「ぐらい」。其有漢字為「位」，但也不常用。

40歳[よんじゅっさい] 40歳
女の人[おんなのひと] 女性、女子
見る[みる] 看見
大きさ[おおきさ] 大小

40歳くらいの女の人を見ました。 看到了40歳左右的女性。

りんごくらいの大きさだった。 蘋果般的大小。

● 日語中「～(人)を見る」表示用眼睛看到了某人。跟某人問候或聊天時要用動詞「会う[あう]（碰見、遇見）」。

昨天跟朋友一起去登山了。（…と）

▶

在背包內放了食物、飲料及日式點心（等）。（や…や…（など））

▶

早上七點離開家裡了。（過去式的常體表現）

▶

到山頂花了1個半小時左右。（…くらい、…ぐらい）

▶

並沒有那麼勞累，就算是小孩也沒事。（…でも。）（肯定形的常體表現）

▶

山裡有很多樹、花等，空氣也很好。（…し）

▶

挑戰長文 請試著先聆聽音檔來掌握內容，練習聽力。

22_2.MP3

私は来年の3月に韓国へ行きます。日本人は韓国の食事で困る人が多いと聞きました。でも、私は辛い食べ物も好きですし、キムチや焼き肉なども大好きですから、食べ物は心配ありません。

来年[らいねん] 明年 3月[さんがつ] 三月 韓国[かんこく] 韓國 行く[いく] 去 日本人[にほんじん] 日本人 食事[しょくじ] 用餐
困る[こまる] 困擾 聞く[きく] 聽 辛い[からい] 辣 好き[すき] 喜歡 焼き肉[やきにく] 烤肉、燒肉 大好き[だいすき] 非常喜歡
心配[しんぱい] 擔心

順帶一提！

必背的助詞

は	主格助詞	が	1. 主格助詞，即小主語　2. 表示「喜好、欲求、能力、可能性」的對象　3. 表示「雖然…，但…（語氣轉折）」
を	1. 表示及物動詞作用的對象　2. 表示動作離開的場所　3. 表示經過的場所	の	1. …的　2. …的（東西）　3. 暗示前述之名詞　4. 取代が（主格助詞）
も	1. 也　2.（表示界限、數量）竟達…、…之多　3. 疑問詞 も	と	1. …和…／…與…　2. 表示引用

意義多元的重要助詞

へ	表示方向	に	1.「に」與「へ」的不同　2. 表示存在場所（有、在）　3. 表示動作發生的時間　4. 表示頻率／次數　5. 表示歸著點（變換位置的目的地）　6. 表示單向動作所指向的對象（授予）　7. 表示單向動作所指向的對象（接受、領受）
で	1. 表示動作或狀態的發生之處　2. 表示方法手段或工具　3. 表示理由或原因　4. 表示限定的數量或長度　5. 表示原料或材料	から	1. 從…　2. 表示「從…（某人）」（收到）3. 表示場所起點（從…）　4. 表示原料或材料　5. 因為…　6. 表示原因、理由
ので	表示原因、理由	より	1. 比…　2. 從…
まで	…為止	までに	…為止、在…之前
だけ	只、只有	しか	除…之外
ばかり	總是、淨是		

語尾助詞

か	1. 疑問助詞　2. …或…　3. 表示「是否」　4. 表示不肯定、不確定的事物	かい	疑問助詞
よ	提示對方不知道或錯誤認知的訊息	ね	1.（期待對方附合自己的想法而）向對方提出的確認　2. 表達輕度的感嘆或感動　3. 表達自己的主張或感覺　4. 口語語助詞
だい	疑問助詞（男性口吻）	わ	1. 語氣柔和地表達決心或提出主張　2. 表示感嘆、驚訝
かしら	1. 表示對於有不明確的事情自問或問他人　2. 表示願望、期待		

其他的助詞

や	羅列、列舉	とか	列舉
し	1. 列舉　2. 表示原因、理由	でも	1. …之類的　2. 即使／縱然／就算…，也…也…　3. 不管／無論…都…
など	…等	くらい	表示程度

02 節

知道會更方便的疑問詞

日語的疑問詞不多，所以在本章節中我將疑問詞整理成表格以供快速學習。除了「詢問程度」的疑問詞以外，在同一格內有兩個以上的疑問詞的情況下，即指該類疑問詞的恭敬程度不同，愈上面的愈恭敬，愈下面的愈隨意。

23 必背的疑問詞

照著做就對了學習法

第一步 一定要先聽過音檔　第二步 一邊看書一邊學習　第三步 請再聽一次音檔

日語初學者一定要記住此章節所提到，最基礎、一定要懂的疑問詞。而日語的疑問詞中，有時候也有恭敬程度之分，學習過程中請好好確認清楚。

23_1.MP3

跟著做就對了

いつ	何時	注意，當詢問「幾點了？」時，不會用「いつ」，而是用「何時[なんじ]」。因為漢字都一樣（但少用），所以要特別注意。 （例）明日、何時[なんじ]に会いますか。明天幾點碰面？
どなた 誰[だれ]	哪一位 誰	「どなた」是「哪一位」，語氣較為鄭重。而「誰」則是較一般的說法。
何 [なに／なん]	什麼、幾個	「何」後接「だ（例：何だ[なんだ]（什麼呀！））、過去式（例：何だった[なんだった]（是什麼呀！））、な（例：何なの[なんなの]（這算什麼！）），或量詞（例：何匹[なんびき]（幾隻））時發音會變成「なん」，此外都是念「なに」。
いかが どう	如何	「いかが」是比「どう」更恭敬的用詞，所以「いかがですか（覺得如何）」是比「どうですか」更恭敬的問句。
どこ	哪裡	「ここ（這裡，離說話者近之處）、そこ（那裡，離說話者遠之處）、あそこ（那裡，離說話者和聽話者都比較遠之處）」這三個指示代名詞的疑問詞。除此之外，詢問公司名稱、學校名稱…等，也能用「どこ」。
どちら どっち	哪個方向	「どちら」是詢問「哪裡」的疑問詞，回答時可以用「こちら（這邊）、そちら（那邊）、あちら（（較遠的）那邊）」這三個指示代名詞回應；而「どっち」則是偏口語詢問「哪裡」疑問詞，回答時則使用「こっち（這邊）、そっち（那邊）、あっち（（較遠的）那邊）」這三個指示代名詞回應。「どちら」是比「どっち」更恭敬的用詞，用於所問對象有兩個以上的情況下。另外，「どちら」也是「どこ」的尊敬說法。

なぜ どうして 何で[なんで]	為何 為什麼	「なぜ」是口氣非常生硬的文章用語，也寫作「何故」。「なんで」則用於口語對話，一般最常用的則是「どうして」。
どれ	哪一個	「どれ」是「これ（這個）、それ（那個）、あれ（那個）」這三個指示代名詞的疑問詞，用於所問對象為多個以上的情況下。

請用指定的兩個詞彙完成「…は…ですか。」完成下面的日語句子

誕生日, いつ　▶

あの方, どなた　▶

その男の人, 誰　▶

この箱, 何　▶

体の具合, いかが　▶

新しいセーター, どう　▶

私の席, どこ　▶

欲しいスーツ, どちら　▶

好きなケーキ, どっち　▶

それ, どうして　▶

横浜行きのバス, どれ　▶

● 「スーツ（套裝、西裝）」的相似詞是：「背広[せびろ]」，但現在主要是上了年紀的人才會使用這個詞彙，年輕人大多用「スーツ」。另外，「スーツ」也有「正式服裝」之意，所以女士的套裝也稱作「スーツ」。

誕生日[たんじょうび]
生日
方[かた]…位
男の人[おとこのひと]
男人
箱[はこ] 箱子
体[からだ] 身體
具合[ぐあい]
（身體的）狀態
新しい[あたらしい] 新
セーター 毛衣
席[せき] 座位、席位
欲しい[ほしい]
想要、希望得到
スーツ 套裝、西裝
好き[すき] 喜歡
横浜[よこはま]
（地名）橫濱
～行き[ゆき]
（開）往…

24 表示數字與數量的疑問詞

照著做就對了學習法

第一步 一定要先聽過音檔　第二步 一邊看書一邊學習　第三步 請再聽一次音檔

接下來要介紹的是表示數字與數量的疑問詞。

24_1.MP3

跟著做就對了

いくつ	幾、幾個、多少	當以這個疑問詞發問的句子，回答數量時則使用「ひとつ（一）、ふたつ（二）、みっつ（三）…」來回應。
いくら	多少（金額）	詢問金額的疑問詞。
どのくらい どのぐらい どれくらい どれぐらい	什麼程度、 有多麼地	這四個疑問詞在使用時沒什麼區別。

請用指定的兩個詞彙完成「…は…ですか。」完成下面的日語句子。

ボーリングのベストスコア, いくつ ▶

その手袋, いくら ▶

費用, どのくらい ▶

ボーリング 保齢球
ベストスコア
最高得分
手袋[てぶくろ] 手套
費用[ひよう] 費用

25 用於名詞之前的疑問詞

照著做就對了學習法

第一步 一定要先聽過音檔　第二步 一邊看書一邊學習　第三步 請再聽一次音檔

下面是接在名詞前的疑問詞。請特別注意這裡的「どの」後面一定要接名詞。但之前教過的「どれ」的後面則不接名詞。

25_1.MP3

跟著做就對了

どの	哪一個	為「この（這個…）、その（那個…）和あの（那個…）」等指示代名詞的疑問詞。
どんな	哪樣的	詢問「こんな（這樣的…）、そんな（（只有說的人知道）那樣的…）和あんな（（聽、說的人都知道）那樣的…）」等指示代名詞的疑問詞。

請用指定的兩個詞彙完成「…は…ですか。」完成下面的日語句子。

私, どのクラス　▶

タイタニック, どんな船　▶

● 「船[ふね]」的日文漢字有時也寫作「舟」，此時指的是用手划槳的小船。而寫「船」時，指的是大船。

クラス 班
タイタニック 鐵達尼號
船[ふね] 船

那位是哪一位？（使用 は…ですか。句型）

▶

身體狀態如何？（使用 は…ですか。句型）

▶

開往橫濱的巴士是哪一台？（使用 は…ですか。句型）

▶

我的座位在哪裡？（使用 は…ですか。句型）

▶

想要的西裝是哪一邊的？（使用 は…ですか。句型）（請用較鄭重的說法）

▶

這件毛衣多少錢？（使用 は…ですか。句型）

▶

費用大約是多少呢？（使用 は…ですか。句型）

▶

保齡球的最高得分是幾分？（使用 は…ですか。句型）

▶

喜歡的蛋糕是哪一種蛋糕？（使用 は…ですか。句型）

▶

哪雙手套好？（使用 が…ですか。句型）

▶

03節

一定要會的
基礎副詞

應該知道的基礎副詞非常多，族繁不及備載，我們從
常用的開始循序漸進學習吧！

26 必背的副詞

照著做就對了學習法

第一步 一定要先聽過音檔　第二步 一邊看書一邊學習　第三步 請再聽一次音檔

日文的副詞乍看之下很簡單，使用時卻容易出錯。所以我們在學習的過程中，千萬不要輕忽了喔！接著我們就穩紮穩打的來學習吧！

26_1.MP3

跟著做就對了

店[みせ] 商店
閉まる[しまる]
閉、關門
何に[なにに]
（結果）是什麼
決まる[きまる] 決定

店[みせ] 商店
開く[あく] 開、開門
髮[かみ] 頭髮
切る[きる] 剪
冷蔵庫[れいぞうこ]
冰箱
直す[なおす]
改正、修理

帰る[かえる]
回家、回去、回來
洗濯物[せんたくもの]
要洗的衣物、洗好的
衣物
乾く[かわく] 乾

1. もう

(1) 已經

接觸到「もう」這個副詞時，最先學到的語意就是「已經」。

店はもう閉まりました。　　　　商店已經關門了。
何にするか、もう決まった。 要做什麼，已經決定好了。

☂ 請依題目中指定的兩個詞彙，完成「もう…」的日語句子。（請改成過去式的常體表現）

店, 開く　▶

髮, 切る　▶

冷蔵庫, 直す　▶

(2) 馬上就要、快要

「もう」也有「馬上就要、快要」之意。

もううちに帰ります。　　快要回家了。
洗濯物はもう乾く。　　　洗好的衣物快乾了。

福島[ふくしま]
（日本姓氏）福島
着く[つく] 抵達
電車[でんしゃ] 電車
動く[うごく] 動、發動
肉[にく] 肉
焼ける[やける]
烤、燒烤

一度[いちど]
一次、一下
探す[さがす] 找
御飯[ごはん] 飯

魚[さかな] 魚、魚肉
1匹[いっぴき]
一匹、一頭、一尾
釣る[つる] 釣（魚）
少し[すこし]
稍微、有點
味噌[みそ] 味增
足す[たす] 增加、添滿
学生[がくせい] 學生
一人[ひとり]
一名、一位
増える[ふえる] 增加
小学生[しょうがくせい]
小學生
10月[じゅうがつ] 10月
暑い[あつい] 熱

子[こ]
小孩、孩子、兒童
赤ちゃん[あかちゃん]
小寶寶、嬰兒
3月[さんがつ] 3月
寒い[さむい] 冷
時間[じかん] 時間
6時[ろくじ] 6點

☂ 請依題目中指定的兩個詞彙，完成「もう…」的日語句子。（請改成肯定形的敬體表現）

福島さん, 着く ▶

電車, 動く ▶

肉, 焼ける ▶

(3) 再／又

「もう」也有「再」之意，但後面必須接其它詞才能表示「再」，例如「もう少し[すこし]（再稍微）、「もう一度[いちど]（再一次）」。

もう一度探しました。　　　又再找了一次。
もうちょっと御飯が欲しい。想再多吃一點飯。

● 「欲しい[ほしい]」表示「想要、希望得到」，需要根據前後文來意譯。

☂ 請依題目中的句子，完成「もう…」的日語句子。（請改成過去式的常體表現）

魚を1匹釣る ▶

少し味噌を足す ▶

学生が一人増える ▶

2. まだ

「まだ」表示「尚未、還是、仍然」的意思。

まだ小学生です。　　　　　還是小學生。
もう10月ですが、まだ暑いです。已經10月了，還是熱。

☂ 請依題目中的指定的兩個詞彙，完成「まだ…」的日語句子。（請改成肯定形的敬體表現）

その子, 赤ちゃん ▶

3月, 寒い ▶

時間, 6時 ▶

● 這裡出現了表示「嬰兒、小寶寶」的日語為是「赤ちゃん[あかちゃん]」，先前曾有出現一個叫「赤ん坊[あかんぼう]」的單字，相較之下，「赤ちゃん」是更親暱、更可愛的叫法。

加強觀念，「まだ」一詞蘊含「以後打算要做」之意，所以不能用來修飾已經完成的事（不能用來修飾過去式），舉例說明一下吧！

映画館[えいがかん]
電影院
見る[みる] 看

映画館で「ミリャン」を見ましたか。

你在電影院看了「密陽」這部電影嗎？

答覆上述問題時，若該部電影是在電影院已播映結束（即下檔）的話，

いいえ、見ませんでした。　沒有，我沒有去看。

只要這樣回答就行了。既然電影已下檔，就算想到電影院看這部電影也看不到。但若該部電影仍在電影院上映中的話，則要用下面這一句來答覆。

いいえ、まだ見ていません。沒有，我還沒去看。

想單使用副詞「まだ」簡單回應時，只要說「まだです（還沒有）」就行了。除此之外，如果電影仍在上映，卻已經不想看的話，則要用下面這一句來答覆。

いいえ、見ません。　　　沒有，我不會去看。

這樣有清楚了嗎？「まだ」不能用在修飾過去式喔！

お湯[おゆ] 熱水、開水
沸く[わく] 沸騰、燒開
新しい[あたらしい] 新
仕事[しごと] 工作
慣れる[なれる]
習慣、熟練

お湯はまだ沸いていません。　開水還沒沸騰。
新しい仕事にまだ慣れていない。尚未習慣新的工作。

3. あまり

(1) 不太、不怎麼

此副詞的應用句型為「あまり＋否定句」。

カメレオン 變色龍
動く[うごく] 動
話[はなし] 談論、事
怖い[こわい] 恐怖

カメレオンはあまり**動きません**。 變色龍不太動。
その話はあまり**怖くない**。 那個故事不太可怕。

🗨 請依題目中指定的兩個詞彙，完成「あまり…」的日語句子。（句尾請改成
　 否定形的常體表現）

フランス人[フランスじ
ん] 法國人
ゴルフ 高爾夫
冷房[れいぼう] 冷氣房
好き[すき] 喜歡
役に立つ[やくにたつ]
有助益、有幫助

フランス人, ゴルフをする　▶

冷房, 好き　▶

その話, 役に立つ　▶
---

(2) 非常…、很…、太…

當「あまり」出現在肯定句中時，表示程度很大的「非常…、
很…、太…」。

飲む[のむ] 喝
体[からだ] 身體
犬[いぬ] 狗
触る[さわる] 摸、碰觸
噛む[かむ] 咬

あまり**飲む**と体によくないですよ。 喝太多酒的話對身體不好。
この犬はあまり**触る**と噛む。 這隻狗摸得太過分的話會咬人。

● 動詞「飲む[のむ]（喝）」在沒有受詞的情況下即暗示為「喝酒」。關於「飲むと
　（喝酒的話）」和「触ると（摸的話）」中的「と」是表示「…的話」的假定用
　法，此文法將會在本書第368頁會再做詳細的句型說明。

此語法在練習時需要用到其它還沒學到的動詞活用變化，所以省
略了練習例句的部分。

4. よく

(1) 好好地、充份地

「よく」的語意是「好好地、充份地」的意思。

考える[かんがえる]
思考、考慮
隣[となり] 鄰居、隔壁
部屋[へや] 房間、屋子
音[おと] 聲音
聞こえる[きこえる]
聽得到

よく**考えて**ください。 請好好考慮。
ここは隣の部屋の音がよく**聞こえる**。
　　　　　　　　　　隔壁房間的聲音在這裡聽得很清楚。

● 「考えてください」表示「請考慮」、「請想想看」。句型「…てください」的詳細
　說明請看本書第342頁。

● 在日語當中會用不同的用語來描述生物和非生物體發出的聲音。生物（動物或
　人）所發出的聲音要用「声[こえ]（聲音、語音、嗓音）」，而非生物的物體等所
　發出的聲音則是用「音[おと]（聲音）」。

☂ 請依題目中指定的兩個詞彙，完成「もう…」的日語句子。（請改成肯定形的敬體表現）

風[かぜ] 風	風, 通る　▶
通る[とおる] 通過、經過	星, 見える　▶
星[ほし] 星星	パン, 焼ける　▶
見える[みえる] 看得到	

(2) 經常、時常

「よく」也有「經常、時常」之意。

昔[むかし] 以前
事[こと] 事
思い出す[おもいだす]
想起、憶起
友達[ともだち] 朋友
彼氏[かれし]
男朋友、他
変わる[かわる] 改變

昔の事をよく思い出します。　　時常想起以前的事。
その友達は彼氏がよく変わる。　　那個朋友常換男朋友。

● 「思い出す[おもいだす]」是及物動詞，所以配合的助詞為「を」，會固定用「…を思い出す」的句型。

☂ 請依題目中指定的兩個詞彙，完成「よく…」的日語句子。（請維持肯定形的常體表現）

雪[ゆき] 雪	雪, 降る　▶
降る[ふる] 降、落下	パソコン, 壊れる　▶
壊れる[こわれる] 故障、壞掉	夫, 手伝う　▶
夫[おっと] 丈夫	
手伝う[てつだう] 幫忙	

5. 確か[たしか]

「確か」是形容動詞，為「確切、確實」的意思。但在日本人的講話習慣中，它也帶有憑著印象敘述的開頭詞，並沒有自信確定該敘述是否正確。即有表示「（印象中）好像是…、我沒記錯的話…」之意。

另有一個詞彙：「多分[たぶん]」，亦能用來表示「大概、也許」的意思。但「確か」與「多分」相較之下是確定程度較高，帶著一種「我印象中是這樣（但有可能是我記錯了）」的意思。
想表示「很確切地」時，要使用在「確か」之後加上「に」，形成「確かに」即可。

落とす[おとす]
使降落、打落、弄倒
思う[おもう]
思考、考慮
二人[ふたり]
兩個人、兩位
去年[きょねん] 去年
別れる[わかれる] 分手

確か、ここで落としたと思います。　　我想大概是掉在這裡了。
二人は確か、去年別れた。　　沒記錯的話，兩個人好像去年分手了。

◉「…と思う」一般是「我認為…」的意思。

🌂 請依題目中指定的兩個詞彙，並在尾端接上「確か…と思います。」，完成「我沒記錯的話…」的日語句子。

お金, 足りる ▶

その機械, 直す ▶

そのブログ, 無くなる ▶

6. 絶対[ぜったい]

(1) 絶對

如漢字般表示中文「絕對」的意思。有時也會在後面加上「に」，以「絶対に」來表示。

シルバーシートには絶対に座りません。　　絕對不坐博愛座。

絶対負けない。　　　　　　　　　　　　　　絕對不會輸。

🌂 請依題目中指定的兩個詞彙，完成「絶対…」的日語句子。（請改成否定形的常體表現）

人の物, 盗む ▶

動物, 触る ▶

僕, 逃げる ▶

◉「人[ひと]」除了「人」，也能用來表示「別人」，必須根據前後文意來判斷。在這個意思之下，有時候可以把其日語意思寫成「他人」，但一樣讀作「ひと」。

(2) 肯定、一定

「絶対」還可以用來表達「肯定、一定」的意思。

こんな事は絶対おかしいです。　　這種事肯定有鬼。

次の試合では絶対に勝つ。　　下回的比賽一定會贏。

🌂 請依題目中指定的兩個詞彙，完成「絶対…」的日語句子。（請改成肯定形的敬體表現）

大学院, 通う ▶

この株, 上がる ▶

今回の旅行, 楽しむ ▶

お金[おかね] 錢
足りる[たりる] 足、夠
機械[きかい] 機器
直す[なおす]
修理、改正
ブログ 部落格
無くなる[なくなる]
消失

シルバーシート
博愛座
座る[すわる] 坐
負ける[まける] 輸、敗

人[ひと] 別人
物[もの] 物品
盗む[ぬすむ] 偷、偷竊
動物[どうぶつ] 動物
触る[さわる] 摸、碰觸
僕[ぼく]（男性）我
逃げる[にげる] 逃走

おかしい 可笑、奇怪
次[つぎ] 這次、下次
試合[しあい] 比賽
勝つ[かつ] 贏、勝
大学院[だいがくいん]
研究所
通う[かよう]
通勤、上（學）
株[かぶ] 股票
上がる[あがる]
上漲、登、舉、抬
今回[こんかい] 這次
旅行[りょこう] 旅行
楽しむ[たのしむ]
期待、享受

要做什麼，已經決定好了。（もう…）（過去式敬體表現）

▶

電車馬上就要出發。（もう…）（肯定形的常體表現）

▶

又再找了一次。（もう一度…）（過去式的敬體表現）

▶

時間還沒六點。（まだ…）（肯定形的常體表現）

▶

那個故事不太恐怖。（あまり…）（否定形過去式的敬體表現）

▶

這裡很清楚聽得到隔壁房間的聲音。（よく…）（肯定形的
常體表現）

▶

經常下雪。（よく…）（肯定形的敬體表現）

▶

沒記錯的話，兩個人好像去年分手了。（確か…）（肯定形
的常體表現）

▶

絕對不會偷別人的東西。（絶対(に)…）（否定形的敬體表
現）

▶

下次比賽一定會贏。（絶対(に)…）（肯定形的常體表現）

▶

27 意思與用法相近的副詞

照著做就對了學習法

第一步 一定要先聽過音檔　第二步 一邊看書一邊學習　第三步 請再聽一次音檔

日語的副詞中，有許多是很相似的詞在，所以本章來學習一些意思及用法較為相近的副詞，請仔細比較並確認這些字彙之間有何差異。

27_1.MP3

跟著做就對了

クラリネット 單簧管
吹く[ふく] 吹
厳しい[きびしい]
嚴格、嚴厲
先生[せんせい] 老師
日本語[にほんご]
日文、日語
簡単[かんたん]
簡單、容易
思う[おもう]
思考、考慮
9月[くがつ] 9月
八百屋[やおや]
蔬菜店
開く[ひらく]
開、開著、開張

会社[かいしゃ] 公司
勤める[つとめる]
上班、值勤
犬[いぬ] 狗
育てる[そだてる]
養育、培養
ホームラン 全壘打
打つ[うつ] 打、擊

1.「はじめて」與「はじめ」

「はじめて」與「はじめ」都是「第一次」的意思。「はじめて」指的是「組合、搭配、行動方面的第一次－首度、初次」，而「はじめ」是用在「時間流逝方面的第一次－初期、原先、首先」。兩副詞的日文漢字分別寫作「初めて」和「初め」（偏指期初），有時也寫作「始めて」和「始め」（偏指開始）。

はじめてクラリネットを吹きました。

第一次吹單簧管。

こんなに厳しい先生ははじめてだ。

第一次遇到這麼嚴格的老師。

はじめは日本語は簡単だと思いました。

起初認為日語很簡單。

9月のはじめに八百屋を開く。　9月初開了蔬菜店。

🎐 請依題目中的句子，完成「はじめて…」的日語句子。（請改成過去式的常體表現）

会社に勤める ▶

犬を育てる ▶

ホームランを打つ ▶

野菜[やさい] 蔬菜
切る[きる] 切
神様[かみさま]
神、神明
祈る[いのる] 祈禱
部屋[へや] 房子、房間
飾る[かざる]
裝飾、裝點

🎏 請依題目中的句子，完成「はじめ(に)…」的日語句子。（請使用過去式的敬體表現）

| 野菜を切る ▶ |
| 神様に祈る ▶ |
| 部屋を飾る ▶ |

2. 「さっき」與「この前[このまえ]」

「さっき」意指「方才、剛才」，而「この前[このまえ]」則意指「上次、最近、一陣子之前」。

外[そと] 外面、外部
声[こえ]（生物的）聲音
お客さん[おきゃくさん]
客人
帰る[かえる]
回去、回來、回家
火曜日[かようび]
星期二
晴れ[はれ]
（天氣）放晴
亡くなる[なくなる]
逝世、死亡

さっきから外で男の人の声がします。

剛才開始從外面傳來男人的聲音。

お客さんはさっき帰った。　客人方才回去了。
この前の火曜日は晴れでした。　上星期二是晴天。
この前、父が亡くなった。　父親幾天前過世了。

🎏 請依題目中的句子，完成「さっき…」的日語句子。（請改成過去式的常體表現）

庭[にわ] 庭院、院子
何か[なにか]
某種、某些
光る[ひかる]
發光、發亮
直る[なおる]
修理好、修復
雨[あめ] 雨
やむ 停、停止

| 庭で何かが光る ▶ |
| パソコンが直る ▶ |
| 雨がやむ ▶ |

新しい[あたらしい]
新、新的
星[ほし] 星星
見付かる[みつかる]
被發現、被看見
家[いえ] 家、房屋
壁[かべ] 牆壁
ペンキ 油漆
塗る[ぬる] 塗
お祭り[おまつり] 慶典
踊る[おどる] 跳舞

🎏 請依題目中的句子，完成「この前…」的日語句子。（請改成過去式的敬體表現）

| 新しい星が見付かる ▶ |
| 家の壁にペンキを塗る ▶ |
| お祭りで踊る ▶ |

3. 「どうぞ」與「どうも」

「どうぞ」跟「どうも」雖然是非常基本的副詞，但還是有很多人應用錯誤。我想很多人腦海中清楚其意，但開口時卻經常會口誤，要想辦法弄清楚問題所在。

「どうぞ」就是同意、允許別人做某件事時，禮貌性告知的用語，也就是「請（做）…」的意思。而「どうも」則是用來表示「感謝、謝謝」的用語，記「どうも」只要想成它都固定可以跟「ありがとうございます」銜接成（どうもありがとうございます），就可以從這個句子中記得它有「感謝、謝謝」的意思。

A（一邊讓座一邊説）どうぞ。　　　　請坐。

B（一邊坐下一邊説）どうも。　　　　謝謝。

A（一邊遞茶一邊説）どうぞ。　　　　請喝。

B（一邊接下茶杯一邊説）どうも。いただきます。
　　　　　　　　　　　　　　　　　謝謝，那我就不客氣了。

4.「今度[こんど]」與「後で[あとで]」

「今度」表示「下次」；「後で」則表示「等一下、晚點、稍後」。說「今度」要做什麼時，便意味著他說要做的事，不會是在說話的那一天（當天），而是在後來的時間段才做。而「後で」是「稍後」的意思，所以講了這句話後表明要做的事，是在很短暫的時間後馬上會做的意思。

謝る[あやまる]
道歉、謝罪

三浦さんに今度謝ります。
　　　　　　　　　下次會跟三浦先生道歉。（以後的某個時間段會道歉）

三浦さんに後で謝ります。
　　　　　　　　　等一下會跟三浦先生道歉。（短暫的時間後會道歉）

お金[おかね] 錢
払う[はらう] 支付

お金は今度払う。　錢下次支付。（下次來時）

お金は後で払う。　錢等一下支付。（稍後支付）

◉但「今度[こんど]」除了前述的「下次」之外，也可以表示「這次」，一般還是要依據前後文意來判斷才行。例如：「今度は逃[に]がさないぞ。（這次可不會讓你再跑掉囉！）」

荷物[にもつ] 行李
運ぶ[はこぶ]
搬運、運送
結果[けっか] 結果
知らせる[しらせる]
通知、告知
話[はなし] 談論、事
伝える[つたえる]
傳達、轉達

🌂 請依題目中指定的兩個詞彙，完成「今度…」的日語句子（請維持肯定形的常體表現）。

荷物, 運ぶ　▶

テストの結果, 知らせる　▶

この話, 伝える　▶

請依題目中指定的兩個詞彙，完成「後で…」的日語句子。（請用肯定形的敬體表現）。

子供[こども]
孩子、小孩、孩童
起こす[おこす]
叫醒、喚醒
お湯[おゆ] 開水、熱水
沸かす[わかす]
燒開、使沸騰
絵[え] 畫、圖
掛ける[かける] 掛

子供, 起こす ▶

お湯, 沸かす ▶

この絵, 掛ける ▶

5. 「必ず[かならず]」與「きっと」與「是非[ぜひ]」

這三個副詞都解釋為「一定」，所以很多人搞不清楚其中的區別差異。

「必ず」表示「務必、鐵定、肯定」，意味著100%會這樣或一定要這樣才行；「きっと」則用於不像「必ず」那麼有自信或肯定的情況下，換句話說，「必ず」意指毫無例外或意外情況，而「きっと」則意指存在著例外或意外情況。另外，「是非」，蘊含希望、意志、勸誘之意，只用於文章體。

病気[びょうき]
病、疾病
治る[なおる] 痊癒

この病気は必ず治ります。　這個病鐵定會痊癒。（100%確信）

この病気はきっと治ります。這個病想必能痊癒。（可能無法痊癒）

× この病気は是非治ります。

（這個句子無法與具希望、意志、勸誘之意的副詞「是非」相容）

来る[くる] 來
動詞て形＋ください
請…（做前動作）

パーティーには必ず来てください。

請務必要來派對。（強烈要求，具強制意味）

パーティーにはきっと来てください。

請一定要來派對。（強烈期待）

パーティーには是非来てください。

請一定要來派對。（希望、盼望）

● 「来[き]てください」的句型結構為「動詞て形＋ください」，表示「請做（前述動作）…」的意思，此句的詳細說明請看本書第342頁。

請依題目中指定的兩個詞彙，完成「必ず…」的日語句子。（請維持肯定形的常體表現）

おもちゃ 玩具
直る[なおる]
修理好、修復

このおもちゃ, 直る ▶

痛み[いたみ] 痛、疼
消える[きえる]
消失、消散
夢[ゆめ] 夢
かなう 能實現

痛み, 消える ▶

夢, かなう ▶

◉「なおる」這個動詞有兩種漢字，一個是「治る」、另一個是「直る」。前者是「病被治好了→痊癒」，後者是「故障的東西修好了→修復」。這個單字的用法，就連日本人也會有用錯的時候，所以好好學起來吧！

🔖 請依題目中指定的兩個詞彙，完成「きっと…」的日語句子。（請維持肯定形的敬體表現），書寫過程中請牢記「必ず」與「きっと」擁有不同的含義。

このおもちゃ, 直ります ▶

痛み, 消えます ▶

夢, かないます ▶

◉句中加入「必ず」的話，意味著「100%會這樣」，加入「きっと」的話，則意味「有70…80%的可能性，但也有可能不會這樣」。

🔖 請依題目中指定的兩個詞彙，完成「是非…」的日語句子。（這一大題如題目直接用「…てください」的型態作答就好。）

日本語[にほんご]
日文、日語
教える[おしえる] 教
景色[けしき]
景色、風景
見る[みる] 看
水泳[すいえい] 游泳
始める[はじめる] 開始

日本語, 教えてください ▶

そこの景色, 見てください ▶

水泳, 始めてください ▶

6.「非常に[ひじょうに]」、「とても」與「すごく」

三個副詞都具有「非常地、十分、相當地」之意，含義卻略為不同。「非常に」屬於書面體，用於一般對話會顯得生硬，適合用在非常正式嚴肅的場合或文章內。「とても」講起來口吻較沒有那麼生硬，一般較為常用。「すごく」則是非常口語化的用語，所以常用於朋友或平輩之間對話中，較不適合用在講話需恭敬的場合或講究格式的文章內。

スピーカー 音響
クオリティ 品質
高い[たかい] 高
音[おと]
（非生物的）聲音
出る[でる]
出、出來、出去
悲しい[かなしい]
悲傷、難過
ストーリー 故事
時[とき] 時、時候
恥ずかしい[はずかしい]
慚愧、害羞

このスピーカーは非常にクオリティの高い音が出ます。
　　　　　　　　　　　　　　　　　　這個音響可發出品質十分優異的聲音。

とても悲しいストーリーでした。 非常悲傷的故事。

その時、すごく恥ずかしかった。 那時非常難為情。

IT 資訊科技
産業[さんぎょう] 産業
盛ん[さかん]
繁榮、昌盛、興盛
技術[ぎじゅつ] 技術
素晴らしい[すばらしい]
優秀、優異、傑出
柄[がら] 花紋、花樣
細かい[こまかい]
詳細、細密、小

妻[つま] 妻子
優しい[やさしい]
善良、和善、慈祥
今日[きょう] 今天
結果[けっか] 結果
残念[ざんねん]
遺憾、可惜
怪我[けが] 負傷
ひどい
嚴重、殘酷、過份

濟州道[チェジュド]
濟州道
豚肉[ぶたにく] 豬肉
うまい 美味、高明
建物[たてもの] 建築物
古い[ふるい]
古老、老舊
加藤[かとう]
（日本姓氏）加藤
髪[かみ] 頭髮

◉「クォリティーの高い音」中的「の」等同「が」的作用，想不起來的話請看本書第133頁。

◉「ストーリー（story）」除了「故事」外，也能用來表示「電影或小説的情節」。

🪭 請依題目中指定的兩個詞彙，完成「非常に…」的日語句子。（第一句請改成過去式的常體表現，第二、三句為肯定形的常體表現）

IT産業, 盛ん ▶

技術, 素晴らしい ▶

柄, 細かい ▶

🪭 請依題目中的單字與句子，完成「とても…」的日語句子。（請使用肯定形的敬體表現）

妻, 優しい ▶

今日の結果, 残念 ▶

怪我, ひどい ▶

🪭 請依題目中的單字與句子，完成「すごく…」的日語句子。（請使用肯定形的常體表現）

濟州道の豚肉, うまい ▶

その建物, 古い ▶

加藤さんの髪, きれい ▶

◉ 前面有學過「美味」的日語是「おいしい」，而這裡出現的「うまい」是「おいしい」的同義詞，但是比較粗俗。此外，「うまい」也還有「巧妙」、「高明」之意，同義詞有「上手[じょうず]」，但相形之下「うまい」也仍然屬於較為粗俗的用語。

昨天第一次打出了全壘打。（はじめて…）（過去式的敬體表現）

▶

起初覺得日文很簡單。（はじめ…）（過去式的常體表現）

▶

剛才院子有某樣東西在發亮。（さっき…）（過去式的敬體表現）

▶

父親不久前病逝了。（この前…）（過去式的常體表現）

▶

錢下次再支付。（今度…）（肯定形的敬體表現）

▶

等一下搬行李。（後で…）（肯定形的常體表現）

▶

夢想一定會實現。（必ず…）（肯定形的敬體表現）

▶

這病想必會痊癒。（きっと…）（肯定形的常體表現）

▶

請一定要教我日語。（是非…てください。）

▶

技術十分優秀。（非常に…）（肯定形的常體表現）

▶

傷得很重。（とても…）（肯定形的敬體表現）

▶

那時非常難為情。（すごく…）（過去式的常體表現）

▶

順帶一提！

　　「開く」這個詞，依使用詞義的不同，可以讀成「あく」，也可以讀成「ひらく」。當讀成「あく」時，是一個完整的自動詞，意指「開、開（啟）」；而讀作「ひらく」時，則是同時具有他動詞及自動詞性質的動詞，意指「打開」。而一樣是「打開」辭義的單字中，還有一個他動詞是「開ける[あける]」（其相對應的自動詞正是「開く[あく]」）。那麼接下來，我們來比較一下「開く[ひらく]」與「開ける[あける]」（在他動詞的情況下）有哪裡不同？

　　「開ける[あける]」一般只能用來描述「去除堵塞之物或遮蔽之物」的情況，但「開く[ひらく]」更為廣義，除了同上述含義之外，還具有「打開、展開、伸展」之意。換句話說，「開く[ひらく]」不僅能用來描述「打開」，還能描述「物體展開」的情況。因此，「開く[ひらく]」通常不會用在無法「擴大或伸展」的「打開」上。舉例來說，描述「打開箱子的蓋子」時要說「箱子[はこ]のふたを開ける[あける]」，因為此時描述的動作是拿掉遮蓋箱子的蓋子，並沒有將箱子（或箱蓋）展開的動作。那麼，我們來看看「打開雨傘」怎麼說？，這時當然要說「傘[かさ]を開く[ひらく]」，這是因為此時描述的動作不僅是打開原本摺收起來的傘，也包括了往外展開的動作。

　　除此之外，如「本[ほん]（書、書籍）」、「つぼみ（花蕾）」、「扇子[せんす]」這種以某一個中心點，進行開啟關閉的情況，則要用「開く[ひらく]」，因為它們都是有「展開」概念的「開」。

　　最後再總結一下，像推拉門這種平面式開闔的情況，要用「開ける[あける]」，如書本、雨傘這種立體式開闔的情況，則大多用「開く[ひらく]」。

　　還有一些小細節需要注意一下。有一些字可以接「開く[ひらく]」，也可以接「開ける[あける]」，接上去後就算翻成中文，字面看起來可能會一樣，但是實際意思卻會不一樣。舉一個例子來說，「店[みせ]（商店）」這個單字就可以接「開く[ひらく]」和「開ける[あける]」，但意思會有不同。「店を開く」表示「新開一家店」，而「店を開ける」則表示「營業時間到了，打開店門開始營業」。注意到了嗎？兩者中文都可以說是「開店」，意思卻天差地遠，所以最重要的還是要多多應用，提升辨識能力。

　　現在就列出各動詞的相反詞來幫助大家理解，如下所示：

開く[ひらく] ↔ 閉じる[とじる]

開ける[あける] ↔ 閉める[しめる]

　　再次提醒喔！「開く[ひらく]」可當作不及物動詞，也可當作及物動詞喲！

04節

棘手的連接詞

我也將日語的連接詞整理成表格，幫助學習。日文連接詞則大多以「そ」開頭。許多人常常會背到暈頭轉向，所以請利用我整理好的表格來釐清頭緒。

28 以そ開頭的基本連接詞

照著做就對了學習法

第一步 一定要先聽過音檔　第二步 一邊看書一邊學習　第三步 請再聽一次音檔

從必背的基本連接詞中，我已經將以「そ」開頭的基本連接詞整理出表格如下，請小心不要搞混。

28_1.MP3

跟著做就對了

そして	然後	「そして」和「そうして」語意相同，但「そうして」經常當作副詞來表示「因此」。
そうして	而且、然後、因此	
それから	接著、之後、而且	日常對話中想表達「而且」時更常用「それから」，較少用「そして」。
それで	因此、因而	
それに	而且	

湖[みずうみ] 湖泊
広い[ひろい]
寬廣、廣闊
深い[ふかい] 深
出張[しゅっちょう]
出差
スケジュール 行程
電車[でんしゃ] 電車
切符[きっぷ] 票
中野[なかの]
（日本姓氏）中野
〜君[くん]
（長輩對晚輩及平輩之間男性的稱呼）…君
急に[きゅうに]
突然、忽然
立つ[たつ] 站立、起立
先生[せんせい] 老師
前[まえ]
前、前面、前方
行く[いく] 去

  請將「そして」銜接在兩句之間完成新的日語句子，完成下面的日語句子。（請直接依各題目中的用體練習即可。）

この湖は広いです。深いです。

▶

これが出張のスケジュールです。これが電車の切符です。

▶

中野君は急に立った。先生の前まで行った。

▶

● 「…君」這個稱呼具有親密的語感。通常用於稱呼男性的平輩或晚輩。

昼寝[ひるね]
午覺、小眠
新聞[しんぶん]
報紙、報章
読む[よむ] 讀、閱讀
リボン 緞帶
付ける[つける]
繫上、別上
彼女[かのじょ]
女朋友、她
久しぶりに[ひさしぶり
に] 隔了好久
小学校[しょうがっこう]
小學
訪ねる[たずねる]
拜訪、訪問
食事[しょくじ] 用餐

財布[さいふ] 錢包
拾う[ひろう] 拾、撿
交番[こうばん]
派出所、警察局
友達[ともだち] 朋友
写す[うつす]
抄寫、描寫
不可[ふか]
（成績）不及格
夕べ[ゆうべ]
昨天晚上、昨夜
濡れる[ぬれる] 淋溼
風邪[かぜ] 感冒
引く[ひく]
引、拉、罹患（感冒）

小野[おの]
（日本姓氏）小野
背[せ] 身高
高い[たかい] 高
勉強[べんきょう]
用功、念書
レストラン 餐廳
安い[やすい]
低廉、便宜
サービス 服務
ハンバーガー 漢堡

☂ 請將「それから」銜接在兩句之間完成新的日語句子。（請直接依各題目中的用體練習即可。）

1時間くらい昼寝をしました。新聞を読みました。

▶

プレゼントにリボンを付けた。彼女にあげた。

▶

久しぶりに小学校の先生を訪ねた。先生と一緒に食事をした。

▶

☂ 請將「それで」銜接在兩句之間完成新的日語句子。（請直接依各題目中的用體練習即可。）

財布を拾いました。交番へ行きました。

▶

友達のレポートを写しました。不可をもらいました。

▶

夕べ雨に濡れた。風邪を引いた。

▶

● 日本的大學的在評價學生的成績時，同早期「甲、乙、丙、丁」的概念，一般是採取「優[ゆう]、良[りょう]、可[か]、不可[ふか]」的4個詞來作成績的評比。有時候會出現比「優」還好的「秀[しゅう]」字，表示更高的成績。而國小、國中和高中的成績評比，則採取「1-5」分或是「1-10」分來評比，通常數字愈大，成績愈高。

☂ 請將「それに」銜接在兩句之間完成新的日語句子。（請直接依各題目中的用體練習即可。）

小野君は背が高いです。勉強もできます。

▶

そのレストランは安い。おいしい。

▶

この店のサービスはよくない。ハンバーガーもまずい。

▶

●「成績好」的日語表達方式是「勉強[べんきょう]ができる（會學習）」。

中野先生突然站起來，然後走到老師面前。（そして）（過去式的常體表現）

▶

隔了好久才去找國小老師，接著和老師一起吃了飯。（それから）（過去式的敬體表現）

▶

昨晚被雨淋濕了，然後就感冒了。（それで）（過去式的常體表現）

▶

那間餐廳便宜而且美味。（それに）（肯定形的敬體表現）

▶

29 其他的基本連接詞

照著做就對了學習法

第一步 一定要先聽過音檔　　第二步 一邊看書一邊學習　　第三步 請再聽一次音檔

從其他的基本連接詞中，將不以「そ」開頭的基本連接詞整理出來。這些連接詞的語義相近但語感略有差異，學習時請多注意。

29_1.MP3

跟著做就對了

けれど	雖然、可是	日常對話一般使用「けど」。 「けれど」與「けれども」語意相同，只是「けれども」聽起來稍微更為鄭重。以鄭重的程度來說，由低到高的順序為「けど → けれど → けれども」。
けれども		
でも	但是、不過	日語會話中較少用「しかし」，比較常用「でも」。
しかし	然而、可是	
又 [また]	又、再、還	這兩個雖然都有日文漢字，但日常生活中較常用平假名。
又は [または]	或者、要麼	
では	那麼	日常對話中比較常使用「では」。
だから	因此、所以	
すると	於是	

🍃 請將「けれども」銜接在兩句之間完成新的日語句子。（請直接依各題目中的用體練習即可。）

今日は曇りでした。涼しくなかったです。

▶

今日も熱は続きました。昨日よりは下がりました。

▶

今日[きょう] 今天
曇り[くもり] 陰天
涼しい[すずしい]
涼快、涼爽
熱[ねつ] 熱
続く[つづく]
繼續、連續
昨日[きのう] 昨天
下がる[さがる]
降、落下

並ぶ[ならぶ] 排隊
人気[にんき] 人氣
無い[ない] 無、沒有

30分並んだ。人気のゲームソフトはもう無かった。

▶ _____

両親[りょうしん] 雙親
僕[ぼく] 我
布団[ふとん]
被子、棉被
寝る[ねる] 就寢
妹[いもうと] 妹妹
ベッド 床、床鋪
地震[じしん] 地震
家[いえ] 家、房屋
揺れる[ゆれる] 搖晃
誰も[だれも] 誰都
起きる[おきる]
起來、起床
森[もり]
（日本姓氏）森
下着[したぎ]
內衣、內層衣物
驚く[おどろく]
吃驚、驚訝

✿ 請將「でも」銜接在兩句之間完成新的日語句子。（請直接依各題目中的用體練習即可。）

両親と僕は布団で寝ます。妹だけはベッドで寝ます。

▶ _____

地震で家が揺れた。誰も起きなかった。

▶ _____

森さんは下着だけだった。誰も驚かなかった。

▶ _____

高校[こうこう] 高中
日本語[にほんご]
日文、日語
勉強[べんきょう]
學習、讀書
カタカナ 片假名
全部[ぜんぶ] 全部
分かる[わかる] 知道
韓国[かんこく] 韓國
箸[はし] 筷子
スプーン 湯匙
使う[つかう] 使用
日本[にほん] 日本
天気予報[てんきよほう]
天氣預報
今日[きょう] 今天
曇る[くもる]
轉陰（天）
天気[てんき] 天氣

✿ 請將「しかし」銜接在兩句之間完成新的日語句子。（請直接依各題目中的用體練習即可。）

私は高校で日本語を勉強しました。カタカナが全部分かりません。

▶ _____

韓国では箸とスプーンを使う。日本では箸だけ使う。

▶ _____

天気予報では今日は曇ると言った。とてもいい天気だ。

▶ _____

彼ら[かれら] 他們
ドイツ 德國
フランス 法國
彼[かれ] 男朋友，他
有名[ゆうめい]
有名、知名
俳優[はいゆう] 演員
歌手[かしゅ] 歌手
君[きみ]
（對同輩以下的男性的
稱呼）你
別[べつ] 別的、其他
人[ひと] 人

🌂 請將「又[また]」銜接在兩句之間完成新的日語句子。（請直接依各題目中的用體練習即可。）

彼らはドイツへ行きました。フランスにも寄りました。

▶

彼は有名な俳優。歌手でもある。

▶

君でもいい。別の人でもいい。

▶

電話[でんわ] 電話
連絡[れんらく] 連絡
バス 巴士、公車
乗る[のる] 搭乘
東[ひがし] 東
南[みなみ] 南
玄関[げんかん] 玄關
作る[つくる]
製作、製造

🌂 請將「又は[または]」銜接在兩句之間完成新的日語句子。（請直接依各題目中的用體練習即可。）

電話, メールで連絡をください。

▶

バス, タクシーに乗ります。

▶

東, 南に玄関を作る。

▶

◉ 使用動詞「乗る[のる]（乘坐、搭乘）」時，要留意助詞不是用「を」，而是用「に」。在背的時候請直接背「…に乗る」。

用意[ようい] 準備
始める[はじめる] 開始
話[はなし] 談話、談論
終わる[おわる]
結束、完畢
そろそろ
慢慢地、就要、快要
帰る[かえる]
回去、返家
何か[なにか]
什麼、某種、某些
意見[いけん] 意見
デザイン 設計
決まる[きまる]
決定、定出

🌂 請將「では」銜接在兩句之間完成新的日語句子。（請直接依各題目中的用體練習即可。）

用意はできましたか。始めてください。

▶

話はもう終わりましたか。そろそろ帰ります。

▶

ほかに何か意見はありますか。デザインはこれに決まりました。

▶

◉ 「ほか（別的、另外、其它）」的日文漢字為「外」或「他」。

おなか 肚子
すく 餓、變空
ピザ 披薩
食べる[たべる] 吃
日本[にほん] 日本
クリスチャン 基督教徒
少ない[すくない] 少
教会[きょうかい] 教會
無い[ない] 無、沒有
問題[もんだい] 問題
難しい[むずかしい]
難、困難
100点[ひゃくてん]
100分
生徒[せいと]
（高中以下的）學生
一人[ひとり]
一個人、獨自

白雪姫[しらゆきひめ]
白雪公主
口[くち] 嘴巴、嘴
入れる[いれる] 放入
急に[きゅうに]
突然、忽然
倒れる[たおれる]
倒、塌
箱[はこ] 箱子
紐[ひも] 繩子
引く[ひく] 拖、拉、引
大きな[おおきな]
大的
音[おと] 聲音
ベル 鈴鐺
鳴る[なる] 鳴、響
学生[がくせい] 學生
教室[きょうしつ] 教室
出る[でる] 出去、出來

🪭 請將「だから」銜接在兩句之間完成新的日語句子。（請直接依各題目中的用體練習即可。）

おなかがすいた。ピザを食べた。

▶

日本にはクリスチャンが少ない。教会があまり無い。

▶

テストの問題がすごく難しかった。100点の生徒が一人もいなかった。

▶

● 肚子餓的日語是「おなかがすいた」，請注意此句中的「すいた」是過去式。「すく」是動詞，字義為「空、肚子餓」。由於表達肚子餓的當下是處於肚子已空或肚子已餓的情況，所以要用過去式。

🪭 請將「すると」銜接在兩句之間完成新的日語句子。（請直接依各題目中的用體練習即可。）

白雪姫はりんごを口に入れました。急に倒れました。

▶

箱の紐を引いた。大きな音がした。

▶

ベルが鳴った。たくさんの学生が教室を出た。

▶

今天也持續熱（高溫）。但是，（溫度）比昨天低。（けれども…）（でも…）（過去式的敬體表現）

▶

房子因為地震而搖晃。但是，誰都沒有清醒過來。（けれども…）（でも…）（否定形過去式的常體表現）

▶

在韓國會使用筷子跟湯匙。但是，在日本只會使用筷子。（しかし…）（肯定形的敬體表現）

▶

他們去德國了。另外，也順便去了法國。（又…）（過去式的常體表現）

▶

搭巴士或計程車。（又は…）（肯定形的敬體表現）

▶

話說完了嗎？那麼，差不多該回家了。（では…）（肯定形的敬體表現）

▶

肚子餓了。所以吃了披薩。（だから…）（過去式的常體表現）

▶

鈴響了。於是許多學生們走出教室了。（すると…）（過去式的敬體表現）

▶

先月、私は友達3人と一緒にヨーロッパに行きました。はじめはイギリスに行きました。イギリスは景色もきれいでしたし、親切な人も多かったです。けれども、食べ物がおいしくなかったです。だから、食事が大変でした。それから、フランスに行きました。フランスでは美術館や建物など色々な所を見ました。それに、買い物もたくさんしました。とても楽しかったです。でも、フランス人は仕事が遅いです。そして、最後はイタリアに行きました。イタリアは食事が一番おいしかったです。

先月[せんげつ] 上個月　3人[さんにん] 三個人　一緒に[いっしょに] 一起　イギリス 英國　景色[けしき] 景色、風景　親切[しんせい] 親切　多い[おおい] 多　食べ物[たべもの] 食物　大変[たいへん] 辛苦、勞累　美術館[びじゅつかん] 美術館　建物[たてもの] 建築物　色々[いろいろ] 各種的、各式各樣　所[ところ] 處、地方　見る[みる] 看　買い物[かいもの] 購物、買東西　楽しい[たのしい] 愉快、高興　～人[じん]（某國的）人　仕事[しごと] 工作　遅い[おそい] 遲、慢　最後[さいご] 最後　イタリア 義大利　一番[いちばん] 最

順帶一提！

先前有學過到的「廁所」日語是「お手洗い[おてあらい]」。但另外有一個詞是「トイレ」，也是「廁所」的意思。「トイレ」是「トイレット（toilet）」一詞的縮寫。而兩者有什麼不同呢？大致上都通，但「お手洗い」的語感聽起來比會「トイレ」來得更鄭重且溫和。

日語的「アパート」指的是日本特有一種通常樓數不高，一棟有多戶的連在一起的日式公寓。但講到「公寓」，如果是台灣人認知這種社區大樓（大型公寓），相對應的日語則是「マンション（mansion）」。

第三章

特別且具有深度的文法故事

藤井麻里老師的叮嚀
依以前面學到的基本文法為基礎，進一
步學習更深度的內容。接下來的學習焦
點並非全新的內容，而是整理出已學過
但還無法充分運用或容易搞錯的文法。

01 節

更進一步探索詞類

本章要學習的內容是依目前所學到的名詞、形容詞和形容動詞在稍加變化後所產生的新文法。因為都是從已經學過的部分做一點小小的加工，所以這部分的內容並不困難，而且學好後更能擴充自己的語句表達能力，所以請好好學習。

30 修飾名詞的方法

照著做就對了學習法

第一步 一定要先聽過音檔 第二步 一邊看書一邊學習 第三步 請再聽一次音檔

前面已學過用名詞和形容詞、形容動詞來修飾名詞的方法，現在算是將針對此部分進行複習，並進一步講解用動詞轉換名詞的方法。

30_1.MP3

跟著做就對了

体[からだ] 身體
大きい[おおきい] 大
女性[じょせい] 女性
服[ふく] 衣服
なかなか…ない
不太（能）…
裏[うら]
後、後面、後邊
大好き[だいすき]
非常喜歡的
林[はやし] 樹林、森林
多い[おおい] 多
森[もり] 森林
小さい[ちいさい] 小
男性[だんせい] 男性
パスワード 密碼
必要[ひつよう] 必要的
場合[ばあい]
場合、情況
駅[えき] 車站
一番[いちばん]
第一、最
近い[ちかい] 近

1. 用名詞和形容詞、形容動詞來修飾名詞

我們已經學過了「名詞＋の＋名詞」、「形容動詞＋名詞」和「形容詞＋名詞」的修飾方法了吧！雖然是已學過的內容，但現在試著用更長句子來複習一下。例句中劃底線的部份，就是後方名詞的修飾語。

体が大きい女性の服はなかなかありません。

幾乎沒有大尺碼的女裝。

うちの裏は妻が大好きな林だ。

我們家的後方是，是內人非常喜愛的樹林。

その鳥は雨が多い森にいます。　那隻鳥在雨多的森林裡。

● 「林[はやし]」和「森[もり]」翻成中文可以分別想成樹林和森林，其中「林」指的是樹木較少且規模較小的林地，不過兩者的規模或樹木數量並沒有明確的劃分標準。

請試著用「の」將下列句子組合成修飾的句子。

体が小さい男性, スーツ ▶

パスワードが必要, 場合 ▶

駅から一番近い, スーパー ▶

如本書第133頁說明，修飾名詞的語句的主格助詞「が」可以用「の」取代。

体の大きい女性の服はなかなかありません。

幾乎沒有大尺碼的女裝。

うちの裏は妻の大好きな林だ。

我們家的後方是，是內人非常喜愛的樹林。

その鳥は雨の多い森にいます。　那隻鳥在雨多的森林裡。

法律[ほうりつ] 法律
專門[せんもん]
專業、專門
先生[せんせい] 老師
目[め] 眼睛
人[ひと] 人
速度[そくど] 速度
遅い[おそい] 遲、慢
台風[たいふう] 颱風

🌂 請試著用「の」將下列句子組合成修飾的句子。

法律が專門, 先生　▶

目がきれい, 人　▶

速度が遅い, 台風　▶

2. 用動詞來修飾名詞

用動詞來修飾名詞時，直接用動詞辭書形（原形）後面加上名詞就行了，辭書形即之前的提到的「肯定形的常體表現」。實際的修飾法是「辭書形＋名詞」；「否定形」時則是「否定形的常體表現＋名詞」，「過去式」則是「過去式的常體表現＋名詞」，而「否定形過去式」則「否定形過去式的常體表現＋名詞」的方法修飾。其實就是掌握之前的常體變化之後，再接上名詞就好了，非常簡單。

電気[でんき] 電、電燈
消す[けす] 熄滅、關
誰[だれ] 誰
次[つぎ] 這次、下次
駅[えき]（車）站
降りる[おりる]
下、下來、降落
合う[あう] 適合
料理[りょうり] 料理
日[ひ] 日、太陽
暮れる[くれる]
天黑、日暮
季節[きせつ] 季節
三人[さんにん] 三個人
向かう[むかう]
對著、朝著
場所[ばしょ]
場所、地點
今[いま] 現在
治る[なおる] 痊癒
病気[びょうき]
病、疾病、病症

電気を消した人は誰ですか。關燈的人是誰？

次の駅が私が降りる駅だ。　下一站是我要下車的站。

🌂 請試著用動詞的辭書形將下列的句子組合成修飾的句子。

ワインに合う, 料理　▶

日が暮れない, 季節　▶

三人が向かった, 場所　▶

今まで治らなかった, 病気　▶

奠定實力 請將下列各句翻成日語　　　　　　　　　　　　　正確答案在本書第444頁。

幾乎沒有大尺碼的女裝。（否定形敬體表現）
▶

那隻鳥在雨多的森林裡。（肯定形常體表現）
▶

遇見了眼睛很美的人。（過去式敬體表現）
▶

學了適合紅酒的料理。（過去式常體表現）
▶

這個病是到目前為止無法痊癒的病。（肯定形敬體表現）
▶

挑戰長文 請試著先聆聽音檔來掌握內容，練習聽力。

30_2.MP3

韓国では熊はなかなか見られないが、日本では熊が出る所が多い。東京にも熊が出る所がある。東京の西側には山や川や木が多くて、動物もたくさんいる。東京で見られる動物は43種類もいる。大きい都市でこれほどたくさんの動物が見られる都市は、世界でも珍しい。

韓国[かんこく] 韓國　熊[くま] 熊　見る[みる] 看　日本[にほん] 日本　出る[でる] 出來、出去　所[ところ] 地方、處　多い[おおい] 多　東京[とうきょう]（日本地名）東京　西[にし] 西　〜側[がわ] 邊、側　山[やま] 山　川[かわ] 河、河川　木[き] 樹木　動物[どうぶつ] 動物　43[よんじゅうさん] 四十三（種類）　大きい[おおきい] 大　都市[とし] 城市、都市　これほど 這種程度、這麼　世界[せかい] 世界　珍しい[めずらしい] 稀奇、少有、珍貴

31 名詞和形容動詞、形容詞的て形

照著做就對了學習法

第一步 一定要先聽過音檔　第二步 一邊看書一邊學習　第三步 請再聽一次音檔

我們之前學過了動詞的て形變化，也提過て形的最基本意義之一是「描述動作的順序…；因為…所以…」等意思外，還有「羅列狀態」的意思。但其實名詞和形容動詞、形容詞也是有て形變化的，現在就一起來學習吧！

31_1.MP3

跟著做就對了

1. て形的形成方式

名詞只要在後面加上「で」就完成了て形變化；而形容動詞跟名詞一樣，也是詞幹（詞原本的樣子）直接加上「で」就行了；形容詞則是把詞尾的「い」換成「くて」就行了。現在就分別以名詞的「休み[やすみ]（休息、休假）」、形容動詞的「きれい（漂亮的）」和形容詞「新しい[あたらしい]（新、新的）」為例來進行說明吧！在名詞、形容動詞、形容詞的て形變化中，也很常見「羅列狀態」的意涵。

名詞

形容動詞

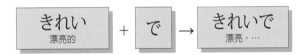

形容詞

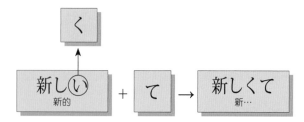

三浦さんのお子さんは女の子で、今大学生です。

三浦先生的孩子是女孩子，現在是大學生。

このホテルは静かで、サービスもいい。

這間飯店安靜，而且服務也好。

うちの台所は狭くて、暗いです。　我們家的廚房狹窄又暗。

🌂 請試著用て形將兩個句子連接起來。（句尾請改成敬體表現）

行きは船, 帰りは飛行機　▶

永井さんは親切, 明るい　▶

その神社は古い, 有名　▶

● 「行き[いき]（去）」也可念作「ゆき」。除此之外，「行き[いき]」與「帰り[かえり]（回去、回來）」也可以再合併引申出另一個單字 「行き帰り[いきかえり]（往返）」。

上面練習的句子都是羅列句，但之前有說過て形也有「因為…而…」之意吧？即能夠用來描述理由原因，也可根據前後文解釋為「由於…」。
接著就來練習用て形來描述理由原因的句子吧！

🌂 請試著用て形將兩個句子連接起來。（請依題目改成過去式或否定形過去式的常體表現）

火事, 家が焼ける　▶

坂が急, 大変。　▶

喉が痛い, 声が出ない。　▶

お子さん[おこさん]
令郎、令嬡
女の子[おんなのこ]
女孩子
大学生[だいがくせい]
大學生
静か[しずか] 安靜
台所[だいどころ] 廚房
狭い[せまい] 狹窄
暗い[くらい] 暗

行き[いき] 去程
船[ふね] 船
帰り[かえり] 回程
飛行機[ひこうき] 飛機
親切[しんせつ] 親切
明るい[あかるい]
開朗、明亮
神社[じんじゃ] 神社
古い[ふるい] 舊
有名[ゆうめい]
有名、知名

火事[かじ] 火災
家[いえ] 家庭、房屋
焼ける[やける]（火）
燃燒、著火、烘製、烤
坂[さか] 坡道、斜坡路
急[きゅう] 緊急、急迫
大変[たいへん]
勞累、辛苦
喉[のど] 喉嚨
痛い[いたい] 痛
声[こえ]
（生物的）聲音

2. て形否定形的形成方式

て形也有否定形。只要把否定形最後的「ない」改成「なくて」就完成了否定的て形變化。換句話說，名詞和形容動詞的て形否定為「名詞／形容動詞詞幹＋じゃなくて」，而形容詞的て形否定則為「い→くなくて」。

🐞 **請試著用て形將兩個句子連接起來（請依題目改成過去式或否定形過去式的敬體表現）。**

旅館の部屋が畳じゃない，残念だった ▶

店員の説明が丁寧じゃない，頭に来た ▶

夕飯がおいしくない，半分しか食べなかった ▶

◉ 當用中文提到「旅館」時，會聯想到比較廉價的投宿地點對吧！但是在日語中所提及的「旅館[りょかん]」，指的是「日式旅館」，是有氣質感的那種投宿地點。其中雖然也有住宿費較便宜的地方，但大多是價格昂貴的住所。用詞時不要弄錯囉！

◉ 「夕飯[ゆうはん]」指的是「晚飯、晚餐」，跟「晚御飯[ばんごはん]」意思相同。

◉ 「頭に来る[あたまにくる]」直譯為「來到頭頂上」，轉而引申為「生氣」之意。

旅館[りょかん] 旅館
部屋[へや] 房間
畳[たたみ] 榻榻米
残念[ざんねん]
遺憾、可惜
店員[てんいん] 店員
説明[せつめい] 說明
丁寧[ていねい]
鄭重、有禮、恭敬
頭[あたま] 頭、頭腦
夕飯[ゆうはん] 晚餐
半分[はんぶん] 半
食べる[たべる] 吃

奠定實力 | 請將下列句子翻成日語 | 正確答案在本書第444頁。

去程是搭船，回程是搭飛機。（肯定形的常體表現）

▶ _____

那座神社古老且有名。（肯定形的敬體表現）

▶ _____

因為失火，房子燒掉了。（過去式的常體表現）

▶ _____

因為喉嚨痛，所以無法發出聲音。（否定形過去式的常體表現）

▶ _____

因為旅館房間不是榻榻米，所以感到可惜。（過去式的敬體表現）

▶ _____

因為晚餐不好吃，所以只吃了一半。（否定形過去式的敬體表現）

▶ _____

挑戰長文 | 請試著先聆聽音檔來掌握內容，練習聽力。

31_2.MP3

　「こんぴらさん」と呼ばれる香川県の金刀比羅宮は、石の階段で有名な神社です。一番下から一番上まで、階段が全部で1,368段もあります。階段が多くて大変なので、一番上まで行けない人もいます。

呼ぶ[よぶ] 叫　香川県[かがわけん]（地名）香川縣　金刀比羅宮[ことひらぐう]（神社名）金刀比羅宮　石[いし] 石、石頭
階段[かいだん] 階梯　有名[ゆうめい] 有名、知名　神社[じんじゃ] 神社　一番[いちばん] 最　下[した] 下　上[うえ] 上
全部で[ぜんぶで] 合計、總計　1,368[せんさんびゃくろくじゅうはち] 1368（段、層）　多い[おおい] 多
大変[たいへん] 辛苦、勞累　行く[いく] 去　人[ひと] 人

32 把形容動詞、形容詞變成副詞的方法

照著做就對了學習法

第一步 一定要先聽過音檔　第二步 一邊看書一邊學習　第三步 請再聽一次音檔

本章要來講要怎麼把形容動詞及形容詞轉換為副詞使用（即用形容動詞或形容詞修飾述語）。日語副詞的擺放位置基本上在謂語之前，但有某種程度的自由，可根據情況變換位置。舉例來說，可以說「掃除[そうじ]をきれいにした（打掃乾淨了）」這個句子也可以說是「きれいに掃除をした（乾淨地打掃了）」。這個不會很難，慢慢習慣就能抓到訣竅了。

32_1.MP3

跟著做就對了

親切[しんせつ] 親切

平仮名[ひらがな]
平假名
簡単[かんたん]
簡單、容易
覚える[おぼえる]
記、記住
品物[しなもの]
物品、東西
適当[てきとう]
適當、隨便
選ぶ[えらぶ] 選、挑選

返事[へんじ]
回答、回覆
元気[げんき]
充滿活力、健康
石鹸[せっけん]
肥皂、皂
洗う[あらう] 洗
お礼[おれい]
感謝、謝禮
十分[じゅうぶん]
充分、足夠

1. 把形容動詞變成副詞

形容動詞便是直接以詞幹加上「に」就完成了副詞化。

平仮名は簡単に覚えられます。　平假名可輕鬆地背起來。
品物を適当に選んだ。　適當地挑選物品。

🌂 請將後述的形容動詞給副詞化並修飾前述句（即用後述的形容動詞修飾前面句子）。（請改成過去式敬體表現）

返事をする, 元気 ▶

石鹸で手を洗う, きれい ▶

お礼を言う, 十分 ▶

2. 把形容詞變成副詞

形容詞便是將詞尾「い」去掉後改成「く」就完成了副詞化。

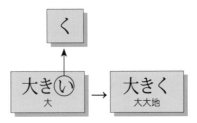

ハンバーグがおいしくできました。　漢堡排做得相當好吃了。

何でも楽しく勉強しよう。　　　　不管是什麼都愉快地學習吧！

●「ハンバーグ」指的是當主餐吃的「漢堡排」。另外還有「ハンバーグステーキ（漢堡牛排）」這個單字，而「ハンバーグ」又比「ハンバーグステーキ」小了一點。另外，我們最常見的「漢堡」的日語是「ハンバーガー」。

🪂 請將後述的形容詞給副詞化並修飾前述句（即用後述的形容詞修飾前面句子）。（請依題目使用過去式或否定形過去式的常體表現）

糸を切る, 短い　▶

ハンカチの売り場を作る, 新しい　▶

あの人のお父さんは亡くなる, 早い　▶

●「売り場[うりば]（販售處）」也可用「売場」（發音不變）來表示。

左欄詞彙：

大きい[おおきい] 大

ハンバーグ 漢堡排
何でも[なんでも]
無論是什麼都、任何都
楽しい[たのしい]
愉快、高興
勉強[べんきょう]
用功、念書

糸[いと] 線
切る[きる] 切斷、剪斷
短い[みじかい] 短
ハンカチ 手帕
売り場[うりば] 販售處
作る[つくる]
製造、製作
新しい[あたらしい] 新
人[ひと] 人
お父さん[おとうさん]
父親
亡くなる[なくなる]
死亡、過世
早い[はやい]
提早、早早

適當地挑選了物品。（肯定形的敬體表現）

▶ ......

用肥皂將手洗乾淨。（過去式的常體表現）

▶ ......

不管是什麼都愉快地學習吧！（推量形的常體表現）

▶ ......

新設立了手帕專櫃。（肯定形的敬體表現）

▶ ......

挑戰長文 請試著先聆聽音檔來掌握內容，練習聽力。

32_2.MP3

日本語の平仮名は新しく作られた字ではない。漢字から作られた字だ。平仮名は10世紀から広く使われた。平仮名は女性に多く使われたので、「女手」とも呼ばれた。最初、平仮名で書かれた物は地位が低く見られた。

日本語[にほんご] 日語 平仮名[ひらがな] 平假名 新しい[あたらしい] 新 作る[つくる] 製作、製造 字[じ] 字、文字 漢字[かんじ] 漢字 10世紀[じゅっせいき] 十世紀 広い[ひろい] 寬廣、廣闊 使う[つかう] 使用 女性[じょせい] 女性 多い[おおい] 多 女手[おんなで] 平假名的古稱 呼ぶ[よぶ] 呼喊、叫來 最初[さいしょ] 最初、最先 書く[かく] 寫、書寫 物[もの] 物、東西 地位[ちい] 地位 低い[ひくい] 低 見る[みる] 看

33 把形容動詞、形容詞變成名詞的方法

照著做就對了學習法

第一步 一定要先聽過音檔　第二步 一邊看書一邊學習　第三步 請再聽一次音檔

本章來講形容動詞及形容詞轉變成名詞化的方法，請記得一個大重點，「さ」字扮演著相當重要的角色。

33_1.MP3

跟著做就對了

1. 把形容動詞變成名詞的方法

形容動詞轉變成名詞的方法，只要將詞幹的後面接上「さ」就完成了。

元気 充滿活力　+　さ　→　元気さ（名詞）充滿活力

海[うみ] 海
驚く[おどろく]
吃驚、驚訝
特徴[とくちょう]
特徵、特點

海のきれいさに驚きました。　　對大海之美感到驚嘆。

これは静かさが特徴のパソコンだ。
這是一台以靜音為特點的個人電腦。

☂ 請把形容動詞變成名詞，再用「の」與前面的名詞互相銜接。

家庭[かてい] 家庭
大切[たいせつ]
重要、珍貴
クレジットカード
信用卡
便利[べんり]
方便、便利
国際[こくさい] 國際
政治[せいじ] 政治
複雑[ふくざつ] 複雜

家庭, 大切 ▶

クレジットカード, 便利 ▶

国際政治, 複雑 ▶

2. 把形容詞變成名詞的方法

形容詞轉變成名詞的方法，只要將詞尾「い」去除掉，再接上「さ」就完成了。

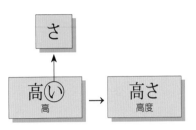

高い[たかい]
高、昂貴

特殊的形容詞「いい（好）」在名詞化時，也必需先將詞幹「い」改成「よ」，再將詞尾的「い」改成「さ」才行。

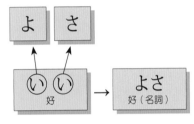

学校[がっこう] 學校
規則[きそく]
規定、規則
厳しい[きびしい] 嚴格
有名[ゆうめい]
有名、知名
朝晩[あさばん]
早晚、朝夕
寒い[さむい] 冷、寒冷
冬[ふゆ] 冬天
感じる[かんじる] 感覺

この学校の規則の厳しさは有名です。

這間學校的嚴格（度）很出名。

朝晩の寒さは冬を感じさせる。

早上跟晚上的冷度令人感受到冬天。

● 「朝[あさ]」是「早上」，「晚[ばん]」是「晚上」，所以兩者合一的「朝晚[あさばん]」表示「早晚、朝夕」。

昼[ひる] 白天
暑い[あつい] 熱
言葉[ことば]
話、語言、言詞
難しい[むずかしい]
難、困難
廊下[ろうか] 走廊
長い[ながい] 長
頭[あたま] 頭、頭腦

🖐 請把形容詞變成名詞，再用「の」與前面的名詞互相銜接。

昼, 暑い ▶

言葉, 難しい ▶

廊下, 長い ▶

頭, いい ▶

這是一台以靜音為特點的個人電腦。（肯定形的敬體表現）

▶

教導家庭的重要。（肯定形的常體表現）

▶

早上跟晚上的冷度令人感受到像冬天。（使役形的敬體表現）

▶

可以知道腦筋的好（腦筋有多好）。（肯定形的常體表現）

▶

挑戰長文 請試著先聆聽音檔來掌握內容，練習聽力。

33_2.MP3

私は4年間、日本の大学で勉強しました。明日は卒業式です。再来週には韓国に帰ります。嬉しさ半分、寂しさ半分です。外国生活の大変さや、日本人とのコミュニケーションの難しさなど、たくさんの事を学びました。この4年間は私の宝です。

4年間[よねんかん] 4年期間 日本[にほん] 日本 大学[だいがく] 大學 勉強[べんきょう] 用功、念書 明日[あす] 明天 卒業式[そつぎょうしき] 畢業典禮 再来週[さらいしゅう] 下下週 韓国[かんこく] 韓國 帰る[かえる] 回（去）、回（來） 嬉しい[うれしい] 開心、歡喜 半分[はんぶん] 半 寂しい[さびしい] 寂寞、孤單 外国[がいこく] 外國、國外 生活[せいかつ] 生活 大変[たいへん] 辛苦、勞累 日本人[にほんじん] 日本人 コミュニケーション 溝通 難しい[むずかしい] 難、困難 事[こと] 事、事情 学ぶ[まなぶ] 學習 宝[たから] 寶物

◉ 以前學過「學習」的日語是「習う[ならう]，而這裡出現了另一個相同意思的「学ぶ[まなぶ]」。這兩個單字的差別在於「習う」是用來描述「有人指導下進行學習」的用語；而「学ぶ」則是用來描述「可能有人指導、也可能自行學習」的情況，所以「学ぶ」相對廣義。以學習【挑戰長文】的內容為例，此時並非在某人的指導下進行學習，故不可用「習う」來描述。

順帶一提！

　　把形容詞變成名詞時，除了「…さ」之外，「…み」也扮演著相同的角色。相較於表示程度的「…さ」，「…み」是用來表示狀態、性質。光看這些文字很難理解兩者差異。故請看下列例句。

厚さ[あつさ]　厚度
厚み[あつみ]　（有）厚度感

重さ[おもさ]　重量
重み[おもみ]　（有）重量感

　　如上所述，詞尾加上「さ」的「厚さ」表示厚度，「重さ」則表示輕重度；但詞尾加上「み」後的「厚み」和「重み」，則表示具有該形容詞性質的，即分別用來表示「厚み（（有）厚度的）」和「重み（（有）重量感的）」這兩種性質。

　　不過，並不是每個單字都存在此種差異，可以變化為「さ」的形容詞不少，但可以變化成「み」的形容詞則較為有限。

34 把形容動詞、形容詞變成動詞的方法

本章節來講將形容詞及形容動詞變成動詞的方法。日語中，有一些形容詞跟形容動詞可以透過「がる」變成動詞。現在我們就來看看怎麼做吧！

34_1.MP3

跟著做就對了

1. 把形容動詞變成動詞的方法

此類的變化法中，形容動詞的部分只要將詞幹加上「がる」就可以變成動詞。下面以「嫌[いや]（討厭的）」為例來說明。

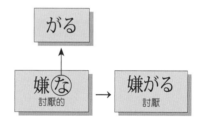

嫌[いや]
討厭、不喜歡

松岡さんは工場での仕事を嫌がりました。

> 松岡先生討厭工廠的工作。

工場[こうじょう] 工廠
仕事[しごと]
工作、職業
選手[せんしゅ] 選手
引退[いんたい]
引退、退休
残念[ざんねん]
遺憾、可惜

その選手の引退をみんなが残念がった。

> 大家對那位選手的引退都感到惋惜。

● 「工場（工廠）」可讀作「こうば」，也可讀作「こうじょう」，但兩種發音所蘊含的語意稍微不同。讀作「こうば」時，指的是家族企業經營，或即使有雇員也只有 4, 5 位的小型工廠；而讀作「こうじょう」時則大多是指大型的工廠。

自分[じぶん] 自己
知識[ちしき] 知識
得意[とくい]
拿手、擅長
姉[あね] 姊姊
将来[しょうらい]
將來、未來
不安[ふあん] 不安

☔ 請將題中指定的三個單字連結起來，完成形容動詞變成動詞的日語句子。（請使用過去式的敬體表現）

その人, 自分の知識, 得意 ▶

姉, 将来, 不安 ▶

外国人[がいこくじん]
外國人
ランドセル
（日本小學生揹的）書
包
不思議[ふしぎ]
不可思議

その外国人，ランドセル，不思議　▶

2. 把形容詞變成動詞的方法

此類的變化法中，形容詞的部分只要將詞尾的「い」去掉，再加上「がる」就可以變成動詞。下面以「怖い[こわい]（恐怖的）」為例來說明。

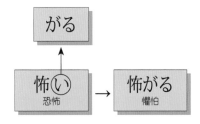

人[ひと] 人
大丈夫[だいじょうぶ]
沒事、沒關係
強い[つよい]
強、強壯、強勁
彼[かれ] 他
妻[つま] 妻子
非常に[ひじょうに]
非常、十分
悲しい[かなしい]
悲傷、難過
息子[むすこ] 兒子
猫[ねこ] 貓咪
母[はは] 母親
別れ[わかれ]
離別、辭別
寂しい[さびしい]
寂寞、孤單
弟[おとうと] 弟弟
耳[みみ] 耳朵
痛い[いたい] 痛

その人は大丈夫だと強がりました。

　　　　　　　　　　　那個人逞強地說自己沒事。

彼は妻の死を非常に悲しがった。

　　　　　　　　　　　他對妻子的離世感到非常悲傷。

請將題中指定的三個單字連結起來，完成形容詞變成動詞的日語句子。
（請使用過去式的常體表現）

息子，その猫，かわいい　▶

母，私との別れ，寂しい　▶

弟，耳，痛い　▶

 日本概述

日本小學生揹的「ランドセル」

　　日本小學生會揹去上學的「ランドセル」可是很有特色的，也可以説是日本文化中獨特的一環了。「ランドセル」一詞的語源來自於荷蘭語。最早期時，「ランドセル」只有兩種顏色，分別為男童揹的黑色和女童揹的紅色，但近年來「ランドセル」的顏色上不再受到侷限，不但有各種繽紛的色彩，甚至還有專門訂作這種背包的商家也跟著應運而生。

松岡先生討厭工廠的工作。（過去式的常體表現）

▶

姊姊對未來感到不安。（過去式的敬體表現）

▶

那個人逞強地說自己沒事。（過去式的常體表現）

▶

兒子很疼愛那隻貓。（過去式的敬體表現）

▶

挑戰長文 請試著先聆聽音檔來掌握內容，練習聽力。

34_2.MP3

うちの犬は黒くて毛が長いので、夏にはとても暑がる。今年の夏は特に暑かったので、犬の毛を短く切った。切る時、犬が少し嫌がったが、きれいに短く切った。それからは、あまり暑がらなかった。これからは毎年、夏には犬の毛を短く切る。

犬[いぬ] 狗　黒い[くろい] 黑　毛[け] 毛　長い[ながい] 長　夏[なつ] 夏、夏天　暑い[あつい] 熱　今年[ことし] 今年　特に[とくに] 特別
短い[みじかい] 短　切る[きる] 切、剪、割　時[とき] 時、時候　少し[すこし] 稍微、有點　嫌[いや] 討厭　毎年[まいとし] 每年

順帶一提！

　　之前有學過「擅長」的日語是「上手[じょうず]」，而這裡出現了另一個語意相同但語感稍異的單字為「得意[とくい]」。兩者細微語意不同在哪呢？「上手」指的是以客觀角度評判出的「擅長」，「得意」則是主觀判斷或展現自信的用語。因此，主詞是「我」時最好不要用「上手」，因為用「上手」來描述自己擅長之事的話，別人會覺得你是非常囂張、自以為是且無禮之人。反之，主詞是「我」時可以用「得意」。但如果你還想要再謙虛一點的話，用「好き」會再更好一點。

× 私はテニスが上手です。　我很會打網球。
○ 私はテニスが得意です。　我擅長打網球。（給人一種「很有自信」的感覺）
○ 私はテニスが好きです。　我喜歡打網球。

　　另外，「上手」只能用來描述技術方面的熟練，但「得意」還能用來描述靠腦力方面的優秀。

× パクさんは数学[すうがく]が上手です。　×朴先生熟練數學。
○ パクさんは数学が得意です。　朴先生擅長數學。

　　除此之外，只要將「…がる」換成名詞形的「…がり」的話，語意會變成「給人那種感覺的人」。

暑がり[あつがり]　怕熱的人。
怖がり[こわがり]　膽小鬼。

35 | 把動詞變成名詞的方法

照著做就對了學習法
第一步 一定要先聽過音檔　第二步 一邊看書一邊學習　第三步 請再聽一次音檔

本章節來講如何將動詞變成名詞的方法。日語中,大體上只要將「肯定形的敬體表現(動詞ます形)」中的「ます」去除掉,那麼就變成了名詞形了。

35_1.MP3

跟著做就對了

把動詞變成名詞的方法

動詞變成名詞的方法很簡單,一個中心的概念就是把動詞ます形中的「ます」去除掉就完成了。回想一下,各種動詞的ます形是怎麼轉變的呢?一段動詞是去掉詞尾「る」再加上「ます」、五段動詞則是去掉詞尾u段音的假名後,改成i段音的假名再加上「ます」,不規則動詞的ます形則分別是「来ます[きます]」和「します」。總之,改成ます形,再把「ます」去掉就好。

不規則動詞不會作為名詞使用,不過「来ます」會跟其他動詞合併起來作為名詞使用,例如「行き来[いきき](往返)」,就是五段動詞的「行く」名詞化成「行き」後再加上「来[き]」所組成的單字。

五段動詞

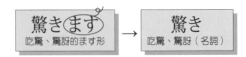

一段動詞

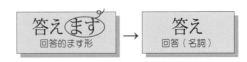

發現了嗎？其實一段動詞也不必先轉變為ます形，因為只要辭書形去掉詞尾「る」後就同樣地變成了名詞。

行く[いく] 去
乗る[のる] 搭乘
考える[かんがえる]
考慮、思考

行きはタクシーに乗りました。　　去的時候搭了計程車。

それはいい考えだ。　　那是很好的想法。

踊る[おどる] 跳（舞）
習う[ならう] 學習
教える[おしえる] 教
受ける[うける]
接受、承受
借りる[かりる]
借（入）
返す[かえす] 還、歸還

🪭 請將題中指定的兩個單字裡的第一個單字先名詞化，然後再以「（前面的單字）を（後面的單字）ました。」完成練習的日語句子。

踊る, 習う　▶

教える, 受ける　▶

借りる, 返す　▶

奠定實力 請將下列各句翻成日語 正確答案在本書第446頁。

去的時候搭計程車了。（過去式的常體表現）

▶ _____

接受那位老師的教導。（過去式的敬體表現）

▶ _____

借的還回去了。（過去式的常體表現）

▶ _____

挑戰長文 請試著先聆聽音檔來掌握內容，練習聽力。

35_2.MP3

夕べはサークルの飲み会がありました。私は先輩に何度もイッキ飲みをさせられました。帰りは一人で歩けませんでした。今日は朝から頭が痛いです。でも、今日は休みですから、うちでゆっくり休めます。イッキ飲みも一つのいじめだと思いました。

夕べ[ゆうべ] 昨晚 サークル 社團 飲み会[のみかい] 喝酒的聚會、飲酒會 先輩[せんぱい] 前輩 何[なん] 幾個、什麼 ～度[ど] …次、…回 イッキ飲み[イッキのみ] 乾杯 帰り[かえり] 歸途、回程 一人で[ひとりで] 獨自、一個人 歩く[あるく] 走 今日[きょう] 今天 朝[あさ] 早上 頭[あたま] 頭 痛い[いたい] 痛 休み[やすみ] 休假、假日 休む[やすむ] 休息 一つ[ひとつ] 一個 思う[おもう] 考慮、思考

◉ 「イッキ飲み[いっきのみ]（一口喝乾）」中的「イッキ」源自「一気[いっき]（一口氣）」，也可用日文漢字的方式表達。「飲み[のみ]」是「飲む[のむ]」的名詞形。

36 | 接頭詞與接尾詞

照著做就對了學習法
第一步 一定要先聽過音檔　第二步 一邊看書一邊學習　第三步 請再聽一次音檔

本章節來講日語中很棘手又很重要的接頭詞及接尾詞。現在一起來認識幾個基本常見的吧！

36_1.MP3

跟著做就對了

名前[なまえ] 名字
話[はなし] 談話、談論
仕事[しごと] 工作
手紙[てがみ] 信、書信
部屋[へや] 房間
時間[じかん] 時間
電話[でんわ] 電話
忙しい[いそがしい]
忙、忙碌
元気[げんき]
充滿活力
暇[ひま] 空閒
住所[じゅうしょ] 地址
両親[りょうしん] 雙親
家族[かぞく]
家族、家人
心配[しんぱい] 擔心
不満[ふまん] 不滿
相談[そうだん] 諮詢
連絡[れんらく] 連絡

接頭詞

御[お／ご]

「お、ご」的漢字都是「御」，是學習日語中很重要的一環。它可以接在名詞或形容詞前表示鄭重，可用來對動作或狀態的主體表達尊敬（尊敬語）、對接受某種行為…等的人表示尊敬（謙讓語1），或用於想要鄭重地描述事物的情況下（丁寧語）。一般來說，在純日語的前面加「お」（指原本即為日語的用語），而在漢字語（指由中國傳入，發音型態跟中文有些相像的用語）前面會加「ご」，但注意仍存在著例外情況。除此之外，這兩者大多會採平假名書寫，而不會寫出漢字的「御」。

お-	お名前	お話	お仕事	お手紙
	お部屋	お時間	お電話	お忙しい
	お元気	お暇		

| ご- | ご住所 | ご両親 | ご家族 | ご心配 |
| | ご不満 | ご相談 | ご連絡 | |

● 像「お話[おはなし]、お電話[おでんわ]」這兩個單字，如果加上「御[お／ご]」時能表示尊敬語Ｉ，也能表示謙讓語Ｉ。至於到底是哪一個？解讀時根據前後文來判斷才行。還有不少單字也是這樣。

額外一提，「心配[しんぱい]」、「不滿[ふまん]」…等詞除了能當形容動詞使用之外，也具有名詞的性質，不只如此，還有很多單字也是。

可作為「尊敬表現」

家族[かぞく]
家族、家屬
皆さん[みなさん] 各位

ご家族の皆さんはお元気ですか。 您的家人們好嗎？
お手紙をもらった。 收到信了。

◉ 想在描述「收到信了」的過程中對寄信者表示尊敬時，還有比起「もらう」更為恭敬的用語，但因為目前尚未學到，所以我先以「もらう」造句。而該用語我們會在本書第237頁中學到。

可作為「謙讓表現」

差し上げる[さしあげる]
呈送、敬致

ちょっとご相談があります。 要（跟您）稍微商量一下。
お電話を差し上げた。 打了電話（給您）。

可作為「美化用語」

天気[てんき] 天氣
お茶[おちゃ] 茶
飲む[のむ] 喝

いいお天気ですね。 好天氣。
お茶を飲んだ。 喝了茶。

接尾詞

1. …中[ちゅう／じゅう]

讀作ちゅう表示「正在做…、…中」，讀作「じゅう」則表示「全…」、「整個…」。

～中[ちゅう]

今[いま] 現在
勉強[べんきょう]
用功、念書
試験[しけん] 考試
落ちる[おちる]
落下、沒考上

今、勉強中です。 現在正在讀書。
10人中8人が試験に落ちた。 10名中有8名落榜了。

〜中[じゅう]

世界中のファンが集まりました。　全世界的粉絲都聚集起來了。

今日は一日中雨だった。　　　　　　今天一整天都在下雨。

世界[せかい]
世界、全球
集まる[あつまる]
集中、聚集、匯集
今日[きょう] 今天
一日[いちにち]
一天、一日
雨[あめ] 雨

2. …達[たち]／…方[がた]／…ら

本項三個都表示「…們」的複數形，但「…達」主要用來描述跟說話者地位或年紀相當之人；「…方」則用來描述地位或年紀較高之人；「…ら」則大多用來描述地位或年紀較低之人，不能用來描述地位或年紀較高之人。

另外，「…達」也能用來描述動物。除此之外，「…ら」加在像「私」這種第一人稱代名詞後面時表示謙遜之意，亦能用來像「これら（這些）、それら（那些）、ここら（這附近、這一帶）、そこら（那附近、那一帶）」這一類的表達上。

色々[いろいろ]
各式各樣、各種
動物[どうぶつ] 動物
君[きみ]（男性對同輩
以下的稱呼）你
話[はなし] 談話、談論

…達[たち]

そこには色々な動物達がいます。　那裡有著許多的動物（們）。

君達に話がある。　　　　　　　　有話想跟你們說。

選ぶ[えらぶ] 挑選、選
者[もの] 人
皆[みな] 都、全都
素晴らしい[すばらしい]
優秀
先生[せんせい] 老師

…方[がた]

あなた方は選ばれた者です。　　您們是被選中之人。

皆、素晴らしい先生方だった。　全部都是優秀的老師們。

彼[かれ] 他
何[なに] 什麼
知る[しる] 知道、理解
新しい[あたらしい] 新
分かる[わかる]
知道、理解
事[こと] 事、事情

…ら

彼らは何も知りませんでした。　他們什麼都不知道。

これらは新しく分かった事だ。　這些都是新知道的事情。

◉ 「您們」也可改用「おなた達[たち]」來表示，兩者差異在於使用「…方」能給聽者「受到尊重」的感覺。

◉ 「分かる[わかる]」常解釋為「知道、理解」，但有時也解釋為「得知」，要根據前後文意來判斷才行。

3. …頃[ごろ]

表示「…左右」之意。

明日[あした] 明天
1時[いちじ] 1點
出る[でる] 出去、出來
8時[はちじ] 8點
電車[でんしゃ] 電車
混む[こむ] 擁擠

明日、1時頃うちを出ます。　明天1點左右會出家門。

8時頃の電車は混む。　　　　8點左右的電車是擁擠的。

● 「1時頃うちを出ます」這個句中也可以加上助詞「に」，改寫為「1時頃にうちを出ます」，意思一樣。

4. …屋[や]

表示「…店、…店的人」與「相當具有某種行為的特性的人」。

…店、…店的人

近所[きんじょ]
附近、近處
人[ひと] 人
八百屋[やおや]
蔬菜店

この近所においしいパン屋はありませんか。

這附近沒有好吃的麵包店嗎？

あの人は八百屋さんだ。　　那個人是蔬菜店的老闆。

● 提到「商店」或「商店的人」時，詞尾只加「…屋」的話聽起來較為粗俗，所以大多數女性會在其後加上「さん」。另外，用「八百屋さん」來表示那間店的人時，翻譯成蔬菜店的老闆會比較自然。

…相當具有某種行為的特性的人

子[こ] 孩子、小孩
寂しがり屋[さびしがりや] 容易寂寞的人
生徒[せいと]
（高中以下的）學生
頑張り屋[がんばりや]
很努力的人

その子は寂しがり屋です。　那個孩子是容易感到寂寞的人。

その生徒は頑張り屋だ。　　那個學生是很努力的人。

5. … [さま]／…さん／…ちゃん／…君[くん]

〜様[さま]

多年前，裴勇俊在日本曾經掀起一陣旋風，於是日本的粉絲都叫他叫「ヨン様」，相當好記。這個「〜様」是充滿敬意的「先生／女士」之意，日語的稱呼沒有像中文這樣分得那麼細，不論是男是女，一般都只用同一個稱謂。

王子[おうじ] 王子

うちの王子様です。　　　我家的王子殿下。

…さん

日語的「さん」是「先生／小姐」的意思，即使單獨加在姓氏後面仍屬於表示敬意的尊稱，但是敬意並沒有「～樣」那麼高。也可以在他人的名字後面加上「さん」，這樣會比在姓氏後面加上加「さん」還來得的有親切感。

黒木さんはいますか。　　　　黑木先生在嗎？

…ちゃん

這是用來稱呼關係密切或喜愛之人，常用於稱呼小孩子或暱稱。一般不能用來稱呼比自己年長之人。

背[せ] 身高
低い[ひくい] 低、矮

由美ちゃんはまだ背が低い。由美小妹的個子還很嬌小。

…君[くん]

這個詞主要來稱呼平輩以下的男性，但上司稱呼女職員時也用會這個稱呼。

腰[こし] 腰

俊彦君はそこに腰をかけた。俊彦小弟坐在那裡了。

● 「腰をかける[こしをかける]」是慣用表現，為「坐、坐下」之意。

6. …家[か]

好き[すき] 喜歡
音楽家[おんがくか]
音樂家
ホームページ 網頁
ゴッホ 梵谷
有名[ゆうめい]
有名、知名
画家[がか] 畫家

表述職業，或陳述具有某種傾向或狀態。

職業

これは私の好きな音楽家のホームページです。

這是我喜歡的音樂家的網頁。

ゴッホは有名な画家だ。　梵谷是有名的畫家。

愛妻家[あいさいか]
愛老婆的人
天才[てんさい] 天才
呼ぶ[よぶ] 呼喊、叫來
人[ひと] 人
努力家[どりょくか]
特別努力的人

狀態、傾向

吉田さんは愛妻家です。　吉田先生是愛妻之人。

天才と呼ばれる人は努力家だ。被稱作天才的人是特別努力的人。

7. …おき[に]

表示「間隔…、每隔…」之意。

絵[え] 圖、畫
一月[ひとつき] 1個月
病院[びょういん] 醫院
行く[いく] 去

1ページおきに絵があります。　　　每隔一頁有一張圖。

一月おきに病院に行った。　　　　每隔1個月去了一趟醫院。

8. …目[め]

接在數量詞之後，表示序數（第幾…（個））。

前[まえ] 前、前面
3人[さんにん] 3名
誰[だれ] 誰
六番[ろくばん]
6號、第6個
小夜子[さよこ]
（女性的名字）小夜子
読む[よむ] 讀

前から3人目の人は誰ですか。　　　從前面數來的第三個人是誰？

「六番目の小夜子」を読んだ。　　　讀了《第六個小夜子》。

9. …ずつ

表示「每…、在固定的數量下」之意。

両親[りょうしん] 雙親
1年[いちねん] 1年
1個[いっこ] 1個
アクセサリー
裝飾品、飾品
毎週[まいしゅう] 每週
1冊[いっさつ] 1本
本[ほん] 本、冊
読む[よむ] 讀

両親から1年に1個ずつアクセサリーをもらいました。

　　　　　　　　　　　　從雙親那邊一年各拿到一個飾品。

毎週1冊ずつ本を読んだ。　　　每週固定閱讀一本書。

您的家人們好嗎？（ご…）（疑問句的敬體表現）

▶

今天一整天都在下雨。（…中）（過去式的常體表現）

▶

那裡有著許多動物（們）。（…達）（肯定形的敬體表現）

▶

都是優秀的老師們。（…方）（過去式的常體表現）

▶

他們什麼都不知道。（…ら）（否定形過去式的敬體表現）

▶

明天1點左右會出家門。（…頃）（肯定形的常體表現）

▶

這附近沒有好吃的麵包店嗎？（…さん）（疑問句的敬體表現）

▶

由美小妹的個子還很嬌小。（…ちゃん）（肯定形的常體表現）

▶

這是我喜歡的音樂家的網頁。（…家）（肯定形的敬體表現）

▶

_____

每隔1個月去一趟醫院。（…おきに）（過去式的常體表現）

▶

_____

從前面數來的第三個人是誰？（…目）（疑問句的敬體表現）

▶

_____

每週固定閱讀一本書。（…ずつ）（過去式的常體表現）

▶

挑戰長文　　請試著先聆聽音檔來掌握內容，練習聽力。

36_2.MP3

今日は授業で読書の話をした。まず5人ずつのグループで話をして、それから、みんなで話をした。10人中1人が1週間に1冊くらい本を読むと言った。私と同じグループにいた林さんは読書家で、1週間に2冊は読むと言った。私はほとんど読まない。ちょっと恥ずかしかった。

今日[きょう] 今天　授業[じゅぎょう] 授課、上課　読書[どくしょ] 讀書　話[はなし] 談話、談論　まず 首先　5人[ごにん] 5名　グループ 團體　10人[じゅうにん] 10名　1人[ひとり] 一人、獨自　1週間[いっしゅうかん] 1週、1個禮拜　1冊[いっさつ] 1本　本[ほん] 書、書籍　読む[よむ] 讀　言う[いう] 説　同じ[おなじ] 同樣、相同　林[はやし]（日本姓氏）林　読書家[どくしょか] 愛好讀書之人　2冊[にさつ] 2本　恥ずかしい[はずかしい] 慚愧、害羞、難為情

02節

更進一步探索動詞

這個章節收錄了學習者容易用錯和學起來較為吃力的動詞。本章節的學習焦點不是學習新的文法，而是精確理解一些已經學過的用語在組成用句時的細部差異。

37 存在句型

第一步 一定要先聽過音檔　第二步 一邊看書一邊學習　第三步 請再聽一次音檔

描述無生命或有生命但不會走動，即物品或植物等的「存在」時，用「ある」；
描述有生命的生物，即人或動物的「存在」時，則用「いる」。據以往的經驗，
就算是日語程度很好的人也可能弄錯此句型，所以請留意不要犯錯。

37_1.MP3

跟著做就對了

1. 表達「存在」的句型

可用來表達存在的助詞是「に」，一般常用的基本句型如下所示：

~ | に
在 | ~ | が
小主語 | + | ある
いる
有

~ | は
大主語 | ~ | に
在 | + | ある
いる
有

● 「いる」的日文漢字為「居る」，但表記時大多採用平假名。

首先來練習一下「…に…がある／いる」的句型吧！

地下1階に食料品売場があります。　在地下一樓有食物賣場。
田舎に祖母がいる。　　　　　　　　在鄉下有奶奶。

● 「売場[うりば]」（出售處、售品處）也可表記為「売り場」。

地下[ちか] 地下
1階[いっかい] 1樓
食料品[しょくりょうひん]
食品
売場[うりば] 賣場
田舎[いなか]
鄉下、農村
祖母[そぼ] 奶奶

226 第三堂 特別且具有深度的文法故事

請以題中指定的兩個單字用「…に…があります。／います。」的句型來完成下列的日語句子。

庭[にわ] 庭院、院子
猫[ねこ] 貓
2階[にかい] 2樓
受付[うけつけ] 受理、接待處
駐車場[ちゅうしゃじょう] 停車場
トラック 卡車、貨車
講堂[こうどう] 禮堂、大廳
校長先生[こうちょうせんせい] （高中以下的）校長先生

庭, 猫　▶

2階, 受付　▶

駐車場, トラック　▶

講堂, 校長先生　▶

接著來練習一下「…は…にある／いる」的句型吧！

食料品売場は地下1階にあります。　食物賣場在地下一樓。

祖母は田舎にいる。　奶奶在鄉下。

● 中文的「鄉下有奶奶」與「奶奶在鄉下」給人的感覺不一樣吧？日語中也是如此。「…に…がある／いる」是描述事實，「…は…にある／いる」則是針對主詞（奶奶）進行說明。除此之外，語序若改成「…に…はある／いる」的話，除了上述之意之外，更有「鄉下是有奶奶（但某某人沒在那裡）…」的比較意味（句型）存在。

請以題中指定的兩個單字用「…は…にあります。／います。」的句型來完成下列的日語句子。

卵[たまご] 雞蛋、卵、蛋
冷蔵庫[れいぞうこ] 冰箱、冷藏室
入口[いりぐち] 入口
あっち 那邊
名古屋[なごや] （地名）名古屋
鳥[とり] 鳥
アフリカ 非洲

卵, 冷蔵庫　▶

入口, あっち　▶

おじ, 名古屋　▶

その鳥, アフリカ　▶

● 「入口[いりぐち]（入口）」也可以表記為「入り口」。

● 「あっち」與「あちら」同義，但「あちら」是較有禮貌的用語。

2. 描述「數量」的句型

想描述數量時，先在「…に…が」後面加上數詞，然後再加上「ある／いる」就行了。

~ | に 在 | ~ | が 小主語 | ~ | 數量 | + | ある いる 有

郊外[こうがい]
郊外、郊區
木[き] 樹、木頭
部屋[へや] 房間
大人[おとな]
成人、大人
4人[よにん] 4人
子供[こども]
孩子、小孩
2人[ふたり] 2人

日本[にほん] 日本
大勢[おおぜい]
眾多、人數眾多
事務所[じむしょ]
辦公室、事務所
灰皿[はいざら] 菸灰缸
二つ[ふたつ] 2個
動物園[どうぶつえん]
動物園
ライオン 獅子
1匹[いっぴき]
一頭、一匹、一隻
封筒[ふうとう] 信封
7枚[ななまい] 7張

郊外には木がたくさんあります。 在郊外有很多樹。

部屋に大人が4人、子供が2人いる。

房間裡有4位大人和2位小孩。

◉ 在某些舊式的交通單位等在提到「小孩」時，有時候可以看到寫著「小人[こども]」的字樣，但時至今日那已經很少很少用了，大概知道就好。

☂ 請以題中指定的三個單字用「…に…が（數詞）ある。／いる。」的句型來完成下列的日語句子。

日本, ファン, 大勢 ▶

事務所, 灰皿, 二つ ▶

動物園, ライオン, 1匹だけ ▶

ここ, 封筒, 7枚 ▶

◉ 「大勢[おおぜい]（大批、眾多）」一詞只能用來形容「人群的數量」。

3. 表述「位置」的句型

想使用「上（面）」或「下（面）」等表述位置的單字時，請用下列句型。

~ の（的） + 位置 + に（在） ~ が（小主語） + ある／いる（有）

~ は（大主語） ~ の（的） + 位置 + に（在） + ある／いる（有）

本句型結構為「名詞 + の + 位置」，請小心別漏掉句中的助詞の。

後ろ[うしろ] 後、後面
奥さん[おくさん] 夫人
大使館[たいしかん]
大使館
文化[ぶんか] 文化
会館[かいかん] 會館
左[ひだり] 左

森本さんの後ろに森本さんの奥さんがいます。
森本先生後方有森本先生的夫人（森本夫人在森本先生的後面）。

大使館は文化会館の左にある。 大使館在文化會館左邊。

中川[なかがわ]
（日本姓氏）中川
そば 旁邊
ご主人[ごしゅじん]
丈夫
駅[えき] 車站
近く[ちかく] 附近
新聞社[しんぶんしゃ]
報社
トラ 老虎
横[よこ] 側邊、旁邊
キリン 長頸鹿
教室[きょうしつ] 教室
隅[すみ] 角落
ゴミ箱[ゴミばこ]
垃圾桶

山[やま] 山
地図[ちず] 地圖
真ん中[まんなか]
正中央、正中間
虫[むし] 昆蟲
葉[は] 葉子
表[おもて] 表面
辻[つじ]
（日本姓氏）辻
本棚[ほんだな]
書架、書櫃
向こう[むこう] 對面
フィルム 底片
引き出し[ひきだし]
抽屜
中[なか] 內部、裡面

🪭 請以題中指定的三個單字用「…の（位置）に…がある。／いる。」的句型來完成下列的日語句子。

中川さん, そば, 中川さんのご主人 ▶

駅, 近く, 新聞社 ▶

トラ, 横, キリン ▶

教室, 隅, ゴミ箱 ▶

◉ 「そば（旁邊）」有時候也會表記「傍」這個日文漢字。

◉ 「トラ（老虎）」的日文漢字為「虎」。日語在表述動植物時，常常習慣用片假名。

◉ 「ゴミ箱[ごみばこ]（垃圾桶）」是由「ごみ（垃圾）」與「箱[ばこ]」兩個單字組合而成新單字，有時也可用「ごみばこ」來表示，但大多數的時候還是用片假名＋日文漢字「ゴミ箱」的組合來表達。

🪭 請以題中指定的三個單字用「…は…の（位置）に…があります。／います。」的句型來完成下列的日語句子。

その山, この地図, 真ん中 ▶

その虫, 葉, 表 ▶

辻さん, 本棚, 向こう ▶

フィルム, 引き出し, 中 ▶

◉ 「フィルム（底片）」中的「ィ」也可大寫，寫成「フイルム」。提到相機底片時大多用「フイルム」。這個單字隨著時代的推移已經日漸少用，大致記一下就好。

奠定實力 請將下列各句翻成日語 　　　　　　正確答案在本書第447頁。

在地下一樓有食品賣場。（…に…があります。結尾句型）

▶

雞蛋在冰箱。（…は…にある。結尾句型）

▶

在日本有很多粉絲。（…に…が（數詞）います。結尾句型）

▶

在動物園裡只有一隻獅子。（…に…が（數詞）いる。結尾句型）

▶

在教室角落有垃圾桶。（…に…が…あります。結尾句型）

▶

那座山在這張地圖的正中間。（…は…に…ある。結尾句型）

▶

挑戰長文 請試著先聆聽音檔來掌握內容，練習聽力。

37_2.MP3

駅の前にデパートがあります。私はよくそのデパートで買い物をします。デパートの隣に新聞社があります。新聞社の裏に動物園があります。私は天気のいい日に、時々子供とその動物園に行きます。子供はライオンが大好きです。その動物園の駐車場は入口の近くにあります。

駅[えき] 車站　前[まえ] 前、前面　買い物[かいもの] 購物、買東西　隣[となり] 隔壁、鄰居　新聞社[しんぶんしゃ] 報社　裏[うら] 後、後面　動物園[どうぶつえん] 動物園　天気[てんき] 天氣　日[ひ] 日、天　時々[ときどき] 偶爾　子供[こども] 孩子、小孩　行く[いく] 去　大好き[だいすき] 非常喜歡　駐車場[ちゅうしゃじょう] 停車場　入口[いりぐち] 入口　近く[ちかく] 附近

順帶一提！

　　詢問有什麼物品及什麼人時使用的疑問詞不一樣，本篇我們就大概的來提一下。針對物品來提問的疑問詞為「**何[なに]（什麼）**」，而針對人來提問時的疑問疑則是「**誰[だれ]（誰）**」，請看以下例句：

何がありますか。　　有什麼東西呢？
誰がいますか。　　有誰呢？

　　不過，針對動物來提問時要用哪個疑問詞呢？前面有提過描述動物的「存在」時要用動詞「いる」，但相關問句的疑問詞不能用「誰」，而是要用「何」，因為「誰」是只能用來詢問人的疑問詞，請看以下例句：

何がいますか。　　有什麼（動物）呢？

　　描述「有要做的事」、「有（某某原因）」…等並非具體存在的對象時，要使用「ある」。

明日は用事があります。　　明天有事（有要做的事）。
原因はそこにあった。　　原因在那裡（是因為那樣）。

明日[あした]（明天）　用事[ようじ]要事　原因[げんいん]原因、緣故

38 | 表示授受關係的句型

接下來我們來學習日語的授受表現。授受表現是母語為中文的人常常弄得一頭霧水的文法，請多花點心思學習。

38_1.MP3

跟著做就對了

1.「あげる」與「もらう」的用法

先來建立「あげる（給、授予）」與「もらう（收到、得到）」的用法概念，直接用下面的簡易公式來記吧！

AはBにあげる。（A給B）
AはBに（から）もらう。（A從B那得到）→（B給A）

原則上授受對象都的助詞都是「に」不變，但隨著後面動詞的意思不同，結果也大不相同。這裡很容易弄混，請小心注意。當動詞用「もらう」時，助詞「に」也能依情況改用「から」。

~ | は 大主詞 | ~ | に 動作對象助詞 | ~ | を 受格助詞 | + | あげる 給、給予

~ | は 大主詞 | ~ | に から 動作對象助詞（從） | ~ | を 受格助詞 | + | もらう 收到、得到

花瓶[かびん] 花瓶

太郎は花子に花瓶をあげました。 太郎給花子花瓶了。
花子は太郎に花瓶をもらいました。
　　　　　　　花子從太郎那裡收到花瓶了。（太郎給花子花瓶了。）

花子は太郎から花瓶をもらいました。

花子從太郎那裡收到花瓶了。（太郎給花子花瓶了。）

☂ 請以題中指定的三個單字用「…は…に…をあげました。」的句型來完成下列的日語句子。

社長, お嬢さん, ハーブティー　▶

先生, 留学生, 果物　▶

お客さん, ウェイトレス, チップ　▶

● 「ウェイトレス（女服務生）」同義的寫法還有「ウエイトレス、ウエートレス、ウェートレス」。

☂ 請以題中指定的三個單字用「…は…に…をもらいました。」的句型來完成下列的日語句子。

社長のお嬢さん, 社長, ハーブティー　▶

留学生, 先生, 果物　▶

ウェイトレス, お客さん, チップ　▶

「從B得到（もらう）」的句子中，授受對象（B）的助詞可以用「に」、也可以用「から」。但是當此對象（B）非人物（例如：公司、學校、動物等）時就不能用「に」，則必須使用「から」。

学校から連絡をもらいました。

從學校那邊收到了連絡。（學校連絡我了。）

会社から書類をもらった。

從公司那邊收到了文件。（公司給我文件了。）

社長[しゃちょう] 社長
お嬢さん[おじょうさん] 令嬡
ハーブティー 花草茶
先生[せんせい] 老師
留学生[りゅうがくせい] 留學生
果物[くだもの] 水果
お客さん[おきゃくさん] 客人
ウェイトレス 女服務生
チップ 小費

学校[がっこう] 學校
連絡[れんらく] 聯絡
会社[かいしゃ] 公司
書類[しょるい] 文件

🐕 日本概述

日本的「張三、李四」

　　在台灣，一般公式的示範資料在填寫，常常是「張三、李四」。而在日本的文件填寫範例中，男性名字往往用「太郎[たろう]」、而女性名字往往則是「花子[はなこ]」。而該示範的範本上，姓氏則大多取自該文件要提交的公司或機關名稱。舉例來說，如果文件的提交對象是「みずほ銀行」，那麼填寫範例中的人名就會是「みずほ太郎」及「みずほ花子」。不過，就如同在台灣一樣，現實中真的叫「張三、李四」的並不多，在日本的現實生活中真的叫這兩個名字的亦不算多。

2. 關於「あげる」與「くれる」的差異

前面我們剛學完了「あげる」的用法，接下來要來講另一個同為「給、給予」之意，用法很類似的動詞「くれる」。那它們之間有什麼差別呢？，接著馬上就來了解「あげる」與「くれる」之間的差異。

以「A給B」這句來說，動詞應該用「あげる」還是「くれる」呢？重點是取決於A或B之中誰跟「我」比較親近。跟「我」比較親近的一方給予跟「我」比較不親近的一方時，要使用「あげる」；相反的，跟「我」比較不親近的一方給予跟「我」比較親近的一方時，則是用「くれる」。為了讓大家更容易理解，現在就以第1人稱（我）、「第2人稱（你）和第3人稱（…先生／女士）為基準的相對內外關係圖來確認兩者的差異吧！

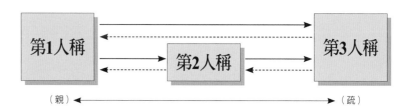

上圖中，授受關係用→代表使用「あげる」，並以 ←---- 代表使用「くれる」。最基本的，第1人稱給第2人稱和或第3人稱時要用「あげる」。接著，第2人稱是聽者，以內外關係來看是比第3人稱更親近話者的「我」，所以第2人稱給予第3人稱的情況下，也是使用「あげる」；反過來講，當第2人稱給第1人稱、第3人稱給第1人稱、第3人稱給第2人稱的句子中，若內外關係看起來被給予者是「我」或親近我的親友的話，那麼這時就必須使用「くれる」。兩個動詞使用時機的說明先到此告一段落，但在進入練習階段前要補充說明一點，那就是日本人不太使用「お前[おまえ]（你）」或「あなた（你）」這類代名詞，大多直接稱呼對方的名字。下列練習用的例句中雖然使用了「あなた」這個代名詞，但請記住這是現實生活中不太會使用的用語。

あなた 你
カレンダー 月曆
コート 外套

私はあなたにカレンダーをあげます。 我將會給你月曆。
あなたは私にコートをくれた。 你給我外套了。

請以題中指定的三個單字分別用「…あげた。／…くれた。」的句型來完成下列的日語句子。

あなた, 佐々木さん, シャツ ▶

佐藤さん, 私, 鏡 ▶

私, あなた, お土産 ▶

中村さん, あなた, お祝い ▶

私, 小林さん, 手袋 ▶

あなた, 私, お見舞い ▶

「お見舞い[おみまい]（慰問時的禮品）」也可去掉「い」只寫漢字「お見舞（但是「い」仍要念出來）」。當然，有時也會去掉「お」直接說「見舞い」。（關於接頭詞「お」的說明請看本書第217頁）。「土産」的「お」也同樣有時候可以去掉，直接說「土産」。

前面提到，第3人稱以內外關係來看是離第1人稱（我）最疏遠的。但是，若第3人稱是「我」的家人的話又會如何呢？此時相較於第2人稱（你），身為「我」的家人的第3人稱是跟「我」更親近的人吧？所以在這種情況下，描述第2人稱「給」第3人稱時不能用「あげる」，要用「くれる」；而當描述第3人稱「給」第2人稱時不能用「くれる」，要用「あげる」才行，這種情況看起來有點複雜，請把「我」的家人當作第1人稱立場來思考。

あなたは姉に指輪をくれました。　你給姊姊戒指了。

姉はあなたに万年筆をあげた。　姊姊給你鋼筆了。

請以題中指定的三個單字分別用「…あげました。／…くれました。」的句型來完成下列的日語句子。

妹, あなた, お菓子 ▶

あなた, 弟, かばん ▶

兄, あなた, 財布 ▶

あなた, 祖父, ネクタイ ▶

左側詞彙欄：

佐々木[ささき]
（日本姓氏）佐佐木
シャツ 襯衫
佐藤[さとう]
（日本姓氏）佐藤
鏡[かがみ] 鏡子
お土産[おみやげ]
伴手禮
中村[なかむら]
（日本姓氏）中村
お祝い[おいわい]
祝賀、賀禮
小林[こばやし]
（日本姓氏）小林
手袋[てぶくろ] 手套
お見舞い[おみまい]
慰問時的禮品

姉[あね] 姊姊
指輪[ゆびわ] 戒指
万年筆[まんねんひつ]
鋼筆

妹[いもうと] 妹妹
お菓子[おかし]
甜點、零食
弟[おとうと] 弟弟
兄[あに] 哥哥
財布[さいふ] 錢包
祖父[そふ] 爺爺
ネクタイ 領帶

還有另一種情況需要釐清，那就是第3人稱互給的情況，此時也是以誰跟「我」更（親）近作為區分標準。若A先生給B先生某物，若A先生跟「我」較為親近的話用「あげる」，若B先生（接受方）跟「我」較為親近（屬於「我」這邊的人）的話用「くれる」。

（親）⟵————————————⟶（疏）

友達は先生に葉書をあげました。　朋友給老師明信片了。

校長先生は工藤君に時計をくれた。　校長給工藤小弟時鐘了。

友達[ともだち] 朋友
先生[せんせい] 老師
葉書[はがき] 明信片
校長[こうちょう]
（高中以下的）校長
～君[くん]（稱呼同輩
以下的稱呼）你
時計[とけい] 時鐘

2. 「授予、給」與「收受、收」的敬語

看到上面例句「朋友給老師明信片了」吧！事實上，在日語中還有一種比意義相同，但比原本的語義更加有禮貌的用語，稱為「敬語」。「敬語」又可以分「尊敬語（抬高對方地位以增加恭敬度的用語）」、「謙讓語（降低自己地位以增加恭敬度的用語）」或「丁寧語（表達更加鄭重語氣的用語）」。而授受表現的「あげる、もらう、くれる」也是有「敬語」可以替換的。不過由於日語的敬語相當複雜，所以這裡先省略繁雜的說明，只先介紹「あげる、もらう、くれる」的敬語，關於其他的敬語內容則會在本書第402頁做進一步詳細說明。

あげる

「あげる」依其禮貌度分成「差し上げる[さしあげる]」、「あげる」和「やる」三種。
「差し上げる」表示「呈送、敬贈」，敬意最高，屬敬語中的「謙讓語」。「やる」則是用在對話者是比話者年紀小很多，或是對動物、植物這些地位較低的人、物上使用。遇見這種內容複雜的文法時，我們來看圖說是最快的：

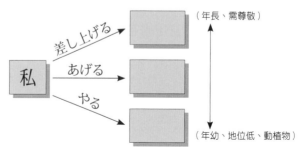

先生[せんせい] 老師
あめ 糖、糖果
息子[むすこ] 兒子
お小遣い[おこづかい]
零用錢

私は先生にあめを差し上げました。
我敬贈老師糖果了。

私は息子にお小遣いをやった。
我給兒子零用錢了。

◉ 「お小遣い[おこづかい]（零用錢）」可去掉「お」，直接説「小遣い」。關於接頭詞「お」的説明請看本書第217頁。

☂ 請以題中指定的三個單字，並依雙方的地位關係進行判斷後，分別用「…やりました。／…差し上げました。」的句型來完成下列的日語句子。

猫[ねこ] 猫
魚[さかな] 魚、魚肉
社長[しゃちょう] 社長
お茶[おちゃ] 茶
花[はな] 花
水[みず] 水
お客様[おきゃくさま]
客人
案内書[あんないしょ]
説明書、指南

私, 猫, 魚 ▶

私, 社長, お茶 ▶

私, 花, 水 ▶

私, お客様, 案内書 ▶

もらう

「もらう」依其禮貌度即分成「いただく」、「もらう」兩種。
「いただく」表示「得到」，敬意最高，屬敬語中的「謙讓語」。「もらう」則是用在一般的「得到」。我們一樣看圖來了解敬意程度：

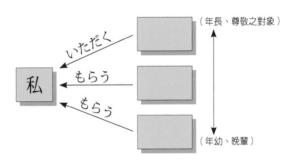

先生[せんせい] 老師
辞書[じしょ] 字典
友達[ともだち] 朋友
切手[きって] 郵票

私は先生に辞書をいただきました。
我從老師那邊得到字典了。

私は友達に切手をもらった。
我從朋友那邊收到郵票了。

◉ 「いただく」可以用日文漢字「頂く」表示。

◉ 助詞「に」也可用「から」取代。

☂ 請以題中指定的三個單字，並依雙方的地位關係進行判斷後，分別用「…もらいました。／…いただきました。」的句型來完成下列的日語句子。

部長[ぶちょう] 部長
自動車[じどうしゃ]
汽車

私, 部長, 自動車 ▶

カード 卡片、撲克牌
孫[まご] 孫女
手紙[てがみ] 信、信件
校長[こうちょう] 校長
アドバイス
勧告、建議

私, 友達, クリスマスカード　▶

私, 孫, 手紙　▶

私, 校長先生, いいアドバイス　▶

くれる

「くれる」依其禮貌度分成「くださる」和「くれる」兩種。
「くださる」表示「給…」，敬意最高，屬敬語中的「尊敬語」。
「くれる」則是用在一般的「給…、給（我）…」。我們一樣看
圖來了解敬意程度：

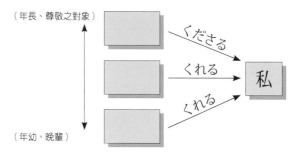

先輩[せんぱい] 前輩
お父様[おとうさま]
父親
人形[にんぎょう]
日本人偶
後輩[こうはい]
晚輩、後輩

先輩のお父様が私に人形をくださいました。

前輩的父親給我日本人偶了。

後輩が私にケーキをくれた。 後輩給我蛋糕了。

🌂 請以題中指定的三個單字，並依雙方的地位關係進行判斷後，分別用「…
くれました。／…くださいました。」的句型來完成下列的日語句子。

友達[ともだち] 朋友
お母様[おかあさま]
母親
茶碗[ちゃわん]
茶杯、飯碗
課長[かちょう] 課長
机[つくえ] 書桌
娘[むすめ] 女兒
お箸[おはし] 筷子

友達のお母様, 私, お茶碗　▶

いとこ, 私, たばこ　▶

課長, 私, 机　▶

娘, 私, お箸　▶

前述「あげる」、「もらう」的4個例句的主詞是用「私」，最後
的「くれる」的接受者則也是「私」。這是為了方便了解才這樣
造句的。這6個例句中相對應「私」的位置，當然也可以用其他的
詞來替代。

太郎給花子花瓶了。（…をあげました。結尾句型）

▶

留學生從老師那邊得到水果了。（…をもらった。結尾句型）

▶

你給佐佐木先生鏡子了。（…をあげました。結尾句型）

▶

佐藤先生給我探病的禮品了。（…をくれた。結尾句型）

▶

我敬贈老師糖果了。（…を差し上げました。結尾句型）

▶

我給花（澆）水了。（…をやった。結尾句型）

▶

我從校長先生那邊得到了好的建議。（…をいただきました。
結尾句型）

▶

前輩的父親授予我那個說明書了。（…をくださった。結尾句
型）

▶

私のクラスの先生は生徒の誕生日に必ずプレゼントをくださる。私も先生にプレゼントをいただいた。小さなかわいい鏡だった。友達も色々なプレゼントをくれた。今日は先生のお誕生日だ。私達は少しずつお金を出してプレゼントを買って、先生に差し上げた。

先生[せんせい] 老師　生徒[せいと]（高中以下的）學生　誕生日[たんじょうび] 生日　必ず[かならず] 必定、一定　小さな[ちいさな] 小的　鏡[かがみ] 鏡子　友達[ともだち] 朋友　いろいろ 各式各樣　今日[きょう] 今天　私達[わたしたち] 我們　少し[すこし] 稍微、有點　お金[おかね] 錢　出す[だす] 支付、出　買う[かう] 買　差し上げる[さしあげる] 呈送、敬贈

稍等一下！

關於「あげる」與「やる、くれる」的使用

　　過去的日文文法書提到「給」自己的小孩或動植物某物時，會說此種情況下要用「やる」這個動詞。但隨著時代的演進，現代的日語已經慢慢變成了在這種情況下也會用「あげる」，即現實生活中有已經非常多人都在用「あげる」了。如果你還有在一些舊有的日語文法書仍看到說這種情況下不用「あげる」的話，請想起本篇的說明補充，便能了解了。

　　「あげる」和「くれる」基本上都只用來描述給予好的東西，而不能用來描述給予不好的東西。所以不可用在「會帶來損失」或「產生痛苦」這類的情況下的「給予、給（我）」。當想描述給予負面、不好的事物時，則要使用另一個「あたえる（給予）」的單字，它才有「使…蒙受」等負面的意思存在。

39　自動詞與他動詞

照著做就對了學習法
第一步 一定要先聽過音檔　**第二步** 一邊看書一邊學習　**第三步** 請再聽一次音檔

日文中，及物的動詞稱為「他動詞」；反之，不及物的動詞即為「自動詞」。不過，在剛學習日語的過程中，這兩種動詞種類可能常常讓人弄不清楚，所以在這告訴大家一些有助於分辨自動詞和他動詞的方法。

39_1.MP3

跟著做就對了

壞れる[こわれる] 壞掉
壞す[こわす] 弄壞
倒れる[たおれる] 倒下
倒す[たおす]
打垮、弄倒
汚れる[よごれる] 變髒
汚す[よごす] 弄髒
売れる[うれる]
能賣、受歡迎
売る[うる] 賣
折れる[おれる] 斷掉
折る[おる] 折斷
切れる[きれる] 斷開
切る[きる] 切

木[き] 樹、木頭
枝[えだ] 樹枝

1. 辭書形以「…れる」結尾的話，大多是自動詞！

辭書形以「…れる」結尾的動詞，大多是自動詞。以下這些動詞皆是此類動詞；以下將每個自動詞及相對應的他動詞排列在一起。

自動詞	他動詞	自動詞	他動詞
壞れる	壞す	倒れる	倒す
汚れる	汚す	売れる	売る
折れる	折る	切れる	切る

● 「入れる[いれる]（放入）」是例外，它雖然以「…れる」結尾，但卻是他動詞，請牢記在心。

木の枝が折れた。　　樹枝斷了。
木の枝を折った。　　折斷樹枝了。

2. 辭書形以「a段音假名＋る」結尾的話，一定是自動詞！

動詞的辭書形是以「a段音假名＋る」結尾的話，必定是自動詞。以下這些動詞皆是此類動詞。

上がる[あがる] 上昇
上げる[あげる] 抬高
下がる[さがる] 下降
下げる[さげる] 降低
集まる[あつまる] 聚集
集める[あつめる] 收集
決まる[きまる] 定案
決める[きめる] 決定
変わる[かわる] 變換
変える[かえる] 改變
閉まる[しまる] 關閉
閉める[しめる]
關、關上

旅行[りょこう] 旅行
予定[よてい] 預計
止まる[とまる] 停
止める[とめる] 使…停下
始まる[はじまる] 開始
始める[はじめる]
（使…）開始
見付かる[みつかる]
被找到
見付ける[みつける]
找到
かかる 掛著、遭受
かける 掛、繋上
曲がる[まがる]
彎、彎曲
曲げる[まげる] 弄彎
終わる[おわる] 結束
終える[おえる]
完成、使…結束

牛肉[ぎゅうにく] 牛肉
輸入[ゆにゅう] 進口

出る[でる] 出去、出來
出す[だす] 出、支付
直る[なおる]
修復、復原
直す[なおす] 修理
治る[なおる] 痊癒
治す[なおす] 治療
消える[きえる] 熄滅
消す[けす] 關掉、弄熄
沸く[わく] 沸騰
沸かす[わかす] 煮沸
起きる[おきる] 發生
起こす[おこす] 引起

自動詞	他動詞	自動詞	他動詞
上がる	上げる	下がる	下げる
集まる	集める	決まる	決める
変わる	変える	閉まる	閉める

旅行の予定が決まりました。旅遊的行程定下來了。
旅行の予定を決めました。　旅遊的行程決定好了。

3. 相較於辭書形以「a段＋る」結尾的自動詞，只要「a段音」變成「e段音」的話，就是他動詞。

上面所提到形式為「a段＋る」的自動詞，若將a段換成e段的話，就變成了他動詞。為了對應上面提到的自動詞，以下這些動詞是的左邊便列出自動詞，右邊則列出相對應的他動詞。

自動詞	他動詞	自動詞	他動詞
止まる	止める	始まる	始める
見付かる	見付ける	かかる	かける
曲がる	曲げる	終わる	終える

牛肉の輸入が始まった。牛肉的進口開始了。
牛肉の輸入を始めた。　開始進口牛肉了。

4. 辭書形以「す」結尾的話，一定是他動詞！

辭書形以「す」結尾的動詞，必定是他動詞，以下這些動詞皆是此類動詞。（左邊為相對應的自動詞）

自動詞	他動詞	自動詞	他動詞
出る	出す	直る	直す
治る	治す	消える	消す
沸く	沸かす	起きる	起こす

電気が消えました。　（電）燈沒了。
電気を消しました。　把（電）燈關掉了。

樹枝斷了。（過去式的敬體表現）

▶

折斷樹枝了。（過去式的敬體表現）

▶

牛肉的進口開始了。（過去式的常體表現）

▶

開始進口牛肉了。（過去式的常體表現）

▶

（電）燈沒了。（過去式的敬體表現）

▶

把（電）燈關掉了。（過去式的敬體表現）

▶

挑戰長文 請試著先聆聽音檔來掌握內容，練習聽力。

39_2.MP3

松本さんはとても変わりました。松本さんは昔はいつもお酒ばかり飲んで、よく物を投げました。酔って壊した物もたくさんあります。パソコンも松本さんが投げて壊れました。そんな松本さんが、今はお酒を全然飲みません。松本さんは「自分の気持ちが一番大事だ。変えれば変わる。」と言いました。

松本[まつもと]（日本姓氏）松本 変わる[かわる]變換 昔[むかし]以前 お酒[おさけ]酒 飲む[のむ]喝 物[もの]物品 投げる[なげる]丟、扔 酔う[よう]醉、喝醉 壊す[こわす]弄壞 壊れる[こわれる]壞掉 今[いま]現在 全然[ぜんぜん]完全 自分[じぶん]自己 気持ち[きもち]心情、心緒 一番[いちばん]最 大切[たいせつ]重要 変える[かえる]改變 言う[いう]説

日本概述

博愛座為何是「シルバーシート」呢？

　　以前日本的博愛座沒有統一的稱呼，隨著電車或客運公司不同而分別有著「シルバーシート（Silver seat）」、「優先席[ゆうせんせき]」…等各種不同的稱呼。但最近除了高齡長者或殘疾人士，此座位也提供給傷者、孕婦或帶著孩子的人…等，所以許多空間都把會令人聯想到高齡長者的「シルバーシート」改成「優先席」。

　　不過，應該有人會好奇日本的博愛座為什麼叫「シルバーシート」呢？據聞是日本舊國鐵上是為了將博愛座與其它座位區分開來，才選擇採用跟「新幹線[しんかんせん]（日本高鐵）」上的博愛座同色的銀色布料來製作博愛座的座椅而得名。但實際上，是因為其他顏色的布料不足，別無選擇之下才做出這項決定。

　　在日本，很多年輕人都不以為意地坐在博愛座上，即使年長者站在前方也不會起身讓座。我母親不久前在電車上遇見一對老夫婦，他們起先因為沒座位而站著，後來空出一個博愛座，就在老爺爺想讓老奶奶坐下而去牽老奶奶的手之際，一位年輕小姐就直接坐到那個博愛座上了，光聽母親描述就聽得一肚子火。體諒的心非常重要，希望隨著教育的改變，人們讓座的觀念會越來越好！

第四章

華麗的句型故事

藤井麻里老師的叮嚀

接下來要跳脫基本常識，學習更多樣化的表達句。本書日語文法的內容並非依照句型語意，而是根據詞類和其活用變化來進行編排。舉例來說，學習主題為「假設句型」時，這部分的學習內容不是各詞類的活用變化方法，而是劃分為「名詞與形容動詞、形容詞可用的句型」，以及「動詞的各種活用變化可用的句型」兩大部分。動詞的活用變化以五段動詞最為複雜，故以五段動詞為基礎，根據a段、i段、u段、e段、o段整理出運用各段的活用句型。這種編排方式的好處是易於歸納整理。一口氣學習a段的多種用法，不僅可以熟悉a段的活用變化，亦能歸納整理出a段運用於哪些句型中。不過，利用這種方式來歸納整理也有缺點，那就是語意相似的句型會散落於書中各處。為了彌補此缺陷，我們會在正文中提示相似句型的所在頁面，以便參考對照。

01節

名詞和形容動詞、形容詞之運用

這個章節要學習連接名詞和形容動詞、形容詞的句型。有些句型只能接名詞，有些句型只能接形容動詞、形容詞，有些句型則可以接名詞也可以接形容動詞及形容詞，這個章節是根據該句型可接的詞類來進行劃分。這個章節提到的句型中也有可以接動詞的句型，所以文中也會列出該句型可連接的所有動詞，不過這部分可看可不看，只需要知道「這句型也可以連接動詞」，動詞部分留到下個章節再學習就行了。

40 前接名詞的句型

照著做就對了學習法

第一步 一定要先聽過音檔　第二步 一邊看書一邊學習　第三步 請再聽一次音檔

本課收錄整理了連接名詞的句型。

40_1.MP3

跟著做就對了

1. …が欲しい[がほしい]

這個句型表示「想要某種實體的物質或某種抽象的需求」，即「想要…」。注意固定用的助詞是「が」，相關內容請參考本書第130頁。

星[ほし] 星星
砂[すな] 沙、沙子
置く[おく] 放
棚[たな] 櫃子

星の砂が欲しいです。　　　　想要星沙。

ここに置ける棚が欲しい。　　想要一個可以放在這裡的櫃子。

 日本概述

星砂？

「星の砂[ほしのすな]（星砂）」指的是星星狀的沙子，為日本「沖繩[おきなわ]」地區知名的特產。但實際上「星の砂」並不是沙子，而是由「有孔蟲（原生動物果粒性網狀根足蟲綱（Class Granuloreticulosea）有孔蟲目的動物通稱）」的外殼堆積而成的東西。在沖繩地區的商店內都會銷售許多跟「星沙」有關的旅行紀念品。

請將下列各句改寫成「…が欲しい」的日語句子。（請使用敬體表現）

日本語を使う機会　▶

部屋のイメージに合うカーテン　▶

おいしいブルーベリージャム　▶

「欲しい」是形容詞，所以活用變化如下所示：

欲しい	想要…
欲しくない	不想要…
欲しかった	想要…（過去式）
欲しくなかった	不想要…（過去式）

2. …（の）前に[まえに]

此句型為「在…之前」的意思。知道表示「…前」的日語單字「前[まえ]」的話，就能輕鬆理解此句型。不過，當此句型前面接的名詞是時間詞的情況下，此時不加助詞「の」，直接加上「前に」，請特別留意。

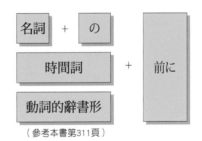

（參考本書第311頁）

食事の前に手を洗います。　吃飯前洗手。

1ヶ月前にたばこをやめた。　1個月前戒菸了。

請試著將提示的單字及句子連接起來，完成「…（の）前に」的日語句子。請第一個單字後面接「（の）前に」，並根據該單字來決定要不要加上「の」。（第1,4句句尾使用肯定形的常體表現，第2,3句使用過去式的常體表現。）

授業, 予習をする　▶

3年, この店を開く　▶

2週間, ソウルに来る　▶

朝御飯[あさごはん]
早餐、早飯
1時間[いちじかん]
1小時
歩く[あるく] 走、走路

朝御飯, 1時間歩く ▶

3. …（の）後で[あとで]

將「前に」改成「後で」的話，就相反的變成表示「在…之後」的句型。請注意兩句型使用的助詞並不相同，一個是「に」，一個是「で」。

（參考本書第353頁）

試合[しあい] 比賽
選手[せんしゅ] 選手
サイン 簽名
事故[じこ] 事故、意外
警察[けいさつ] 警察
連絡[れんらく]
聯絡、連絡

試合の後で選手にサインをもらいました。

比完賽後從選手那邊得到簽名了。

事故の後で、すぐに警察に連絡した。

事故發生後馬上跟警察連絡了。

☂ 請試著將提示的單字及句子連接起來，完成「…（の)後で」的日語句子。
（句尾請使用過去式的敬體表現）

展覧会[てんらんかい]
展覽會
昼休み[ひるやすみ]
午休時間
少し[すこし]
稍微、有點
散歩[さんぽ] 散步
番組[ばんぐみ]
（電視、廣播電台的）
節目
天気予報[てんきよほう] 天氣預報
放送[ほうそう] 播放

展覧会, パーティーをする

昼休み, 少し散歩をする

その番組, 天気予報が放送される

日本概述

花樣男子

　　曾在日本的漫畫或連續劇中看到過「花樣男子」這個説法吧？日語的寫法為「花より男子（はなよりだんご）」。男子通常唸作「だんし」，這部作品是為了配合「花より団子（はなよりだんご）」（比起看花，不如吃花見糰子）這句諺語，才將男子「だんし」刻意唸作「だんご」的。「花より団子（はなよりだんご）」的意思是則「不重視外觀，只追求實質的好處」，即講究實際的意思。

都市[とし] 城市、都市
ガス 瓦斯
空気[くうき] 空氣
軽い[かるい] 輕
日本[にほん] 日本
韓国[かんこく] 韓國
人口[じんこう] 人口
多い[おおい] 多

兄[あに] 哥哥
ステーキ 牛排
厚い[あつい] 厚
今年[ことし] 今年
問題[もんだい] 問題
去年[きょねん] 去年
難しい[むずかしい]
困難
地理[ちり] 地理
歴史[れきし] 歷史
得意[とくい]
拿手、擅長

仕事[しごと] 工作
家庭[かてい] 家庭
大切[たいせつ]
重要、珍貴
東京[とうきょう]
（地名）東京
料理[りょうり] 料理
大阪[おおさか]
（地名）大阪
味[あじ] 味道
薄い[うすい] 薄、淡

暑さ[あつさ]
熱（名詞）
寒さ[さむさ]
冷（名詞）
親[おや] 父母
熱心[ねっしん]
熱情、熱心
会話[かいわ] 會話
文法[ぶんぽう] 文法
易しい[やさしい]
容易、簡單

4. …は…より…

「…より」這個句型，是「比（起）…」的意思，是個很容易輕鬆理解的句型。

都市ガスは空気より軽いです。　都市瓦斯比空氣輕。

日本は韓国より人口が多い。　日本的人口比韓國多。

🏮 請試著用題中指定的三個單字完成「…は…より…」的日語句子。（句尾請使用肯定形的敬體表現）

兄のステーキ, 私のステーキ, 厚い　▶

今年の問題, 去年の問題, 難しい　▶

地理, 歴史, 得意　▶

「より」後面有時也會接助詞「も」或「は」，變成「…よりも（…也比…更…）」、「…よりは」的句型來強調語氣。

5. …より…の方が[のほうが]

「…（哪一個）更…」的日語句型是「…の方が」，該日語直譯為「哪一邊」。另一方面，有一句意思相近的句型「…がもっと」，也廣為受人應用，這部分也請了解下來。

仕事より家庭の方が大切です。
比起工作，家庭更重要。

東京の料理より大阪の料理の方が味が薄い。
比起東京料理，大阪料理的味道更淡。

◉「味道淡」的日語是「味が薄い[あじがうすい]」，相反詞為「味が濃い[あじがこい]（味道濃）」。

🏮 請試著用題中指定的三個單字完成「…より…の方が[のほうが]…」的日語句子。（句尾請使用肯定形的常體表現）

暑さ, 寒さ, 嫌い　▶

子供, 親, 熱心　▶

会話, 文法, 易しい　▶

6. …と…とどちらが…／…の方が[のほうが]

這個是比較兩個對象之中哪一個更加如何的句型。當兩者在比較時，請注意無論對象是東西、人物或場所地點等，疑問詞都是用「どちら（哪一方、哪一個）」。在一般平輩或跟晚輩的對話中，也常使用疑問詞「どっち（哪一方、哪一個）」來取代「どちら」。除此之外，問句中的「とどちらが」也能改用「とどちらの方[ほう]が」取代。

縦[たて] 縱、豎
横[よこ] 橫、旁邊
長い[ながい] 長
人[ひと] 人
大事[だいじ] 重要

縦と横とどちらが長いですか。

縱（排）和橫（排）比，哪一邊比較長？

私とその人とどっちが大事？

我跟那個人相比，誰更重要？

🎏 請試著用題中指定的三個單字完成「…と…とどちらが…」的日語句子。（句尾請使用疑問句的敬體表現）

お茶[おちゃ] 茶
紅茶[こうちゃ] 紅茶
好き[すき] 喜歡
４日[よっか] 4日
８日[ようか] 8日
都合[つごう] 情況
旅館[りょかん] 旅館
安い[やすい] 便宜

お茶, 紅茶, 好き ▶

4日, 8日, 都合がいい ▶

この旅館, このホテル, 安い ▶

◉ 「4日[よっか]」和「8日[ようか]」的發音相似，學習時請仔細記下。「都合がいい[つごうがいい]」依情況有時解釋為「有時間、有空」會較為自然通順，相反詞是「都合が悪い[つごうがわるい]（沒時間、沒空、不方便）」。

君[きみ]（對同輩以下的男性稱呼）你
ずっと 一直

縦の方が長いです。　　　直的一方更長。

君の方がずっと大事だよ。　你更重要。

🎏 請試著用指定的兩個單字完成「…の方が[のほうが]」的日語句子。（句尾請使用肯定形的敬體表現）

紅茶, 好き ▶

8日, 都合がいい ▶

この旅館, 安い ▶

7. Aほど…ない

這也是比較句型之一。「ほど」有日文漢字「程」，但一般只表記平假名。「ほど」用來表示「程度」之意。指「事物沒有達到那A的程度」，即「沒有A那麼…」。

優しい[やさしい]
和善、善良
日本[にほん] 日本
東洋[とうよう] 東洋
医学[いがく] 醫學
西洋[せいよう] 西洋
人気[にんき] 受歡迎

清水さんは山崎さんほど優しくないです。
清水先生沒有像山崎先生那麼善良。（清水先生的善良程度沒有到山崎先生那樣）

日本では東洋医学は西洋医学ほど人気がない。
在日本，東洋醫學並沒有像西洋醫學那樣地受歡迎。

🎐 請試著用題中指定的三個單字完成「Aほど…ない」的日語句子。（句尾請用否定形的常體表現）

家[いえ] 家、房子
門[もん] 大門、門
韓国[かんこく] 韓國
大きい[おおきい] 大
賑やか[にぎやか]
繁榮、熱鬧
ネットショッピング
網路購物
盛ん[さかん]
旺盛、繁盛

日本の家の門, 韓国の家の門, 大きい ▶

ここ, ソウル, 賑やか ▶

日本のネットショッピング, 韓国, 盛ん ▶

8. …の中で …が一番[のなかで …がいちばん]…

當比照的選項有三項以上時，可以用「…の中で…が一番[のなかで …がいちばん]…」進行比較，即「在…之中，最…」。日語「…の中で」的中文是「…（之）中」，「一番」的中文則是「最」。句型中所有的單字之前都學過了，相信並不算難，新學習這個組合模式就行了。提問時，比較對象是人時要用「誰[だれ]（誰）」，是物品要用「何[なに]（什麼）」，是場所時則要用「どこ（何處）」，是時間則要用「いつ（何時）」…等，意即隨著比較對象的類型不同，使用的疑問詞也會有所不同。

家族[かぞく]
家族、家人
弟[おとうと] 弟弟
背[せ] 身高、個子
高い[たかい] 高
青[あお] 藍色
緑[みどり] 綠色
黄色[きいろ] 黃色
好き[すき] 喜歡

家族の中で弟が一番背が高いです。
家人之中，弟弟個子最高。

青と緑と黄色の中で、緑が一番好きだ。
藍色、綠色、黃色之中，最喜歡綠色。

語序可以改變，而且語意也不變。

弟は家族の中で一番背が高いです。 弟弟是家人中個子最高的。

請試著用題中指定的三個單字完成「…の中で…が一番…」的日語句子。
（句尾請使用肯定形的常體表現）

勉強[べんきょう]
用功、念書
数学[すうがく] 數學
苦手[にがて] 不擅長
女の子[おんなのこ]
女孩子
長谷川[はせがわ]
（日本姓氏）長谷川
世界[せかい] 世界
湖[みずうみ] 湖、湖泊
バイカル湖[バイカル
こ] 貝加爾湖
深い[ふかい] 深

勉強, 数学, 苦手 ▶

女の子, 長谷川さん, うるさい ▶

世界の湖, バイカル湖, 深い ▶

9. …にする

表達「決定為選…」的日語句型是「…にする」。

（參考本書第314頁）

色[いろ] 顏色
茶色[ちゃいろ] 茶色

私はコーヒーにします。我（決定）要咖啡。
色は茶色にした。　　　顏色決定為褐色了。

請試著用題中指定的兩個單字完成「…にしよう。」的日語句子。

出発[しゅっぱつ] 出發
明後日[あさって] 後天
集まる[あつまる]
聚集、匯集
場所[ばしょ]
場所、地點
駅[えき] 車站
贈り物[おくりもの]
禮物
お皿[おさら] 盤子

出発, 明後日 ▶

集まる場所, 駅 ▶

贈り物, お皿 ▶

◉ 「贈り物[おくりもの]（禮物）」跟「プレゼント」的意思相近，但描述「薄禮（沒有特殊意義的禮物或價格便宜的禮物…等）」時不會用「贈り物」，習慣上會使用「プレゼント」這個單字。「贈り物」一詞指的是按照禮儀所給的禮物，故語感上帶有高價的禮品之意。

稍等一下！

表示「禮物」的單字

　　到目前為止已經學過「プレゼント」和「お土産[おみやげ]」這兩個單字，都可用來表示「禮物」的意思。但是兩者還是有些許差異，「プレゼント」指的是一般的禮物，而「お土產」則主要用來表示旅途中買回來的禮物，或去別人家拜訪…等情況下買過去的禮物（伴手禮）。

10. …のために

表示「為了…」的日語句型是「…のために」，句尾的助詞「に」情況有時也可省略。句型中的「の」，依前接的名詞不同時，接觸時的方法也有些不同，如下說明，請多留意。

（參考本書第315頁）

平和[へいわ] 和平
祈る[いのる] 祈禱
エリーゼ 愛麗絲
有名[ゆうめい]
有名、知名
曲[きょく] 曲子

平和のために祈ります。　　　　　　為了和平而祈禱。

「エリーゼのために」は有名な曲だ。

《給愛麗絲》是世界名曲。

編註 世界名曲《エリーゼのために》裡，因日語原文中有「ため」，故直譯時應該像本句型說明的一樣，是「《為了愛麗絲》」才對。但是本例句中為了配合該音樂作品既有的中文翻譯，故翻為《給愛麗絲》。

請試著用題中指定的兩個單字完成「…のために」的日語句子。（句尾請使用肯定形的敬體表現）

健康[けんこう] 健康
朝[あさ] 早上
早く[はやく]
提早、早早
起きる[おきる]
起來、起床
家族[かぞく]
家族、家人
働く[はたらく]
工作、勞動
留学生[りゅうがくせい] 留學生
開く[ひらく] 開、開門

健康, 朝早く起きる ▶

家族, 働く ▶

留学生, パーティーを開く ▶

◉ 「開く[ひらく]（開、開門）」，可以利用其「開」字義的聯想，故也有「舉辦、舉行」之意。

11. …らしい

當名詞後面接「らしい」時，表示具有該名詞特色或性質，故為「有…的樣子」的意思。

彼[かれ] 他、男朋友
男[おとこ] 男性、男生
人[ひと] 人
彼女[かのじょ]
她、女朋友
格好[かっこう]
樣貌、穿著

彼は男らしい人です。

他是有男人的樣子（男人味）的人。

それは彼女らしい格好だった。

那真像她會做的打扮。

◉「彼[かれ]」也有「他」的意思，請根據前後文意來判斷此單字在句中是表示「他」還是「男朋友」。

☂ 請試著用題中指定的三個單字完成「…らしい」的日語句子。（句尾請使用肯定形的常體表現）

原[はら]（日本姓氏）原
奥さん[おくさん] 夫人
女[おんな] 女人
方[かた]（敬稱）…位
子供[こども]
孩子、小孩
考え[かんがえ]
思考、想法
井上[いのうえ]
（日本姓氏）井上
先生[せんせい] 老師

原さんの奥さん, 女, 方 ▶

それ, 子供, 考え ▶

井上先生, 先生, 先生 ▶

「…らしい」的活用變化與形容詞是一樣的。

～らしい	有…的樣子
～らしくない	沒有…的樣子
～らしかった	有…的樣子（過去式）
～らしくなかった	沒有…的樣子（過去式）
～らしく	有…的樣子（副詞化）

12. …のようだ

「…のようだ」是用來表達好像前述名詞一樣感覺的句型，即「跟…一樣」。舉例來說，「花のようだ」即為「像花一樣」的意思。

白雪姫[しらゆきひめ]
白雪公主
肌[はだ] 皮膚
雪[ゆき] 雪
景色[けしき]
景色、風景
まるで 簡直、宛如
絵[え] 畫

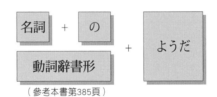
（參考本書第385頁）

白雪姫の肌は雪のようです。　白雪公主的肌膚白皙如雪。
ここの景色はまるで絵のようだ。 這裡的風景如畫。

話[はなし] 談話、談論
小説[しょうせつ] 小說
今日[きょう] 今天
寒さ[さむさ] 冷、寒冷
冬[ふゆ] 冬天
騒ぎ[さわぎ]
騒動、混亂
戦争[せんそう] 戰爭

☂ 請試著用題中指定的兩個單字完成句尾為「…のようだ」的日語句子。

その話, 小説 ▶

今日の寒さ, 冬 ▶

その騒ぎ, 戦争 ▶

「…のようだ」的活用變化與形容動詞是一樣的。

~のようだ	跟…一樣
~のようじゃない/のようではない	不跟…一樣
~のようだった	跟…一樣（過去式）
~のようじゃなかった/のようではなかった	不跟…一樣（過去式）
~のような	跟…一樣的
~のように	跟…一樣（副詞化）

13. …がする

「…がする」這個句型可以用來表現，聲音、味道、氣息…等感官上產生一些感覺時使用，即「感覺有…」的意思。。

大きな[おおきな]
大的
音[おと] 聲音
肉[にく] 肉
焼く[やく] 烤、燒

大きな音がしました。　　發出很大的響聲。

肉を焼くにおいがする。傳來烤肉的味道。

請用題中的詞組完成句尾為「…がした。」的日語句子。

祖母[そぼ] 奶奶
声[こえ]
（生物的）聲音
変[へん] 奇怪
味[あじ] 味道

祖母の声　▶

変な味　▶

稍等一下！

表示「皮膚」的兩個單字

　　本課我們學到了「肌[はだ]（皮膚）」這個詞。但在日語中還有另一個同義的單字為「皮膚[ひふ]」。關於這兩個單字的差異在於「肌[はだ]」只能用在提到「人」時使用之外，表達「透過皮膚感受到…」…等跟觸感有關的描述也是用「肌[はだ]」；至於另一個「皮膚」的單字，是比較偏醫療方面的用語，「皮膚科」、「皮膚病」…等以醫學角度進行描述時，就要使用「皮膚[ひふ]」這個詞來講才對了。但要注意，單純形容「皮膚美」、「皮膚白」等等以美容角度進行的描述時，還是要使用「肌[はだ]」才對。

想要有使用日語的機會。（…が欲しい。肯定形的敬體表現）

▶

用餐之前先洗手。（…の前に…。肯定形的常體表現）

▶

三年前開了這間店。（…前に…。過去式的敬體表現）

▶

比賽之後從選手那邊得到簽名了。（…の後で…。過去式的常體表現）

▶

都市瓦斯比空氣輕。（…より…。肯定形的常體表現）

▶

相較於東京的料理，大阪的料理的味道更淡。（…より…の方が…。肯定形的敬體表現）

▶

4日跟8日，哪一天比較有時間？（…と…とどちら（どっち）が…。疑問句的常體表現，省略か）

▶

8日比較有時間。（…のほうが…。肯定形的敬體表現）

▶

這裡沒有首爾那麼繁華。（…ほど…。否定形的常體表現）

▶

世界的湖泊中，以貝加爾湖最深。（…の中で…が一番…。肯定形的敬體表現）

▶

集合的地點所決定了在車站。（…にする。過去式的常體表現）

▶

為了健康要早點起床。（…のために、。肯定形的敬體表現）

▶

他是有男人的樣子（男人味）的人。（…らしい…。肯定形的常體表現）

▶

那段論述好像小說（的劇情）一般。（…のように…。肯定形的敬體表現）

▶

傳來烤肉的味道。（…がする。肯定形的常體表現）

▶

40_2.MP3

来年、僕もとうとう結婚する。今、結婚の準備で忙しい。結婚の準備にお金がかかる。こんなにお金がかかると思わなかった。結婚の前に特別ボーナスが欲しいと思う。新婚旅行はカナダにした。彼女はスキーが好きなので、彼女のために、カナダでスキー場に行く。僕もスキーができるが、彼女の方が上手だ。それに、僕は彼女ほどスキーが好きじゃない。

来年[らいねん] 明年　僕[ぼく]（男性自稱）我　とうとう 終於　結婚[けっこん] 結婚　今[いま] 現在　準備[じゅんび] 準備　忙しい[いそがしい] 忙、忙碌　お金[おかね] 錢　思う[おもう] 想、思考　特別[とくべつ] 特別　ボーナス 獎金、紅利　新婚[しんこん] 新婚　旅行[りょこう] 旅行　カナダ 加拿大　彼女[かのじょ] 她、女朋友　スキー 滑雪　好き[すき] 喜歡的　スキー場[スキーじょう] 滑雪場　行く[いく] 去　方[ほう] 方（面）、位　上手[じょうず] 拿手、擅長

順帶一提！

　　前面在說明跟比較有關的「…は…より（…比…）、…より…のが…（與…比，更…）、…ほど…ない（…沒有Ａ 那麼…）」等這些句型時，句型前面都只接名詞來進行練習，但其實這些句型前面也可接下方例句裡的其它詞類。不過，考量到大部分教材提到這些句型時都只接名詞，再加上只要了解句型的基本結構，就算搭配其他詞類也能充分理解，而且在練習基本句型時若混合使用多種詞類，反而會在練習變得更加的複雜，不利於學習，所以我才在正文中省略不提。

仕事は思ったより大変だった。　　　　工作比想像中累人。
手術するよりしない方がいい。　　　　比起動手術，不動手術比較好。
その映画は思ったほど面白くなかった。　那部電影沒有想像中那麼有趣。

仕事[しごと] 工作　思う[おもう] 考慮、思考　大変[たいへん] 勞累、辛苦　手術[しゅじゅつ] 手術　映画[えいが] 電影　面白い[おもしろい] 有趣

41 前接形容動詞、形容詞的句型

本課將學習前接形容動詞、形容詞的句型，雖然就只有一個，但這個句型非常重要，學習時切勿掉以輕心。

41_1.MP3

跟著做就對了

…そうだ

根據對象的外觀來猜測是前述所形容的狀況時，所使用的句型，「看似…、好像…」的意思。

（參考本書第305頁）

如前所述，一般形容詞都是「只有詞幹 + そうだ」，但請注意兩個例外，當「いい（好）」套用此句型發生活用變化時，此時不僅詞幹的「い」會變成「よ」，詞尾的「い」還要變成「さ」再接「そうだ」，形成「よさそうだ（好像不錯）」才正確；另一個例外則是「無い[ない]（沒有）」，套用此句型時，也會變成「なさそうだ」才行。

スープ 湯
熱い[あつい] 熱、燙
ロッククライミング
攀岩
危険[きけん] 危險

このスープは熱そうです。　這個湯看起來很燙。

ロッククライミングは危険そうだ。　攀岩運動看起來很危險。

🌂 請試著用題中指定的兩個單字完成句尾為「…そうです。」的日語句子。

学生[がくせい] 學生

その学生, まじめ ▶

お菓子[おかし]
點心、零食
甘い[あまい] 甜
荷物[にもつ] 行李
重い[おもい] 重
人[ひと] 人
暇[ひま] 悠閒、空閒

このお菓子, 甘い　▶

その荷物, 重い　▶

あの人, 暇　▶

「…そうだ」的活用變化與形容動詞一樣。

～そうだ	看起來好像
～そうじゃない／そうではない	看起來不像
～そうだった	看起來好像（過去式）
～そうじゃなかった／そうではなかった	看起來不像（過去式）
～そうな	看似…的…
～そうに	像似…般地

不過，否定形除了「そうじゃない」跟「そうではない」之外，還有「なさそうだ」的表現方式。「なさそうだ」是否定形的「～ない」將詞尾「い」去除後改成「さ」再與「そうだ」連結所形成的表現。前與「形容詞」連接時，必須去掉形容詞的詞尾「い」再接「くなさそうだ」；與形容動詞連接時需以詞幹接「じゃなさそうだ」及「ではなさそうだ」。而否定形過去式也會變成「～なさそうだった」的形態。

「そうじゃない」、「そうではない」跟「なさそうだ」在語感上略有差異。舉例來說，若用中文解釋，「若そうじゃない」、「若そうではない」是「看起來不年輕、似乎不是年輕的」；而「若なさそうだ」則是「看起來（已經）有點年紀、似乎有點年紀」，請注意其中形容時的語感輕重差異。

アナウンサー 播報員
若い[わかい] 年輕
店員[てんいん] 店員
親切[しんせつ] 親切
店[みせ] 商店
忙しい[いそがしい] 忙
道具[どうぐ]
工具、器具
便利[べんり] 方便
出席者[しゅっせきしゃ]
出席者、參加者
多い[おおい] 多
御飯[ごはん] 飯
量[りょう] 量
十分[じゅうぶん]
足夠、充分

このアナウンサーはあまり若くなさそうです。
　　　　　　　　　　　這位播報員看起來好像不年輕了。

その店員は親切じゃなさそうだ。
　　　　　　　　　　　那位店員看起來好像不親切。

☂ 請試著用題中指定的單字及句子完成句尾為「…なさそうだ。」的日語句子。

そのお店, 忙しい　▶

この道具, 便利　▶

出席者, 多い　▶

御飯の量, 十分　▶

奠定實力 　請將下列句子翻成日語　　　　　　　　　　　　正確答案在本書第451頁。

這個湯看起來很燙。（…そうです。）

▶

那個人看起來很悠閒。（…そうだ。）

▶

這位播報員看起來不太年輕。（…なさそうだ。／…そうじゃ
ない。／…そうではない。）

▶

飯量看起來不足。（…なさそうです。／…そうじゃありませ
ん。／…そうではありません。）

▶

挑戰長文 　請試著先聆聽音檔來掌握內容，練習聽力。

41_2.MP3

レストランや食堂の前に食品サンプルがあります。食品サンプルを見れば、どんな料理か
がすぐわかります。本物そっくりで、とてもおいしそうな物もありますが、全然おいしく
なさそうな物もあります。食品サンプルを作る仕事も面白そうです。

食堂[しょくどう] 食堂　前[まえ] 前、前面　食品[しょくひん] 食品　サンプル 樣本、樣品　見る[みる] 看　料理[りょうり] 料理　本物[ほ
んもの] 實物　そっくり 一模一樣　物[もの] 東西、物品　全然[ぜんぜん] 完全　作る[つくる] 製作、製造　仕事[しごと] 工作　面白い
[おもしろい] 有趣

42 可接名詞和形容動詞、形容詞的句型

照著做就對了學習法

第一步 一定要先聽過音檔 第二步 一邊看書一邊學習 第三步 請再聽一次音檔

本課將學習前接名詞、形容動詞及形容詞的句型。一般來說，名詞跟形容動詞所接句型相同，而形容詞則獨樹一格，請好好整理這部分，對它多下點心思吧！

 42_1.MP3

跟著做就對了

急に[きゅうに]
突然、忽然
お金[おかね] 錢
必要[ひつよう] 必要
夜[よる] 晚上
外[そと] 外、外面
暗い[くらい] 暗

早起き[はやおき]
早起
習慣[しゅうかん] 習慣
顔[かお] 臉、面貌
丸い[まるい] 圓的
乗り換え[のりかえ]
轉乘
不便[ふべん] 不方便
お湯[おゆ] 熱水、開水

1. …になる、…くなる

本句型表示變化成某種狀態的句型，即「變得…」的意思。前面有提過名詞跟形容動詞的活用變化一般會相同，這個句型亦是如此。

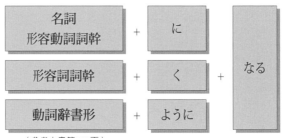

名詞 形容動詞詞幹	+	に		
形容詞詞幹	+	く	+	なる
動詞辭書形	+	ように		

（參考本書第317頁）

急にお金が必要になりました。　　突然變得需要錢了。

夜になって、外が暗くなった。　　到了晚上，外面就變黑了。

 請試著用下列題中的單字完成句尾為「…に（く）なった。」的日語句子。

早起き, 習慣 ▶

顔, 丸い ▶

乗り換え, 不便 ▶

お湯, ぬるい ▶

二十歳[はたち/にじゅっさい] 20歳
駅[えき] 車站
建物[たてもの] 建築物
立派[りっぱ]
優秀、傑出

いとこ, 二十歳　▶

駅の建物, 立派　▶

● 「二十歳」可讀作「はたち」，也可讀作「にじゅっさい」，但一般來説大多還是讀作「はたち」。在日本，滿20歳就算是成年人了。

2. …にする、…くする

將前面所學的句型「…になる、…くなる（變得…）」中的「なる」改成「する」後，就形成了表示「（人為的）使…變成…」的句型。再次強調「…になる、…くなる」是表示自然的變化結果，而「…にする、…くする」則是受人為影響而轉變。

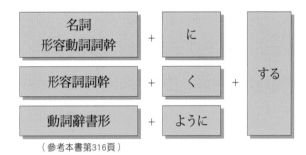

（參考本書第316頁）

本[ほん] 書
利用[りよう] 利用
自由[じゆう] 自由
歯磨き[はみがき] 牙膏
歯[は] 牙齒
白い[しろい] 白

本の利用を自由にしました。讓書可以自由借閱了。
この歯磨きは歯を白くする。這個牙膏能讓牙齒變白。

稍等一下！

刷牙的粉？

「牙膏」的日語是「歯磨き粉[はみがきこ]」，而「歯磨き粉」的「粉[こ]」表示「粉、粉末」，所以提起牙膏時常會省略此字，直接説「歯磨き[はみがき]」。日本早期的牙膏是粉末狀的，所以單字中才會出現「粉」字。但由於現在的牙膏已經不是粉末狀了，所以自然就會有將「粉」字省略的狀況。但即使如此，「歯磨き粉」一詞仍未走入歷史，還是很多人在使用的。日語的「粉」表示「粉、粉末」，單獨使用時則讀作「[こな]」。

請試著用下列題中的單字完成句尾為「…に（く）します。」的日語句子。

飲み物[のみもの] 飲料
冷たい[つめたい]
冷、寒冷
川[かわ] 河川
息子[むすこ] 兒子
警官[けいかん]
警察、警官
問題[もんだい] 問題
複雑[ふくざつ] 複雑
話[はなし] 談論、事
足[あし] 腳、腿
細い[ほそい] 細、纖細

飲み物, 冷たい	▶
川, きれい	▶
息子, 警官	▶
問題, 複雑	▶
その話, ドラマ	▶
足, 細い	▶

● 「腳」和「腿」都可用平假名「あし」表示，但也可分別用不同的日文漢字「脚
[あし]」和「足[あし]」表示。

3. …すぎる

「…すぎる」表示「過於…、太…」之意，也可用日文漢字「過
ぎる」表記。

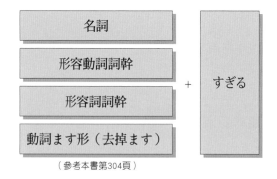

（參考本書第304頁）

但形容詞中的「無い[ない]」和「いい（好）」是例外情況，搭配
此句型時分別會變成「無さすぎる」和「よすぎる」。

手紙[てがみ] 信、書信
文章[ぶんしょう] 文章
丁寧[ねいてい]
恭敬、鄭重
両親[りょうしん]
父母、雙親
考え[かんがえ]
思考、想法
古い[ふるい]
迂腐、老舊

この手紙の文章は丁寧すぎます。

　　　　　　　　　　　　　　這封信的內文（文章段落）過於恭敬。

両親は考えが古すぎる。　　父母親的想法過於迂腐。

● 「考えが古い[かんがえがふるい]」直譯為「想法老舊了」，用來表示過時迂腐、非
新世代的想法。

部屋[へや] 房間
狭い[せまい] 狹窄、窄
人[ひと] 人
子供[こども] 小孩
試合[しあい] 比賽
危険[きけん] 危險
腕[うで] 手臂
太い[ふとい] 粗
学生[がくせい] 學生
100人[ひゃくにん]
100名
大勢[おおぜい]
眾多的人
問題[もんだい] 問題
簡単[かんたん] 簡單

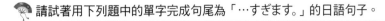 請試著用下列題中的單字完成句尾為「…すぎます。」的日語句子。

この部屋, 狭い ▶

その人, 子供 ▶

この試合, 危険 ▶

私の腕, 太い ▶

学生100人, 大勢 ▶

この問題, 簡単 ▶

4. …でも、…ても

「…でも」和「…ても」是由「て形」和助詞「も」組合而成，表示「即使…也…」的意思。

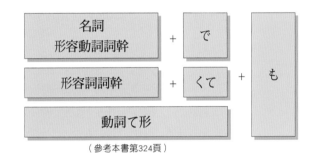

名詞 形容動詞詞幹	+	で		
形容詞詞幹	+	くて	+	も
動詞て形				

(參考本書第324頁)

漫画[まんが] 漫畫
勉強[べんきょう] 讀書
役に立つ[やくにたつ]
有幫助、有益
物[もの] 東西、物品
字[じ] 字、文字
汚い[きたない] 髒
読む[よむ] 讀、閱讀

漫画でも勉強に役に立つ物もあります。

　　　　　　　　　即使是漫畫，也有一些是對讀書有益的。

字は汚くても読めればいい。

　　　　　　　　　就算字跡潦草難看，能讀就行了。

オートバイ 摩托車
昼間[ひるま] 白天
ライト 燈、光、照明
田舎[いなか]
郷下、農村
生活[せいかつ] 生活
不便[ふべん] 不便
静か[しずか] 安靜
体[からだ] 身體
小さい[ちいさい] 小
力[ちから] 力量、力氣
強い[つよい] 強
言う[いう] 說
事[こと] 事、事情
立派[りっぱ] 優秀
全然[ぜんぜん] 完全
違う[ちがう] 不同

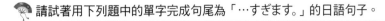 請試著用下列題中的單字完成「…でも、…ても」的日語句子。（除了最後一句是句尾為否定形的常體表現之外，其他句請使用肯定形常體表現）

オートバイ, 昼間, ライトをつける

▶

田舎の生活, 不便, 静かでいい

▶

体, 小さい, 力は強い ▶

言う事, 立派, やる事は全然違う ▶

日本[にほん] 日本
近い[ちかい] 近
遠い[とおい] 遠
国[くに] 國
男の人[おとこのひと]
男人
力[ちから] 力量、力氣
開く[あく] 開、打開

日本, 近い, 遠い国　▶

このドア, 男の人の力, 開く　▶

● 提到「オートバイ（摩托車）」時，日語會常用其縮寫「バイク」一詞。在日本，為了安全起見，因此在交通法規裡明訂，摩托車即使在白天行駛時，也必須要打開車燈。

● 之前有提過「白天」的日語是「昼[ひる]」。而這裡出現的「昼間[ひるま]」與「昼[ひる]」的語意相同。但單單提到白天中午12點左右的時間點，只能用「昼[ひる]」。另外，「昼[ひる]」也能用來暗示「午餐」。

對話雙方為平輩的狀況下，也常用「だって」、「たって」來取代「でも」、「ても」。

漫画だって勉強に役に立つ物もあります。

即使是漫畫，也有一些是對讀書有益的。

字は汚くたって読めればいい。

就算字跡潦草難看，能讀就行了。

5. …なくて

將否定形「ない」的「い」換成「くて」，再變成「なくて」的話，可用來表示「因為不…，所以…」的意思。這個句型可以同時表示肯定形和過去式，請根據前後文意來判斷是何種時態。

（參考本書第278頁）

重い[おもい] 重
病気[びょうき]
病、疾病
安心[あんしん] 放心
ホラー 恐怖、戰慄
映画[えいが] 電影
怖い[こわい]
恐怖、可怕
面白い[おもしろい]
有趣

● 名詞與形容動詞搭配此句型時，除了「…じゃなくて」之外，也可用…「ではなくて」或「でなくて」來表現。

重い病気じゃなくて、安心しました。

因為不是重病，所以放心了。

そのホラー映画は怖くなくて、面白くなかった。

因為那部恐怖電影不可怕，因此感到很無聊。

◉「重い病気[おもいびょうき]」表示「嚴重的病、重病」之意。

🌂 請試著用下列題中的單字及句子完成「…なくて」的日語句子。（請依各題目的形態改成敬體表現）

卒業式, 20日, 21日　▶

公園のトイレ, きれい, 嫌　▶

このビール、苦い、おいしい　▶

夕べ, 眠い, 全然寝なかった　▶

私の仕事, 輸入管理, 輸出管理　▶

娘, 体が丈夫, 心配　▶

◉「20日」讀作「はつか」，之前出現過的二十歲（20歲）則讀作「はたち」，看起來有點像，請注意不要搞混囉！

6. …なければ ならない／いけない／だめだ
　…なくては ならない／いけない／だめだ
　…ないと いけない／だめだ

表示「不是…的話，就不行…」，即「一定要是…才行」的日語句型多元，相當多樣化。歸納起來，句型的前半部分成「…なければ」、「…なくては」和「…ないと」這三種，句型的後半部分成「ならない、いけない、だめだ」這三種。

注意中文我們常會表達「一定要做…」的句型，但日語幾乎都是「沒做…的話（否定），不行（否定）」這種雙重否定的句型。日本人有話不直說的民族天性，亦可從這種句型中窺知一二。

同樣一句話，卻可用那麼多種方式來表達，你們一定很好奇這些句型有什麼差別吧？這幾個句型在語意上確實有些微差異，首先以句型的前半部「…なければ」、「…なくては」和「…ないと」來看，其中的「…ないと」比另外兩個更為口語化。若以句型的後半部「ならない、いけない、だめだ」來看，則屬「だめだ」最為口語化。

卒業式[そつぎょうしき] 畢業典禮
20日[はつか] 20號
21日[にじゅういちにち] 21號
公園[こうえん] 公園
トイレ 廁所
嫌[いや] 討厭
ビール 啤酒
苦い[にがい] 苦
夕べ[ゆうべ] 昨晚
眠い[ねむい] 睏、想睡
全然[ぜんぜん] 完全
寝る[ねる] 就寢
仕事[しごと] 工作
輸入[ゆにゅう] 進口
管理[かんり] 管理
輸出[ゆしゅつ] 出口
娘[むすめ] 女兒
体[からだ] 身體
丈夫[じょうぶ] 結實、健康
心配[しんぱい] 擔心

就「ならない」和「いけない」來說，「ならない」較不帶個人意志，用來客觀描述，如法律、規定、習慣、常識…等層面，即基於義務或需求性而必須做的事情，所以「ならない」常用於描述一般情況或以第三人稱為主詞的語句中。相較之下，「いけない」則帶有較強的主觀意識，用來表達說話者的主觀認知下必須做的事情。「だめだ」的語意跟「いけない」相同，但較為口語化。雖然這些句型中存在上述差異，但並沒有明確的劃分標準。

句型太多而難以一口氣全背下來的話，請先背熟其中的「…なければ ならない／いけない」和「…なくては ならない／いけない」吧！因為很多基礎的日語文法課程只會提到這四種句型，因此這部分是基本要先了解的。也就是說，先記住句型的前半部為「…なければ」和「…なくては」，後半部為「ならない」和「いけない」，再雙雙靈活地搭配組合就行了。本書也只針對這四種句型進行說明和練習。

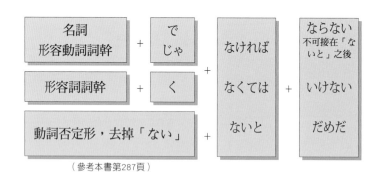

（參考本書第287頁）

●強調，「…ないと」後面不能接「ならない」。

名詞和形容動詞為後接「で」或「じゃ」。因為「で」的使用比較重要，所以句型練習部分只使用「で」。

メンバー 成員
30%[さんじゅっパーセント] 30%
女性[じょせい] 女性
勉強[べんきょう] 用功、念書
面白い[おもしろい] 有趣
保証人[ほしょうにん] 保證人
日本人[にほんじん] 日本人
食べ物[たべもの] 食物
安全[あんぜん] 安全
パイロット 飛行員、駕駛員
目[め] 眼睛
睡眠[すいみん] 睡眠
時間[じかん] 時間
6時間[ろくじかん] 6小時
以上[いじょう] 以上
選手[せんしゅ] 選手
体[からだ] 身體
丈夫[じょうぶ] 結實、健康
お年寄り[おとしより] 老人
部屋[へや] 房間
暖かい[あたたかい] 溫暖

メンバーの30%は女性でなければなりません。

30%的成員一定要是女性才行。

勉強は面白くなくてはいけない。讀書一定要有趣才行。

🐕 請試著用下列題中的單字及句子完成「…なければならない。」和「…なくてはならない。」的日語句子。（請使用常體表現）

保証人，日本人 ▶

食べ物は安全 ▶

パイロットは目がいい ▶

🐕 請試著用下列題中的單字及句子完成「…なければいけません。」和「…なくてはいけません。」的日語句子。（請使用敬體表現）

睡眠時間は6時間以上 ▶

スポーツ選手は体が丈夫 ▶

お年寄りの部屋は暖かい ▶

對話雙方的地位及年紀相仿的情況下，也常用「…なきゃ」、「…なけりゃ」（這兩者是口語的表現）來取代「…なければ」。用「…なくちゃ」（口語表現）來取代「…なくては」。有時也會使用「なくっちゃ」代替「なくちゃ」，表示強調。此句型有時省略後半部的「ならない」、「いけない」和「だめだ」。

メンバーの30%は女性でなきゃなりません。

30%的成員一定要是女性才行。

勉強は面白くなくちゃいけない。讀書一定要有趣才行。

稍等一下！

該如何用日語稱呼「老人」呢？

前面出現過「お年寄り[おとしより]（老人）」這個單字。這個單字是在「年寄り[としより]（老人）」的前面加上「お」組成的。「年寄り」加上「お」的話，就會感到對老人尊敬的稱呼。此外，還有另一個日語單字是「老人[ろうじん]」，這個詞本身比較生硬之外，也含帶有部分像「老頭」還樣的負面語意在。所以當要提到「老人」時，請記得用「お年寄り」比較妥當。在書面提到「老人」時，還有一個更文謅謅的用語為「高齢者[こうれいしゃ]（長者）」。書面體時用「高齡者」是最妥當的。

食べ物は安全じゃなきゃ。　　食物一定要安全（才行）。

お年寄りの部屋は暖かくなくちゃ。

老人的房間一定要溫暖（才行）。

7. …まま

「…まま」是用來描述前述的狀態一直維持不變的意思，即「一直是…的狀態」。

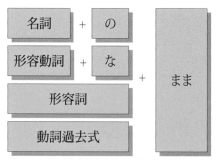

（參考本書第355頁）

久しぶりに会った友達は昔のままでした。

好久不見的朋友還是老樣子。

原田さんからはずっと連絡がないままだ。

一直沒接到原田先生的聯繫。

🔔 請試著用下列題中的單字及句子完成句尾為「…ままだ。」的日語句子。

カレンダーが1月　▶

そこは今も不便　▶

靴がまだ新しい　▶

カップのお湯は熱い　▶

気温はマイナス　▶

この川の水はきれい　▶

久しぶりに[ひさしぶりに] 隔了好久
会う[あう] 見
友達[ともだち] 朋友
昔[むかし] 以前
ずっと 一直、始終
連絡[れんらく]
聯絡、聯繫

1月[いちがつ] 1月
今[いま] 現在
不便[ふべん] 不便
靴[くつ] 鞋子
新しい[あたらしい] 新
お湯[おゆ] 開水、熱水
熱い[あつい] 熱、燙
気温[きおん] 氣溫
マイナス 負、零下
川[かわ] 河川
水[みず] 水

8. ⋯たり⋯たりする

通常在兩組狀態、動作的常體過去式後面加上「り」，形成「⋯たり⋯たりする」的話，即可用來表示「有時⋯有時⋯」、「或⋯或⋯」的列舉句型。

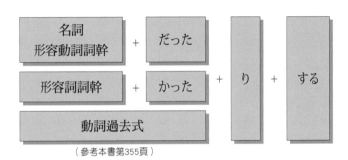

（參考本書第355頁）

祖母は起きる時間が5時だったり8時だったりします。

奶奶的起床時間有時是5點，有時是8點。

この季節は暑かったり寒かったりする。

這個季節忽冷忽熱。

請試著用下列題中的單字及句子完成句尾為「⋯たり⋯たりします。」的日語句子。

アルバイトの学生は男の子, 女の子　▶

今の仕事は暇, 忙しい　▶

私の成績はいい, 悪い　▶

上の家は賑やか, 静か　▶

御飯の量が多い, 少ない　▶

料理をする人はお母さん, お父さん　▶

祖母[そぼ] 奶奶
起きる[おきる] 起床
時間[じかん] 時間
5時[ごじ] 5點
8時[はちじ] 8點
季節[きせつ] 季節
暑い[あつい] 熱
寒い[さむい] 冷

学生[がくせい] 學生
男の子[おとこのこ]
男孩子
女の子[おんなのこ]
女孩子
今[いま] 現在
仕事[しごと] 工作
暇 [ひま] 悠閒、空閒
忙しい[いそがしい]
忙、忙碌
成績[せいせき] 成績
悪い[わるい] 壞、不好
上[うえ] 上、上面
家[いえ] 家、房屋
賑やか [にぎやか]
繁榮、熱鬧
静か[しずか] 安靜
御飯[ごはん] 飯
量[りょう] 量
多い[おおい] 多
少ない[すくない] 少
料理[りょうり] 料理
人[ひと] 人
お母さん[おかあさん]
母親
お父さん[おとうさん]
父親

到了夜裡外面就變黑了。（…くなりました。結尾句型）

▶

────────────────────────────

轉乘變得不方便了。（…になった。結尾句型）

▶

────────────────────────────

這個牙膏讓牙齒變白。（…くします。結尾句型）

▶

────────────────────────────

那個人讓兒子當警察了。（…にした。結尾句型）

▶

────────────────────────────

父母親的想法過於迂腐。（…すぎます。結尾句型）

▶

────────────────────────────

這個問題過於簡單。（…すぎる。結尾句型）

▶

────────────────────────────

即使是漫畫，也有些是對讀書有益。（でも…）（肯定形的敬體表現）

▶

────────────────────────────

即使個頭小，力氣卻很大。（ても…）（肯定形的常體表現）

▶

────────────────────────────

不是嚴重的病，所以放心了。（…なくて）（過去式的敬體表現）

▶

昨天晚上不睏，所以完全沒睡。（…なくて）（過去式的常體表現）

▶

成員（裡）的30%必須是女性才行。（…でなければならない。／…でなくてはならない。／…でなければいけない。／…でなくてはいけない。結尾句型）

▶

好久不見的朋友還是老樣子都沒變。（…ままでした。結尾句型）

▶

那裡到現在仍舊是不方便。（…ままだ。結尾句型）

▶

奶奶的起床時間有時是5點，有時是8點。（…たり…たりします。結尾句型）

▶

現在的工作時而忙碌時而悠閒。（…たり…たりする。結尾句型）

▶

42_2.MP3

私は今年、二十歳になった。でも、背が低すぎるために、よく中学生と間違われる。私の友達は背が高すぎるために、彼氏がなかなかできない。背は高くても低くてもあまりよくない。

今年[ことし] 今年　二十歳[はたち/にじゅっさい] 20歳　背[せ] 身高　低い[ひくい] 矮、低　中学生[ちゅうがくせい] 國中生　間違う[まちがう] 弄錯、搞錯　友達[ともだち] 朋友　高い[たかい] 高、昂貴　彼氏[かれし] 男朋友

◉二十歳讀作「はたち」，也可讀作「にじゅっさい」。

順帶一提！

「沒做…的話，不行（一定要做…才行）」的另一種句型

　　前述句型「沒做…的話，不行（一定要做…才行）」這麼一大長篇的內容，有時也會將「なければ」換成「ねば」，將「ならない」換成「ならぬ」來使用，但這屬於聽起來非常文謅謅的句型。另外，有時也會將「ならぬ」換成較為口語化的「ならん」，或是用「いかん」取代「いけない」，不過這兩種都略帶復古感和歐吉桑的口吻。

02節

動詞活用形之運用

將動詞的基本活用變化再進一步活用的話,能表達的語意也更加多樣化。光基本的活用變化就夠複雜了,現在又要再活用變化一次,聽起來應該會讓學習者感到頭痛。但為了讓大家學得更輕鬆一點,我將相同活用變化的部分整理出來一併講解,按照本書編排學習的話,就能自然而然地朗朗上口。

43 連接動詞的句型－否定形

照著做就對了學習法

第一步 一定要先聽過音檔　第二步 一邊看書一邊學習　第三步 請再聽一次音檔

本課收錄整理了連接動詞否定形的句型。如果不太記得動詞否定形的形成方式，請先翻當本書第52頁、59頁、60頁和71頁重新複習一次，然後再開始看本課。

43_1.MP3

跟著做就對了

1. …なくて

動詞否定形後面去掉「い」加上「くて」變成「なくて」的話，可用來表示「因為沒…，所以…」或「沒…，而…（並列）」的意思。雖然需要根據前後文意來判斷其語意，但大多是表示「因為沒…，所以…」之意。

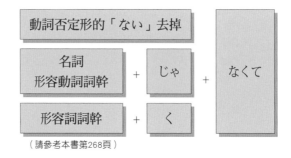

（請參考本書第268頁）

目覚まし時計[めざましどけい] 鬧鐘
鳴る[なる] 鳴、響
寝坊[ねぼう] 賴床
来る[くる] 來

目覚まし時計が鳴らなくて、寝坊しました。

因為鬧鐘沒響，所以睡過頭了。

池田さんは来なくて、橋本さんは来た。

池田先生沒來，而橋本先生來了。

請試著用下列題中的單字及句子完成「…なくて」的日語句子。（除了第4題句尾為肯定形的常體表現之外，其他的都是過去式的常體表現）

病気[びょうき]
病、疾病
入院[にゅういん] 住院

病気がよくなる, 入院する ▶

お金[おかね] 錢
払う[はらう] 支付
スクリーン 投影布幕
見える[みえる] 看得到
困る[こまる] 困擾
故障[こしょう]
故障、壊掉

お金がある, 払える　▶

スクリーンが見える, 困る　▶

このパソコンは故障する, いい　▶

● 「ある（有）」是不規則動詞，請留意其特殊的活用變化。

2. …ないで

動詞否定形後面加上可以表明原因的「で」變成「ないで」的話，可用來表示「沒做…就（而）…」，雖然有時也能表示「因為沒做…所以…」，但大多是表示「沒做…就（而）…」的字義。

料理[りょうり] 料理
鳥肉[とりにく] 雞肉
使う[つかう] 使用
豚肉[ぶたにく] 豬肉
朝御飯[あさごはん]
早餐、早飯
食べる[たべる] 吃
来る[くる] 來

私はこの料理に鳥肉を使わないで、豚肉を使います。
我這道料理不使用雞肉，而是使用豬肉。

朝御飯を食べないで来ました。　我沒吃早餐就來了。

● 「鳥肉[とりにく]（雞肉）」也常用日文漢字「鶏肉」表記。「鳥[とり]」雖然是鳥的總稱，但一般日語在講到「鳥肉」時，都不是指的「鳥的肉」，而是指「雞肉」。

請試著用下列題中的單字及句子完成「…なくで」的日語句子。（句尾請改成過去式的敬體表現）

この仕事は山下さんに頼む, 石川さんに頼んだ

▶

仕事[しごと] 工作
山下[やました]
（日本姓氏）山下
頼む[たのむ]
委託、請求
石川[いしかわ]
（日本姓氏）石川
眼鏡[めがね] 眼鏡
コンタクト 隱形眼鏡
帽子[ぼうし] 帽子
遠慮[えんりょ]
推辭、謝絕
食べる[たべる] 吃

眼鏡をかける, コンタクトをする　▶

帽子をかぶる, ゴルフをする　▶

遠慮する, たくさん食べる　▶

● 「コンタクト（隱形眼鏡，contact lens）」是「コンタクトレンズ」的縮寫。

很多人都容易搞混「…なくて」和「…ないで」這兩個句型，所以在此先稍作整理。

「…なくて」可連接名詞、形容詞和動詞，但「…ないで」只能連接動詞。

「…ないで」在句中闡述原因的「因為沒…，所以…」時，大部分可以用「…なくて」替換。而「…ないで」在句中語意為「沒做…，就…」時，不可用「…なくて」替換。雖然還可能遇見不同的情況，然而在大多數情況下，只要記得「…なくて」表示「因為沒…，所以…」，「…ないで」表示「沒做…，就（而）…」的話，就不會有太大問題。

3. …ずに

將動詞否定形的「ない」去除，再加上「ずに」的話，就形成表示「沒做…就做了…」的句型，但動詞是「する（做）」時記得要改成「せずに」。這個句型的語意跟「…ないで」幾乎相同，兩者最大的差異在於「…ずに」不可用來表示原因、理由。除此之外，「…ずに」偏書面語，所以日常生活中一般還是常使用「…ないで」。

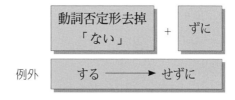

どこにも寄らずに帰りました。

　　　　　　　　　　　　　　　沒順道繞去其它地方就回家了。

夕べはシャワーを浴びずに寝た。　昨天沒淋浴就睡了。

請試著用下列題中的單字及句子完成「…ずに」的日語句子。（句尾請使用肯定形的常體表現）

写真の質を落とす, 拡大する　▶

雨の中を、傘をさす, 歩く　▶

約束する, 友達のうちに行く　▶

4. …ないでください

當動詞否定形後面先加上「で」，再接「ください（請…）」而形成「…ないでください」的話，就形成表示「請不要做…」的句型。當用於不需要使用敬體的場合時，只要去掉「ください」變回一般的否定形加上「で」就行了。可請翻到本書第342頁，同

寄る[よる]
順便去、順路去
帰る[かえる]
回家、回去、回來
夕べ[ゆうべ] 昨晚
浴びる[あびる] 潑、澆
寝る[ねる] 就寢

写真[しゃしん] 照片
質[しつ] 品質
落とす[おとす]
使…落下
拡大[かくだい] 擴大
雨[あめ] 雨
中[なか] 內、中、裡面
傘[かさ] 雨傘
歩く[あるく] 走
約束[やくそく] 約定
友達[ともだち] 朋友
行く[いく] 去

時學習「動詞て形＋ください」（請做…）句型。

$$\boxed{動詞否定形} + \boxed{で} + \boxed{ください}$$

壁にポスターを貼らないでください。　請不要在牆上貼海報。

中島さんをいじめないで。　請不要欺負中島先生。

☂ 請試著用下列題中的單字及句子完成「…ないでください。」的日語句子。

そんなに驚く ▶

心配をかける ▶

そばに来る ▶

◉ 「そば（側、旁邊）」常表記日文漢字「側」，但有時候也會以「傍」來表記。

◉ 「心配をかける[しんぱいをかける]」表示「讓人擔心」。

5. …ない方がいい[ないほうがいい]

動詞否定形後面加上「方がいい[ほうがいい]」，即形成表示勸諫的「最好不要做…」的句型。「方がいい」的結構是由「方[ほう]」，再加上「が（主格助詞）」和「いい」（好）所組成。其意義是表示「那一方的「方」、方面、方向」。此句型中大多不寫日文漢字，而是用平假名「…ほうがいい」來表示。請翻到本書第356頁，同時學習「動詞過去式＋方がいい（最好…）」的句型。

$$\boxed{動詞否定形} + \boxed{方がいい}$$

この道は夜通らない方がいいです。
　　　　　　　　　　　　晚上最好不要經過這條路。

ゴールデンウィークの日光には来ない方がいい。
　　　　　　　　　　　　黃金週連假期間最好別來日光。

☂ 請試著用下列題中的句子完成句尾為「…ない方がいい。」的日語句子。

この虫を触る ▶

仕事を辞める ▶

今度の飲み会には出席する ▶

左欄生字：

壁[かべ] 壁、牆壁
貼る[はる]
貼、黏、附著

驚く[おどろく]
吃驚、驚訝
心配[しんぱい] 擔心
来る[くる] 來

道[みち] 道路、路
夜[よる] 夜晚、晚上
通る[とおる]
通過、穿越
ゴールデンウィーク
黃金週連假
日光[にっこう]
（地名・知名觀光景點）日光
来る[くる] 來

虫[むし] 昆蟲
触る[さわる] 摸、觸碰
仕事[しごと] 工作
辞める[やめる] 辭職
今度[こんど]
這次、下次
飲み会[のみかい]
酒席、同事朋友間喝酒的聚會、飲酒會。
出席[しゅっせき]
出席、到場

6. …ないつもりだ

動詞否定形後面加上「つもり」，即形成表示「沒有打算做…」的句型。請翻到本書第312頁，同時學習「動詞辭書形 + つもりだ（打算做…）」句型。

動詞否定形 + つもりだ

日本概述

日本的黃金週連假

相信很多人都聽說過日本有一個名叫「ゴールデンウィーク（Golden Week，黃金週）」的連續假期，常簡稱為GW。這個連續假期介於4月29日到5月5日之間（中間可能包含非假日，但這七天內一定會有連休），如果假期前、後有遇見週末，就會變得更長。

大家都知道日本是少數至今仍有皇室存在的東亞國家，且日本人對於天皇相當地敬重，故天皇的生日自然被政府指定為假日，定名為「**天皇誕生日[てんのうたんじょうび]**」。天皇誕辰日是一個會依在位天皇的不同而浮動的假日。上一代的明仁天皇於2019年退位，並由德仁皇太子繼承皇位，故2019年的天皇誕生日仍在12月23日（假日。明仁天皇的生日），而隔年將會轉移到2月23日（假日。德仁皇太子的生日），而2020年的12月23日將不再是假日。在昭和時代，為了因應昭和天皇的生日，故4月29日到1988年為止都是國定假。而在天皇誕辰日結束後，自2007年起，4月29日改頭換面變成了「**昭和の日[しょうわのひ]**（昭和之日）」，也得以繼續放假。另外在黃金週裡還有幾個重要的節日則是5月3日的「**憲法記念日[けんぽうきねんび]**（行憲紀念日）」，5月4日是感謝大自然恩惠的「**みどりの日**（綠之日）」，5月5日則是「**こどもの日[こどものひ]**（兒童節）」。而5月1日是May day（國際勞動節），有些公司則會依情況自行放假。

除此之外，日本還有著名為「**振替休日[ふりかえきゅうじつ]**」（補休）制度，所以國定假日遇見星期天的話，星期一會補假，但若星期一原本也剛好是假日的話，補假就會取消。所以日本在2005年修改了國定假日法，國定假日遇見星期天的話，則前後的平日擇一改成假日。2008年的5月4日「みどりの日」是星期天，隔天5月5日星期一是「こどもの日」，本來就放假，所以訂定5月6日星期二為假日，當年那是日本首次以非星期一來進行補假。

◉「昭和[しょうわ]」是日本從1926年到1989年為止所使用的年號；「平成[へいせい]」是日本從1989年到2019年為止所使用的年號；而2019年適逢明仁天皇退位，並由德仁皇太子繼位天皇，訂新年號為「令和[れいわ]」，故「令和」為日本現在在位天皇的年號，並持續地使用中。

今日[きょう] 今天
帰る[かえる]
回家、回去、回來
人[ひと] 人
比べる[くらべる]
比、比較

吸う[すう]
抽（菸）、吸
今度[こんど]
這次、下次
日曜日[にちようび]
星期天
出掛ける[でかける]
外出、出門
娘[むすめ] 女兒
仕事[しごと] 工作

母[はは] 母親
朝[あさ] 早上
早く[はやく]
提早、早早
起こす[おこす] 叫醒
頼む[たのむ]
請求、委託
遅れる[おくれる]
遲、慢
言う[いう] 說

以上[いじょう] 以上
太る[ふとる] 發胖
注意[ちゅうい]
注意、留意
試合[しあい] 比賽
負ける[まける] 輸、敗
祈る[いのる] 祈禱
来週[らいしゅう] 下週
授業[じゅぎょう]
授課、上課
来る[くる] 來
伝える[つたえる] 轉達

昨日[きのう] 昨天
飲む[のむ] 喝
明日[あした] 明天
なるべく 儘量、盡可能
見る[みる] 看

今日はうちに帰らないつもりです。　今天不打算回家。

ほかの人と比べないつもりだ。　不打算跟別人比較。

🌂 請試著用下列題中的句子完成句尾為「…ないつもりです。」的日語句子。

これからは、たばこを吸う　▶

今度の日曜日は出掛ける　▶

娘には仕事をさせる　▶

7. …ないよう（に）

動詞否定形後面加上「ないよう（に）」，即形成表示「為了不…」的句型。這個句型在省略掉後面的助詞「に」時，語氣會變得生硬。此句型後面加上「する（做）、なる（變成）」…等用語的話，會形成另一種句型，請注意它們的不同句。請翻到本書第316頁，同時學習「動詞辭書形＋ように（為了…）」句型。

$$\boxed{\text{動詞否定形}} + \boxed{\text{よう(に)}}$$

母に朝早く起こさないように頼みました。

要母親別一大早就弄醒我（為了不要一大早就被弄醒而拜託了母親）。

遅れないように言われた。

要我不要遲到（為了不要我遲到，有人提醒了）。

🌂 請試著用下列題中的句子完成「…ないよう(に)」的日語句子。（請依題目的形態，使用過去式的常體表現）

これ以上太る, 注意される　▶

試合に負ける, 祈る　▶

来週は授業に来る, 伝える　▶

「…ないように」後面加上「する」的話，就變成了「注意或努力不要…（為了避免發生前述事項而努力）」。

昨日は飲みすぎないようにしました。

昨天已努力避免喝太多了。

明日からなるべくテレビを見ないようにする。

明天起努力不要看電視。

電車[でんしゃ] 電車
座る[すわる] 坐、坐下
甘い[あまい] 甜
物[もの] 東西
食べる[たべる] 吃
眠い[ねむい] 睏、想睡
時[とき] 時
運転[うんてん]
運行、開車

この頃[このごろ]
最近、近來
山[やま] 山
登る[のぼる]
上升、攀登
日本語[にほんご]
日語、日文
間違える[まちがえる]
搞錯、弄錯

藤田[ふじた]
（日本姓氏）藤田
怒る[おこる]
生氣、發火
耳[みみ] 耳朵
聞こえる[きこえる]
聽得到
息子[むすこ] 兒子

☂ 請試著用下列題中的句子完成句尾為「…ないようにします。」的日語句子。

電車ではなるべく座る ▶

甘い物はなるべく食べる ▶

眠い時は運転する ▶

有別於剛剛的「…ないようにする」，當「…ないように」後面加上「なる」的話，表示「變得不能…了（非人為意志，為動作上的自然演變）」。

この頃、山に登らないようになりました。

最近變得不爬山了。

キムさんは日本語を間違えないようになった。

金先生變得不會用錯日文了。

☂ 請試著用下列題中的句子完成句尾為「…ないようになった。」的日語句子。

藤田さんはずいぶん怒る ▶

耳がよく聞こえる ▶

息子はゲームをする ▶

「…ないようになる」還有一個同義的表現為「…なくなる」。但一般還是比較常用「…ないようになる」。

この頃、山に登らなくなりました。　　最近變得不爬山了。

キムさんは日本語を間違えなくなった。

金先生變得不會用錯日文了。

☂ 請試著用下列題中的句子完成「…なくなりました。」的日語句子。（請改成過去式的敬體表現）

藤田さんはずいぶん怒る ▶

耳がよく聞こえる ▶

息子はゲームをする ▶

8. …ないことがある

動詞否定形後面加上「ことがある」，即形成表示「曾有過無法…」的句型。可請翻到本書第313頁，同時學習「動詞辭書形＋ことがある（曾有過…的事）」句型。

お金[おかね] 錢
済む[すむ] 解決
土曜日[どようび] 星期六

| 動詞否定形 | ＋ | ことがある |

お金で済まないことがあります。 曾有過用錢無法解決的事。

土曜日はうちにいないことがある。曾有過星期六不在家的時候。

🌂 請試著用下列題中的句子完成句尾為「…ないことがある。」的日語句子。

講義[こうぎ] 課程
出席[しゅっせき]
出席、到場
取る[とる] 點（名）
部屋[へや] 房間
電気[でんき] 電、電燈
時々[ときどき] 常常
家[いえ] 家、房子
掃除[そうじ] 打掃

この講義は出席を取る ▶

この部屋の電気は時々つく ▶

私は家の掃除をする ▶

9. …ないことになる

動詞否定形後面加上「ことになる」，即形成表示「（因外在因素而）變成確定不…」或「（因外在因素而）變成不…的狀態」的句型。可請翻到本書第314頁，同時學習「動詞辭書形＋ことになる（（因外在因素而）變成確定…」的句型。

| 動詞否定形 | ＋ | ことになる |

お弁当[おべんとう]
便當
要る[いる] 要
ダム 水庫、水壩
手術[しゅじゅつ] 手術
できる 做出、建成

お弁当が要らないことになりました。 不需要便當了。

ここにダムができないことになった。 這裡不會有水庫了。

🦟 請試著用下列題中的句子完成句尾為「…ないことになりました。」的日語句子。

行う[おこなう]
進行、執行
二人[ふたり] 兩人
別れる[わかれる]
離別、分手
石井[いしい]
（日本姓氏）石井
来る[くる] 來

手術を行う ▶

二人は別れる ▶

石井さんは来る ▶

10. …ないことにする

動詞否定形後面加上「ことにする」，即形成描述「（因個人意志而）決定不（要）…」的句型。此句型與「…ないことになる」的不同之處在於句中表現出主語的個人意志。可請翻到本書第314頁，同時學習「動詞辭書形＋ことにする（（因個人意志而）決定（要）…）」句型。

動詞否定形	＋	ことにする

うちでは靴下を履かないことにしました。

> 我決定要在家裡不穿襪子了。

これからは嫌なことから逃げないことにした。

> 我決定往後要不逃避討厭的事了。

☂ 請試著用下列題中的句子完成句尾為「…ないことにする。」的日語句子。

人の物は盗む ▶

ブログのデザインを変える ▶

課長の意見に反対する ▶

靴下[くつした] 襪子
履く[はく]
穿（下半身衣物）
嫌[いや] 討厭
逃げる[にげる]
逃、逃走

人[ひと] 人
物[もの] 物品、東西
盗む[ぬすむ] 偷、盜竊
変える[かえる] 變更
課長[かちょう] 課長
意見[いけん]
意見、見解
反対[はんたい] 反對

11. …なくてもいい／構わない[かまわない]

這兩組句型，只要將動詞否定形的「ない」換成「なくて」，再加上「も」，即形成表示「即使不做…也…」的句型，若後面再加上「いい（好）」或「構わない[かまわない]（沒關係）」的話，就會變成「即使不做…也沒關係」的意思。「いい」的語意是「好」，但在句型：「…なくてもいい」中並非一定要解釋為「不做…也好」，也可解釋「不做…也行」或「不做…也沒關係」。可請翻到本書第325頁，同時學習「動詞て形＋も＋いい／構わない（做…也行）」句型。

動詞否定形去掉ない	＋	なくても	＋	いい構わない

このストーブは直らなくてもいいです。

> 這暖爐沒修理好也沒關係。

ストーブ 暖爐
直る[なおる]
改正、修理

スペイン語[スペインご]
西班牙語

スペイン語はできなくても構わない。

不會説西班牙語也沒關係。

☂ 請試著用下列題中的句子完成句尾為「…なくてもいいです。／構いませ
ん。」的日語句子。

お金[おかね] 錢
包む[つつむ] 包、裹
着る[きる]
穿（上半身衣服）
事務所[じむしょ]
辦公室
来る[くる] 來

お金を包む ▶
スーツを着る ▶
事務所まで来る ▶

當雙方的輩分相仿的情況下，也常用「…なくたって」這個表達來
取代「…なくても」。

このストーブは直らなくたっていいです。

這暖爐沒修理好也沒關係。

スペイン語はできなくたって構わない。

不會説西班牙語也沒關係。

12. …なければならない／いけない／だめだ
…なくてはならない／いけない／だめだ
…ないといけない／だめだ

還記不記得在名詞和形容動詞、形容詞的句型章節也曾出現過這
個句型？之前講了前三種詞的示範，在這裡我們將進行動詞的練
習。我們只練習基礎文法中一定要知道的「なければならない／
いけない」和「…なくてはならない／いけない」這四種交錯使用
的句型。如果不太記得這幾個句型之間的差異，請速查閱本書第
269頁。

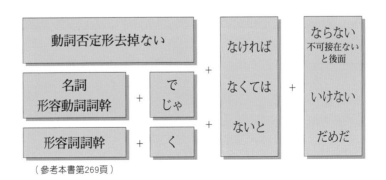

（參考本書第269頁）

明日[あした] 明天
部屋[へや] 房間
〜代[だい] …費
払う[はらう] 支付
調子[ちょうし]
（身體的）狀況
悪い[わるい] 壞、不好
時[とき] 時
少し[すこし] 稍微
休む[やすむ] 休息

ブラジル 巴西
取る[とる]
拿、採取（方法）
次[つぎ] 下次
駅[えき] 車站
地下鉄[ちかてつ] 地鐵
乗り換える[のりかえる]
轉乘
再来月[さらいげつ]
下下個月

明日までに部屋代を払わなければなりません。

明天前一定要繳房租才行。

調子が悪い時は少し休まなくてはいけない。

狀態不好時一定要稍作休息才行。

 請試著用下列題中的句子完成句尾為「…なければならない。、…なくてはならない。」的日語句子。

ブラジルに行く時は、ビザを取る

▶

次の駅で地下鉄に乗り換える

▶

再来月またここに来る ▶

● 描述「取得簽證」可用動詞「取る[とる]」。「取る」的語意繁多，請連同名詞一起背下來。

 請試著用下列題中的句子完成句尾為「…なければいけません。、…なくてはいけません。」的日語句子。

そろそろ帰る ▶

帰る[かえる]
回來、回去、回家
5時[ごじ] 5點
起きる[おきる]
起來、起床
お年寄り[おとしより]
老人
親切[しんせつ] 親切

明日は5時に起きる ▶

お年寄りには親切にする ▶

● 各句型的簡略句型表示，請參考本書第271頁。

日本概述

「包錢」？

　　前面有提過日本的「お金を包む[おかねをつつむ]（包錢）」習俗。「お金を包む」指的是將結婚禮金或奠儀金放在袋子裡再給人的行為。本書第135頁中已介紹過日本的結婚禮金的部分，而奠儀金來説，通常朋友關係是包5,000日元左右，親戚或家屬則通常會包更多。

因為病沒有好轉，所以住院了。（…なくて）（肯定形的敬體表現）

▶

推辭不了，所以吃了很多。（…ないで／…ずに）（過去式的常體表現）

▶

沒順道繞去其它地方就回家了。（…ないで／…ずに）（肯定形的敬體表現）

▶

請不要這樣嚇別人。（…でください。句型結尾）

▶

晚上最好不要經過這條路。（…ない方がいい。）

▶

打算以後不抽菸了。（…ないつもりです。）

▶

被人提醒不要再變胖了。（…ないよう(に)…）（過去式的常體表現）

▶

盡可能不要吃甜食了。（…ないようにした。）

▶

金先生變得不會說錯日語了。（…ようになりました。／…なくなりました。）

▶

有用錢無法解決的事。（…ことがある。）

▶

（因外力因素而）變成不動手術了。（…ないことになりました。）

▶

（我）決定往後面對討厭的事也絕不逃避了。（…ないことになりました。）

▶

不到辦公室來也可以。（…なくてもいいです。／…なくても構いません。）

▶

去巴西時一定要取得簽證才行。（…なければならない。／…なくてはならない。／…なければいけない。／なくてはいけない。）

▶

挑戰長文　請試著先聆聽音檔來掌握內容，練習聽力。

43_2.MP3

最近は、約束をしないで友達の家に行く子供はほとんどいません。小学生と中学生の90％が、「約束をせずに友達の家に行かない方がいい」と答えました。私は約束をしなくてもいいと思いますが、私と同じ考えの人はあまりいません。これからは、約束をせずに誰かの家に行かないようにします。

最近[さいきん] 最近、近來　約束[やくそく] 約定　友達[ともだち] 朋友　家[いえ] 家、房子　子供[こども] 孩子、小孩　小学生[しょうがくせい] 小學生　中学生[ちゅうがくせい] 國中生　90％[きゅうじゅっパーセント] 90%　～方[ほう] 方（面）、位　答える[こたえる] 回答、答覆　思う[おもう] 想　同じ[おなじ] 同樣　考え[かんがえ] 思考、考慮　人[ひと] 人　誰か[だれか] 某人、誰

順帶一提！

　　前面有出現過「触る[さわる]（摸、觸碰）」這個動詞。這個動詞當前接不同助詞變成「…に触る」和「…を触る」的兩種不同的句型時，是存在些微差異的。「…に触る」表示「用手摸（到某物體上）…」，強調用手去觸摸表面；而「…を触る」表示「觸摸」，可能用手去摸，但更強調觸碰之意。舉例來說，到美術館這類場所時容易會看到後述這種標語—「絵に触らないで下さい[えにさわらないでください]（請勿觸摸畫作）」，觸碰畫作時，一般概念是用手去摸畫作表面吧？所以用標語都一定會寫「…に触る」。

44 連接動詞的句型—使役形

照著做就對了學習法

第一步 一定要先聽過音檔　第二步 一邊看書一邊學習　第三步 請再聽一次音檔

在本課只學習連接（利用）動詞使役形的其中一個句型。內容不困難，那我們趕快來看一下吧！

44_1.MP3

跟著做就對了

1. …させてください

表示「請讓…、請使…」，即請求對方讓我去做某件事所使用的句型。此句型只要在動詞使役形的て形後面加上「ください」就完成了（動詞使役形的詞尾會發生一段動詞活用變化，故て形為詞尾的「る」脫落再加上「て」）。想用常體表達時，只要去掉後面的「ください」就行了。請翻到本書第342頁，同時學習「動詞て形＋ください（請做…）」句型。

| 動詞使役形的て形 | ＋ | ください |

電話[でんわ] 電話
一本[いっぽん] 一通
宿題[しゅくだい] 作業
写す[うつす]
抄寫、描寫

電話を一本かけさせてください。　請讓我打一通電話。
宿題を写させて。　　　　　　　　讓我抄一下作業。

●打「一通」電話的日語是「一本[いっぽん]」。

請試著用下列題中的句子完成句尾為「…（さ）せてください。」的日語句子。

使う[つかう] 使用
腰[こし] 腰
留学[りゅうがく] 留學

パソコンを使う　▶

ちょっと腰をかける　▶

日本に留学する　▶

◉「腰をかける[こしをかける]」表示「坐、坐下」之意。

上面練習的例句中都還沒有出現使役對象，故當句型結構是「請讓我…、請使我…」時，句中的「讓我／使我」用「私に[わたしに]」或「僕に[ぼくに]」（男性）表示皆可。請注意助詞是「に」。

仕事[しごと] 工作
何に[なんに]
怎麼、如何
僕[ぼく]
（男性自稱）我
決める[きめる] 決定

その仕事は私がやります。　　　　　　我要做那個工作。

その仕事は私にやらせてください。　　請讓我做那個工作。

何にするか僕が決める。　　　　　　　由我決定怎麼做。

何にするか僕に決めさせて。　　　　　請讓我決定怎麼做。

☂ 請試著用下列題中的句子完成句尾為「…(さ)せてください。」的日語句子。

写真[しゃしん] 照片
撮る[とる] 拍、拍攝
今度[こんど]
這次、下次
出張[しゅっちょう]
出差
行く[いく] 去
今日[きょう] 今天
ご馳走[ごちそう] 盛宴

私が写真を撮る　▶

今度の出張は私が行く　▶

今日は私がご馳走する　▶

◉ 上面第三句的語意是「今天請讓我請客」。表示「我為你做…」的句型編列於本書第339頁。但這裡學到的「動詞使役形的て形＋ください」語氣上更恭敬。

請讓我打一通電話。

▶

_____

請讓我使用個人電腦。

▶

_____

請讓我拍照。

▶

_____

今天請讓我請吃飯。

▶

挑戰長文　請試著先聆聽音檔來掌握內容，練習聽力。

44_2.MP3

私は色々な所へ行って色々な人の写真をよく撮る。でも、急に「あなたの写真を撮らせてください」と言って、「はい、どうぞ」と答える人はほとんどいない。変に思う人も多いし、恥ずかしがる人も多い。だから、大変だが、いい写真が撮れた時は、本当に嬉しい。大変でもまた頑張ろうと思う。

色々[いろいろ] 各式各樣　所[ところ] 場所、地點　行く[いく] 去　人[ひと] 人　写真[しゃしん] 照片　撮る[とる] 拍、拍攝　急に[きゅうに] 突然、忽然　言う[いう] 說　答える[こたえる] 回答、答覆　変[へん] 奇怪、反常　思う[おもう] 想　多い[おおい] 多　恥ずかしい[はずかしい] 害羞、難為情、慚愧　大変[たいへん] 辛苦　時[とき] 時　本当に[ほんとうに] 真的　嬉しい[うれしい] 開心、高興　頑張る[がんばる] 努力、加油

45 連接動詞的句型—ます形

本課將學習連接動詞ます形的句型。連接動詞ます形的句型類型繁多，請好好整理這些句型。

45_1.MP3

跟著做就對了

一緒に[いっしょに]
一起、一同
踊る[おどる] 跳舞
珍しい[めずらしい]
珍貴、稀有
切手[きって] 郵票
集める[あつめる] 收集

ロシア語[ロシアご]
俄羅斯語
習う[ならう] 學習
電気[でんき] 電、電燈
来週[らいしゅう] 下週
来る[くる] 來

1. …ませんか

動詞ます形中的「ます」換成「ませんか」的話，就形成表示「要不要…呢？」或「能不能…呢？」的邀約、勸誘句型。想用常體表達時，只要將「…ませんか」改成「…ない（語調上揚）」或「…ないか」就行了。「…ない（語調上揚）」男女皆可用，「…ないか」則大多為男性使用。

> 動詞ます形（ます去掉） ＋ ませんか

私と一緒に踊りませんか。　要不要跟我一起跳舞呢？
珍しい切手を集めない？　要不要收集郵票？

🌂 請試著用下列題中的句子完成句尾為「…ませんか。」的日語句子。

ロシア語を習う ▶

電気をつける ▶

来週のパーティーに来る ▶

2. …ましょう

將動詞ます形的「ます」換成「ましょう」，就形成表示「我們去做…吧！」的勸誘句型。想用常體表達時，則需要變成推量形的變化。

動詞ます形（去掉ます）	+	ましょう

ツリー 樹
飾る[かざる] 裝飾
運動[うんどう] 運動
続ける[つづける] 繼續

クリスマスツリーを飾りましょう。 我們一起裝飾聖誕樹吧！

運動を続けよう。 我們繼續運動吧！

請試著用下列題中的句子完成句尾為「…ましょう。」的日語句子。

食事[しょくじ] 吃飯
後[あと] 後、之後
歯[は] 牙齒
磨く[みがく]
刷（牙）、擦（亮）
歯ブラシ[はブラシ]
牙刷
1ヶ月[いっかげつ]
1個月
1回[いっかい] 1次
取り替える[とりかえる]
交替、替換、更換
ペット 寵物
世話[せわ] 照顧、照料
きちんと 好好地

食事の後、歯を磨く ▶

歯ブラシは1ヶ月に1回取り替える ▶

ペットの世話をきちんとする ▶

◉「世話[せわ]」表示「照顧、照料」，所以「世話をする」的直譯是「做出照顧」，也就是由説話的人來表明自己對他人進行的「照顧」。

3. …ましょうか

將動詞ます形的「ます」改成「ましょうか」，就形成表示「（一起）做…好嗎？」或「幫你做…好嗎？」的句型。想用敬體表達時，只要改成「動詞推量形＋か」就行了。

表示「（一起）做…好嗎？」時語調先上揚再下降，句尾的「か」語調最低。表示「幫你做…好嗎？」時，句尾的「か」則語調上揚。接下來分成「（一起）做…好嗎？」和「幫你做…好嗎？」進行練習，請格外注意語調部分。

稍等一下！

意思隨著語調不同而異的情況

　　「…ませんか（要不要…呢？）」是在「…ません（不做…）」後面加上「…か（…嗎？）」而形成的句型。此句型可表示「要不要…呢？」，也可表示「不做…嗎？」的兩種意思。解讀時根據前後文來判斷，但「…ませんか」表示「不做…嗎？」時的語調是先揚後抑，換句話説，句尾「か」的語調不會跟提問一樣上揚。

動詞ます形（ます去掉）	+ ましょうか

泊まる[とまる]
投宿、住宿
誰[だれ] 誰
調べる[しらべる] 調査

どこに泊まりましょうか。　我們去找個地方住吧！
誰がやったか調べようか。　要幫你調查是誰做的好嗎？

☂ 請試著用下列題中的句子完成句尾為「…ましょうか。（（一起）做…好嗎？）」的日語句子。

席[せき] 座位
移る[うつる] 移動
椅子[いす] 椅子
捨てる[すてる]
扔掉、抛棄
一緒に[いっしょに]
一起、一同
散歩[さんぽ] 散步

席を移る　▶

この椅子はもう捨てる　▶

一緒に散歩でもする　▶

☂ 請試著用下列題中的句子完成句尾為「…ましょうか。（幫你做…好嗎？）」的日語句子。

塩[しお] 鹽
取る[とる] 拿、取
閉める[しめる]
關閉、關上
人[ひと] 人
早く[はやく]
提早、早早
来る[くる] 來

塩を取る　▶

ドアを閉める　▶

ほかの人より早く来る　▶

4. …たい

將動詞ます形（去掉ます）後面加上「たい」，就形成表示「（第一、二人稱）想做…」的句型。可請翻到本書第248頁，對照參考「名詞＋が欲しい（想要…）」的句型。

動詞ます形（ます去掉）	+ たい

大きい[おおきい] 大
魚[さかな] 魚
釣る[つる] 釣
もう少し[もうすこし]
再稍微

大きい魚を釣りたいです。　想釣大魚。
もう少しここにいたい。　想再多待在這裡一會。

☂ 請試著用下列題中的句子完成句尾為「…たい。」的日語句子。

前田[まえだ]
（日本姓氏）前田
謝る[あやまる]
道歉、謝罪
誰か[だれか] 某人
道[みち] 道路、路
尋ねる[たずねる] 詢問
先生[せんせい] 老師
質問[しつもん] 提問

前田さんに謝る　▶

誰かに道を尋ねる　▶

先生に質問する　▶

「…たい」的活用變化與形容詞一樣。

～たい	想做…
～たくない	不想做…
～たかった	想做…（過去式）
～たくなかった	不想做…（過去式）

◉ 敬體的部分，否定形與否定形過去式各有兩種説法，分別為「…たくないです、…たくありません」，以及「…たくなかったです、…たくありませんでした」。

使用「…たい」的語句中，受格助詞「を」常會換成「が」。

水[みず] 水
飲む[のむ] 喝

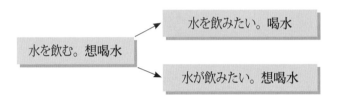

水を飲む。想喝水 → 水を飲みたい。喝水
水を飲む。想喝水 → 水が飲みたい。想喝水

「を」與「が」的差異，在於使用「が」是強調想要的對象「水[みず]（水）」，使用が時，會形成「若問我想喝什麼，我想喝的正是水」，即排除「水」之外選項的感覺。

5. …たがる

彼[かれ] 他、男朋友
彼女[かのじょ]
她、女朋友
年[とし] 年齡、年紀
知る[しる] 知道
～君[くん]（對同輩以下男性的稱呼）…小弟
銀行[ぎんこう] 銀行
勤める[つとめる]
上班、任職

前述學到的「…たい」句型（想做…）只能用於主詞是第一或第二人稱的情況下，當主語是第三人稱時，就要用「（第三人稱）…たがる（想做…）」句型。可請翻回到本書第210頁，複習一下「…がる」（形容詞變成動詞化的用法）。

動詞ます形（ます去掉） + たがる

彼は彼女の年を知りたがりました。　他想知道她的年紀。
小川君は銀行に勤めたがった。　小川小弟想在銀行上班。

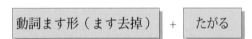 請試著用下列題中的句子完成「…たがった。」的日語句子。

姉[あね] 姊姊
お茶[おちゃ] 茶道、茶
習う[ならう] 學習

姉はお茶を習う　▶

父[ちち] 父親
新しい[あたらしい] 新
家[いえ] 家、房子
建てる[たてる]
建、建蓋
兄[あに] 哥哥
一緒に[いっしょに]
一起、一同

図書館[としょかん]
圖書館
本[ほん] 書
探す[さがす] 找
行く[いく] 去
電話[でんわ] 電話
戻る[もどる]
回來、返回

DVD[ディーブイディー]
DVD
返す[かえす] 還、歸還
お客さん[おきゃくさん]
客人
迎える[むかえる] 迎接
駅[えき] 車站
花見[はなみ] 賞花
上野公園[うえのこうえ
ん]（公園名）上野公園

午後[ごご] 下午
一人で[ひとりで]
一個人、獨自
買い物[かいもの]
買東西
今年[ことし] 今年
冬[ふゆ] 冬天

大阪城公園[おおさか
じょうこうえん]（公園
名）大阪城公園
彼[かれ] 他、男朋友
両親[りょうしん]
父母、雙親
挨拶[あいさつ]
寒暄、打招呼

父は新しい家を建てる ▷

兄も一緒に来る ▷

◉「お茶[おちゃ]」除了飲用的「茶、綠茶」，也有「茶道」之意。茶道的日語為
「茶道[さどう]」。

6. …に

動詞ます形（ます去掉）後面加上に，就形成表示「為了該目的
而做後續動作」的句型。

$$\boxed{動詞ます形（ます去掉）} + \boxed{に}$$

図書館に本を探しに行きました。
去圖書館找書了。（因找書的目的去圖書館）

電話をかけに戻った。 回來打電話了。（因打電話的目的回來）

☂ 請試著用下列題中的句子完成「…に」的日語句子。（請使用過去式敬體
表現）

DVDを返す, 来る ▷

お客さんを迎える, 駅まで行く ▷

花見をする, 上野公園へ行く ▷

◉「上野公園[うえのこうえん]」是位於東京的一座公園，因春季時櫻花盛開而成為著
名賞櫻勝地之一。

當名詞本身如「花見[はなみ]」這樣本是身是具有動名詞的詞性
時，也不一定要像例題「花見をしに」這樣，亦可以直接在後面
加「に」，如「花見に」，兩者都可以。

午後、一人で買い物に行きます。
下午獨自去買東西了。（為了買東西的目的而去）

今年の冬はスキーに行かないつもりだ。
今年冬天不打算去滑雪。（不打算為了滑雪的目的而去）

☂ 請試著用下列題中的句子完成「…に」的日語句子。（請使用常體表現）

大阪城公園へ花見をする, 行く ▷

彼が私の両親に挨拶する, 来る ▷

◉「大阪城公園[おおさかじょうこうえん]」是「大阪[おおさか]」熱門的賞櫻勝地之一。

7. …方[かた]

動詞ます形（去掉ます）後面加上「方[かた]」，就形成表示「某動作之方法、做法」的用語（名詞）。但「する」這個詞會變成「しかた」，並常用日文漢字「仕方[しかた]」來表記。

ボード 滑雪板
滑る[すべる] 滑、滑行
日本人[にほんじん]
日本人
挨拶[あいさつ]
寒暄、打招呼
難しい[むずかしい]
難、困難

ボードの滑り方がよくわかりません。
不會用滑雪板滑雪的方法。（不懂得怎麼用滑雪板滑雪）

日本人の挨拶の仕方は難しい。　日本人的打招呼的方法很難。

◉「ボード（板）」是「スノーボード」的簡稱，日常對話中通常用簡稱而已。

☂ 請試著用下列題中的前一個句子改成「…方」並完成句尾為「…方を…ました。」的日語句子。

レジ 收銀台
打つ[うつ] 打
覚える[おぼえる]
背、記住
漬ける[つける] 醃製
習う[ならう] 學習
食事[しょくじ] 用餐
変える[かえる] 變更

レジを打つ, 覚える　▶

キムチを漬ける, 習う　▶

食事をする, 変える　▶

8. …なさい

動詞ます形（去掉ます）後面加上「なさい」，就形成表示「去做…」的柔性的命令句。與十分不客氣的動詞命令形比較下來，這種命令句的語氣較為溫和。但仍是上位者對下位者下達命令時所用的句型，使用時請謹慎，不能用於上位者或同等地位之人。

部屋[へや] 房間
時[とき] 時
電気[でんき] 電、電燈
消す[けす] 關掉、熄滅
質問[しつもん] 提問
答える[こたえる]
回答、答覆

部屋にいない時は電気を消しなさい。　不在房間時請關掉燈。
質問に答えなさい。　　　　　　　　　請回答問題。

☂ 請試著用下列題中的句子完成句尾為「…なさい。」的日語句子。

拾う[ひろう] 拾、撿

ごみを拾う　▶

こっちに来る　▶

もっと早く連絡する　▶

9. …始める[はじめる]

動詞ます形（去掉ます）後面加上「始める[はじめる]（開始）」
之後，就形成表示「開始做…」的句型。

動詞ます形（去掉ます）　＋　始める

学校の英語教育が変わり始めました。

學校英文教育開始改變了。

タイでの生活にもやっと慣れ始めた。

終於開始習慣在泰國的生活了。

請試著用下列題中的句子完成「…始める」的日語句子。（句尾請改成過
去式的常體表現）

桜が咲く　▶

段々、星が見える　▶

会議の書類を準備する　▶

● 「段々[だんだん]（漸漸）」也常用平假名表示。

10. …出す[だす]

動詞ます形（去掉ます）後面加上「出す[だす]（出、拿出）」，
也會形成表示「開始做…」的句型。「動詞ます形 ＋ 出す」與
「動詞ます形 ＋ 始める」的語意相同，但兩者差異在於當描述意
料之外的事情、突發性事件或個人意志無法左右的事情…等，大
多情況下使用「出す」會更為適當。

動詞ます形（去掉ます）　＋　出す

その子は急に泣き出しました。　那孩子忽然開始哭了。

突然、家が大きく揺れ出した。　房子突然開始劇烈晃動了。

左側詞彙：

来る[くる] 來
早く[はやく]
提早、早早
連絡[れんらく]
連絡、聯繫

学校[がっこう] 學校
英語[えいご]
英文、英語
教育[きょういく] 教育
変わる[かわる] 變化
タイ 泰國
生活[せいかつ] 生活
やっと 終於
慣れる[なれる] 習慣

桜[さくら] 櫻花
咲く[さく]
開（花）、綻放
段々[だんだん]
漸漸、逐漸
星[ほし] 星星
見える[みえる] 看得到
会議[かいぎ] 會議
書類[しょるい] 文件
準備[じゅんび] 準備

子[こ] 孩子、小孩
急に[きゅうに]
突然、忽然
泣く[なく] 哭
突然[とつぜん] 突然
家[いえ] 家、房子
大きい[おおきい] 大
揺れる[ゆれる] 搖晃

第一個例句所描述的情況是屬於突然發生之事、突發性事件，所以用「泣き出す」較為自然，如果用「泣き始める」，會給人感覺好像假假的在演戲的感覺。

🎐 請試著用下列題中的句子完成「…出す」的日語句子。（句尾請改成過去式的敬體表現）

石[いし] 石、石頭
光る[ひかる]
發光、發亮
木[き] 樹、木頭
倒れる[たおれる]
倒下、倒塌
息子[むすこ] 兒子
女の子[おんなのこ]
女孩子
意識[いしき] 意識

石が光る ▶

その木はゆっくりと倒れる ▶

息子が女の子を意識する ▶

●「慢慢地」的日語為「ゆっくり」，也可用與之字義相同的「ゆっくりと」來表示。

11. …終わる[おわる]

動詞ます形後面加上終わる[おわる]，就形成表示「…完了」或「某件事情結束了」的句型。

引っ越し[ひっこし]
搬家
荷物[にもつ] 行李
全部[ぜんぶ] 全部
運ぶ[はこぶ]
搬運、運送
分かる[わかる]
知道、理解
単語[たんご] 單字
調べる[しらべる] 調查

$$\boxed{動詞ます形（去掉ます）} + \boxed{終わる}$$

引っ越しの荷物を全部運び終わりました。
搬家的行李全部搬完了。

分からない単語を調べ終わった。 所有不認識的單字都查完了。

🎐 請試著用下列題中的句子完成「…終わる」的日語句子。（句尾請使用過去式的常體表現）

作文[さくぶん] 作文
書く[かく] 寫
御飯[ごはん] 飯
食べる[たべる] 吃
洗濯[せんたく]
洗衣服、洗滌

作文を書く ▶

御飯を食べる ▶

洗濯する ▶

---

12. …続ける[つづける]

動詞ます形（去掉ます）後面加「続ける[つづける]」上，就形成描寫「持續做某件事」的句型。

$$\boxed{動詞ます形（去掉ます）} + \boxed{続ける}$$

地球[ちきゅう] 地球
回る[まわる] 轉、轉動
彼[かれ] 他、男朋友
何も[なにも]
什麼也、全都
ドミノ 骨牌
並べる[ならべる] 排列

それでも、地球は回り続けます。 儘管如此地球也持續轉動。

彼は何も言わずにドミノを並べ続けた。

他什麼話也沒說，繼續排列骨牌。

🏮 請試著用下列題中的句子完成「…続ける」的日語句子。（句尾語改成過去式的敬體表現）

その猫はずっと鳴く ▶

建物が増える ▶

岡田さんはBSEの研究をする ▶

猫[ねこ] 貓
鳴く[なく] 啼、鳴叫
建物[たてもの] 建築物
増える[ふえる]
增加、增多
岡田[おかだ]
（日本姓氏）岡田
BSE[ビーエスイー]
狂牛病
研究[けんきゅう] 研究

13. …やすい

動詞ます形（去掉ます）後面加上「やすい」，就形成表示「容易（做前動作）…」的句型。「やすい」的日文漢字是「易い」，但在這個文法中是不會寫出平假名的。

動詞ます形（去掉ます） ＋ **やすい**

後藤さんは熱くなりやすいです。後藤先生容易亢奮。

最近、どうも疲れやすい。 最近不知道為什麼很容易疲倦。

熱い[あつい] 熱、燙
最近[さいきん] 最近
どうも 怎麼也、總覺得
疲れる[つかれる]
疲倦、累

● 「熱くなる[あつくなる]」直譯為「變熱、發燙」，用來形容人則可以表示「亢奮、熱血、生氣、發火」。

🏮 請試著用下列題中的句子完成「…やすい。」的日語句子。（句尾請使用肯定形的常體表現）

日本酒はにおいが残る ▶

この機械は壊れる ▶

この喫茶店はお客さんが来る ▶

日本酒[にほんしゅ]
日本酒、清酒
残る[のこる] 留、留下
機械[きかい]
機器、機械
壊れる[こわれる]
故障、壞掉
喫茶店[きっさてん]
咖啡店
お客さん[おきゃくさん]
客人
来る[くる] 來

14. …にくい

動詞ます形（去掉ます）後面加上「にくい」，就形成表示「不易…」、「難以…」做前動作的句型。即為上面學到的「…やすい（容易就…）」該句型的反義句型。

「にくい」單獨使用時表示「憎い[にくい]（可惡、可恨）」，但在此句型則並非為此含義。

	動詞ます形（去掉ます） + にくい

夏風邪[なつかぜ]
夏季感冒
治る[なおる] 治癒
割れる[われる] 打破
安全[あんぜん] 安全

夏風邪は治りにくいです。 夏季感冒難痊癒。

このガラスは割れにくいので、安全だ。

這個玻璃不易碎，所以安全。

☔ 請試著用下列題中的句子完成「…にくい。」的日語句子。（句尾請使用肯定形的常體表現）

濡れる[ぬれる] 淋溼
水着[みずぎ] 泳裝
脱ぐ[ぬぐ] 脱
汚れる[よごれる]
變髒、髒掉
メーカー 製造商
製品[せいひん] 產品
故障[こしょう] 故障

濡れた水着, 脱ぐ ▶

このトイレ, 汚れる ▶

このメーカーの製品, 故障する ▶

15. …ながら

動詞ます形（去掉ます）後面加上「ながら」，就形成表示「一邊…一邊…」的句型，用來描述兩種動作同時進行或發生的情況。

	動詞ます形（去掉ます） + ながら

お茶[おちゃ] 茶
飲む[のむ] 喝
話[はなし]
談話、談論、事
選手[せんしゅ] 選手
考える[かんがえる]
考慮、思考
走る[はしる] 跑

お茶でも飲みながら話をしましょう。

我們一邊喝茶一邊談談吧！

サッカー選手は考えながら走らなければならない。

足球選手必須一邊思考一邊奔跑才行！

☔ 請試著用下列題中的句子完成「…ながら」的日語句子。（句尾請改成肯定形的敬體表現）

歌[うた] 歌曲
歌う[うたう] 唱
歩く[あるく] 走路
子供[こども]
孩子、小孩
育てる[そだてる]
養育、培養
働く[はたらく]
工作、勞動
日本語学校[にほんご
がっこう] 日語學校
通う[かよう]
通行、上（班／學）

歌を歌う, 歩く ▶

子供を育てる, 働く ▶

バイトをする, 日本語学校に通う ▶

16. …すぎる

動詞ます形（去掉ます）後面加上「すぎる」，就形成表示「太…」或「過於…」的句型。此句型中的「すぎる」也可以用日文漢字「過ぎる」來表示。

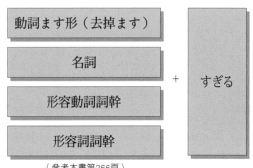

（參考本書第266頁）

日本の裁判は時間がかかりすぎます。

日本的審判會花太多時間。

お肉が焼けすぎた。　　　　　肉烤過頭了。

◉ 前面沒加「お」，直接提到「肉[にく]」的話，聽起來會有點粗魯，所以大部分女性都是說「お肉[おにく]」。

🪭 請試著用下列題中的句子完成「…すぎる」的日語句子。（句尾請改成過去式的常體表現）

昨日、飲んだ　▶	
おしょうゆをつける　▶	
お客さんを招待する　▶	

◉ 就如同「肉」一樣，前面沒加「お」而直接講「しょうゆ」的話，聽起來會有點粗魯，所以女性大多說「おしょうゆ」，男性則時常會不加「お」。

17.…そうだ

動詞ます形（去掉ます）後面加上「そうだ」的話，除了表示「看起來好像…」，也表示「某件事好像即將發生」，用來表達「推測」之意。

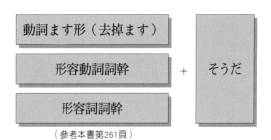

（參考本書第261頁）

人[ひと] 人
多い[おおい] 多
料理[りょうり]
料理、菜餚
無くなる[なくなる]
沒了、消失
ろうそく 蠟燭
火[ひ] 火
消える[きえる] 熄滅

村上[むらかみ]
（日本姓氏）村上
近藤[こんどう]
（日本姓氏）近藤
気[き] 感受、心緒
合う[あう] 合適、符合
仕事[しごと] 工作
疲れる[つかれる]
疲倦、累
台風[たいふう] 颱風
方[ほう] …方（面）
来る[くる] 來

人が多すぎて、料理がすぐに無くなりそうです。

人太多，看起來菜餚好像馬上就沒有了。

ろうそくの火が消えそうだ。　　　　蠟燭好像要熄了。

◉「ろうそく（蠟燭）」也很常寫作片假名「ロウソク」。雖然也有日語漢字（燭），但因為寫法太難，所以日本人鮮少使用。

☂ 請試著用下列題中的句子完成句尾為「…そうだ。」的日語句子。（請改成敬體表現）

村上さんと近藤さんは気が合う

　▶

その仕事は疲れる　▶

台風がこちらの方に来る　▶

◉「気が合う[きがあう]」表示「合心意」、「投緣」。「気[き]」可用來表示「感受、心緒」…等多種含義。

稍等一下！

邊開車邊聽音樂？

　　在日語「…ながら（一邊…一邊…）」句型中，後面提及的動作必須是主要動作才行。因此，若想用中文講「邊開車邊聽音樂（開車是主要動作、聽音樂是次要動作）」時，就要講「音楽を聞きなから運転する[おんがくをききながらうんてんする]」，而不是「運転しなから音楽を聞く（變成：邊聽音樂邊開車的概念了）」，記得喔！

要不要跟我一起跳舞呢？（⋯ませんか。結尾句型）
▶

我們好好地照顧寵物吧！（⋯ましょう。結尾句型）
▶

一起去散步之類的好嗎？（⋯ましょうか。結尾句型）
▶

拿一下鹽巴好嗎？（⋯ましょうか。結尾句型）
▶

想跟前田先生道歉。（⋯たい。結尾句型）
▶

姊姊想學茶道。（⋯たがりました。結尾句型）
▶

到車站去迎接客人了。（⋯に）（過去式的常體表現）
▶

日本人打招呼的作法很難。（⋯仕方）（肯定形的敬體表現）
▶

學了醃泡菜的方法。（…方）（過去式的常體表現）

▶

不在房間時請把燈關掉。（…なさい。結尾句型）

▶

終於開始習慣在泰國的生活了。（…始めました。結尾句型）

▶

那孩子忽然開始哭了。（…出した。結尾句型）

▶

作文都寫完了。（…終わりました。結尾句型）

▶

儘管如此，地球仍會持續地轉動。（…続ける。結尾句型）

▶

最近不知道怎麼地很容易疲倦。（…やすいです。結尾句型）

▶

夏季的感冒很難痊癒。（…にくい。結尾句型）

▶

一邊打工一邊上日語學校。（…ながら）（過去式的敬體表現）

▶

沾太多醬油了。（…すぎた。結尾句型）

▶

蠟燭好像要熄了。（…そうです。結尾句型）

▶

挑戰長文 請試著先聆聽音檔來掌握內容，練習聽力。

45_2.MP3

私は18歳の時にはじめてボードの滑り方を習いました。ボードがとても楽しくて、毎年、冬になると週末はいつもスキー場に行きます。最近は、スキー場は滑りやすすぎて、あまり面白くなくなったので、スキー場の外で滑りはじめました。でも、先週、山で自分のいる場所が分からなくなって、下まで下りられなくなりました。雪も降り出しました。とても怖かったです。それでも、これからもボードは続けたいです。

18歳[じゅうはっさい] 18歳 時[とき] 時 滑る[すべる] 滑、滑行 楽しい[たのしい] 愉快、高興 毎年[まいとし] 每年 冬[ふゆ] 冬天 週末[しゅうまつ] 週末 スキー場[スキーじょう] 滑雪場 行く[いく] 去 最近[さいきん] 最近、近來 面白い[おもしろい] 有趣 外[そと] 外、外面、外頭 先週[せんしゅう] 上週 山[やま] 山 自分[じぶん] 自己 場所[ばしょ] 場所、地點 分かる[わかる] 知道、理解 下[した] 下、下面 下りる[おりる] 下、降落 雪[ゆき] 雪 降る[ふる] 下（雪、雨） 怖い[こわい] 恐怖、可怕 続ける[つづける] 繼續、連續

順帶一提！

　　前面有提到「…たい（想做…）」句型中的受格助詞「を」有時會換成「が」以示強調，但這裡要說明的是，並非所有的「を」都能換成「が」。這些不能將「を」換成「が」的情況如下所示：

1.「を」在句中不是作為受格助詞的情況下
　　此時「を」是搭配自動詞，表示經過或通過的場所。

> 空を飛びたい。　想在天上飛。

2.「を」和動詞之間還隔有其他詞彙的情況下

> 冷たい水をたくさん飲みたい。　想喝很多冰水。

3. 動詞後面加了輔助表現，形成結構複雜的句型的情況下

> 彼女をずっと見ていたい。　我想一直看到她。

4. 受詞是人的情況下

> ここで彼を待ちたい。　我想在這裡等他。

　　不過，若要問「…たい（想…）」前要用「を」或「が」的話才對？那麼得到的答案會隨著個人觀感不同而異。所以即使是上面提到不能將「を」換成「が」的例句，也並非所有人都認為這些句子中的「を」不能換成「が」的。

空[そら] 天空　飛ぶ[とぶ] 飛　冷たい[つめたい] 冷、涼　水[みず] 水　飲む[のむ] 喝、飲用　彼女[かのじょ] 她、女朋友　見る[みる] 看　彼[かれ] 他、男朋友　待つ[まつ] 等、等待

46 連接動詞的句型－辭書形

照著做就對了學習法

第一步 一定要先聽過音檔　第二步 一邊看書一邊學習　第三步 請再聽一次音檔

本課將學習連接動詞辭書形的句型，部分句型的形式相似但語意截然不同，請小心留意。

46_1.MP3

跟著做就對了

1. …前に[まえに]

動詞辭書形後面加上「前に[まえに]」，就形成表示「做某件事之前」，即「…前」的句型。

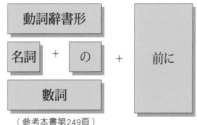

動詞辭書形		
名詞 + の +		前に
數詞		

（參考本書第249頁）

旅行[りょこう] 旅行
計画[けいかく] 計畫
立てる[たてる]
立、制定
調べる[しらべる] 調查
暗い[くらい] 暗、黑暗
帰る[かえる]
回來、回去、回家

旅行の計画を立てる前に、もっとよく調べましょう。

制定計畫前再好好打聽清楚吧！

暗くなる前に帰りなさい。　天色變黑前回家。

駅[えき] 車站
着く[つく] 抵達、到達
電話[でんわ] 電話
日[ひ] 日、太陽
暮れる[くれる]
天黑、日暮
卒業[そつぎょう] 畢業
友達[ともだち] 朋友
行く[いく] 去

請試著用下列題中的兩組句子完成「…前に」的日語句子。（句尾請改成過去式的常體表現）

駅に着く, 電話をかける ▶
_____

日が暮れる, うちに帰れる ▶
_____

卒業する, 友達と旅行に行く

▶
_____

2. 計畫、打算　…つもりだ

動詞辭書形後面加上「つもり」，就形成表示「打算做…」的句型。可請翻回到本書第282頁，同時複習「動詞否定形 ＋ つもり（打算不要做…）」的句型。

自転車[じてんしゃ]
腳踏車
捨てる[すてる]
扔掉、拋棄
直す[なおす]
改正、修理
庭[にわ] 庭院、院子
新しい[あたらしい] 新
木[き] 樹、木頭
一本[いっぽん]
一根、一顆
植える[うえる]
種、種植

$$\boxed{\text{動詞辭書形}} \; + \; \boxed{\text{つもりだ}}$$

その自転車は捨てないで直すつもりです。

那台腳踏車我不打算要扔掉，要修理一下。

庭に新しい木を一本植えるつもりだ。

我打算在院子裡種一棵新的樹。

☂ 請試著用下列題中的句子完成句尾為「…つもりです。」的日語句子。

ハイヒール 高跟鞋
履く[はく] 穿
夏[なつ] 夏天
家内[かない] 內人
一緒に[いっしょに]
一起、一同
来る[くる] 來

ハイヒールを履く ▶

夏までにやせる ▶

家内と一緒に来る ▶

◉「（如你所說）我是那麼打算的」的日語是「そのつもり（だ／です）」。

關於此句型的否定說法，除了前面已經學過的「…ないつもりだ（不打算做…）」之外，還有另一個句型也能表達此意，即「…つもりはない（沒有做…的打算）」，相較於「…ないつもりだ」這個句型，「…つもりはない」更強烈地表達出主語的否定意志。

その自転車は直さないつもりだ。 我不打算修理那台腳踏車。
その自転車は直すつもりはない。 我沒有修理那台腳踏車的意思。

3. …ことができる

動詞辭書形後面加上「ことができる」，就形成表示「（表示個人的能力或外在環境所允許行為）…會、可以…」的句型。動詞辭書形後面加上「こと」，表示「前述的這件事」，所以此句型的直譯為「會（可以）做述的這件事」。「…ことができる」跟動詞可能形的用法幾乎完全相同，但在書面文章內時，主要使用「…ことができる」的句型。

2歳[にさい] 2歲
頃[ころ] …時候
思い出す[おもいだす]
想到、想出、想起
薬[くすり] 藥
飲む[のむ] 喝、飲用
簡単[かんたん]
簡單、容易
やせる 減重、瘦身

自由に[じゆうに]
自由地
屋上[おくじょう] 屋頂
上がる[あがる]
上去、爬上
ツアー 旅遊、遊覽
有名[ゆうめい]
有名、知名
観光地[かんこうち]
觀光景點
訪ねる[たずねる] 訪問
色々[いろいろ]
各式各樣
経験[けいけん]
經驗、經歷

お昼[おひる]
白天、午飯、正午
前[まえ] 前、前面
アトラクション
遊樂器材
水[みず] 水
濡れる[ぬれる]
淋濕、打濕、浸濕

下着[したぎ] 內衣
無くなる[なくなる]
沒了、消失
地震[じしん] 地震
窓ガラス[まどガラス]
窗戶玻璃
割れる[われる]
破碎、分裂、打破
ソフト 軟體
インストール 安裝
失敗[しっぱい] 失敗

| 動詞辭書形 | + | ことができる |

私は2歳の頃のことを思い出すことができます。

我可以想起兩歲左右發生的事。

この薬を飲めば、簡単にやせることができる。

吃了這個藥的話，可以輕鬆減重。

☂ 請試著用下列題中的句子完成句尾為「…ことができる。」的日語句子。

ここは自由に屋上に上がる ▶

このツアーは有名な観光地を訪ねる ▶

ここでは色々な経験をする ▶

4. …ことがある

動詞辭書形後面加上「ことがある」，就形成表示「曾經…」的句型。可請翻回到本書第285頁，複習「動詞否定形 + ことがある（曾有過不…／無法…的事）」的句型。

| 動詞辭書形 | + | ことがある |

お昼になる前におなかがすくことがあります。

曾有過中午前肚子餓的時候。

このアトラクションは水に濡れることがある。

這個遊樂器材曾經泡過水。

● 遊樂園裡的遊樂設施可用「アトラクション」這個單字來表示。

☂ 請試著用下列題中的句子完成句尾為「…ことがあります。」的日語句子。

下着が無くなる ▶

地震で窓ガラスが割れる ▶

ソフトのインストールを失敗する ▶

●「ソフト」一般是指「柔軟」的意思，但在這裡是「ソフトウェア（軟體）」的縮寫。

5. …ことになる

動詞辭書形後面加上「ことになる」，就形成表示「（因外在因素而）變成了…的情況」的句型。動詞辭書形後面加上「こと」，表示「（前述動作的）那件事」，後面加上描述因外在因素而導致之結果的「…になる（變成…）」，即完成此句型。可請翻回到本書第285頁，同時複習「動詞否定形＋ことになる（（因外在因素而）變成不…的情況）」的句型。

動詞辭書形	＋	こと	＋	になる

部屋と部屋の間の壁を壊すことになりました。

房間與房間之間的牆壁（變得）崩塌了。

パートを続けることになった。　　（變得）繼續打工了。

🐱 請試著用下列題中的句子完成句尾為「…ことになった。」的日語句子。

私がプレゼントを選ぶ ▶

山を下りる ▶

坂本さんも来る ▶

6. …ことにする

動詞辭書形後面加上「ことにする」，就形成描述「（因個人意志而）決定做…」的句型。「ことにする」與前一個句型的差別在於前項是屬客觀（外力因素）造成，而「ことにする」則是重點在於主詞本身的意志。故「…にする」的語意為「決定做…（前述動作）」。可請翻回到本書第286頁，同時複習「動詞否定形＋ことにする（（因外在因素而）決定不做…）」句型。

（參考本書第254頁）

健康のために、毎朝走ることにしました。

為了健康而決定每天早上跑步。

左側詞彙註解：
部屋[へや] 房間
間[あいだ] 之間
壁[かべ] 牆壁
壊す[こわす]
弄壞、毀壞
続ける[つづける]
繼續、持續

選ぶ[えらぶ] 選
山[やま] 山
下りる[おりる]
下、降落
坂本[さかもと]
（日本姓氏）坂本
来る[くる] 來

健康[けんこう] 健康
毎朝[まいあさ]
每天早上
走る[はしる] 跑、跑步

ポルトガル語の勉強を始めることにした。

決定開始學習葡萄牙語。

🎐 請試著用下列題中的句子完成句尾為「…ことにしました。」的日語句子。

言いたいことははっきり言う ▷

父の会社に勤める ▷

学校の近くで下宿する ▷

7. …ため（に）

動詞辭書形後面加上「ため（に）」，就形成描述目的和原因的「為了…」的句型。這個句型也會在省略掉後面的助詞「に」之後，變成語氣生硬的書面語。本句型跟本書第387頁的「…ため（に）（因為…）」的發音一樣，但語意上卻稍有差異。

（參考本書第255頁）

発音を直すために個人レッスンを受けました。

為了矯正發音而接受個人課程。

人は生きるために食べる。　人為了生存而吃。

🎐 請試著用下列題中的兩組句子完成「…ために」的日語句子。（句尾請使用過去式的常體表現）

旅行を十分楽しむ, 計画をしっかり立てる ▷

お客さんを迎える, きれいに掃除する ▷

9時までに来る, タクシーに乗る ▷

◉ 日語的「十分に（充份的）」在使用時，詞尾的「に」有時也可省略不寫。

8. …よう（に）

動詞辭書形後面加上「よう（に）」，就形成「為了…」的句型。此句型也是省略掉後面的助詞「に」時會變得語氣生硬。「ために」跟「ように」的差別在於，前者的表達是主詞為了要

左欄詞彙：

ポルトガル語[ポルトガルご] 葡萄牙語
勉強[べんきょう] 讀書、學習
始める[はじめる] 開始
はっきり 清楚地、明確地
父[ちち] 父親
会社[かいしゃ] 公司
勤める[つとめる] 就職
学校[がっこう] 學校
近く[ちかく] 附近
下宿[げしゅく] 租房

発音[はつおん] 發音
直す[なおす] 改正、修理
個人[こじん] 個人
レッスン 課、課程
受ける[うける] 接受
人[ひと] 人
生きる[いきる] 活、生存

旅行[りょこう] 旅行
十分[じゅうぶん] 十分、充分地
楽しむ[たのしむ] 愉快、高興
計画[けいかく] 計畫
しっかり 結實、嚴密
立てる[たてる] 立、制訂
お客さん[おきゃくさん] 客人
迎える[むかえる] 迎接
掃除[そうじ] 清掃、打掃
9時[くじ] 9點
乗る[のる] 搭乘

達到一個目的，而想盡辦法作一些動作；而後者是一種期待，一樣是盡人事做了動作，但表述的目的不見得能夠達成，故語帶期望。跟「…ないように」句型一樣，後面變成「にする（決定要…）、になる（變成…）」時，會形成另一種句型。可請翻回到本書第283頁，同時複習「動詞否定形＋ように（為了不…）」句型。

子供[こども] 小孩子
読む[よむ] 讀
漢字[かんじ] 漢字
使う[つかう] 使用
練習[れんしゅう] 練習
庭[にわ] 庭院、院子
芝生[しばふ] 草坪
植える[うえる]
種、種植

| 動詞辭書形 | ＋ | よう(に) |

子供でも読めるように、漢字を使いませんでした。

為了讓小孩子也能夠閱讀而不使用漢字。

いつでもゴルフの練習ができるように、庭に芝生を植えた。

為了隨時都能練習高爾夫球而在庭院種植了草坪。

請試著用下列題中的兩組句子完成「…ように」的日語句子。（句尾請改成過去式的敬體表現）

洗濯物[せんたくもの]
要洗的衣服、洗好的衣服
乾く[かわく] 乾、乾燥
エアコン 冷氣
元気[げんき]
健康、有活力
子[こ] 孩子
生まれる[うまれる]
出生、誕生
祈る[いのる] 祈禱
間違い[まちがい] 弄錯
もう一度[もういちど]
再一次、再度
確かめる[たしかめる]
確定
言う[いう] 說

洗濯物が乾く, エアコンをつける

▶

元気な子が生まれる, 祈る

▶

間違いをもう一度確かめる, 言う

▶

「…よう（に）」後面加上「する」的話，表示「為了達到前項內容而努力做某件事」，「（決定）盡力…」的意思。

協力[きょうりょく]
合作、協力
仕事[しごと] 工作
早く[はやく] 早早、提早
終わる[おわる] 結束

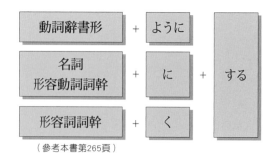

（參考本書第265頁）

みんなで協力して、仕事が早く終わるようにしました。

全體一起合作，努力讓工作早點結束。

柔らかい[やわらかい]
溫柔、柔軟
お年寄り[おとしより]
老人
食べる[たべる] 吃

スコア 得分
残る[のこる] 留
店[みせ] 商店
中[なか] 內部、中
外[そと] 外、外面
見える[みえる] 看得到
必ず[かならず] 一定
データ 資料
保存[ほぞん] 儲存

柔らかくして、お年寄りも食べられるようにした。

盡量做得軟一點讓老人也能吃。

請試著用下列題中的句子完成句尾為「…ようにした。」的日語句子。

ゲームのスコアが残る ▶

店の中が外からよく見える ▶

必ずデータを保存する ▶

「…よう（に）」後面加上「**なる**」的話，表示「變成…（狀況了）（動作上的自然演變）」。

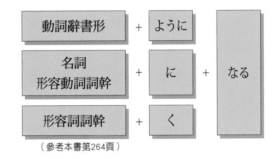

（參考本書第264頁）

一人で[ひとりで]
一個人、獨自
少し[すこし] 稍微、有點
動く[うごく] 動
猫[ねこ] 貓
ネズミ 老鼠
捕まえる[つかまえる]
捕捉

一人で少し動けるようになりました。

變得可以獨自稍微動一動了。

うちの猫がネズミを捕まえるようになった。

我們家的貓變得會抓老鼠了。

試著用下列題中的句子完成句尾為「…ようになりました。」的日語句子。

ログイン 登錄、註冊
時間[じかん] 時間
雑誌[ざっし] 雜誌
借りる[かりる]
借、借助
生徒[せいと]
（高中以下的）學生
授業[じゅぎょう]
授課、上課
来る[くる] 來

ログインに時間がかかる ▶

雑誌も借りられる ▶

その生徒は授業に来る ▶

9. …ところだ

動詞辭書形後面加上「ところだ」，就形成表示「正要…、正在…、剛剛…」的句型。可請翻到本書第356及337頁，同時分別學習「動詞過去式 + ところだ」（正要…了、正在…了、剛剛做…了）」句型和「動詞て形 + いるところだ（正在做…）」句型。

$$\boxed{\text{動詞辭書形}} + \boxed{\text{ところだ}}$$

私が行った時、ちょうどお店が開くところでした。

我去的時候店正要開門。

これから家を出るところだ。

正打算要走出家門。

● ちょうど「正好」有日文漢字，以「丁度」來表示。

時[とき] 時
ちょうど 正好
店[みせ] 商店
開く[あく] 開、打開
家[いえ] 家、房子
出る[でる] 出去、出來

試著用下列題中的句子完成句尾為「…ところだ。」的日語句子。

ちょうど映画が始まる ▶

ちょうど電車を降りる ▶

今から準備する ▶

映画[えいが] 電影
始まる[はじまる] 開始
電車[でんしゃ] 電車
降りる[おりる]
下、降落
今[いま] 現在
準備[じゅんび] 準備

稍等一下！

「打算做…」與「預計做…」

　　目前已學到「…つもり（打算…）」這個句型，但此句型用來描述説話者的個人想法，而不能用來描述説話者的意志無法決定之事。當要表示前述意思時，可改用另一個句型「動詞辭書形 + 予定[よてい]（預計做…）」（預計要做，但跟説話者心中的決定無關）。

天黑之前（請）快點回家。（…なさい。結尾句型）

▶

那台腳踏車（我）打算不扔掉，要修理一下。（…つもりです。結尾句型）

▶

這裡可以自由地爬上屋頂。（…ことができる。結尾句型）

▶

曾有過地震把窗戶的玻璃震破的情況。（…ことがあります。結尾句型）

▶

變成把房間與房間之間的牆壁拆毀了。（ことになった。結尾句型）

▶

我決定了要把想說的話都說清楚。（ことにしました。結尾句型）

▶

為了矯正發音而接受個人課程。（…ために）（過去式的常體表現）

▶

為了讓小孩子也能閱讀而不使用漢字。（…ように）（過去式的敬體表現）

▶

做得軟一點讓老人也能吃下。（ようにした。結尾句型）

▶

變得可以自己一個人動一動了。（ようになりました。結尾句型）

▶

電影正好開始。（ところだ。結尾句型）

▶

挑戰長文　　請試著先聆聽音檔來掌握內容，練習聽力。

46_2.MP3

私は泳ぐことができない。泳げるようになるために、プールに通うことにした。毎朝6時からのクラスで水泳を習うつもりだ。毎日、会社に行く前にプールで1時間泳ぐことになる。寝坊しないようにしなければいけないので、夜早く寝るようにするつもりだ。

泳ぐ[およぐ] 游　通う[かよう] 上（班／學）　毎朝[まいあさ] 每天早上　6時[ろくじ] 6點　水泳[すいえい] 游泳　習う[ならう] 學習　毎日[まいにち] 每天　前[まえ] 前、前面　1時間[いちじかん] 1小時　寝坊[ねぼう] 賴床　夜[よる] 晚上、夜晚　早く[はやく] 早早、提早　寝る[ねる] 就寢

連接動詞的句型－推量形

本課將學習連接動詞推量形的句型。

47_1.MP3

跟著做就對了

1.…（よ）うと思う[（よ）うとおもう]

動詞推量形後面加上「と思う[おもう]」，就形成描述「（我）在考量做…（前述動作）」的句型。

| 動詞推量形 | + | と思う |

◎ 以「…うと思う（我認為…）」這個句型跟也「…と思っている（我（既有的）認為…）」，兩個句型之差異會在本書334頁做進一步說明。

今日[きょう] 今天
遅い[おそい] 遲、慢
泊まる[とまる]
投宿、住宿
眼鏡[めがね] 眼鏡
変える[かえる] 變更

今日は遅くなりましたから、ホテルに泊まろうと思います。 由於今天比較晚了，所以我打算住在飯店。

眼鏡を変えようと思う。我打算換眼鏡。

☂ 試著用下列題中的句子完成句尾為「…（よ）うと思う。」的日語句子。

友達[ともだち] 朋友
会う[あう] 見
行く[いく] 去
始める[はじめる] 開始
今年[ことし] 今年
祭り見物[まつりけんぶつ] 參觀祭典

これから友達に会いに行く ▶

そろそろテストを始める ▶

今年はゆっくり祭り見物をする ▶

◎「祭り見物[まつりけんぶつ]（參觀慶典）」是由「祭り[まつり]（慶典）」和「見物[けんぶつ]」兩個單字組成的新單字。

還記得之前在第312頁有學過「動詞辭書形 ＋ つもりだ（打算…）」的句型吧！本句型與該句型幾乎完全相同，但「つもり

だ」會給人感覺計畫更具體詳細，富含高度的實踐可能性。

道[みち] 道路、路
渡る[わたる]
通過、經過
時[とき] 時
信号[しんごう] 紅綠燈
赤[あか] 紅色
変わる[かわる] 改變
窓[まど] 窗戶
開ける[あける]
打開、開
開く[あく] 開、開著
チャイム 門鈴
押す[おす] 按、推
お皿[おさら] 盤
並べる[ならべる]
排列、陳列
地震[じしん] 地震
起きる[おきる]
引起、引發
ファイル 檔案
ダウンロード 下載
エラー 錯誤
出る[でる]
出現、出來、出去

2. …（よ）うとする

動詞推量形後接「とする」，就形成表示「正想…、正準備要…」的句型，用來描述某動作正要進行或發生之際的狀態。

> 動詞推量形 ＋ とする

道を渡ろうとした時、信号が赤に変わりました。
正要過馬路時，紅綠燈變成紅燈了。

窓を開けようとしたが、開かなかった。
（那時）正想開窗，但窗戶卻打不開。

試著用下列題中的兩組句子完成「…（よ)うとした時、…」的日語句子。（句尾請使用過去式的敬體表現）

チャイムを押す, ドアが開く ▶

お皿を並べる, 地震が起きる ▶

ファイルをダウンロードする, エラーが出る ▶

 稍等一下！

　　另有一個將「…（よ)うと思う」之後加上「か」而組成的句型「…（よ)うかと思う」，此句型表示「正想說是否要…」的自我疑問表現，用來描述說話者尚未明確決定要不要進行某件事之狀態。

私も行こうかと思う。　我還在想要不要我也去。

　　除此之外，「…ようと思う」也有否定句型，例如「…ようと思うない（不打算做…）」，或在「と」跟「思わない」之間加上「は」後變成「…ようとは思わない」的句型，這句可以加重強調。

私は行こうとは思わない。　（我說了）我沒有去的打算。

因為今天已經比較晚了，所以我想就住在飯店吧！（…うと思います。結尾句型）

▶

我在想現在開始去見朋友。（…うと思う。結尾句型）

▶

正要過馬路時，紅綠燈變成紅燈了。（…うとした時、…）（肯定形的敬體表現）

▶

在想說要把窗戶打開，但是打不開。（…ようとしたが…）（否定形的常體表現）

▶

挑戰長文　請試著先聆聽音檔來掌握內容，練習聽力。

47_2.MP3

それは冬の寒い朝でした。そろそろ起きようと思った時、家が大きく揺れました。地震でした。安全な場所に逃げようとしましたが、地震が大きすぎて全然動けませんでした。地震は終わりました。運よく怪我はしませんでした。火事になると大変なので、急いでうちの外に出ようとしましたが、ドアが開きませんでした。仕方なく、窓から外に出ました。

冬[ふゆ] 冬天 寒い[さむい] 冷、寒冷 朝[あさ] 早上 起きる[おきる] 起來、起床 思う[おもう] 想 時[とき] 時 家[いえ] 家、房子 大きく[おおきく] 大大地 揺れる[ゆれる] 搖晃、晃動 地震[じしん] 地震 安全[あんぜん] 安全的 場所[ばしょ] 地方、場所 逃げる[にげる] 逃、逃走 全然[ぜんぜん] 完全 動く[うごく] 動 終わる[おわる] 結束 運[うん] 運氣、命運 怪我[けが] 受傷 火事[かじ] 火災 大変[たいへん] 糟糕 急ぐ[いそぐ] 急忙前往 外[そと] 外、外面 出る[でる] 出去、出來 開く[あく] 開、開著 仕方ない[しかたない] 沒辦法、無可奈何

48 連接動詞的句型－て形

照著做就對了學習法

第一步 一定要先聽過音檔　第二步 一邊看書一邊學習　第三步 請再聽一次音檔

本課將學習連接動詞て形的句型。運用動詞て形的句型相當多樣化，如果感覺無法靈活運用這些句型，只要先理解該句型的內容就行了。因為想完全消化這些不存在於母語中的句型是須要花點時間的。若能持之以恆地學習日語，總有一天會突然頓悟，豁然開朗。

48_1.MP3

跟著做就對了

雨[あめ] 雨
風[かぜ] 風
強い[つよい] 強
傘[かさ] 雨傘
濡れる[ぬれる] 淋溼
いくら 不管怎樣、儘管
勉強[べんきょう]
學習、讀書
頭[あたま] 頭、頭腦
悪い[わるい] 壞、不好
人[ひと] 人

辞書[じしょ] 字典
引く[ひく]
拉、查（字典）
意味[いみ] 意思
二つ[ふたつ] 兩個
絵[え] 畫
比べる[くらべる] 比較
違い[ちがい] 差異

1. …ても、…でも

動詞て形後面加上「も」，就形成表示「即使…也…」的句型。

（參考本書第267頁）

雨と風が強すぎて、傘をさしても濡れました。
　　　　　　　　　　風雨太大，就算撐傘也會溼掉。

いくら勉強ができても、頭の悪い人はいる。
　　　　　　　　即使再怎麼會讀書，但腦袋也不好的人也是有。

🖐 試著用下列題中的兩組句子完成「…て（で）も」的日語句子。（請分別依題目的型態，將句尾改成敬體表現）

辞書を引く, 意味がわからなかった ▶

二つの絵をいくら比べる, 違いがわからなかった
▶

その人はいくら注意する，同じ失敗を何度もした

▶

● 「引く[ひく]」的基本語義為「拉」，但「辞書を引く[じしっをひく]」的慣用表現裡，是表示「"查"字典」的意思。

人[ひと] 人
注意[ちゅうい]
注意、小心
同じ[おなじ]
相同、一樣
失敗[しっぱい] 失敗
何度も[なんども]
幾次、數次

當對話者的年紀、地位相仿的情況下，也常用「…たって、…だって」分別取代「…ても、…でも」。

怒る[おこる] 生氣
済む[すむ] 了事
仕方ない[しかたない]
沒辦法、無可奈何
日本語[にほんご]
日文、日語
見る[みる] 看
面白い[おもしろい]
有趣

そんなに怒ったって、済んだことは仕方ありません。
再怎麼生氣也無濟於事。

日本語がわからないから、テレビを見たって面白くない。
因為聽不懂日語，所以就算看電視也覺得無聊。

2. …ても（でも）いい／構わない[かまわない]

動詞て形後面先加上「も」，然後再加上「いい（好）」或「構わない（沒關係）」的話，就形成表示「做…也行」或「做…也沒關係」的句型。可請翻回到本書第286頁，同時複習「動詞否定形＋てもいい／構わない（不做…也沒關係）」句型。

美術館[びじゅつかん]
美術館
自由に[じゆうに]
自由自在地
作品[さくひん] 作品
触る[さわる] 摸、觸碰
捨てる[すてる]
丟、抛棄

この美術館では自由に作品に触ってもいいです。
在這美術館內，即使隨意用手觸摸作品也沒關係。

そのおもちゃはもう捨てても構わない。
那個玩具現在就算丟掉也沒關係。

🐧 試著用下列題中的句子完成句尾為「…て（で）もいい／構わない。」的日語句子。

ここではいくら騒ぐ ▶

試験に落ちる ▶

バイトをする ▶

騒ぐ[さわぐ]
騷動、動亂
試験[しけん] 考試
落ちる[おちる]
落下、落榜

當對話者的年紀、地位相仿的情況下，也常用「…たって、…だって」分別取代「…ても、…でも」。

3. …ては（では）いけない

動詞て形後面加上「は」而形成「…ては」，表示「進行某件事」，後面再加上表示「不行、不可以」的「いけない」，就形成「禁止做某種行為」的意思，即「不可以…」的句型。敬體表現時是「…ではいけません。」。

動詞て形 ＋ は ＋ いけない

お正月の飾りは31日に飾ってはいけません。

新年的裝飾不可以在31號（日）佈置。

ここに腰をかけてはいけない。　　　　　不可以坐在這裡。

🌂 試著用下列題中的句子完成句尾為「…ては（では）いけません。」的日語句子。

畳の縁を踏む ▶

御飯に箸を立てる ▶

ここでサッカーをする ▶

對話雙方的地位、年紀相仿的情況下，也常用「…ちゃ、…じゃ」分別來取代「…ては、…では」。

この池で泳いじゃいけません。　　不可以在這池子游泳。
この服は水に漬けちゃいけない。　這衣服不能泡水。

4. …て（で）から

動詞て形後接「から」，就形成描述做完前動作「之後」，再做下個動作的句型。之前講過的「から」是表示「從…、自…」的意思。所以「…てから」直譯為「自做了某動作開始」的話，自然就能輕鬆理解成「在…動作之後」的句型語義。

動詞て形 ＋ から

バスが完全に止まってから立ちます。

巴士完全停下來之後再站起來。

正月[しょうがつ]
正月、新年
飾り[かざり] 裝飾品
31日[さんじゅういちにち] 31號
飾る[かざる]
裝飾、佈置
腰[こし] 腰

畳[たたみ] 榻榻米
縁[ふち] 邊、邊緣
踏む[ふむ] 踩
御飯[ごはん] 飯
箸[はし] 筷子
立てる[たてる]
立、制訂

池[いけ] 池
泳ぐ[およぐ] 游
服[ふく] 衣服
水[みず] 水
漬ける[つける]
醃製、浸泡

完全[かんぜん]
完全、完全地
止まる[とまる]
停下、停止
立つ[たつ] 站、站立

火[ひ] 火
止める[とめる]
使…停住
出掛ける[でかける]
外出

病気[びょうき]
病、疾病
治る[なおる]
治癒、痊癒
退院[たいいん] 出院
日[ひ] 日、太陽
暮れる[くれる]
天黑、日暮
近所[きんじょ] 附近
散歩[さんぽ] 散歩
青木[あおき]
（日本姓氏）青木
来る[くる] 來
会議[かいぎ] 會議
始める[はじめる] 開始

きちんと火を止めてから出掛けた。

確實關掉火之後才出了門。

試著用下列題中的兩組句子完成「…て（で）から」的日語句子。（句尾請使用過去式的常體表現）

病気がきちんと治る,退院する ▶

日が暮れる,近所を散歩する ▶

青木さんが来る,会議を始める ▶

5. …て（で）しまう

動詞て形後面若加上「しまう」，這個句型用中文不太好了解。大體上類似指前動作「完了、盡了、光了」之狀態的句型。然而，這個句子依情況有很沉重的「糟了、可惜、遺憾」的負面語氣在裡面。使用時請多注意。

| 動詞て形 | + | しまう |

日本概述

日本當地的忌諱

　　日本過陽曆新年。新年期間大門、玄關和室內會佈置上新年裝飾，但不能在31號進行佈置，因為這時才佈置會讓這些裝飾變成「一夜飾り（いちやかざり）（一夜裝飾）」，對日本人而言，感覺很不好。另外，也不能在29號進行佈置。因為數字9的發音為「く」，跟表示「勞苦、愁苦」的「苦[く]」同音，所以覺得不太吉利，因此也不能在29號進行佈置。

　　除此之外，也不能踩踏和式房舍裡「畳[たたみ]」的邊緣。關於這項忌諱的由來有多種說法，第一種說法是以前的榻榻米是用珍貴的絲綢或麻製成，所以踩踏其邊緣處容易讓染色脫落，使榻榻米的耐用度降低而一下子就毀損壞掉，所以才會出現這種保護榻榻米邊緣的習俗。其實，「畳」在20世紀初以前都是高檔商品。第二種說法是因為日本古時候，常常一個大家族都會有家徽（代表家族的標誌），而這些家徽大多會繡在榻榻米的邊緣上，而踩踏家徽相當於踐踏祖先或父母親的臉一樣。第三種說法，古時代因為刺客都會藏身於地板下，因此會從榻榻米邊緣間的縫隙出刀殺人。第四種說法，榻榻米邊緣象徵界線，所以踩踏榻榻米邊緣這個用來區分身分主客座席的界線，就如同破壞社會秩序一樣。在日本，除了榻榻米的邊緣之外，也不能踩踏門檻。因有人很在乎這些傳統禁忌，所以最好還是牢記在心。

首先，一起來練習用此句型來描述某動作的「完了」。

この町もすっかり変わってしまいました。

這個小鎮也完全變掉了。（重點在整個小鎮都變了樣了。）

雨に濡れて、体が冷えてしまった。

被雨淋溼，身體冷掉了。（重點在整個身體變冷了。）

🌂 試著用下列題中的句子完成句尾為「…て（で）しまいました。」的日語句子。

車に乗るようになってから太る ▶

卵が割れる ▶

エスカレーターが故障する ▶

對話雙方的地位、年紀相仿的情況下，也常用「…ちゃう、…じゃう」分別來取代「…てしまう、…でしまう」。

授業の途中で眠っちゃいました。 上課途中睡著了。
朝まで遊んじゃった。 玩到早上了。

接著，一起來練習用此句型來描述某動作的「盡了、光了」。用於想要強調「徹底結束了」或「一段時間內就會結束了」的時間用。

この仕事は今日中にやってしまいます。

這件事今日內就會全部做完。

部屋をきれいに片付けてしまった。 將房間全都整理乾淨了。

🌂 試著用下列題中的句子完成句尾為「…て（で）しまった。」的日語句子。

ここにあった紙を全部使う ▶

全員の名前を覚える ▶

全部きれいに食べる ▶

6. …て（で）みる

動詞て形後面加上「みる」，就形成表示「試試看做（前動作）…」的句型。「見る[みる]」在這裡時等同「…看看」。注

左側詞彙欄：

町[まち] 小鎮
すっかり 完全、全都
変わる[かわる] 改變
雨[あめ] 雨
濡れる[ぬれる] 溼
体[からだ] 身體
冷える[ひえる] 發冷

車[くるま] 車
乗る[のる] 搭乘
太る[ふとる] 發胖
卵[たまご] 雞蛋
割れる[われる] 裂開
エスカレーター
電扶梯
故障[こしょう] 故障

授業[じゅぎょう] 授課
途中[とちゅう] 途中
眠る[ねむる] 睡覺
朝[あさ] 早上
遊ぶ[あそぶ] 玩

仕事[しごと] 工作
今日[きょう] 今天
〜中[じゅう] …中
部屋[へや] 房間
片付ける[かたづける]
整理、解決

紙[かみ] 紙、紙張
全部[ぜんぶ] 全部
使う[つかう] 使用
全員[ぜんいん]
全體人員
名前[なまえ]
姓名、名字
覚える[おぼえる]
記、背
食べる[たべる] 吃

意，在這個句型中，只會採用平假名來表記喔。

メキシコ 墨西哥
料理[りょうり] 料理
作る[つくる]
製作、製造
お店 商店
新しい[あたらしい] 新
チーズバーガー
起司漢堡
食べる[たべる] 吃

動詞て形 ＋ みる

メキシコ料理を作ってみました。　　試著烹飪墨西哥料理。
このお店の新しいチーズバーガーを食べてみたい。
想吃看看這間店新出的起司漢堡。

● 「漢堡」的日語是「ハンバーガー」。

✎ 試著用下列題中的句子完成句尾為「…て(で)みました。」的日語句子。

たばこを吸う　▶

韓国語を教える　▶

外国で生活する　▶

吸う[すう]
抽（菸）、吸
韓国語[かんこくご]
韓文、韓語
教える[おしえる]
教、教導
外国[がいこく]
外國、國外
生活[せいかつ] 生活

7. …て（で）いく

動詞て形後面加上「いく」，就形成表示「時空由近而遠的過程」或「狀態變化、某動作之持續」的句型。可請翻到本書第330頁，同時學習「動詞て形 + くる（表示「時空由遠而近的過程」或「狀態變化、一直以來持續著某動作過來」）」的句型。

首先，一起來練習用此句型來描述「時空由近而遠的過程」。用於描述移動方法、移動時的動作，或做完某動作後走掉，這幾種情況都能解釋為「時空由近而遠的過程」。即以說話者的視角來描述主詞遠去之感。另外，此句型中的「いく」也常用日語漢字「行く」來表示。

案内所[あんないじょ]
詢問處、服務台
地図[ちず] 地圖
行く[いく] 去
眼鏡[めがね] 眼鏡

案内所で地図をもらって行きました。
在詢問處拿地圖後走掉。
コンタクトをしないで、眼鏡をかけて行った。
不戴隱形眼鏡，而在戴上眼鏡後走掉。

試著用下列題中的句子完成句尾為「…て（で）いく。」的日語句子。

ジーパン 牛仔褲
学生[がくせい] 學生
連れる[つれる] 帶
食事[しょくじ] 用餐

ジーパンをはく ▶

学生を連れる ▶

うちで食事をする ▶

接著，一起來練習用此句型來描述「狀態變化、某動作之持續」。可用來表示狀態變化，或描述某動作之持續。

戦争[せんそう] 戰爭
テロ 恐怖
人[ひと] 人
死ぬ[しぬ] 死
事[こと] 事、事情
どんどん 接二連三地
増える[ふえる] 增加

戦争やテロでたくさんの人が死んでいきます。

戰爭或恐攻讓許多人不斷地死去。

やる事がどんどん増えていく。 應辦事項接二連三地增加下去。

試著用下列題中的句子完成句尾為「…て（で）いきます。」的日語句子。

自分[じぶん] 自己
家[いえ] 家、房子
帰る[かえる]
回去、回來、回家
仕事[しごと] 工作
続ける[つづける]
繼續、持續
一つ[ひとつ] 一個
説明[せつめい] 說明

みんな自分の家に帰る ▶

この仕事をこれからも続ける ▶

一つ一つ説明する ▶

8. …て（で）くる

動詞て形後面加上「くる」，就形成表示「時空由遠而近的過程」、「狀態變化、一直以來持續著某動作」、「某件事開始了」的句型。可請翻回到本書第329頁，對照一下「動詞て形＋いく」句型。

動詞て形 ＋ くる

首先，一起來練習用此句型來描述「時空由遠而近的過程」。跟「…て（で）いく」一樣，用於描述移動方法、移動時的動作，或做完某動作後前來，即以說話者的視角來描述主詞走近之感。另外，此句型中的「くる」也常用日語漢字「来る」來表示。

今日[きょう] 今天
お弁当[おべんとう]
便當
牛乳[ぎゅうにゅう] 牛奶
持つ[もつ] 拿、攜帶
考える[かんがえる]
考慮、思考

今日はお弁当と牛乳を持ってきました。

今天帶著便當和牛奶前來了。

どうするか、よく考えてきた。 想好要怎麼做之後才過來的。

歯医者[はいしゃ] 牙科
寄る[よる]
順便去、順路去
家族[かぞく]
家族、家人
一緒に[いっしょに]
一起、一同
連れる[つれる] 帶
先週[せんしゅう] 上週
習う[ならう] 學習
復習[ふくしゅう] 複習

 試著用下列題中的句子完成句尾為「…て(で)きた。」的日語句子。

今日は歯医者に寄る ▶

家族も一緒に連れる ▶

先週習ったことを復習する ▶

● 當多數的女性們提到「歯医者[はいしゃ]（牙科）」時大多會説「歯医者さん」。沒加「さん」的話聽起來會有點粗魯。

接著，一起來練習用此句型來描述「狀態變化、一直以來持續著某動作」。這部分跟「…ていく」一樣，可用來表示「狀態變化，或描述某動作之持續」。

日本[にほん] 日本
一人で[ひとりで]
一個人、獨自
頑張る[がんばる]
拼命努力、加油
子[こ] 小孩、孩子
段々[だんだん]
漸漸、逐漸
お父さん[おとうさん]
父親
似る[にる] 相像、像

「…ていく」是描述以說話者的視角所看到的狀態變化、主詞越走越遠的情況或未來的變化之處；相較之下，「…てくる」則是描述以說話者的視角所看到的狀態變化、主詞越走越近的情況或從過去到現在的變化之處。

イさんは日本で一人で頑張ってきました。
李先生一直以來獨自在日本努力生活。（從之前生活到現在）

その子は段々お父さんに似てきた。 那孩子越來越像父親了。

若い[わかい] 年輕
女性[じょせい] 女性
隣[となり] 隔壁、鄰居
引っ越す[ひっこす]
搬家、搬遷
新しい[あたらしい] 新
葉[は] 葉子
出る[でる] 出去、出來
今[いま] 現在
姉[あね] 姊姊
遠慮[えんりょ]
謝絕、推辭

 試著用下列題中的句子完成句尾為「…て(で)きました。」的日語句子。

若い女性が隣に引っ越す ▶

新しい葉が出る ▶

今までずっと姉に遠慮する ▶

最後，一起來練習用此句型來描述「某件事開始了（因為愈來愈有某種傾向感）」。用於跟說話者的意志無關，自然而然發生之事，「…ていく」不具此種語意。

暑い[あつい] 熱
午前[ごぜん] 上午
〜中[ちゅう]
…中、…內
雨[あめ] 雨
午後[ごご] 下午
晴れる[はれる]
放晴、晴

ずいぶん暑くなってきました。 開始變得非常熱了。

午前中はずっと雨だったが、午後になって晴れてきた。
上午持續下雨，但下午開始放晴了。

風[かぜ] 風
吹く[ふく] 吹
少し[すこし]
稍微、有點
疲れる[つかれる]
疲倦、累
頭[あたま] 頭、頭腦
混乱[こんらん] 混亂

☂ 試著用下列題中的句子完成句尾為「…て（で）きた。」的日語句子。

風が吹く ▶

少し疲れる ▶

頭が混乱する ▶

9. …て（で）おく

動詞て形後面加上「おく」，就形成描述為了某目的而預先做好某動作或動作結束後狀態持續的句型。「おく」有時也會以日語漢字「置く」表記，但一般都採用平假名寫法。

$$\boxed{動詞て形} + \boxed{おく}$$

出掛ける[でかける]
外出
前[まえ] 前、前面
靴[くつ] 鞋子
磨く[みがく]
刷（淨）、擦（亮）
何[なん] 什麼
決める[きめる] 決定

出掛ける前に靴を磨いておきました。　外出前預先擦了鞋子。
何にするか決めておいた。　　　　　　先決定好怎麼做了。

● 「何にする（怎麼做）」裡的「何」讀作「なん」，但也有人讀作「なに」。

☂ 試著用下列題中的句子完成句尾為「…て（で）おきます。」的日語句子。

お湯[おゆ] 開水、熱水
沸かす[わかす]
使…沸騰
米[こめ] 米
水[みず] 水
漬ける[つける]
醃製、浸泡
予約[よやく] 預約

お湯を沸かす ▶

米を水に漬ける ▶

レストランを予約する ▶

● 「米[こめ]（米）」單獨使用時顯得略為粗魯，所以女性們提到這單字時常會在前面加上「お」，即用「お米」來表示。

在對話雙方的地位、年紀相仿的情況下，也常用「…とく、…どく」來取代「…ておく、…でおく」。

消しゴム[けしゴム]
橡皮擦
置く[おく] 放、置
何[なに] 什麼
食べる[たべる] 吃
選ぶ[えらぶ] 選

消しゴムをここに置いときます。　預先把橡皮擦放在這裡。
何を食べるか選んどいた。　　　　預先選出要吃什麼了。

● 「消しゴム[けしごむ]」指的是橡膠製成的橡皮擦，延伸說明「板擦」的日語說法為「黒板消し[こくばんけし]」。

10. …て（で）いる

動詞て形後面加上「いる」，就形成表示「動作正在進行」或「動作之持續狀態」的句型。

$$\boxed{動詞て形} + \boxed{いる}$$

首先，一起來練習「動作正在進行」意義的例子。

庭[にわ] 庭院、院子
鳴く[なく] 啼、鳴叫
妹[いもうと] 妹妹
今[いま] 現在
浴びる[あびる] 淋

庭で猫が鳴いています。 貓咪正在庭院裡鳴叫著。

妹は今シャワーを浴びている。 妹妹現在正在淋浴。

🌂 試著用下列題中的句子完成句尾為「…て（で）いる。」的日語句子。

外[そと] 外、外面
雪[ゆき] 雪
降る[ふる] 下（雪／雨）
弟[おとうと] 弟弟
自分[じぶん] 自己
部屋[へや] 房間
寝る[ねる] 就寝
夕飯[ゆうはん] 晚餐
支度[したく] 準備

外は今、雪が降る ▶

弟は自分の部屋で寝る ▶

今、夕飯の支度をする ▶

除此之外，描述習慣或長期間的反覆行為也會用「…て（で）いる」句型。

1週間[いっしゅうかん]
1週
3日[みっか] 3天
スポーツクラブ
健身倶樂部
通う[かよう]
上（班／學）
中学校[ちゅうがっこう]
國中
英語[えいご] 英語
教える[おしえる] 教

1週間に3日、スポーツクラブに通っています。 一個禮拜健身三次。

私は中学校で英語を教えている。 我在國中教英文。

🌂 試著用下列題中的句子完成「…て（で）います。」的日語句子。

布団[ふとん] 棉被
売る[うる] 賣
貿易会社[ぼうえきがいしゃ] 貿易公司
勤める[つとめる] 就職
1時間[いちじかん]
1小時
ジョギング 慢跑

その店では布団を売る ▶

貿易会社に勤める ▶

私は毎朝1時間ジョギングをする ▶

◉ 「貿易会社[ぼうえきがいしゃ]（貿易公司）」是由「貿易[ぼうえき]（貿易）」和「会社[かいしゃ]（公司）」所組成的單字，請注意此複合名詞「会社[がいしゃ]」裡的「か」濁音化變成了「が」。

當對話雙方的地位、年紀相仿的情況下，也常用「…てる、…でる」來取代「…ている、…でいる」。

娘[むすめ] 女兒
今[いま] 現在
2階[にかい] 2樓
弾く[ひく] 彈（奏）
人[ひと] 人
並ぶ[ならぶ] 排隊

娘は今2階でピアノを弾いてます。 女兒現在正在二樓彈鋼琴。

人がたくさん並んでる。 許多人在排隊（著）。

運用「…ている」的句型時，很多人容易搞混「思う[おもう]（考慮）」和「思っている（正在考慮）」。「思う」是用來描述說話當下的思考、判斷、想法，而「思っている」卻是用來描述在說這話更早之前就產生，且並持續抱持到現在的想法。

子供[こども]
孩子、小孩
頃[ころ] …時候
大学[だいがく] 大學
法律[ほうりつ] 法律
勉強[べんきょう]
讀書、學習
床屋[とこや] 理髮院
美容院[びよういん]
美容院
〜方[ほう]
…（一）方、方面

子供の頃から大学で法律を勉強したいと思っていました。
從小就一直想在大學攻讀法律。

床屋より美容院の方がいいと思う。
我認為美容院比理髮院好。

除此之外，也有很多人搞錯「知っている（已知）」的否定句型，其他動詞搭配「…ている」時，相對的否定形是「…ていない」；但「知っている」相對的否定形卻是「知らない」，請格外小心。

 日本概述

日語單字小知識：「ヘルス」，請小心這個外來語的應用！

　　日語的外來語「ヘルス」，語源來自於英語的「health（健康）」，所以單獨從書面上查的話，可能會得到「健康」這個固有的詞彙。但是要在日本的應用時要小心喔！因為這個字眼現在流通的一般意思，是指由風俗女郎提供性服務給男性客人的店家。所以若你是要表示跟「健康」有關的談話，千萬不要用到這個字，否則一字之差的誤會，很有可能會讓日本人對你的印象負面性的大改觀，特別是在跟女性談論時要更加地小心。說到健康，再加碼一些跟「健身」有關的表現：「スポーツクラブ（體育俱樂部）」、「スポーツジム（健身房）」、フィットネスクラブ（健身俱樂部）」，上述三種地方稱呼不同，但內容大同小異，都是你可以好好「健身」的地方。

誰[だれ] 誰
妻[つま] 妻子

誰が来るか、妻は知っていますが、私は知りません。

妻子知道是誰會來，但我不知道。

来た[きた] 來
時[とき] 時
開く[あく] 開、開著
虫[むし] 昆蟲
生きる[いきる]
活、生存

接著，再一起來練習用此句型來描述「動作之持續狀態」。

私が来た時、ドアが開いていました。我來的時候門是開著的。
その虫はまだ生きている。　　　　那隻蟲子還活著。

試著用下列題中的句子完成句尾為「…て(で)いる。」的日語句子。

店[みせ] 商店
閉まる[しまる] 關門
冷蔵庫[れいぞうこ]
冰箱
壊れる[こわれる]
故障、壞掉
西村[にしむら]
（日本姓氏）西村
来る[くる] 來

店はもう閉まる　▶

この冷蔵庫は壊れる　▶

西村さんはもう来る　▶

想描述某種變化發生後的狀態或結果時，也會使用「…て（で）いる」。

還有下面這些例句很容易解讀錯誤，請格外小心。

結婚[けっこん] 結婚

私は結婚しています。　　我結婚了。

「結婚している」表示結婚，且持續維持該狀態。若想表達「3年前結了婚」（指結婚典禮辦的那個時間點），此時自然要用過去式「結婚しました」。因為3年前結婚了，而現在是已婚狀態，故想表達此狀態時就要用「結婚している」才對。

昔[むかし] 過去、以前
今[いま] 現在
太る[ふとる] 發胖

昔はやせていたが、今は太っている。

以前體型纖瘦，但現在豐腴。

「（體型）纖瘦」是瘦下來的狀態及瘦下來的結果，「（體型）豐腴」則是變胖的狀態及變胖的結果，所以都用「…ている」。

父[ちち] 父親
帰る[かえる]
回去、回來、回家

父はまだ帰っていません。　　父親還沒回來。

「帰っていない」表示「沒有回來的狀態」。而「帰らない」表示「沒回來」，「帰らなかった」表示「沒回來（過去式）」，用來描述過去的事、已經結束的事，例如「昨晚沒回來了」。

何も[なにも] 什麼也
覚える[おぼえる]
背、記

何も覚えていない。　　　什麼都不記得。

「覚えていない」表示「不記得的狀態」。而「覚えない」表示
「不會記得」，「覚えなかった」則表示「不記得（過去式）」。

11. …て（で）ある

動詞て形後面加上「ある」，就形成表示「動作結束所留下的結果」的句型。

動詞て形	+	ある

部屋[へや] 房間
壁[かべ] 牆壁
僕[ぼく]（男性自稱）我
好き[すき] 喜歡
女優[じょゆう] 女演員
貼る[はる] 貼、黏
喫茶店[きっさてん]
咖啡廳
調べる[しらべる] 調查

部屋の壁に僕の好きな女優のポスターが貼ってあります。
　　　　　房間牆壁上貼著我喜歡的女演員海報。（動作結果：牆壁上貼著了）

いい喫茶店がどこにあるか、もう調べてある。
　　　　已經打聽到哪裡有好的咖啡廳了。（動作結果：已經打聽好了）

◉ 此句型分成「…が…て（で）ある」和「…を…て（で）ある」兩種，兩者差異請
看本書第352頁。

🗣 試著用下列題中的句子完成句尾為「…て(で)あります。」的日語句子。

このデータはCDに焼く　▶

テストによく出る問題を集める　▶

友達と会う約束をする　▶

焼く[やく] 烤；燒錄
出る[でる] 出來、出去
問題[もんだい] 問題
集める[あつめる] 收集
友達[ともだち] 朋友
会う[あう] 見
約束[やくそく] 約定

「…て（で）ある」的語意與動詞て形與「…て（で）いる（動作正在進行或動作之持續狀態）不同」。雖然兩者都能用來描述狀態，但使用「…て（で）いる」的句子中不會感受到該行為者的存在，只是單純描述狀態；相形之下，使用「…て（で）ある」的語句中會感受到有行為者的存在，並可以感受到其行為的目的性。

請看下列例句，具體體會兩句型之間的差異。

電気[でんき] 電、電燈

電気がついています。　　電燈開著。
電気がつけてあります。電燈開著／（某人）開著燈。

上述兩個例句都有「電燈開著」之意，但第一個例句只單純描述「電燈亮著」的狀態，而第二個例句卻蘊含「某人基於某種目的而開著電燈，而此行為的結果是電燈開著」。也因為具有此種含義，所以「…て（で）ある」句型有時不能解釋為「動作結束所留下的結果」，而要解釋為「動作結束後狀態持續」。

窓[まど] 窗戶
開く[あく] 開、開著

窓が開いている。　窗戶開著。
窓が開けてある。　窗戶開著／（某人）開了窗戶。

上述兩個例句，第一個例句也只有單純描述「窗戶開著」的狀態，而第二個例句卻蘊含「某人基於某種目的而開著窗戶，而此行為的結果是窗戶開著」之意。所以只要把「…て（で）ある」想成依情況分別具有「動作結束所留下的結果」和「動作結束後狀態持續」之意的句型即可。

12. …て（で）いるところだ

動詞て形後面加上「いるところだ」，就形成表示「正在做…」的句型。用於描述某個動作或作用正在發生。可請翻到本書第318、356頁，同時學習及複習「動詞辭書形＋ところだ（正要／正在／剛剛…）」及「動詞過去式＋ところだ（正要／正在／剛剛做…了）」的句型。

兄[あに] 哥哥
今[いま] 現在
お風呂[おふろ] 浴室
入る[はいる] 進入
昼御飯[ひるごはん] 午飯
食べる[たべる] 吃

| 動詞て形 | ＋ | いる | ＋ | ところだ |

兄は今お風呂に入っているところです。　哥哥現在正在洗澡。
今、昼御飯を食べているところだ。　現在正在吃午餐。

京都[きょうと]（地名）京都
向かう[むかう] 朝著
机[つくえ] 書桌
上[うえ] 上、上面
片付ける[かたづける] 收拾、整理
相談[そうだん] 諮詢

🔰 試著用下列題中的句子完成句尾為「…ているところだ。」的日語句子。

京都へ向かう ▶

机の上を片付ける ▶

どうするか、相談する ▶

● 前面有提過當對話雙方的地位、年紀相仿的情況下，常用「…てる」來取代「…ている」。套用這個句型中時也是如此。

13. …て（で）あげる

前面已經有學過「あげる（給、給予）」這個詞。現在再來了解當動詞て形後面加上「あげる」後，就形成表示「為某人做前動作」的句型。

還記得前面在講授受表現時，表示「給」的日語詞彙有「あげる（給、給予）」和「くれる（給、給我）」兩種嗎？這兩者若以輔助動詞的身分接在動詞て形的後面的話，意義一樣相同。只不過是從「給一樣東西」，變成「協助（給）一項動作」。如果想不太起來的話，請翻回本書第234頁確認一下。

彼[かれ] 他、男朋友
クッキー 餅乾
焼く[やく] 烤
出る[でる] 出來、出去
母[はは] 母親
忘れ物[わすれもの]
遺失物
届ける[とどける] 送達

<table>
<tr><td>動詞て形</td><td>+</td><td>あげる</td></tr>
</table>

私は彼にクッキーを焼いてあげました。
我烤了餅乾給男友。

母は太田さんに忘れ物を届けてあげた。
母親將太田先生遺失物送回去了。

☂ 試著用下列題中的單字完成句尾為「…て（で）あげました。」的日語句子。

あなた, 山口さん, 雑誌, 貸す　▶

姉, 友達, 宿題, 見せる　▶

私, 藤原さん, 食事, ご馳走する　▶

●之前有提過，日本人不太用「あなた（你）」來稱呼對方。這裡是為了練習句型才使用此單字。

山口[やまぐち]
（日本姓氏）山口
雑誌[ざっし] 雜誌
貸す[かす] 借（出）
姉[あね] 姊姊
友達[ともだち] 朋友
宿題[しゅくだい] 作業
見せる[みせる] 讓…看
藤原[ふじわら]
（日本姓氏）藤原
食事[しょくじ] 用餐
ご馳走する[ごちそうする] 請客

用「…てあげる」的句型表達「我幫（你／妳）做某件事」時請多留意。因為在這句話中，說話者會給對方一種「我施予（你／妳）恩惠」的感覺，所以盡量避免不要對長輩或陌生人使用。

也就是說，當使「…てあげる」這個句型時，特別是用第一人稱當主詞時，會有些給人一種「你在邀功」的語感，所以使用上請特別注意。

14. …て（で）くれる

動詞て形後面加上「くれる」，就形成表示「…為我（們）做某件事」的句型，此句型與「…てあげる」之間的差異，與「あげる」與「くれる」之間的區別相同。（參考本書第234頁）。

彼女[かのじょ]
她、女朋友
僕[ぼく]
（男性自稱）我
焼く[やく] 烤
命[いのち] 生命
大切[たいせつ]
重要、珍貴
教える[おしえる] 教

斉藤[さいとう]
（日本姓氏）齋藤
写真[しゃしん] 照片
送る[おくる] 送
岡本[おかもと]
（日本姓氏）岡本
上着[うわぎ]
外衣、外層的衣服
選ぶ[えらぶ] 選
サンタクロース
聖誕老人
娘[むすめ] 女兒
持ってくる[もってくる]
帶來

動詞て形 ＋ くれる

彼女が僕にクッキーを焼いてくれました。

女朋友幫我烤了餅乾。

あなたは私に命の大切さを教えてくれた。

你教導了我生命的可貴。

☂ 試著用下列題中的單字完成句尾為「…て（で）くれた。」的日語句子。

斉藤さん, 私, 写真, 送る ▶

岡本さん, あなた, 上着, 選ぶ ▶

サンタクロース, 娘, プレゼント, 持ってくる

▶

「くれる」的給予對象通常很明確的都是「我（們）」。所以當日語在用「くれる」或「て（で）くれる」的句型時，經常會省略句中的對象詞「私に（給我（們））」。因為對象明確就是「我（們）」，故少了它通常也不太會妨礙句意的理解。

彼女がクッキーを焼いてくれました。

女朋友（幫我）烤了餅乾。

15. …て（で）やる

動詞て形後面加上「やる」，就形成表示「為某人做某件事」的句型。這個句型跟之前講過的「…てあげる」一樣，差別就在恭敬度的高低較低。此句型能用於對方是比主詞年紀小很多，或動物、植物…等。

動詞て形 ＋ やる

子供[こども]
孩子、孩童
遊ぶ[あそぶ] 玩
僕[ぼく]
（男性自稱）我
犬[いぬ] 狗
褒める[ほめる] 稱讚

人[ひと] 人
猿[さる] 猴子
服[ふく] 衣服
買う[かう] 買
弟[おとうと] 弟弟
入れる[いれる] 放入
妹[いもうと] 妹妹
化粧[けしょう] 化妝

私は子供と遊んでやりました。　　我陪孩子玩了。

僕は犬を褒めてやった。　　我誇獎狗狗了。

🌂 試著用下列題中的單字完成「…て（で）やりました。」的日語句子。

その人, 猿, 服, 買う　▶

僕, 弟, コーヒー, 入れる　▶

私, 妹, 化粧, する　▶

16. …て（で）差し上げる[てさしあげる]

動詞て形加上「差し上げる（呈送、敬致）」，就形成表示「為某人幫忙做…（前動作）」的句型。此句型敬意比前述的「～であげる」高。

友達[ともだち] 朋友
先生[せんせい] 老師
本当[ほんとう] 真的
事[こと] 事
話す[はなす] 談論
社長[しゃちょう] 社長
質問[しつもん]
質詢、提問
答える[こたえる] 回答

動詞て形　＋　差し上げる

友達は先生に本当の事を話して差し上げました。

朋友為老師講述了事實。

おじが社長の質問に答えて差し上げた。

叔叔回覆了社長的提問。

◉ 「本当[ほんとう]（真的）」與「事[こと]（事）」組合成「本当の事[ほんとうのこと]」的詞彙，即等於「事實」。

🌂 試著用下列題中的句子完成句尾為「…て（で）差し上げた。」的日語句子。

後輩[こうはい] 晚輩
先輩[せんぱい] 前輩
車[くるま] 車
送る[おくる] 送、送別
友達[ともだち] 朋友
部長[ぶちょう] 部長
話[はなし] 談話、事
伝える[つたえる] 轉達
兄[あに] 哥哥
課長[かちょう] 課長
人[ひと] 人
紹介[しょうかい] 介紹

後輩がその先輩を車で送る　▶

友達が部長にその話を伝える　▶

兄は課長にいい人を紹介する　▶

不過，當句中的動作接受對象是第二人稱，即對話者是當事者時，不能使用「…て（で）差し上げる」的句型。因為此句型仍會給人有種「說話者（我）」在「邀功、施予恩惠」的感覺。在這種情況下，大多要此用敬語中的謙讓語，關於謙讓語的用法會在本書第407頁做詳細說明，現在只要記得最好不要對須要表示恭敬的對象直接使用「…て（で）差し上げる」來表達「為對方做某件事」就行了。不過，當動作接受對象是第三人稱時，則可以用此

句型來表達「我幫第三人做某動作」。

17. …て（で）くださる

將「くれる」換成「くださる」，就形成表示「為我（們）做某動作」的句型，此句型用於主詞（動作執行者）為需要表示尊敬之人的情況下。句中的「くださる」也常採用日語漢字「下さる」來表示。

$$\boxed{\text{動詞て形}} + \boxed{\text{くださる}}$$

デザート 甜點
お客様[おきゃくさま]
客人
喜ぶ[よろこぶ]
開心、高興
神様[かみさま] 神

デザートのサービスをお客様が喜んでくださいました。

用免費甜點讓客人感到高興。

神様はいつも私のそばにいてくださる。

神總是伴隨在我身邊。

☂ 試著用下列題中的句子完成句尾為「…て（で）くださいました。」的日語句子。

先生[せんせい] 老師
友達[ともだち] 朋友
許す[ゆるす] 允許
色々[いろいろ]
各式各樣
事[こと] 事
教える[おしえる] 教
松田[まつだ]
（日本姓氏）松田
ご両親[ごりょうしん]
（您的）雙親
来る[くる] 來

先生は友達を許す ▶

あなたは私にいろいろな事を教える ▶

松田さんのご両親がうちまで来る ▶

18. …て（で）もらう

動詞て形加上「…てもらう」句型，即形成了「得到…幫忙作前動作」的意思。此句型中的主語是接受者，即從別人那邊得到某動作之人。

$$\boxed{\text{動詞て形}} + \boxed{\text{もらう}}$$

知る[しる] 知道
人[ひと] 人
財布[さいふ] 錢包
拾う[ひろう] 拾、撿
祖母[そぼ] 奶奶
育てる[そだてる]
養育、培養

私は知らない人に財布を拾ってもらいました。

我從不認識的人那邊撿回了我的錢包。（我不認識的人幫我撿回了錢包。）

私は祖母に育ててもらった。

我從奶奶那邊得到了養育。（奶奶養育了我。）

夫[おっと] 丈夫
料理[りょうり]
料理、菜餚
手伝う[てつだう] 幫忙
僕[ぼく] 我
家内[かない] 內人
電気[でんき] 電、電燈
私達[わたしたち] 我們
店[みせ] 商店
10人[じゅうにん] 10人
〜分[ぶん] …分
席[せき] 座位
準備[じゅんび] 準備

☂ 試著用下列題中的句子完成句尾為「…て（で）もらった。」的日語句子。

私, 夫, 料理, 手伝う ▶

僕, 家内, 電気, つける ▶

私達, お店, 10人分の席, 準備する ▶

● 想表示「私達[わたしたち]（我們）」時，因「…達[たち]」並非常用漢字，所以許多教材都用「私たち」。不過實際生活中也有很多日本人寫出漢字「私達」，所以在此以漢字表記。

19. …て（で）いただく

將「もらう」換成「いただく」而變成「…ていただく」的話，就形成蘊含著對「做出授予動作的人」表示尊敬的句型，意譯成中文的話，差不多是「賜予」這程度吧，這也是「從…得到」的意思。

$$\boxed{動詞て形} + \boxed{いただく}$$

お客さん[おきゃくさん]
客人
寄る[よる]
順路去、順便去
子[こ] 小孩、孩子
謝る[あやまる]
道歉、謝罪

お客さんにうちに寄っていただきました。
我們從客人那邊得到了拜訪家裡。（客人大駕光臨了寒舍。）

私はその子のご両親に謝っていただいた。
我從那孩子的父母親那邊得到了謝罪。（那孩子的父母親向我致歉。）

☂ 試著用下列題中的句子完成句尾為「…て（で）いただきました。」的日語句子。

先生, アイディアを出す ▶

その方, 会社を訪ねる ▶

社長, 挨拶する ▶

● 「アイディア（點子、主意）」有時也可寫作「アイデア」。

先生[せんせい] 老師
アイディア 點子、主意
出す[だす] 拿出
方[かた] …位
会社[かいしゃ] 公司
訪ねる[たずねる] 訪問
社長[しゃちょう] 社長
挨拶[あいさつ]
打招呼、寒暄

20. …て（で）ください

動詞て形後面加上「ください」，就形成表示「請（做）…」或「請幫我（做）…」的句型。可請翻回到本書第280頁，同時複習「動詞否定形＋でください（請不要做…）」的句型。

$$\boxed{動詞て形} + \boxed{ください}$$

バイク 摩托車
乗る[のる] 搭乘
時[とき] 時
必ず[かならず]
一定、務必
ヘルメット 安全帽
始める[はじめる] 開始

首先，一起來練習用此句型來表示「請（做）…」。

バイクに乗る時は必ずヘルメットをかぶってください。

騎乘摩托車時請務必戴安全帽。

インストールを始めてください。請開始安裝。

切手[きって] 郵票
貼る[はる] 貼、黏
次[つぎ] 下次
駅[えき] 車站
特急[とっきゅう] 特快
乗り換える[のりかえる]
轉乘
出掛ける[でかける]
外出
支度[したく] 準備

🌂 試著用下列題中的句子完成句尾為「…て（で）ください。」的日語句子。

切手を貼る ▶

次の駅で特急に乗り換える ▶

出掛ける支度をする ▶

接著，一起來練習用此句型來表示「請幫我（做）…」。

用「…て（で）ください」時，通常必須依前後文的意思才能判斷此句型是表示「請（做）…」還是「請幫我（做）…」。接下來的文法（21~28）都與「請幫我（做）…」相同為請求或託付概念的各種衍生句型。而且這些句型的介紹順序是依照其語意的恭敬程度，從比較不恭敬的句型介紹到較為恭敬的句型進行。

髪[かみ] 頭髮
短く[みじかく] 短
切る[きる] 剪、切
できるだけ
儘量、盡可能
情報[じょうほう] 資訊
集める[あつめる] 收集

髪を短く切ってください。　　請幫我把頭髮剪短。

できるだけ情報を集めてください。請盡可能地幫我收集資訊。

🌂 試著用下列題中的句子完成句尾為「…て（で）ください。」的日語句子。

自分[じぶん] 自己
席[せき] 座位
戻る[もどる]
回去、回來、返回
彼[かれ] 他、男朋友
別れる[わかれる] 離別
手伝う[てつだう] 幫忙
来る[くる] 來

自分の席に戻る ▶

彼と別れる ▶

手伝いに来る ▶

21. …て（で）くれますか

動詞て形後面加上「くれますか」，就形成表示「可以幫我（做前動作）…嗎？」的句型。

動詞て形 ＋ くれますか

次[つぎ] 這次、下次
信号[しんごう] 紅綠燈
右[みぎ] 右邊、右側
曲がる[まがる]
轉彎、彎
一緒に[いっしょに]
一起、一同
行く[いく] 去
人[ひと] 人
集める[あつめる] 收集

興味[きょうみ] 興趣
持つ[もつ] 拿、持有
電池[でんち] 電池
取り替える[とりかえる]
更換
来る[くる] 來

次の信号を右へ曲がってくれますか。

可以在下個紅綠燈處右轉嗎？

一緒に行く人を集めてくれますか。

可以幫我集中（邀約）要一起去的人嗎？

試著用下列題中的句子完成句尾為「…て（で）くれますか。」的日語句子。

興味を持つ ▶

電池を取り替える ▶

私と一緒に来る ▶

22. …て（で）くれませんか

動詞て形後面加上「くれませんか」，就形成表示「不可以幫我（做前動作）…嗎？」的句型。這種反問的語型會比剛才學的「…てくれますか」聽起來態度稍微更鄭重客氣。

もう少し[もうすこし]
再稍微
厳しい[きびしい] 嚴格
子供[こども]
孩子、孩童
叱る[しかる] 責備
お茶[おちゃ] 茶
入れる[いれる] 放入

動詞て形	+	くれませんか

もう少し厳しく子供を叱ってくれませんか。

不稍微嚴厲一點幫我責備小孩嗎？（能幫我稍微嚴厲一點責備小孩嗎？）

お茶を入れてくれませんか。

不幫我泡茶嗎？（能幫我泡茶嗎？）

試著用下列題中的句子完成句尾為「…て（で）くれませんか。」的日語句子。

背中[せなか] 背
薬[くすり] 藥
塗る[ぬる] 塗
ブラインド 百葉窗
上げる[あげる]
舉、捲起
書類[しょるい] 文件
10枚[じゅうまい] 10張

背中に薬を塗る ▶

ブラインドを上げる ▶

この書類を10枚ずつコピーする ▶

23. …て（で）くださいますか

動詞て形後面加上「くださいますか」，就形成表示「可以幫我做（前述動作）…嗎？」的句型。「くださる」是「くれる」的敬語，所以這個句型的語氣會比「てくれますか」更為恭敬客氣。

動詞て形	+	くださいますか

プレゼント用に包んでくださいますか。

可以幫我包裝成禮物嗎？

シートベルトを締めてくださいますか。

可以幫我繫上安全帶嗎？

〜用[よう] …用
包む[つつむ] 包裝、包
シートベルト 安全帶
締める[しめる] 繫

🪂 試著用下列題中的句子完成句尾為「…て（で）くださいますか。」的日語句子。

この書類は鉛筆で書く ▶

その人に電話をかける ▶

この手紙を日本語に翻訳する ▶

鉛筆[えんぴつ] 鉛筆
書く[かく] 寫
人[ひと] 人
電話[でんわ] 電話
手紙[てがみ] 信
日本語[にほんご]
日語、日文
翻訳[ほんやく] 翻譯

24. …て（で）くださいませんか

動詞て形後面加上「くださいませんか」，為日語反問語氣的請求，為「能不能請你幫我做（前述動作）…嗎？」的句型，其語氣比前一個句型更為恭敬客氣。

$$\boxed{動詞て形} + \boxed{くださいませんか}$$

遠藤さんにこの鍵を渡してくださいませんか。

能不能請你把這個鑰匙交給遠藤先生呢？

明日のパーティーで着物を着てくださいませんか。

明天的聚會能不能請你穿和服呢？

鍵[かぎ] 鑰匙
渡す[わたす] 交付
明日[あす] 明天
着物[きもの] 和服
着る[きる]
（上半身衣服）穿

🪂 試著用下列題中的句子完成句尾為「…て（で）くださいませんか。」的日語句子。

この仕事はほかの人に頼む ▶

ちょっとドアを開ける ▶

1階のロビーまで来る ▶

仕事[しごと] 工作
人[ひと] 人
頼む[たのむ]
請求、委託
開ける[あける]
打開、開
1階[いっかい] 1樓
ロビー 大廳
来る[くる] 來

25. …て（で）もらえますか

動詞て形後面加上「もらえますか」而所組成的句型，其語意直譯為「我可以得到你做（前述動作）…嗎？」，即「可以請你做（前述動作）…嗎？」的意思。「もらえる」是「もらう（得到）」的可能形，是「可以得到」的意思。

動詞て形	+	もらえますか

あげた指輪を返してもらえますか。

　　　　你可以把我給的戒指還給我嗎？（我能夠得到你歸還我給你的戒指嗎？）

後ろのドアを閉めてもらえますか。

　　　　你可以把後門關起來嗎？（我能夠得到你把後門關起來嗎？）

🌂 試著用下列題中的句子完成句尾為「…て(で)もらえますか。」的日語句子。

指輪[ゆびわ] 戒指
返す[かえす] 還、歸還
後ろ[うしろ] 後、後方
閉める[しめる]
關、關閉

ちょっとここに座る ▶

ちょっと車を止める ▶

間違いがないかチェックする ▶

座る[すわる] 坐
車[くるま] 車
止まる[とまる]
停、停止
間違い[まちがい]
錯誤

26. …て（で）もらえませんか

本句型是由「…てもらえますか」的反問表現，直譯為「不能得到你做（前述動作）…嗎？」，其實也差不多是問對方能不能幫自己做某動作的意思。

動詞て形	+	もらえませんか

私達も飲み会に呼んでもらえませんか。

　　　　不可以也讓我們參加飲酒會嗎？（我們不能得到飲酒會的邀請嗎？）

ちょっと負けてもらえませんか。

　　　　不可以再便宜一點嗎？（不能得到再降價一點嗎？）

私達[わたしたち] 我們
飲み会[のみかい]
酒席、同事朋友間喝
酒的聚會
呼ぶ[よぶ] 叫、喚
負ける[まける]
輸、減價

◉「負ける[まける]」除了「輸」之外，也有「減價」之意。

🌂 試著用下列題中的句子完成句尾為「…て(で)もらえませんか。」的日語句子。

もう少し[もうすこし]
再稍微
待つ[まつ] 等
仕事[しごと] 工作
続ける[つづける] 繼續
細かく[こまかく]
詳細地、仔細地
説明[せつめい] 說明

もう少し待つ ▶

仕事を続ける ▶

細かく説明する ▶

27. …て（で）いただけますか

「いただく」是「もらう」的「謙讓語（敬語中的一種）」，所以聽起來更為恭敬。「いただける」是「いただく」的可能形，所

以「…ていただけますか」的直譯亦為「可以得到您做…嗎？」，亦即「可以請您幫我做（前述動作）…嗎？」的意思。

| 動詞て形 | + | いただけますか |

病院[びょういん] 醫院
連れて行く[つれていく] 帶去
寒い[さむい] 冷、寒冷
暖房[だんぼう] 暖氣

病院に連れて行っていただけますか。
可以請你帶我去醫院嗎？（我能夠得到你帶我去醫院嗎？）

ちょっと寒いので、暖房をつけていただけますか。
因為有點冷，可以請你開暖氣嗎？（我能夠得到你幫我打開暖氣嗎？）

🌂 試著用下列題中的句子完成句尾為「…て（で）いただけますか。」的日語句子。

一度[いちど] 一次
会う[あう] 見
案内[あんない] 導引

一度会う ▶

たばこをやめる ▶

案内する ▶

28. …て（で）いただけませんか

本句型是由「…ていただけますか」的反問表現，直譯為「不能得到您做（前述動作）…嗎？」，其實也差不多是問對方能不能幫自己做某動作的意思。

| 動詞て形 | + | いただけませんか |

遅れる[おくれる] 遲
大きい[おおきい] 大
サイズ 尺寸
物[もの] 物品、東西
取り替える[とりかえる] 替換

中川さんに遅れないように言っていただけませんか。
不可以請您告訴中川先生不要遲到嗎？（我不能夠得到你跟中川先生説不要遲到嗎？）

大きいサイズの物と取り替えていただけませんか。
不可以請您幫我換成大一點的尺寸嗎？（我不能夠得到你幫我替換成大一點的尺寸嗎？）

🌂 試著用下列題中的句子完成句尾為「…て（で）いただけませんか。」的日語句子。

作文[さくぶん] 作文
直す[なおす] 改正、修理
子猫[こねこ] 幼貓
育てる[そだてる] 養育、培養
手伝う[てつだう] 幫忙

日本語の作文を直す ▶

この子猫を育てる ▶

手伝いに来る ▶

風雨太大，即使撐傘也會溼掉。（…ても…）（過去式的敬體表現）

▶

在這美術館內，即使隨意用手觸摸作品也沒關係。（…触ってもいい／構わない。結尾句型）

▶

不允許坐在這裡。（…てはいけません。結尾句型）

▶

太陽下山後在附近散步了。（…てから…）（過去式的常體表現）

▶

這個小鎮也完全都變了模樣。（…てしまいました。結尾句型）

▶

這件事今日內就會全部做完。（…てしまう。結尾句型）

▶

想吃看看這間店新推出的起司漢堡。（…てみたいです。結尾句型）

▶

在詢問處拿到地圖後走掉。（…て行った。結尾句型）

▶

因戰爭或恐攻讓許多人不斷死去。（…でいきます。結尾句型）

▶

想好要怎麼做後前來了（該怎麼做，想了很多很多）。（…てきた。結尾句型）

▶

年輕的女性搬來到隔壁來了。（…てきました。結尾句型）

▶

上午持續下雨，但下午開始逐漸地放晴了。（…てきた。結尾句型）

▶

外出之前先刷了鞋子。（…ておきました。結尾句型）

▶

平常一個禮拜到健身俱樂部三次。（…ています。結尾句型）

▶

那隻蟲子還活著。（…ている。結尾句型）

▶

房間牆壁上貼著我喜歡的女演員的海報。（…てあります。結尾句型）

▶

哥哥現在正在洗澡。（…ているところです。／…ている結尾句型）

▶

母親將太田先生遺失物送回去了。（…てあげました。結尾句型）

▶

你教導給我了生命的可貴（的道理）。（…てくれた。結尾句型）

▶

我誇獎狗狗了。（…てやりました。結尾句型）

▶

後輩開車送那位前輩回去了。（…て差し上げた。結尾句型）

▶

客人對點心的服務讓感到高興了。（…でくださいました。結尾句型）

▶

我不認識的人幫我撿回了錢包（我從不認識的人那邊得到了撿回錢包）。（…てもらった。結尾句型）

▶

老師幫我出了主意（我從老師那邊得到了主意）。（…ていただきました。結尾句型）

▶

請盡可能地幫我收集資訊。（…でください。結尾句型）

▶

可以（幫我）下個紅綠燈處右轉嗎？（…でくれますか。結尾句型）

▶

不能幫我將這資料印成各10張嗎？（…てくれませんか。結尾句型）

▶

可以幫我包裝成禮物嗎？（…てくださいますか。結尾句型）

▶

你不能幫我把這個鑰匙交給遠藤先生嗎？（…てくださいませんか。結尾句型）

▶

我可以請你幫我確認有沒有錯誤嗎（我可以得到你確認有沒有錯誤嗎？）（…てもらえますか。結尾句型）

▶

不能夠請你詳細說明嗎（我不能得到你的詳細說明嗎）？（…てもらえませんか。結尾句型）

▶

可以請你帶我去醫院嗎（我可以得到你帶我去醫院嗎）？（…ていただけますか。結尾句型）

▶

不能夠請您幫我告訴中川先生說不要遲到嗎（我可以得到你幫我跟中川先生說記得不要遲到嗎）？（…ていただけませんか。結尾句型）

▶

電話が一般化する前は電報がよく使われていた。電話が一般化してから、電報は段々使われなくなってしまった。しかし、今でも結婚式や葬式のメッセージは電報で送ることが多い。私の結婚式の時も、たくさんの方が電報を送ってくださった。最近は、かわいい人形がメッセージカードと一緒になっている電報もあって、女性に人気がある。

電話[でんわ] 電話 一般化[いっぱんか] 普及 前[まえ] 前、前面 電報[でんぽう] 電報 使う[つかう] 使用 段々[だんだん] 漸漸、逐漸 今でも[いまでも] 現在也、如今也 結婚式[けっこんしき] 婚禮 葬式[そうしき] 喪禮 メッセージ 訊息 送る[おくる] 送 多い[おおい] 多 時[とき] …時 方[かた] 位 最近[さいきん] 最近 人形[にんぎょう] 日本人偶 一緒に[いっしょに] 一起 女性[じょせい] 女性 人気[にんき] 人氣、受歡迎

順帶一提！

　　本課介紹的第11個句型「…てある」（表示動作結束所留下的結果）分成「…が…てある」和「…を…てある」兩種模式。

　　以下列例句來說明該句型的兩種形式。

窓が開けてある。

窓を開けてある。

　　「…が…てある」大多是用來描述說話者親眼目睹的情況，而「…を…てある」則多半蘊含「我這樣準備了」之意。為了明確區分兩者的差異，第一句解釋為「（看到）窗戶開著」，第二句解釋為「（某人）開著窗戶」。

　　此外，本課提到許多請求的句型，數量之多，是不是不曉得情況該用哪一個句型而感到一頭霧水嗎？比起「くれる」，使用「くださる」的語氣更為禮貌，而「いただく」又比「もらう」來得更加禮貌。

　　而且，否定疑問句的語氣通常會比肯定疑問句來得更為客氣恭敬，也就是說：「…てくれませんか」比「…てくれますか」禮貌，「…てくださいませんか」比「…てくださいますか」禮貌，「…てもらえませんか」比「…てもらえますか」禮貌，而「…ていただけませんか」也比「…ていただけますか」禮貌。

　　不過，所有的句型中，語氣最客氣的請求句型則是「…ていただけませんか」。

49 連接動詞的句型—過去式

照著做就對了學習法

第一步 一定要先聽過音檔　第二步 一邊看書一邊學習　第三步 請再聽一次音檔

本課將學習連接動詞過去式的句型，過去式就是表示過去做過的事的一種句型形式。所以本章動詞過去式的句型中，大多解釋為「做了…」之意。

49_1.MP3

跟著做就對了

映画[えいが] 電影
見る[みる] 看
色々[いろいろ]
各式各樣
考える[かんがえる]
思考
雨[あめ] 雨
出掛ける[でかける]
外出

小説家[しょうせつか]
小説家
死ぬ[しぬ] 死
薬[くすり] 藥
御飯[ごはん] 飯
食べる[たべる] 吃
飲む[のむ] 喝
中学校[ちゅうがっこう]
國中
卒業[そつぎょう] 畢業
オランダ 荷蘭

1. …た（だ）後で[た（だ）あとで]

動詞過去式後面加上「あとで」，就形成描述「做了…（之）後」的句型。

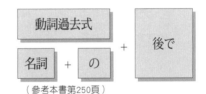

（參考本書第250頁）

その映画は見た後で、色々考えさせられる映画でした。

那部電影是看完之後會讓你百感交集的電影。

雨がやんだ後で出掛けましょう。　雨停後外出了。

試著用下列題中的句子完成「…た（だ）後で」的日語句子。（句尾請使用過去式的常體表現）

その小説家は死ぬ, 有名になる　▶

この薬は御飯を食べる, 飲む　▶

中学校を卒業する, オランダに来る　▶

2. …た（だ）ことがある

動詞過去式後面加上「ことがある」，就形成表示過去經驗的「曾做過…」的句型。而若想表示「不曾做過…」的句型時，只要將此句型中的「ある（有、在）」改成「ない（沒有）」，即變成「…たことがない」句型即可。

$$\boxed{\text{動詞過去式}} + \boxed{\text{ことがある}}$$

パスポートを無くして困ったことがあります。

　　　　　　　　　　　　　曾因為弄丟護照而感到困擾過。

気分が悪くなって倒れたことがある。

　　　　　　　　　　　　　曾因為身體不舒服而暈倒過。

◉ 請注意「気分が悪い[きぶんがわるい]」的語意為「心情不好」和「（身體）不舒服」。

🎐 試著用下列題中的句子完成句尾為「…た（だ）ことがあります。」的日語句子。

新幹線に乗る ▷

座布団を投げる ▷

病気で入院する ▷

無くす[なくす] 遺失
困る[こまる] 困惱
気分[きぶん] 情緒
悪い[わるい] 壞
倒れる[たおれる]
倒、倒下

新幹線[しんかんせん]
新幹線
乗る[のる] 搭乘
座布団[ざぶとん] 坐墊
投げる[なげる] 丟、擲
病気[びょうき]
病、疾病
入院[にゅういん] 住院

日本概述

「相撲[すもう]」比賽中丟墊子的原因是？

　　也許您曾在日本的國技，即相撲的競技場上，看過觀眾們在賽後丟墊子的場面，這是一種名為「座布団の舞[ざぶとんのまい]」的行為，通常會發生在當「横綱[よこづな]」（橫綱。相撲力士的最高階）」輸給位階較低的選手；或就算不是橫綱，當場上某位選手確定獲勝時，觀眾們就會把自己坐著的坐墊向場中央扔出去。但為什麼觀眾們要這麼做呢？其實，此行為是有向獲勝選手表達祝賀之意，或是揶揄輸家的失敗。

3. …た（だ）まま

動詞過去式後面加上「**まま**」，就形成描述狀態維持不變，即「一直…保持同一狀態」的句型。

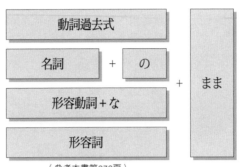

（參考本書第272頁）

隣の部屋は空いたままになっています。

隔壁的房間一直空著。

祖父が3日前に出掛けたまま帰ってこない。

祖父3日前外出，一直還沒回來。

🌂 試著用下列題中的句子完成句尾為「…た(だ)ままだ。」的日語句子。

事務所の電気がつく ▶

後輩に1万円借りる ▶

友達とけんかする ▶

4. …た（だ）り…た（だ）りする

動詞過去式後面加上「**り**」而形成「…た（だ）り…た（だ）り」句型，可用來表示「有時…、有時…」、「或…、或…」或「又…、又…」的句型。

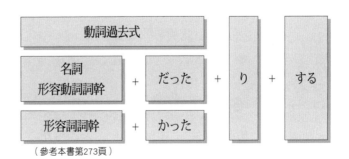

（參考本書第273頁）

隣[となり] 鄰居、隔壁
部屋[へや] 房間
空く[あく] 空、空著
祖父[そふ] 祖父
3日[みっか] 3天、3日
前[まえ] 前、前面
出掛ける[でかける] 外出
帰る[かえる] 回去、回來、回家

事務所[じむしょ] 辦公室
電気[でんき] 電、電燈
つく 開（電）
後輩[こうはい] 晚輩
1万円[いちまんえん] 1萬日元
借りる[かりる] 借（入）
友達[ともだち] 朋友

休み[やすみ] 休假
日[ひ] 天、日
本[ほん] 書
読む[よむ] 讀
見る[みる] 看
人[ひと] 人
店[みせ] 商店
出る[でる] 出去、出來
入る[はいる]
進去、進來

家[いえ] 家、房子
前[まえ] 前、前面
行く[いく] 去
来る[くる] 來
電気[でんき] 電、電燈
消す[けす] 關、關閉
今日[きょう] 今天
洗濯[せんたく] 洗衣服
掃除[そうじ]
打掃、清掃

休みの日は本を読んだりテレビを見たりします。

休假時有時讀書，有時看電視。

たくさんの人がその店を出たり入ったりしていた。

許多人出出入入那間商店。

🎏 試著用下列題中的句子完成句尾為「…た（だ）り…た（だ）りしました。」的日語句子。

家の前を行く, 来る ▶

電気をつける, 消す ▶

今日は洗濯する, 掃除する ▶

5. …た（だ）方がいい[た（だ）ほうがいい]

動詞過去式後面加上「ほうがいい」，就形成表示「最好做…」的句型。因為「…ほうが」表示「某一方面」，所以此句型的意思就是「向著那一方面來做是比較好的。」。可請翻回到本書第281頁，同時複習「動詞否定形 + 方がいい（最好不要做…）」的句型。

雨[あめ] 雨
濡れる[ぬれる] 淋溼
傘[かさ] 雨傘
書類[しょるい] 文件
必要[ひつよう] 需要
大使館[たいしかん]
大使館
尋ねる[たずねる] 尋找

$$\boxed{\text{動詞過去式}} + \boxed{\text{方がいい}}$$

雨に濡れますから、傘をさした方がいいですよ。

因為會被雨淋濕，所以最好撐傘喲！

どんな書類が必要かは大使館に尋ねた方がいい。

最好跟大使館詢問需要準備哪些文件。

🎏 試著用下列題中的句子完成「…た（だ）方がいい。」的日語句子。

大きい[おおきい] 大
病院[びょういん] 醫院
移る[うつる] 移動
竹内[たけうち]
（日本姓氏）竹內
声[こえ]
（生物的）聲音
掛ける[かける] 掛
もう少し[もうすこし]
再稍微
店員[てんいん] 店員
教育[きょういく] 教育

もっと大きい病院に移る ▶

竹内さんにも声を掛ける ▶

もう少し店員を教育する ▶

● 「声を掛ける[こえをかける]」是「搭話」的意思。

6. …た（だ）ところだ

動詞過去式後面加上「ところだ」，就形成表示「剛做完某件事…」的句型。可請翻回到本書第318、337頁，複習「動詞辭書

形 + ところだ（正要…、正在…、剛剛…）」和「動詞て形 + いる
ところだ（正在做…）」的句型。

動詞過去式 ＋ ところだ

さっきアルゼンチンの優勝が決まったところです。

不久前才剛確定阿根廷奪冠。

今赤ん坊が生まれたところだ。 　現在孩子剛出生。

☂ 試著用下列題中的句子完成句尾為「…たところです。」的日語句子。

やっと熱が下がる ▶

ちょうどパンが焼ける ▶

研究室に行ってくる ▶

7. …た（だ）ばかりだ

動詞過去式後面加上「ばかりだ」，就形成描述「某件事發生不
久後」，即「才剛…」的句型。語意跟上一個句型「…た（だ）
ところだ」相似，但「…た（だ）ところだ」只能用來描述動作或
變化剛發生不久後的情況，而「…た（だ）ばかりだ」不僅能用
來描述剛發生的時間點，還能描述「某件事發生後過了一段時間
的」的情況。

下列例句都不是描述某動作或變化剛發生的時間點，所以句中的
「…た（だ）ばかりだ」都不能用「…た（だ）ところだ」替代。

動詞過去式 ＋ ばかりだ

亡くなったばかりの妻が夢に出てきました。

才剛去世沒多久的妻子出現在我的夢中了。

このサイトは昨日見付けたばかりだ。

這網站是昨天才剛找到的。

左側詞彙欄：

アルゼンチン 阿根廷
優勝[ゆうしょう] 奪冠
決まる[きまる] 決定
今[いま] 現在
赤ん坊[あかんぼう]
嬰兒
生まれる[うまれる]
誕生、出生

熱[ねつ] 發燒
下がる[さがる]
下降、降低
焼ける[やける]
著火、燒
研究室[けんきゅうしつ]
研究室
行ってくる[いってくる]
去了後回來

亡くなる[なくなる]
過世
妻[つま] 妻子
夢[ゆめ] 夢
出てくる[でてくる]
出來
サイト 網站
昨日[きのう] 昨天
見付ける[みつける]
找到

孫[まご] 孫子、孫女
小学[しょうがく] 小學
4年生[よねんせい]
4年級
上がる[あがる]
升、提高
日本[にほん] 日本
生活[せいかつ] 生活
慣れる[なれる] 習慣
先週[せんしゅう] 上週
退院[たいいん] 出院

試著用下列題中的句子完成「…た（だ）ばっかりだ。」的日語句子。

孫は小学4年生に上がる ▷

日本での生活に慣れる ▷

先週退院する ▷

◉ 描述「國小幾年級」時，「小学校[しょうがっこう]」通常會縮寫為「小学[しょうが く]」。另外，「幾年級」的日語為「…年生[…ねんせい]」。

那部電影是看完後會讓你百感交集的電影。（…後で…）
（過去式的常體表現）

▶

曾因為生病而住院過。（…たことがある。結尾句型）

▶

爺爺3日前外出後，就一直還沒回來。（…たまま…）（否定形的敬體表現）

▶

休假時有時讀書，有時看看電視。（…だり…たりする。結尾句型）

▶

最好向大使館諮詢好看需要什麼樣的文件。（…方がいいです。結尾句型）

▶

剛才好不容易才退燒了。（…たところだ。結尾句型）

▶

去世沒多久的妻子出現在我的夢中了。（…たばっかり…）
（句尾過去式的敬體表現）

▶

私は先月日本に来たばかりです。日本の大学の経済学科で勉強するために、今は日本語クラスで日本語を習っています。急に留学が決まったので、日本に来た後で日本語の勉強を始めました。ですから、まだ日本語が下手で、コミュニケーションに困ったことが何度もあります。日本に来る前は、日本に来てから日本語の勉強を始めても構わないと思っていましたが、今は、外国に住むときは、その国に行く前に言葉を習っておいた方がいいと思うようになりました。

先月[せんげつ] 上個月　日本[にほん] 日本　来る[くる] 來　大学[だいがく] 大學　経済[けいざい] 經濟　学科[がっか] 科系　勉強[べんきょう] 念書　今[いま] 現在　日本語[にほんご] 日文、日語　習う[ならう] 學習　急に[きゅうに] 突然　留学[りゅうがく] 留學　決まる[きまる] 決定　後[あと] 後、之後　始める[はじめる] 開始　下手[へた] 不擅長　困る[こまる] 困擾　何度も[なんども] 多次、好幾次　来る[くる] 來　前[まえ] 前、前面　来る[くる] 來　構う[かまう] 相關　思う[おもう] 想、思量　外国[がいこく] 外國、國外　住む[すむ] 居住　国[くに] 國家　言葉[ことば] 話、話語　習う[ならう] 學習　〜方[ほう] …方（面）

日本概述

話請不要說得太直白！

　　日語中有一個單字是「まずい」，表示不好吃或難吃，但這個詞彙只能用於雙方是家人或關係非常親密的情況下。日本人總是講話婉轉，不太使用語意直接的詞彙，尤其會避免使用帶有負面意味的用語。我認識的一位朋友去日本留學時，曾有位同學帶食物來跟大家分享，當他吃完後說了句「まずい」時，現場所有的日本人都嚇了一大跳。他跟我分享這段回憶，並問我說：「如果是好朋友親手做的食物，即使再難吃，日本人也會說「おいしい（美味、好吃）」吧？」。從這方面來看，日本人確實蠻常說善意的謊言（表面話）。在日本，有一句諺語說道：「親しき仲にも礼儀あり[したしきなかにもれいぎあり]（關係再親密也要有禮數）」。所以，即使關係再親密，也會盡量避免使用會傷害到對方的言語喲！

03 節

所有詞類之
運用

這個章節將學到可以連接所有詞類的假設句型、常體
說法和敬體說法。這三大類句型中，尤以假設句型和
敬體說法最複雜難學。這章節的內容是我們學習日語
文法的最後一道關卡，請再多花點心思並貫徹始終，
堅持到最後一刻。

50 連接所有詞類的句型—假設句型

照著做就對了學習法

第一步 一定要先聽過音檔　第二步 一邊看書一邊學習　第三步 請再聽一次音檔

本課將學習連接動詞過去式的各種假設語句。

50_1.MP3

跟著做就對了

1. …ば

首先是各種以「ば」結尾的假定句。以「ば」結尾的假設形是具有「目前沒有進行或發生某狀態，但一旦狀況成立的話，後面就會怎樣怎樣的」的意思，即「假如…的話」。這種形態的假定句不只是動詞，其它詞類亦能銜接，整理如下：

名詞 形容動詞詞幹	+	ならば
形容詞詞幹	+	ければ
五段動詞改 e 段音假名	+	ば
一段動詞詞幹	+	れば
不規則動詞: 来れば[くれば]／すれば		

一下子看到那麼多詞類，頭都昏了吧？現在就來實際看一下各詞類的接續法。

名詞

晴れ[はれ] 晴天

晴れ
晴天　+　ならば　→　晴れならば
假如晴天的話

形容動詞

好き[すき] 喜歡

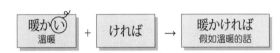

形容詞

暖かい[あたたかい]
溫暖

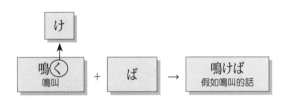

五段動詞

鳴く[なく]
（動物）鳴叫

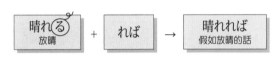

一段動詞

晴れる[はれる] 放晴

◉「晴れ[はれ]（晴天）」是名詞，「晴れる[はれる]（放晴）」是動詞。

不過，有些書也會說名詞與形容動詞的「ば」結尾假設句並不是「…ならば」，而是「…なら」，更有些書直接說名詞與形容動詞沒有這樣的假設句，雖此事一直爭議不斷，但學習還是有必要的，故本書仍提供「…ならば」這種方式敬供學習。

請記得「…ならば」的語氣非常生硬，幾乎不會運用於日常生活中，故本課的句型練習也以形容詞和動詞為主。

安い[やすい] 便宜
買う[かう] 買
喉元[のどもと] 喉嚨
過ぎる[すぎる] 太過…
熱さ[あつさ] 熱
忘れる[わすれる]
忘、忘記

安ければ、私も買います。　假設便宜的話，我也買。
喉元過ぎれば熱さを忘れる。

假如過了喉嚨的話，就忘記熱（好了傷疤就忘了痛）。

◉「喉元すぎれば熱さを忘れる」是一句日本諺語，語意相當於中文的「好了傷疤就忘了痛」。但也能用來表示受難時有人伸手援助，但風平浪靜後就會忘了那份恩惠（過河拆橋、忘恩負義）的意思。

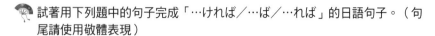 試著用下列題中的句子完成「…ければ／…ば／…れば」的日語句子。（句尾請使用敬體表現）

御飯[ごはん] 飯
少ない[すくない] 少
もう少し[もうすこし]
再稍微
入れる[いれる] 放入
明日[あした] 明天
天気[てんき] 天氣
12月[じゅうにがつ]
12月
待つ[まつ] 等
安く[やすく] 便宜地
買う[かう] 買
褒める[ほめる] 稱讚
誰[だれ] 誰
嬉しい[うれしい]
開心、高興

御飯が少ない,もう少し入れる ▶

明日、天気がいい,サッカーをする ▶

12月まで待つ,安く買える ▶

褒められる,誰でも嬉しい ▶

「ば」結尾假定形的否定形

「ば」結尾假定形也能轉成否定形,方式如下:

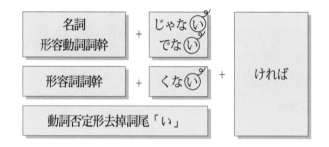

名詞

曇り[くもり] 陰

形容動詞

嫌[いや]
討厭、不喜歡

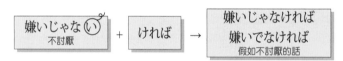

形容詞

涼しい[すずしい]
涼爽、涼快

動詞

曇る[くもる] 變陰

● 「曇り[くもり]（陰）」是名詞，「曇る[くもる]（變陰）」是動詞。當名詞時，名詞「曇り」也可省略「り」，只表記「曇」，但這時候仍然念作「くもり」。

仕事でなければ、こんなことはしません。

假如不是工作的話，不會做這個。

テレビ番組は面白くなければ、誰も見ない。

假如電視節目不有趣的話，沒有人會看。

試著用下列題中的兩組句子分別完成「…じゃなければ、…でなければ／…なければ」的日語句子。（句尾請使用常體表現）

着物は絹です, 嫌です ▶

柔道は体が丈夫です, できません ▶

暑いです, 夏じゃありません ▶

お金が足りる, 少し貸します ▶

2. …たら

「…たら」可說是四種假設句型中運用範圍最廣泛的假設句型，前面可接所有詞類的常體過去式。其假設之意義為「當前述的情事發生、完成，那麼順接著就會發生後面的事項」，參考中文為「如果…的話，就…」。

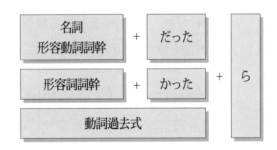

名詞

形容動詞

<!-- 左側詞彙欄 -->
仕事[しごと] 工作
番組[ばんぐみ] 節目
面白い[おもしろい] 有趣
誰[だれ] 誰
見る[みる] 看

着物[きもの] 和服
絹[きぬ] 絲綢
嫌[いや] 討厭
柔道[じゅうどう] 柔道
体[からだ] 身體
丈夫[じょうぶ] 結實、牢固
暑い[あつい] 熱
夏[なつ] 夏天
お金[おかね] 錢
足りる[たりる] 充足、足夠
少し[すこし] 稍微、有點
貸す[かす] 借（出）

形容詞

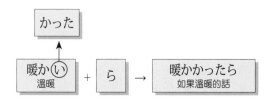

動詞

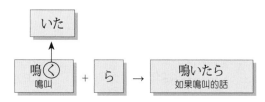

明日[あした] 明天
雨[あめ] 雨
来る[くる] 來
戻る[もどる]
回去、回來、返回

明日雨だったら、うちにいます。

如果明天下雨的話，就待在家。

ここまで来たら、もう戻れない。

都已經來到這裡的話，就已經無法回頭了。

☂ 試著用下列題中的句子完成「…だったら／…かったら／…だら」的日語
句子。（句尾請改用敬體表現）

明後日[あさって] 後天
午前[ごぜん] 上午
時間[じかん] 時間
今度[こんど]
這次、下次
試験[しけん] 考試
駄目[だめ]
行不通、無用
受ける[うける]
參加（考試）
味[あじ] 味道
薄い[うすい]
薄、淡、淺
付ける[つける]
沾上、抹上
食べる[たべる] 吃
お酒[おさけ] 酒
飲む[のむ] 喝
車[くるま] 車
運転[うんてん] 開車

明後日の午前だ, 時間がある ▶

今度の試験が駄目だ, また受ける ▶

味が薄い, しょうゆを付けて食べる ▶

お酒を飲む, 車の運転はしない ▶

「…たら」假定形的否定形

將常體否定形過去式後面加「ら」便完成了。

名詞

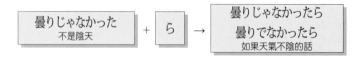

形容動詞

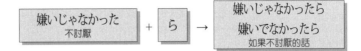

形容詞

動詞

それほど高くなかったら、是非買いたいです。

如果沒那麼貴的話，我就一定會買。

もし服のサイズが合わなかったら、取り替えに行く。

萬一衣服尺寸不合的話，我就會去換貨。

🌂 試著用下列題中的兩組句子完成「…じゃなかったら、…でなかったら／…くなかったら／…なかったら」的日語句子。（句尾請改用常體表現）

3日だ, 私も行けます　▶

好きだ, 別れた方がいいです　▶

具合が悪い, 外に出ても構いません

　▶

もし学生が増える, 講義は無くなります

　▶

高い[たかい] 昂貴、高
是非[ぜひ] 務必
買う[かう] 買
服[ふく] 衣服
合う[あう] 適合
取り替える[とりかえる]
替換
行く[いく] 去

3日[みっか] 3天
好き[すき] 喜歡
別れる[わかれる]
離別、分手
~方[ほう] …方（面）
具合[ぐあい] 身體狀態
悪い[わるい] 不好、糟
外[そと] 外、外面
出る[でる] 出去、出來
構わない[かまわない]
沒關係
学生[がくせい] 學生
増える[ふえる]
增多、變多
講義[こうぎ] 授課
無くなる[なくなる]
沒了

3. …と

「…と」可說是四種假設句型中運用範圍最小的假設句型。其假定的語意為「用於前面的條件滿足時，一定會發生後面的事之情況」中文參考為「一旦（若是）…，就…」。此句型前面可接所有詞類的常體肯定形。有時為了表示語帶恭敬，也會改用「…ですと」或「…ますと」的表現。

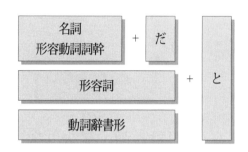

名詞

晴れ
晴天
＋ だ ＋ と → 晴れだと
一旦晴天的話

形容動詞

好き
喜歡
＋ だ ＋ と → 好きだと
一旦喜歡的話

形容詞

暖かい
溫暖
＋ と → 暖かいと
一旦溫暖的話

五段動詞

晴れる
放晴
＋ と → 晴れると
一旦放晴的話

部屋が明るいと眠れません。—旦房間明亮的話，就會睡不著。
来年の事を言うと鬼が笑う。—旦說起明年的事，鬼就笑了。

● 「来年の事を言うと鬼が笑う」是一句日本諺語，意為「未來之事誰都無法預測」。

部屋[へや] 房間
明るい[あかるい]
明亮、明朗
眠る[ねむる]
睡著、入眠
来年[らいねん] 明年
事[こと] 事、事情
言う[いう] 說
鬼[おに] 日本長角妖怪
笑う[わらう] 笑

試著用下列題中的句子完成「…と」的日語句子。（句尾請使用敬體表現）

カウンター 櫃檯、吧檯
寿司[すし] 壽司
高い[たかい] 昂貴
先生[せんせい] 老師
嫌[いや] 討厭的
勉強[べんきょう] 念書
寒い[さむい] 冷、寒冷
動く[うごく] 動
橋[はし] 橋
渡る[わたる]
通過、經過
海[うみ] 海
見える[みえる] 看得到

カウンターです, 寿司は高くなる

▶

先生が嫌いです, 勉強も嫌いになる

▶

寒いです, 動きたくなくなる　▶

この橋を渡ります, 海が見える　▶

日本概述

在吧檯區用餐的話，「寿司[すし]」會比較貴嗎？？

　　聽説在日本壽司專門店用餐時，坐吧檯區用餐的消費會高於座位區。這是因為當兩區客人同時都點了鮪魚壽司時，師傅必須在吧檯區用餐的客人面前做壽司，所以即使雙方都點了鮪魚壽司，在製作吧檯區客人的壽司時會挑選最好的鮪魚肉來製作。使用了較好的食材，相對的價格當然會比較貴。另外，壽司師傅必須為了吧檯區客人站著製作壽司，所以也要支付點人工費。

「…と」假定形的否定形

只要在常體否定形後面接「と」的話，就完成了。

名詞

形容動詞

形容詞

涼しくない
不涼爽
+ と → 涼しくないと
一旦不涼爽的話

動詞

曇らない
不轉陰
+ と → 曇らないと
一旦不轉陰的話

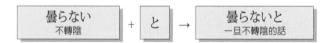

会議のある時はスーツでないと困ります。

参加會議時，若是不穿西裝的話就會不太好。

締め切りに間に合わないと、お金がすぐにもらえない。

一旦沒趕上截止日的話，就無法馬上拿到錢。

● 「締め切り[しめきり]（截止、屆滿）」有時也會用「締切り」或「〆切」來表記，但都是念「しめきり」。

会議[かいぎ] 會議
時[とき] 時
困る[こまる] 困擾
締め切り[しめきり]
截止日
間に合う[まにあう]
趕得上、來得及
お金[おかね] 錢

外国人だ,このインターナショナルスクールには入学できません

▶

店員が親切だ,客が入りません　▶

講義が面白い,学生が来ません　▶

ランプが消える,ドアが開きません　▶

外国人[がいこくじん]
外國人
インターナショナルス
クール 國際學校
入学[にゅうがく] 入學
店員[てんいん] 店員
親切[しんせつ] 親切
客[きゃく] 客人
入る[はいる]
進去、進入
講義[こうぎ]
授課、課程、上課
面白い[おもしろい]
有趣
学生[がくせい] 學生
来る[くる] 來
ランプ 電燈
消える[きえる] 熄滅
開く[あく] 開、打開

4. …なら

「…なら」這個假設句型解釋中文參考為「假如…的話，就…」。即假設前句如果要發生的話，則有「帶有話者個人意志的後句結果」。各詞性只要在常體表現的後面加上「なら」就完成此句型。

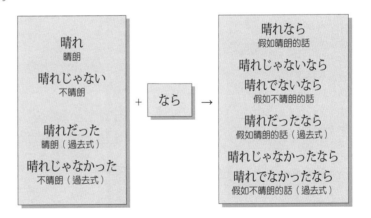

名詞

形容動詞

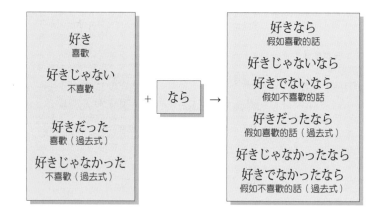

形容詞

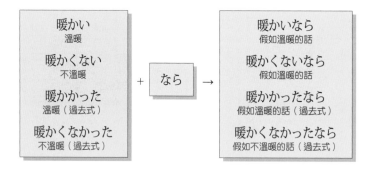

動詞

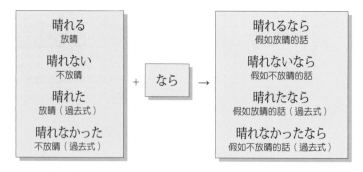

人[ひと] 人
決して[けっして]
絕不…
直る[なおる] 修理
捨てる[すてる] 拋棄

私がその人だったなら、そんなことは決してしませんでした。

　　　　　　　如果我是那個人的話，絕對不會做那種事的。

直らないなら、もう捨てる。

　　　　　　　如果無法修復的話，也是時候該丟掉了。

金子[かねこ]
（日本姓氏）金子
帰る[かえる]
回來、回到、回家
邪魔[じゃま] 妨礙
高い[たかい] 昂貴、高
買う[かう] 買
医者[いしゃ] 醫生
何も[なにも] 什麼也
言う[いう] 說
大丈夫[だいじょうぶ]
不要緊

金子さんだ,もう帰った　▶

邪魔じゃありません,そのままにしておいてもいい

▶

それほど高くなかったです,買いたかった　▶

医者に何も言われませんでした,大丈夫だ　▶

5. 進一步的假設句型分析

這四種假設句型大多情況下都能交替使用，所以其中差異較難區分。所以接下來我作點整理歸納出其各自的特徵。

…と

就先從運用範圍最窄的假設句型「…と」開始吧！大體上就是「A發生的話，B就一定會發生」。所以常來描述自然現象、習慣…等反覆發生之事，或用在道路說明上…等。

春[はる] 春天
花[はな] 花
咲く[さく]
開（花）、綻放
お酒[おさけ] 酒
飲む[のむ] 喝
寝る[ねる] 就寢

春になると花が咲きます。　　　春臨花開。
あの人はお酒を飲むとすぐ寝てしまう。
　　　　　　　　　　　　　那個人一喝酒就會馬上睡著。

第一個例句是描述花朵逢春綻放的自然現象，第二個例句是描寫習慣性舉動。另外，「…と」是描述必然發生的假設條件，所以後面不可以接表達意志、希望、命令、規勸、請求、許可…等語句。

帰る[かえる]
回來、回去、回家
電話[でんわ] 電話

× うちに帰ると電話をください。
○ うちに帰ったら電話をください。　　到家後請打電話給我。

…ば

一般來說，「…ば」的假設句型後面也不能接表達意志、希望、命令、規勸、請求、許可…等語句，以「うちに帰れば電話をください」這個句子為例，並不成立。雖然可以依字面改成其他假定形如「うちに帰るなら電話をください。（如果你要回家的話，請打電話給我。）」，但請注意譯文，語意已經不同了。

不過，當「…ば」句型①前句的述語是描述某種狀態或情況，或②前後句的主詞不同，又③話者是對於不知道是否會成立之事進行假設，表示「假如可達成的話，那麼…」的話，「…ば」在上述三種情況下後面可以接表達意志、希望、命令、規勸、請求、許可…等語句。

興味[きょうみ] 興趣
電話[でんわ] 電話
行く[いく] 去
学校[がっこう] 學校
合格[ごうかく]
合格、考上
〜部[ぶ] …社（團）
入る[はいる]
進入、進去

興味があれば電話をください。　　有興趣的話請打電話給我。

和田さんが行けば、私も行く。　　和田先生去的話，我也會去。

もしその学校に合格できれば、サッカー部に入りたい。
假如考上那間學校的話，我想加入足球部。

以下這些句子當然也成立。

興味があるなら電話をください。
如果有興趣的話，請打電話給我。

和田さんが行くなら、私も行く。
如果説和田先生去的話，我也會去。

興味があったら電話をください。　有興趣的話請打電話給我。

和田さんが行ったら、私も行く。　和田先生去的話，我也會去。

もしその学校に合格できたら、サッカー部に入りたい。
如果考上那間學校的話，我想加入足球部。

以上述例句來說，「…ば」句型所表現出的期待感會稍微高於「…なら」句型，但語意幾乎一模一樣。

…たら

如上所述，當「…ば」句型的後句是表達意志、希望、命令、規勸、請求、許可…等語句時，那麼這些句子都可以用「…たら」的句型替代。「…たら」是運用範圍最廣的假設句型。有別於「…ば」和「…と」，此句型的後句內容不受限，所以當你不知道要用哪一種假設句型時，使用「…たら」的句型通常就不會錯了。

不過，使用「…なら」的語句就很難用「…たら」替換。另外，像「春になると花が咲く（春臨花開）」這種描述前句內容發生則後句內容一定發生的語句，或描述反覆性發生之事的語句，用「…

と」或「…ば」來表現會比較合適。除此之外，再提醒一下，當前句內容是確實成立之事時，不能用「…ば」替代「…たら」喲！

夏[なつ] 夏天
海[うみ] 海
行く[いく] 去

夏になったら海に行こう。

夏天到來之後（的話），就一起去海邊吧！

四季輪迴，故其中夏天一定會來臨，如上句這種前句內容為確實成立之事的情況下，不能使用「…ば」。像這種前述條件一定會成立的情況下，在記時比起想成「如果…的話…」，想成「只要…就…」也許會更為貼切。

關於這些假設句型大體的說明如上。如果還是不太清楚的話也不用太擔心，用母語較難理解的句型本來就要多接觸才能學好，以後多接觸久了，自然而然就能分得清清楚楚了。

順帶一提！

1. 名詞在接續「ば」接尾的假定形時，還有「名詞＋であれば（假如…的話，就…）」的形態，這是由「…てある（是…）」衍變出來的。不過這個偏書面體而且語氣十分生硬。

2. 對話雙方的地位、年紀在相仿的情況下相互應用時，「ば」接尾的假定形有時候會產生一些變化，主要是「子音＋eば」的句型會改成「子音＋ya」。例如：「行けば[いけば]→行きゃ[いきゃ]、見れば[みれば]→見りゃ[みりゃ]、来れば[くれば]→来りゃ[くりゃ]」，以及「すれば→すりゃ」。

3. 「…なら」有時也會在加上「の」或「ん」後，變成「…のなら」或「…んなら」的句型，這時候語意與「…なら」仍然差不多，但比較口語化。另外，「…なら」有時也會整個轉變成「…のだったら」或「…んだったら」形態應用，而這兩種形態比「…なら」亦是更稍微地口語化，所以較常出現在口語會話中。

4. 「…しなければ（不做…的話）」有時也會改以「…せねば」形式出現，但後者的語氣更為生硬。另外，「…なければ」在口語中常改用縮寫「…なけりゃ」或「…なきゃ」。

假如被誇獎的話，任何人都會高興。（…れば）（肯定形常體表現）

▶

假如不是工作的話，不會做這個。（…なければ）（否定形敬體表現）

▶

若是清淡的話，我會沾醬油吃。（…かったら）（肯定形常體表現）

▶

若是衣服尺寸不合的話，我就拿去換。（…なかったら）（肯定形敬體表現）

▶

一旦過了這條橋，就能看見大海。（…と）（肯定形常體表現）

▶

一旦課程不有趣的話，學生就不會來。（…ないと）（否定形敬體表現）

▶

如果醫生什麼也沒說的話，就沒關係。（…なかったなら）（肯定形常體表現）

▶

挑戰長文 請試著先聆聽音檔來掌握內容，練習聽力。

50_2.MP3

日本の喫茶店にはモーニングサービスメニューのある店が多い。安くて量の多い朝御飯が食べたいなら、愛知県のモーニングサービスが一番だ。400円くらい出せば、コーヒーとサンドイッチ、卵料理、サラダが食べられる。愛知県に行くことがあったら、是非、モーニングサービスを食べてみたい。

日本[にほん] 日本 喫茶店[きっさてん] 咖啡廳 モーニングサービス 早餐優惠 店[みせ] 商店 多い[おおい] 多 安い[やすい] 便宜 量[りょう] 量、數量 朝御飯[あさごはん] 早餐 食べる[たべる] 吃 愛知県[あいちけん]（地名）愛知縣 一番[いちばん] 最 400円[よんひゃくえん] 400日元 出す[だす] 支付、拿出 卵[たまご] 雞蛋 料理[りょうり] 料理 サラダ 沙拉 行く[いく] 去 是非[ぜひ] 一定、務必

51 連接所有詞類的句型－常體說法

照著做就對了學習法

第一步 一定要先聽過音檔　第二步 一邊看書一邊學習　第三步 請再聽一次音檔

本課將學習連接名詞、形容動詞、形容詞和動詞之常體表現的句型。

51_1.MP3

跟著做就對了

1. …だろう

「だろう」可用來表示推測，即「應該…吧！」的意思。另外，語尾音調上揚而形成疑問句時，也能用來表示說話者對該事物已經有一定的掌握度，只是再次跟對方確認一下「…吧？」。請注意此句型的語意會隨著語尾音調上揚或下降而異。

| 名詞、形容動詞
形容詞、動詞 | 常體表現 | + | だろう |

● 注意：名詞及形容動詞的肯定形時不多加「だ」。

首先來看看用此句型來表示推測的例句。

這種句型雖然不分男女皆可用，但對話中通常為男性所用。
用於對話中時要解釋為「應該…吧！」。

中山さんは今日は留守だろう。　中山先生今天應該不在家吧！
飼っていた犬が死んで、悲しかっただろう。
養的狗狗死了，應該很難過吧！

今日[きょう] 今天
留守[るす] 不在家
飼う[かう] 養育、培養
犬[いぬ] 狗
死ぬ[しぬ] 死
悲しい[かなしい]
難過、傷心

犯人[はんにん] 犯人
一人[ひとり]
獨自、一個人
仕事[しごと] 工作
大変[たいへん]
辛苦、勞累
事故[じこ] 事故
怪我[けが] 受傷
人[ひと] 人
少ない[すくない] 少
クリスマスイブ 聖誕夜
ディズニーシー
迪士尼海洋公園
込む[こむ] 擁擠

話[はなし] 談論、事
本当[ほんとう] 真的
教授[きょうじゅ] 教授
専門[せんもん] 專業
分野[ぶんや] 領域
違う[ちがう] 不同

押し入れ[おしいれ]
日式壁櫥
ちっとも 一點也不
簡単[かんたん] 簡單
力[ちから] 力、力量
強い[つよい] 強
駅前[えきまえ] 車站前
通り[とおり]
道路、馬路、大街
賑やか[にぎやか]
繁榮、熱鬧

☂ 試著用下列題中的句子完成句尾為「…だろう。」的日語句子。（請先將題目句尾改成常體表現再接續）

犯人は一人じゃありません ▶

その仕事は大変でした ▶

その事故で怪我をした人は少なくなかったです ▶

クリスマスイブのディズニーシーは込みました ▶

◉「イブ」也常用「イヴ」表示，英文V開頭的音的外來語，也能改成「ヴ」表示。

接著來看看說話者已經有所掌握，然後用來跟對方作進一步確認的「…吧？」的例句。

その話は本当じゃないだろう？　那件事不是真的吧？
その教授は専門分野が違うだろう？
那位教授的專業領域不一樣吧？

☂ 試著用下列題中的句子完成句尾為「…だろう?」的日語句子。（請先將題目句尾改成常體表現再接續）

ここは押し入れです ▶

そのテストはちっとも簡単じゃありませんでした ▶

その人は力が強かったです ▶

駅前の通りが賑やかになりました ▶

◉「車站的前方」的日語是「駅の前[えきのまえ]」。但也可省掉「の」，用「駅[えき]（車站）」與「前[まえ]（前、前面）」組成複合名詞「駅前[えきまえ]」應用。

2. …でしょう

這個句型是剛才學到「…だろう」句型的敬體，亦為「（表示推測）應該…吧！」之意。這個句型當然也是男女都用，不過通常女性在不須使用敬體的情況下也會用「…でしょう」。此外，當此句型用於不須太過禮貌的場合下時，經常會簡略為「…でしょ」。

名詞、形容動詞 形容詞、動詞　常體表現	＋	でしょう

◉注意：名詞及形容動詞的肯定形時不多加「だ」。

首先來看看用此句型來表示推測的例句。

人気[にんき]
人氣、受歡迎
面白い[おもしろい]
有趣
4月[しがつ] 四月
暖房[だんぼう] 暖氣
要る[いる] 需要

そのドラマは人気がありますから、きっと面白いでしょう。

那部連續劇很受歡迎，應該很有趣吧！

4月になれば、暖房は要らないでしょう。

到了四月應該就不需要開暖氣了吧！

時代[じだい] 時代
女性[じょせい] 女性
大変[たいへん]
辛苦、勞累
心配[しんぱい] 擔心
大丈夫[だいじょうぶ]
不要緊、沒關係
車[くるま] 車
速い[はやい] 快、快速
明日[あす] 明天
曇る[くもる]
轉陰（天）

☂ 試著用下列題中的句子完成句尾為「…でしょう。」的日語句子。（請先將題目句尾改成常體表現再接續）

その時代は女性には大変な時代でした　▶

そんなに心配しなくても大丈夫です　▶

その車はスピードはあまり速くないです　▶

明日は曇ります　▶

接著來看看說話者已經有所掌握，然後用來跟對方作進一步確認的「…吧？」的例句。

下関[しものせき]
（地名）下關
港[みなと] 港口
本[ほん] 書
見付かる[みつかる]
被找到

下関は港でしょう？　　　　　　　　下關是港口吧？

その本は見付からなかったでしょう？ 那本書沒能找到吧？

● 「見付[みつ]からなかった」直譯為「沒能找到」。

話[はなし] 談論、事
嘘[うそ] 謊話
水曜日[すいようび]
星期三
暇[ひま] 悠閒、空閒
お菓子[おかし]
點心、甜食
甘い[あまい] 甜
台所[だいどころ] 廚房
電気[でんき] 電、電燈

☂ 試著用下列題中的句子完成句尾為「…でしょう？」的日語句子。（請先將題目句尾改成常體表現再接續）

その話は嘘じゃありませんでした　▶

水曜日は暇じゃありません　▶

そのお菓子は甘いです　▶

台所の電気がつきません　▶

3. …かもしれない

常體形後面接「かもしれない」，可用來表示推測的「也許…、說不定…」，請注意此句型是後接「しれない」，不是「しらない」。

名詞、形容動詞 形容詞、動詞 常體表現	+	かもしれない

◉注意：名詞及形容動詞的肯定形時不多加「だ」。

料理[りょうり] 料理
辛い[からい] 辣
約束[やくそく] 約定
時間[じかん] 時間
間に合う[まにあう]
來得及

この料理はちょっと辛いかもしれません。

這道料理也許有點辣。

約束の時間に間に合わなかったかもしれない。

也許在約定時間會趕不上。

🎏 試著用下列題中的句子完成句尾為「…かもしれません。」的日語句子。
（請先將題目句尾改成常體表現再接續）

言う[いう] 說
失礼[しつれい] 失禮
水[みず] 水
ミュージカル 音樂劇
楽しい[たのしい]
愉快、高興
明日[あした] 明天
雨[あめ] 雨

そんなことを言ったら失礼です ▶

そこは水がきれいじゃありません ▶

そのミュージカルは楽しくなかったです ▶

明日までに雨がやみません ▶

4. …と思う[とおもう]

「…と」是表示引用前述內容的助詞，而「思う」表示「想、認為」，「…と思う」可解釋為「我認為…」或「我猜想… 」。綜合下來，就是從「我的角度想出去」的主觀認知。

名詞、形容動詞 形容詞、動詞 常體表現	+	と	+	思う

絶対に[ぜったいに]
絕對
夢[ゆめ] 夢
多分[たぶん]
大概、或許
ご両親[ごりょうしん]
雙親
一緒に[いっしょに]
一起
住む[すむ] 住、居住

それは絶対に夢じゃなかったと思います。

我認為那絕不是一場夢。

石田さんは多分ご両親と一緒に住んでいると思う。

我猜想石田先生跟雙親同住。

正しい[ただしい] 正確
答え[こたえ]
答案、回答
近く[ちかく]
近處、附近
便利[べんり]
方便、便利
音楽[おんがく] 音樂
生活[せいかつ] 生活
上田[うえだ]
（日本姓氏）上田
選手[せんしゅ] 選手
光る[ひかる]
發光、發亮

☂ 試著用下列題中的句子完成句尾為「…と思う。」的日語句子。（請先將題
目句尾改成常體表現再接續）

正しい答えはこれじゃありません ▷

近くにスーパーがあれば便利でした ▷

音楽のない生活はつまらないです ▷

上田選手のうまさが光りました ▷

想表達「這樣認為」或「這樣覺得」時，需把「…と思う」中的
「と」改成用「こう」取代，即用「…こう思う」來表示。想問對
方「是怎樣認為的呢？」時，則要用「…どう思うますか」的句
型。

5. …と言う[という]

「言う」表示「說」。而「…と言う」則是用來表示引述某人的發
言，「某人說…、聽說…」的句型。這個句型前面不一定要接常
體表現，如同下面的第二個例句，在直接引用某人說過的話的情
況下，也能接敬體表現。

| 名詞、形容動詞 形容詞、動詞 常體表現 | + | と | + | 言う |

チョコレート 巧克力
ガイド 嚮導、導遊
時間[じかん] 時間
急ぐ[いそぐ] 急忙前往

チョコレートをくれるつもりだったと言いました。

聽説是有過打算要給巧克力。

ガイドさんが「時間がないので急いでください」と言
った。

導遊説：「沒時間了，請大家加快腳步。」

● 前面沒加「さん」，只用「ガイド」來稱呼導遊時，會略帶貶低之意。所以基於尊
重，一般日本人都在前面會加「さん」，以「ガイドさん」來稱呼。

来る[くる] 來
予定[よてい] 預定
来年[らいねん] 明年
オリンピック 奧林匹克
楽しみ[たのしみ]
令人期待

☂ 試著用下列題中的句子完成句尾為「…と言いました。」的日語句子。（請
先將題目句尾改成常體表現再接續）

ここに来る予定じゃありませんでした ▷

来年のオリンピックが楽しみです ▷

明るい[あかるい]
明亮、明朗
色[いろ] 色
汚れる[よごれる] 變
髒、髒掉
意味[いみ] 意思
分かる[わかる] 知道、
理解

明るい色だと汚れやすいです　▷

意味がよく分かりませんでした　▷

跟剛才學到的「…と思う」的句型一樣，想表達「這樣說」或「那樣說」時，句型中的「と」可以用「こう」或「そう」取代，即變成「こう言う、そう言う」來表示。

想表達「要如何說呢？」時，可以用「どう言いますか」。

另外，自我介紹說「我叫…」時，可用「…と言います」的句型，但此時名詞後面不可接「だ」。

花[はな] 花
桜[さくら] 櫻花

はじめまして。森田と言います。　初次見面，我叫柴田。
この花は桜と言う。　　　　　　　　這朵花叫櫻花。

以上面這類例句來說，「言う」也很常單只寫出平假名。除此之外，此句型中的「言う」換成其「申す[もうす]」的話，會變成更有禮貌的說法。

はじめまして。柴田と申します。　初次見面，敝人叫柴田。

另外，在對話雙方的地位、年紀相仿的情況下，「…と言う」中的「と」也可以換成「って」，用「…って言う」來表示。

酒井さんは行かないって言ったよ。　酒井小姐有說她不去了。

6. …という

以「…という + 名詞」形式來表示具體引述前方內容，此句型中的「いう」通常寫作平假名。

水道[すいどう] 自來水
管道
水[みず] 水
人[ひと] 人
多い[おおい] 多

名詞、形容動詞 形容詞、動詞 常體表現	+	という	+	名詞

水道の水はおいしくないという人が多いです。
説自來水不好喝的人很多。

コーラ 可樂
飲む[のむ] 喝
増える[ふえる] 增加
話[はなし] 談論、事
聞く[きく] 聽、詢問

医者[いしゃ] 醫生
金持ち[かねもち] 富翁
数学[すうがく] 數學
嫌[いや] 討厭
人[ひと] 人
楽しむ[たのしむ]
愉快、高興
本[ほん] 書
結婚[けっこん] 結婚
30歳[さんじゅっさい]
30歲
過ぎる[すぎる]
過、通過
遅い[おそい] 遲、慢
考え方[かんがえかた]
想法
増える[ふえる] 增加
信号[しんごう] 紅綠燈
赤[あか] 紅色
時[とき] 時
止まる[とまる] 停止
規則[きそく] 規定
知る[しる] 知道、理解

遅れる[おくれる]
落後、耽誤
連絡[れんらく] 聯絡

コーラを飲まない人が増えたという話を聞いた。

聽説喝可樂的人越來越多了。

🎐 試著用下列題中的句子完成「…という」的日語句子。（請將題目句尾改
成常體表現）

医者は金持ちです, イメージがあります ▶

数学は嫌いじゃありませんでした, 人は楽しめる本です
　▶

結婚は30歳を過ぎてからでも遅くないです, 考え方の人が増えていま
す ▶

信号が赤の時は止まらなければなりません, 規則を知らない人はいま
せん ▶

在對話雙方的地位、年紀相仿的情況下，「…という」中的「と」
也可以改成「って」，用「…っていう」來表示。

遅れるっていう連絡が来た。　打了電話來說會遲到。

7. …らしい

「…らしい」是用來表示推測的句型，即「似乎…」的意思。此
時說話者並非根據親身經驗來進行推測，而是根據從別人那邊聽
來的間接資訊來進行推測。請不要將本句型與第253頁的「…らし
い（有…的樣子）」句型搞混。

| 名詞、形容動詞
形容詞、動詞　　常體表現 | ＋ | らしい |

● 注意：名詞及形容動詞的肯定形時不多加「だ」。

一人[ひとり]
一個人、獨自
～枚[まい]
…（平片狀物體量詞）
張、枚、片
普通[ふつう] 普通

イタリアではピザは一人一枚が普通らしいです。

在義大利，似乎通常是一個人吃一片披薩。

靴[くつ] 鞋子
上[うえ] 上
靴下[くつした] 襪子
履く[はく]
（下半身衣物）穿
氷[こおり] 冰塊
滑る[すべる] 滑、滑行

昔[むかし] 過去、以前
飛行場[ひこうじょう]
機場
車[くるま] 車
不便[ふべん] 不便
北海道[ほっかいどう]
（地名）北海道
割合[わりあい] 比較…
暖かい[あたたかい]
溫暖
席[せき] 座位
空く[あく] 空

靴の上に靴下を履くと、氷の上でも滑らないらしい。

似乎是在鞋子外面套一層襪子，即使在冰上走好像也不就會滑了。

🌂 試著用下列題中的句子完成句尾為「…らしいです。」的日語句子。（請先將題目句尾改成常體表現再接續）

昔ここは飛行場でした　▶

そこは車がないと不便です　▶

北海道は割合暖かかったです　▶

席はまだ空いています　▶

8. …ようだ

「…ようだ」也是用來表示推測的句型，即「好像…」。不過此時說話者是根據親身經驗來進行推測。另外，當說話者不想直接斷定，採用較委婉方式來表達個人看法時，也可使用此句型。但因為語氣較為生硬，所以大多用於比較制式的對話或文章內。

名詞、形容動詞 形容詞、動詞	常體表現	+	ようだ

◉注意：名詞時需要先加「の」、形容動詞的肯定形時先加「な」，再加「ようだ」。

子[こ] 小孩、孩子
学校[がっこう] 學校
生徒[せいと]
（高中以下的）學生
最近[さいきん] 最近
フィギュアスケート
花式溜冰
増える[ふえる] 増加

入口[いりぐち] 入口
人[ひと] 人
宮崎[みやざき]
（日本姓氏）宮崎
隣[となり] 旁邊
嫌[いや] 討厭
横山[よこやま]
（日本姓氏）横山
鼻[はな] 鼻子
悪い[わるい] 壞、不好
会議[かいぎ] 會議
続く[つづく] 繼續

あの子はこの学校の生徒ではないようです。

那孩子似乎不是這座學校的學生。

最近、フィギュアスケートのファンが増えたようだ。

最近花式溜冰的粉絲似乎變多了。

🌂 試著用下列題中的句子完成句尾為「…ようだ。」的日語句子。（請先將題目句尾改成常體表現再接續）

あそこが入口です　▶

その人は宮崎さんの隣が嫌でした　▶

横山さんは鼻が悪いです　▶

会議はまだ続いています　▶

9. …みたいだ

語意跟前面「…ようだ」的句型相同，亦為「好像…」。但語氣不像「…よう」那麼生硬，所以常用於日常對話中。

この事を親には知られたくないみたいです。

這件事他好像不想讓父母親知道。

この子は家族の誰にも似ていないみたいだ。

那孩子好像長得不像家裡的任何一個人。

名詞、形容動詞 形容詞、動詞 常體表現	+	みたいだ

- 注意：名詞及形容動詞的肯定形時不多加「だ」。

- 「知られる」是被動形，故「親には知られたくない」直譯的話，即「不想被父母知道」，即為「不希望父母知道」。

🌂 試著用下列題中的句子完成句尾為「…みたいです。」的日語句子。（請先將題目句尾改成常體表現再接續）

まだ終わりじゃありません　▶

パスポートは必要じゃありませんでした　▶

テストは難しかったです　▶

風がやみました　▶

---

10. …ようだ

這裡的「…ようだ」通常出現在句子中間處，活用變化會以「…ように（如…般）、…ような（如同…）」的形式出現，表示「比喻（有如…）」。「…ようだ」之前偶爾也會接形容詞，但卻極為罕見，所以略而不提。

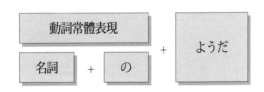

動詞常體表現 名詞 + の	+	ようだ

女の心は秋の空のように変わりやすいです。

女人心海底針，很容易說變就變。（女人心有如秋天的天空，很容易說變就變。）

事[こと] 事
親[おや] 父母
知る[しる] 知道、理解
子[こ] 孩子、小孩
家族[かぞく] 家人
誰[だれ] 誰
似る[にる] 相像

終わり[おわり] 結束
必要[ひつよう] 必要
難しい[むずかしい]
難、困難
風[かぜ] 風

女[おんな] 女人
心[こころ] 心
秋[あき] 秋天
空[そら] 天空
変わる[かわる] 變化

目[め] 眼睛
回る[まわる] 轉、轉動
忙しい[いそがしい]
忙、忙碌

目の回るような忙しさだ。

忙到不可開交（有如頭昏眼花般地相當忙碌）。

◉ 前頁裡出現一句日本諺語為「女心と秋の空[おんなごころとあきのそら]（女人的心與秋天的天空（相同））」，語意為女人的心就像秋季變化莫測的天空一樣性情不定。同時也還有另一句相對的諺語「男心と秋の空[おとこごころとあきのそら]（男人的心與秋天的天空（相同））。日語的「心」單獨使用時讀作「こころ」，組成「女心、男心」這種合成名詞時讀作「ごころ」。

◉ 想表示非常忙碌時，可用「目の回るよう（頭暈目眩）」這個慣用表現。也許是因為太忙時會出現頭暈症狀，才出現這種說法吧！

☔ 試著用下列題中的句子完成「…ように」的日語句子。（請將題目句尾改成常體表現）

雲[くも] 雲
自由に[じゆうに]
自由地
生きる[いきる]
活、生存
昼[ひる] 白天
明るい[あかるい] 明亮
火[ひ] 火
消える[きえる]
熄滅、關
静か[しずか] 安靜
赤ん坊[あかんぼう]
嬰兒
泣く[なく] 哭
出す[だす] 出、拿出

雲です,自由に生きたいです ▶	
昼です,明るいです ▶	
火が消えました,静かになりました ▶	
火がつきました,赤ん坊が泣き出しました ▶	

◉ 「泣き出す[なきだす]（突然開始哭）」的句子結構是「動詞ます形（去掉ます）＋出す」（第301頁）。

11. …そうだ

用來轉達從別人那邊聽到或在某處知到的資訊，即「聽說…」之意。請注意應用上不要跟在第305頁學到的「…そうだ（看起來好像…）」句型搞混。

名詞、形容動詞 形容詞、動詞	常體表現	＋	そうだ

足[あし] 腳
裏[うら] 背面
マッサージ 按摩
痛い[いたい] 痛
集まる[あつまる] 收集
場所[ばしょ] 場所
時間[じかん] 時間
知らせる[しらせる]
告知

足裏マッサージは痛いそうです。

聽說按腳底按摩會很痛。

内田さんに集まる場所と時間を知らせたそうだ。

聽說是已告知內田先生會合的地點和時間了。

◉ 「足裏[あしうら]」是由「足[あし]（腳）」和「裏[うら]（背面）」組成的單字。這是個因為腳底按摩很出名才衍生出的單字。「腳掌」的日語是「足の裏[あしのうら]」。

🪭 試著用下列題中的句子完成句尾為「…そうです。」的日語句子。（請先將題目句尾改成常體表現再接續）

宮本[みやもと]
（日本姓氏）宮本
誕生日[たんじょうび]
生日
昨日[きのう] 昨天
学生[がくせい] 學生
靴下[くつした] 襪子
冷える[ひえる] 變冷

宮本さんの誕生日は昨日でした

▶

その学生はまじめじゃありませんでした

▶

デザインがかわいくなかったです

▶

この靴下は足が冷えません

▶

12. …はず

用於表述前述的內容是合理的，也確定應該是那樣的，即「理應為…」之意。

　名詞、形容動詞　　常體表現　　+　　はず
　形容詞、動詞

● 注意：名詞的肯定形時需要先加「の」、形容動詞的肯定形時先加「な」，再加「はず」。

字引[じびき] 字典
辞書[じしょ] 辭典
同じ[おなじ] 相同
意味[いみ] 意思
今日[きょう] 今天
誰[だれ] 誰
来る[くる] 來

字引と辞書はほとんど同じ意味のはずです。

按理説（日語的）「字引」和「辞書」是意思幾乎一模一樣的單字。

今日は誰も来ないはずだ。

今天照理説應該沒半個人來。

高木[たかぎ]
（日本姓氏）高木
エジプト 埃及
有名[ゆうめい]
有名、知名
日本人[にほんじん]
日本人
話す[はなす] 說話
機会[きかい] 機會
多い[おおい] 多
問題[もんだい] 問題
何も[なにも] 什麼也

🪭 試著用下列題中的句子完成句尾為「…はずだ。」的日語句子。（請先將題目句尾改成常體表現再接續）

高木さんは私のクラスじゃありませんでした　▶

その人はエジプトでは有名です　▶

日本人と話す機会は多くないです　▶

問題は何もありませんでした　▶

13. …はずがない

「…はずがない」是用來否定某件不應該是那樣的句型，即「不理當是…」之意。有時會將助詞「が」換成「は」，變成「…はずはない」的句型使用，或直接將「が」去掉，以「…はずない」的樣態出現。

名詞、形容動詞 形容詞、動詞	常體表現	+	はずがない

◉注意：名詞的肯定形時需要先加「の」、形容動詞的肯定形時先加「な」，再加「はずがない」。

今[いま] 現在
沸く[わく] 煮沸
お湯[おゆ]（熱）水
熱い[あつい] 熱、燙

そんなはずはありません。　不可能會那樣。

今沸いたばかりのお湯だから、熱くないはずがない。
現在才剛燒好的水不可能不燙。

🎐 試著用下列題中的句子完成句尾為「…はずがありません。」的日語句子。
（請先將題目句尾改成常體表現再接續）

安藤[あんどう]
（日本姓氏）安藤
犯人[はんにん] 犯人
家族[かぞく]
家人、家族
大切な[たいせつな]
珍貴、重要
小さい[ちいさい] 小
時間[じかん] 時間

安藤さんが犯人です　▶

家族が大切じゃありません　▶

このセーターが小さいです　▶

そんなに時間がかかります　▶

14. …のだ、…んだ

「…のだ、…んだ」是用來說明某個理由或原因、強力主張自己的想法，或表達自己的建議的句型，口語中較常使用「んだ」，而「…のだ」是語氣較為生硬的文章體。除此之外，「…のだ、…んだ」也會以「…のである」的句型呈現。

名詞、形容動詞 形容詞、動詞	常體表現	+	のだ んだ

◉注意：名詞的肯定形時需要先加「な」、形容動詞的肯定形時也先加「な」，再加「のだ、んだ」。

僕[ぼく] 我
パパ 爸爸
倒れる[たおれる]
倒、倒下
歯[は] 牙齒
折れる[おれる] 斷掉

僕はパパが大好きなんです。　　　我是非常喜歡爸爸的。

倒れたときに歯が折れたのだ。　　牙齒是在倒下來時候斷掉的。

◉ 「パパ」是孩童用語，日本人在成人後幾乎不會再使用「パパ」這個詞。

◉ 「…のだ、…んだ」用於對話中時，會以「…の」或「…んだよ」的句型表現。

🪭 試著用下列題中的句子完成句尾為「…んだ。」的日語句子。（請先將題目句尾改成常體表現再接續）

◉ 「写す[うつす]」除了抄寫之外，還有「拍攝」、「描寫」之意。

アルコール 酒精
マラソン 馬拉松
練習[れんしゅう] 練習
嫌[いや] 討厭
本当に[ほんとうに]
真正的
買う[かう] 買
写真[しゃしん] 照片
写す[うつす]
拍、抄寫、描寫

これはアルコールじゃありません　▸

マラソンの練習が嫌いでした　▸

これは本当に買ってよかったです　▸

この写真はいとこが写してくれました　▸

15. …のですか／んですか

這個句型是「詢問某件事的相關訊息」，亦為前一個句型「…のだ、…んだ」較禮貌的的疑問句型，用於希望對方能說明某件事相關訊息的情況下。

| 名詞、形容動詞　形容詞、動詞　常體表現 | + | のです　んです | + | か |

アフガニスタン 阿富汗
旅行[りょこう] 旅行
危ない[あぶない] 危險
誰[だれ] 誰
眼鏡[めがね] 眼鏡
壊す[こわす]
故障、壞掉

◉注意：名詞的肯定形時需要先加「な」，形容動詞的肯定形時也先加「な」，再加「のです、んです」再加「か」。

アフガニスタンへの旅行は危ないんですか。

到阿富汗旅行是危險的事嗎？

誰に眼鏡を壊されたんですか。　　眼鏡是被誰弄壞的呢？

留守[るす] 不在家
お祭り[おまつり] 慶典
賑やか[にぎやか]
熱鬧、繁華
薬[くすり] 藥
苦い[にがい] 苦
切符[きっぷ] 票
構わない[かまわない]
沒關係、不要緊

🪭 試著用下列題中的句子完成句尾為「…んですか。」的日語句子。（請先將題目句尾改成常體表現再接續）

谷口さんは留守でした　▸

お祭りは賑やかじゃありませんでした　▸

この薬は苦くないです　▸

この切符はどこで降りても構いません　▸

16. …んですが

將上一個句型的「んだ」換成「んですが」的話，就形成說明情況或狀況的句型。

名詞、形容動詞 形容詞、動詞 常體表現	+	んです	+	が

● 注意：名詞的肯定形時需要先加「な」、形容動詞的肯定形時也先加「な」，再加「んですが」。

出発は5日なんですが、よろしいですか。
出發時間是5號，沒關係嗎？

私の名前の漢字が違うんですが、直していただけますか。
我名字裡漢字弄錯了，可以幫我訂正嗎？

☂ 試著用下列題中的句子完成「…んですが」的日語句子。（請將題目句尾維持原狀）

来週、花見に行く予定です，一緒に行きませんか　▶

話がちょっと複雑です，聞いてもらえませんか　▶

上の家がうるさいです，ちょっと注意してくださいませんか　▶

よく分かりませんでした，もう一度説明していただけますか　▶

17. …のに

常體表現後面加上「のに」，就形成表示「明明…卻…」的句型。

名詞、形容動詞 形容詞、動詞 常體表現	+	のに

● 注意：名詞的肯定形時需要先加「な」、形容動詞時也先加「な」，再加「のに」。

まだ9月なのに、もう涼しい日が多くなりました。
明明才九月，涼爽的日子卻已經變多了。

夕べは全然眠れなかったのに、今眠くない。
昨晚明明就完全無法入睡，現在卻也不覺得睏。

出発[しゅっぱつ] 出發
5日[いつか] 5號
名前[なまえ] 名字
漢字[かんじ] 漢字
違う[ちがう] 不同
直す[なおす]
改正、修理

来週[らいしゅう] 下週
花見[はなみ] 賞花
行く[いく] 去
予定[よてい] 預定
一緒に[いっしょに]
一起
話[はなし] 談論、事
複雑[ふくざつ] 複雜
聞く[きく] 聽、詢問
上[うえ] 上、上面
家[いえ] 家、房子
注意[ちゅうい] 注意
分かる[わかる]
知道、理解
もう一度[もういちど]
再一次、再度
説明[せつめい] 說明

9月[くがつ] 九月
涼しい[すずしい] 涼快
日[ひ] 日
多い[おおい] 多
夕べ[ゆうべ] 昨晚
全然[ぜんぜん] 完全
眠る[ねむる] 睡覺
今[いま] 現在
眠い[ねむい] 睏、想睡

飲む[のむ] 喝
日本語[にほんご]
日文、日語
下手[へた] 不擅長
上手[じょうず] 擅長
易しい[やさしい] 簡單
80点[はちじゅってん]
80分
以上[いじょう] 以上
取る[とる] 拿
急ぐ[いそぐ] 急忙趕上
間に合う[まにあう]
來得及
大野[おおの]
（日本姓氏）大野

☂ 試著用下列題中的句子完成「…のに」的日語句子。（請將題目句尾改成常體表現）

飲みたくなかったです, 飲まされました ▶

ハンさんは日本語が下手でした, 上手になりました ▶

テストは易しくなかったです, みんな80点以上取りました ▶

急げば間に合います, 大野さんは急ごうとしません ▶

18. …ため（に）

表示「原因」或「理由」的句型，即「因為…」。請注意不要跟第255頁的「名詞＋のために（為了…）」和第315頁的「動詞辭書形＋ため（に））（為了…）」這兩個句型搞混。

| 名詞、形容動詞
形容詞、動詞 | 常體表現 | ＋ | ため（に） |

● 注意：名詞的肯定形時需要先加「の」、形容動詞的肯定形時也先加「な」，再加「のに」。

学生[がくせい] 學生
皆[みな] 大家
一生懸命[いっしょうけんめい] 拼命努力
言う[いう] 說
耳[みみ] 耳朵
遠い[とおい] 遠
仕事[しごと] 工作
見付かる[みつかる]
被找到

学生が皆一生懸命なため、やめると言えません。

因為學生們全都很拼命，所以無法跟他們說就此放棄。

私は耳が遠いために、仕事が見付からない。

因為我的聽力差，所以找不到工作。

● 「耳が遠い[みみがとおい]」直譯為「耳朵遠」，引申為「耳背、聽不太到聲音」。「仕事が見付からない[しごとがみつからない]」解釋為「工作發現不到（找不到）」，但引伸後自然就成了「找不到工作」。

台風[たいふう] 颱風
電車[でんしゃ] 電車
遅れる[おくれる]
遲、慢
声[こえ]（生物的）聲音
変[へん] 奇怪
驚く[おどろく] 驚嚇
人気[にんき]
人氣、受歡迎
前[まえ] 前、前面
窓[まど] 窗戶
遠く[とおく] 遠遠地
見える[みえる] 看得到

☂ 試著用下列題中的句子完成「…ため（に）」的日語句子。（請將題目前句改成常體表現再接續，並將句尾改成敬體表現）

台風です, 電車が遅れた ▶

私は声が変です, よく驚かれる ▶

そのドラマはつまらなかったです, 人気がなかった

▶

うちの前にビルができました, 窓から遠くが見えなくなった

▶

19. …か

「か」穿插在句中時，可以與「か」之前的一個疑問詞相呼應，變成一個對前述疑問詞所修飾的狀態具有疑惑的表現。

名詞、形容動詞 形容詞、動詞 常體表現	+	か

●注意：名詞及形容動詞的肯定形時不多加「だ」。

箱[はこ] 箱子
軽い[かるい] 輕
教える[おしえる] 教
揺れる[ゆれる] 搖晃
知る[しる] 知道、理解
機械[きかい] 機械

<u>どちらの</u>箱が軽かったか、教えていただけますか。
能告訴我（兩個之中）哪個箱子較輕嗎？

これは、<u>どのくらい</u>揺れたかを知るための機械だ。
這是具有計算搖晃程度的機器。

試著用下列題中的句子完成「…か」的日語句子。（請將題目前句改成常體表現再接續，並將句尾改成常體表現）

誰[だれ] 誰
日記[にっき] 日記
ハードディスク 硬碟
一番[いちばん] 最
静か[しずか] 安靜
調べる[しらべる] 調査
連絡[れんらく] 聯絡
覚える[おぼえる]
記、背

誰の日記ですか,知りません　▶

どこのハードディスクが一番静かですか,調べています　▶

どうしたらいいですか,わかりません　▶

いつ連絡をもらいましたか,覚えていません　▶

20. …かどうか

跟上一個學到的句型相似，但這個句型不用搭配疑問詞，有「是…還是哪個…」的意思，在「か」後面加上「どうか（哪個）」便完成句型。

名詞、形容動詞 形容詞、動詞 常體表現	+	か	+	どうか

●注意：名詞及形容動詞的肯定形時不多加「だ」。

専攻[せんこう] 主修
文学[ぶんがく] 文學
忘れる[わすれる] 忘記

丸山さんの専攻が文学だったかどうか、忘れました。
忘了丸山先生的主修是文學還是哪一門學問了。

人[ひと] 人
代わりに[かわりに]
取代、替代
行く[いく] 去
聞く[きく] 聽、詢問

輸入[ゆにゅう] 進口
牛肉[ぎゅうにく] 牛肉
確かめる[たしかめる]
確認
買う[かう] 買
先生[せんせい] 老師
教育[きょういく] 教育
熱心[ねっしん]
熱心、熱情
学校[がっこう] 學校
仕事[しごと] 職業
忙しい[いそがしい] 忙
心配[しんぱい] 擔心
約束[やくそく] 約定
電話[でんわ] 電話

自転車[じてんしゃ]
腳踏車
乗る[のる] 搭乘
趣味[しゅみ] 興趣
字[じ] 文字、字
汚い[きたない] 髒
恥ずかしい[はずかし
い] 羞愧、丟臉
高校[こうこう] 高中
時代[じだい]
時代、時期
知る[しる] 知道、理解
医者[いしゃ] 醫生
親切[しんせつ] 親切
思い出す[おもいだす]
突然想起
髪[かみ] 頭髮
色[いろ] 顏色
暗い[くらい] 暗
明るい[あかるい] 亮
久しぶりに[ひさしぶり
に] 隔了許久
友達[ともだち] 朋友
集まる[あつまる]
聚集、集合
楽しみ[たのしみ]
令人期待

ほかの人が代わりに行ってもいいかどうか、聞いてみた。

我試著問了看是不是可以由其他的人代替前往或是不行的。

☂ 試著用下列題中的句子完成「…かどうか」的日語句子。（請將題目前句改成常體表現再接續，並將句尾改成敬體表現）

輸入牛肉じゃありません, 確かめてから買う ▸

先生が教育に熱心です, 学生はすぐにわかる ▸

仕事が忙しくないです, 心配だ ▸

約束を忘れていません, 電話をかけてみる ▸

21. …の

這裡的「…の」可以將前面接的動詞或形容動詞、形容詞轉化為名詞形態，即起名詞化的作用。

● 注意：名詞的肯定形時需要先加「な」、形容動詞的肯定形時也先加「な」，再加「の」。

自転車に乗るのが趣味なのはいいことです。

把騎踏腳踏車這件事當作興趣是一件好事。

字が汚いのが恥ずかしい。

因為字跡潦草（一事）而感到難為情。

☂ 試著用下列題中的句子完成「…の」的日語句子。（請將題目中句改成常體表現再接續，並將句尾改成常體表現）（請注意前面的句子名詞化後，助詞「は」要換成「が」）

イチローは高校時代, ピッチャーでした, 知っています ▸

その医者は親切じゃありませんでした, 思い出しました ▸

髪の色が暗かったです, 明るくしました ▸

久しぶりに友達と集まります, 楽しみにしています ▸

22. …こと

跟剛才學到的句型「…の」一樣，「…こと」也扮演著將句子名詞化的作用。此外也能用「名詞 + である + こと」的句型，但使用「である」會讓語氣變得十分生硬。

名詞、形容動詞 形容詞、動詞　　常體表現	+	こと

● 注意：名詞的肯定形時需要先加「である」、形容動詞時也先加「な」，再加「こと」。

背が低いことが僕のコンプレックスです。

個子矮小一事讓我感到自卑。

準備ができないことを、早く知らせなければならない。

沒做準備一事要快點通知（對方）才行。

🌂 試著用下列題中的兩組句子完成「…こと」的日語句子。（請將題目前句改成常體表現再接續，並將句尾改成敬體表現）（請注意前面的句子名詞化後，助詞「は」要換成「が」。）

今井さんは悪い人じゃありません, 知らなかった　▶

昔、いい成績を取るために一生懸命でした, 思い出した　▶

日本の家は狭くないです, 知らない人が多い　▶

食事の支度を全然手伝いませんでした, 母に叱られた　▶

現在學到的「…こと」句型和剛才學到的「…の」句型有什麼差別呢？兩句型在大多數情況下能將所有句子名詞化，但在某些情況下只能用其中一個句型來將句子名詞化。

只能用「…の」句型的情況

(1) 接在後面的述語如下列這種表達感覺、知覺的動詞。

見る[みる] 看	聞く[きく] 聽
見える[みえる] 看得到	聞こえる[きこえる] 聽得到
…等	

左欄詞彙：

背[せ] 身高
低い[ひくい] 矮、低
僕[ぼく]
（男性自稱）我
コンプレックス
情結、自卑感
準備[じゅんび] 準備
早く[はやく] 早、盡早
知らせる[しらせる]
告知、通知

今井[いまい]
（日本姓氏）今井
悪い[わるい] 壞、不好
人[ひと] 人
知る[しる] 知道、理解
昔[むかし] 以前
成績[せいせき] 成績
取る[とる] 拿
楽しみ[一生懸命]
拼命努力
思い出す[おもいだす]
想出、想起
日本[にほん] 日本
家[いえ] 家、房子
狭い[せまい] 狹窄、窄
多い[おおい] 多
食事[しょくじ] 用餐
支度[したく]
準備、預備
全然[ぜんぜん] 完全
手伝う[てつだう] 幫忙
母[はは] 母親
叱る[しかる] 責備

川[かわ] 河川
魚[さかな] 魚
隣[となり] 隔壁、鄰居
人[ひと] 人
歌[うた] 歌曲
歌う[うたう] 唱（歌）

川に魚がいるのが<u>見えました</u>。　看到河裡有魚。

隣の人が歌を歌っているのが<u>聞こえた</u>。

聽到隔壁的人在唱歌。

(2) 接在後面的述語如下列這些表達具體行為的動詞。

待つ[まつ] 等、等待	手伝う[てつだう] 幫、幫忙
邪魔する[じゃまする] 妨礙、阻礙	写す[うつす] 拍攝

友達[ともだち] 朋友
引っ越し[ひっこし]
搬家
父[ちち] 父親
新聞[しんぶん] 報紙
読む[よむ] 讀

友達が引っ越しするのを<u>手伝いました</u>。　幫朋友搬家了。

父が新聞を読むのを<u>邪魔した</u>。　　妨礙父親閱讀報紙。

第一個例句是用具體的動詞「**手伝いました**」，描述「**手伝いました（幫了）**」「**友達が引っ越しする（朋友搬家）**」這件事，所以能解釋為具體地「**友達を手伝いました（幫了朋友）**」。而第二個例句是用「**邪魔した**」，描述「**邪魔した（妨礙了）**」「**父が新聞を読む（父親閱讀報紙）**」這件事，所以也能解釋為具體地「**父を邪魔した（妨礙了父親）**」。

日本概述

日本房子意外地寬敞？

　　很多外國人都抱持著「日本房子很窄」的成見，但以全球房屋面積的排名來看，日本房屋的面積是全球排名第五名（建築物平均面積為94.85m²），第一名是美國（162 m²），第二名是盧森堡（126 m²），第三名是斯洛維尼亞（114m²），第四名則是丹麥（109m²），不過這項數據是全國平均數，所以相較於其他地區，地價較高的東京有很多面積少於平均值的窄房子。除此之外，很多人不知道其實日本的國土面積大於英國及德國，是全球排名第61名，只不過國土有三分之二是森林。

(3) 接在後面的述語跟是下面這兩個動詞時。

> やめる 停止、作罷　　　　止める[とめる] 使…停下

雑誌[ざっし] 雜誌
買う[かう] 買

雑誌を買うのを<u>やめました</u>。　　　停止買雜誌了。

只能用「…こと」句型的情況

(1) 接在後面的述語是下列這種跟發話及互動有關的動詞。

> 聞く[きく] 聽（故事）　話す[はなす] 談論　伝える[つたえる] 轉達
> 約束する[やくそくする] 約定　命じる[めいじる] 命令

明日[あした] 明天
行く[いく] 去
一緒に[いっしょに]
一起
映画[えいが] 電影
見る[みる] 看

明日行けないことを<u>伝えて</u>ください。
　　　　　　　　　　　　　　　請轉達我明天不克前往。

一緒にその映画を見ることを<u>約束</u>した。
　　　　　　　　　　　　　　　約好了一起看那部電影。

(2) 接在後面的述語是下列這種表達期盼的動詞。

> 祈る[いのる] 祈禱　希望する[きぼうする] 希望　望む[のぞむ] 期望、期盼

病気[びょうき]
病、疾病
治る[なおる]
治癒、痊癒
皆[みな] 所有人
生きる[いきる]
活、生存
帰ってくる[かえってく
る] 回去、回來、回家

病気が治ることを<u>祈り</u>ました。　祈禱了疾病能痊癒。
皆が生きて帰ってくることを<u>望ん</u>でいる。
　　　　　　　　　　　　　　　期盼所有人都能活著回來。

(3) 後面緊接著結尾助動詞「…です」等或其他句型。

> ～です 是…（敬體表現）　　　　　　　　～だ 是…（常體表現）
> ～である 是…（書面體的常體表現）

趣味[しゅみ] 興趣
弾く[ひく] 彈奏

私の趣味はピアノを弾くことです。　我的興趣是彈鋼琴。

除此之外，像「…ことができる」這種慣用語句，句中的「…こ
と」也不能改用「…の」取代。

「…の」和「…こと」句型皆可用的情況

除了上述情況以外，其它情況下兩種句型都能使用，但有時語意
會略微不同。

話す[はなす] 談論
忘れる[わすれる] 忘記

話すのを忘れた。　忘了有説過。

話すことを忘れた。忘了講述內容。

上述兩句在日語的結構裡很相像，但是出來的意思卻有所不同同。「…の」大多用來描述具體的行為舉止，「…こと」則主要用於想法或概念…等。也就是說，第一個例句是描述忘了做過「發言」這個動作，第二個例句則是描述忘了「發言的內容（曾經講過的話）」。再舉例來說，原本想著「遇見「高田さん[たかださん]」的話，一定要跟他說這件事！」」，結果真的遇見時卻忘了提起這件事，直到分開後才想到，此時就要使用第一個例句。不過，如果是在遇見高田時突然想不起來想說的是哪件事，此時就要使用第二個例句。

23. …ということ

這是將引用內容名詞化的句型。然而這個名詞化的內容，多半出自於話者強烈表現自己主觀的意見及結論。

名詞、形容動詞 形容詞、動詞	常體表現	+	ということ

昔[むかし] 以前
港[みなと] 港口
知る[しる] 知道、理解
社長[しゃちょう] 社長
決まる[きまる] 決定

ここが昔、港だったということは、あまり知られていません。

很少人知道這裡曾是港口。

藤木さんが社長になるということが決まった。

藤木先生成為社長一事已定。

試著用下列題中的兩組句子完成「…ということ」的日語句子。（請將題目前句改成常體表現再接續，並將句尾改成常體表現）

そんなつもりじゃありませんでした, わかってもらえませんでした

▶

好き[すき] 喜歡
話す[はなす] 談論
～方[ほう] …方（面）
痛み[いたみ] 痛楚
誰[だれ] 誰
言う[いう] 說
河野[こうの]
（日本姓氏）河野
食堂[しょくどう] 食堂
始める[はじめる] 開始
聞く[きく] 聽、詢問

もう好きじゃありません, 話した方がいいです　▶

痛みがひどいです, 誰にも言いませんでした　▶

河野さんが食堂を始めました, 聞きました　▶

養的狗狗死了，應該很難過吧！（…だろう。結尾句型）

▶

那位教授的專業領域不同吧？（…だろう?結尾句型）

▶

到了四月應該就不需要暖氣了吧？（…でしょう。結尾句型）

▶

那件事應該不是假的吧？（…でしょう?結尾句型）

▶

也許會比約定時間晚到。（…かもしれません。結尾句型）

▶

我認為沒有音樂的生活很乏味。（…と思う。結尾句型）

▶

說是想過打算要給我巧克力。（…と言いました。結尾句型）

▶

據說是不討厭的數學的人可以看得很愉快的一本書。（…という）（肯定形的常體表現）

▶

座位似乎還空著。（…らしい。結尾句型）

▶

那個孩子好像不是這所學校的學生。（…ようだ。結尾句型）

▶

好像不需要護照。（みたいだ。結尾句型）

▶

想像雲一樣地自由地生活。（…のように）（肯定形的常體表現）

▶

聽說已經告知內田先生會合的地點和時間了。（…そうです。結尾句型）

▶

理應不會有任何問題。（…はずだ。結尾句型）

▶

不應該會那樣。（…はずはありません。結尾句型）

▶

馬拉松的練習很讓人討厭。（…んだ。結尾句型）

▶

這張票是在哪下車都可以的嗎？（…んですか。結尾句型）

▶

我聽不太懂，可以請再說明一次嗎？（…んですが…）（…いただけますか。結尾句型）

▶

加快動作的話明明就能趕得上，但大野先生不打算加快動作。（…のに…うとしない。句型結尾）

▶

因為房子前面出現了大樓，所以變得從窗戶看不到遠處。（…ため（に））（過去式的常體表現）

▶

不知道怎麼做會比較好。（…か）（否定形的常體表現）

▶

試著詢問是否能由其它人代替前往。（…かどうか）（過去式敬體表現）

▶

把騎腳踏車當作興趣是一件好事。（…の）（肯定形的敬體表現）

▶

無法做準備一事，一定要儘快通知（對方）才行。（…こと）（「一定」的雙否定的敬體表現）

▶

這裡過去曾是港口這件事，很少人知悉。（…ということ）（否定形敬體表現）

▶

挑戰長文 請試著先聆聽音檔來掌握內容，練習聽力。

51_2.MP3

トーキングトイレットペーパーというのを聞いたことがありますか。知っている人もいるかもしれませんが、トイレットペーパーを掛ける棒に録音機能があって、誰かがトイレットペーパーを使おうとすると、音が出るという物です。トイレットペーパーが「今いただいた物に領収書は要りますか。」と話したら、誰でも驚かないはずがないでしょう。

トーキング 説話　トイレットペーパー 衛生紙　聞く[きく] 聽、詢問　知る[しる] 知道、理解　人[ひと] 人　掛ける[かける] 掛、架上
棒[ぼう] 棒　録音[ろくおん] 錄音　機能[きのう] 功能　誰[だれ] 誰　使う[つかう] 使用　音[おと]（物體的）聲音　出る[でる] 出去、
出來　物[もの] 物品　今[いま] 現在　領収書[りょうしゅうしょ] 收據　要る[いる] 需要　話す[はなす] 談話　驚く[おどろく] 吃驚、驚訝

順帶一提！

　　在本課學到了很多表示推測的句型，乍看很可能很難區分其中各句型的差異，所以在這裡重新整理一次。目前為止學到了4種推測句型，分別為「…そうだ」、「…らしい」、「…ようだ」和「…みたいだ」。其中，「…ようだ」和「…みたいだ」同義，兩者的差異只在「…ようだ」是語氣十分生硬的用語，「…みたいだ」則是非常口語化的用語，所以在此只比較「…そうだ」、「…らしい」和「…ようだ」這三種句型之間的差異。

　　本課學到的「…そうだ」是用來描述「傳聞」的句型，即一五一十地轉述從別人那裡聽到或在某處讀到的內容；「…らしい」是以從別人那邊聽說到的內容或其他人的調查結果…等間接經驗為基礎而推測出的內容；「…ようだ」則是以說話者親自調查的結果…等親身經驗為基礎而推測出的內容。

この花は日本にはないそうだ。	聽説日本沒有這種花。
この花は日本にはないらしい。	日本好像沒有這種花。
この花は日本にはないようだ。	日本好像沒有這種花。

　　上面第一個例句只是一五一十地轉述從別人那邊聽說到的內容或在某處讀到的內容；第二個例句是根據別人的說法或其他人的調查結果而推測出的內容；第三個例句則是說話者親自調查後才做出沒有這種花的推測。

　　「…そうだ」除了表示「聽說…」，也能表示「好像…」（可從前接型態不同來判斷），請注意不要搞混這兩種用法。

このシャツは大きそうだ。	這件襯衫很看起來很大件（好像很大件）。
このシャツは大きいそうだ。	聽説這件襯衫很大件。

　　將「…そうだ（好像…）」用來表達推測內容時，前面接形容詞詞幹時根據對象的外觀來推測其性質（如上面的第一個例句），前面接動詞ます形（去掉ます）時則是將描述重點放在某個動作或變化。

花が咲きそうだ。	花好像要開了。

52 連接所有詞類的句型—敬語

照著做就對了學習法

第一步 一定要先聽過音檔　第二步 一邊看書一邊學習　第三步 請再聽一次音檔

日語有敬語，語法複雜，所以就連日本人（尤其是日本年輕人），也有很多人無法正確使用敬語的語法。由此可知其困難程度很高。但身為外國人若能正確使用連日本人也容易犯錯的語法的話，肯定會令日本人大吃一驚。所以，一起來學好敬語的說法吧！

52_1.MP3

跟著做就對了

敬語的類型

日語的敬語分成尊敬語、謙讓語（我又再把這部分細分為「謙讓語Ⅰ、謙讓語Ⅱ」）、丁寧語和美化語這四類。內容雖複雜，但接下來將一一說明。

● 有些書也會將謙讓語Ⅰ稱作「謙讓語」，謙讓語Ⅱ稱作「鄭重語」。

● 介紹日語的敬語時，傳統只分成「尊敬語」、「謙讓語」、「丁寧語」這三類來進行說明，我現在則分成五類來進行說明。接下我提到的「尊敬語」即等同於傳統的「尊敬語」；而我提到的「謙讓語Ⅰ」和「謙讓語Ⅱ」等同於傳統書中「謙讓語」；我提的「丁寧語」和「美化語」則等同於傳統書中的「丁寧語」。

尊敬語

即對動作或狀態的主體表示尊敬的用語。日語的尊敬語中，除了動詞之外，名詞或形容詞也有尊敬語。記得前面有提過名詞前面加上「お」或「ご」的作法嗎？這種為了抬高談話者或第三者地位而使用的用語，就是尊敬語。舉例來說，「名前[なまえ]（姓名）」前面加上「お」的「お名前（尊姓大名）」即為「尊敬語」。有時也會在形容詞前面加上「お」或「ご」來提高談話者或第三者的狀態，例如「忙しい[いそがしい]（忙碌）」前面加上「お」而形成的「お忙しい」。

謙讓語 I

說話人對談話者或第三者做出某動作時，透過貶低自己的行為來提高談話者或表示對第三者的敬重，名詞前面加上「お」或「ご」有時則是謙讓語 I，以「お手紙[おてがみ]（信、書信）」為例，在「先生からのお手紙（從老師那邊收到的信）」是作為「尊敬語」，但在「先生へのお手紙（致信給老師）」這句中是變成了謙讓語 I。如前所述，即使是前面加了「お」或「ご」的名詞是同一個單字，但在句中有可能作為尊敬語，也有可能作為謙讓語。

謙讓語 II

透過貶低動作的主體（即作出該動作者）來提高聽者地位的謙讓方式。例如：可以使用「申す[もうす]」，這一般都會翻成「說」的意思，但這裡可以想成如古代下對上的「稟告」；另外也會用像「拙宅[せったく]（寒舍）」。以上這兩個例子在使用時，動作主體都會基於對方的地位比自己高，而使用了較貶低自己的詞彙。

編註 謙讓語 I 跟謙讓語 II 的分類上較為複雜，對於日本人用日語來說是明確有不同的。而台灣人學日語若從中文的角度思考時，細讀之後很容易一頭霧水，因有時候有些部分的可應用性會重，真的不容易了解差別在哪裡。但其實只要之後介紹的謙讓語都學起來，能夠應用也就行了。

丁寧語

透過話者禮貌的表達用語，對聆聽者表示尊重的說法即是「丁寧語」。這樣說明可能會有點難理解，但這種語法其實就是詞尾使用「…です」、「…ます」，彬彬有禮地進行發言。

美化語

說話者文雅地描述事物的特殊詞彙。使用這些詞彙並不是為了對聆聽者等某人表示敬意，單純只是為了讓話語聽起來更文雅，所以能用自言自語的情況，這也是美化語跟其他敬語類型的不同之處。例如「お茶[おちゃ]（茶）」「お店[おみせ]（商店、店鋪）、お菓子[おかし]（餅乾）…」等，有很多詞彙少了「お」時會變成較為粗魯的用語。

很複雜吧？就算是日本人，也難以充分理解日語的敬語，所以不要給自己一定要完全理解的壓力，一邊繼續學習接下來提到的表達方式，一邊培養感覺才是成功學習之道。

1. 尊敬語

(1) お／ご…になる

將動詞ます形（去掉ます）的前面加上「お」，再於後面接「になる」，或者漢字詞前面加上「になる」的表現方法。

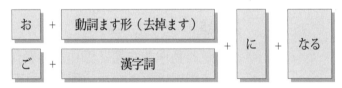

社長はもうお帰りになりました。 社長已經回家去了。
伊藤様はこの旅館をご利用になった。

伊藤先生使用了這間旅館。

> 試著用下列題中的句子完成句尾為「お…になりました。」的日語句子。

お客様はこれを選んだ ▶

高橋先生は新しい研究会を始めた ▶

山本先生はオックスフォード大学を卒業した ▶

(2) …（ら）れる

被動形也能當作尊敬語，要根據前後文意來判斷該動詞的語意是被動語意還是當尊敬語用。以一段動詞來說，尊敬語、被動形、可能形全都長得一樣，就連日本當地人在對話中使用這類尊敬語時都可能造成誤會。而比起這種表達方式，上面學到的「お／ご…になる」是更尊敬的表達方式。

左側詞彙欄：

社長[しゃちょう] 社長
帰る[かえる]
回去、回來、回家
旅館[りょかん] 旅館
利用[りよう] 利用

お客様[おきゃくさま]
客人
選ぶ[えらぶ] 挑
高橋[たかはし]
（日本姓氏）高橋
先生[せんせい] 老師
新しい[あたらしい] 新
研究会[けんきゅうかい] 研究會
始める[はじめる] 開始
山本[やまもと]
（日本姓氏）山本
オックスフォード 牛津
大学[だいがく] 大學
卒業[そつぎょう] 畢業

大変[たいへん]
非常、十分
喜ぶ[よろこぶ]
開心、高興
約束[やくそく] 約定
時間[じかん] 時間
早く[はやく] 早、儘早

方[かた] …位
財布[さいふ] 錢包
落とす[おとす] 掉落
部長[ぶちょう] 部長
電話番号[でんわばん
ごう] 電話號碼
変える[かえる] 變換
小山[こやま]
（日本姓氏）小山
プロジェクト
項目、方案
計画[けいかく] 計畫

行く[いく] 去
来る[くる] 來
食べる[たべる] 吃
飲む[のむ] 喝
言う[いう] 說
知る[しる] 知道、理解
見る[みる] 看
着る[きる]
（上半身衣物）穿
寝る[ねる] 就寢

渡辺さんはそのプレゼントを大変喜ばれました。

渡邊先生為那個禮物感到十分高興。

先生は約束の時間より早く来られた。老師比約定時間早到了。

◉「大変[たいへん]」作為副詞時表示「非常、十分」。但這個句子語氣十分生硬，所以不常用於日常對話中。

🌂 試著用下列題中的句子完成句尾為「…(ら)れた。」的日語句子。

その方はお財布を落とした　▶

部長は電話番号を変えた　▶

小山さんがこのプロジェクトを計画した　▶

(3) 其他

日語的動詞中，會有一些動詞的尊敬語是由另一個完全長得不一樣的動詞所取代。相較於前面學到的尊敬語活用形態，接下來要學到的尊敬語單字則是更講究禮儀的表達方式。

	尊敬語
行く 来る いる	いらっしゃる おいでになる
食べる 飲む	召し上がる[めしあがる]
言う	おっしゃる
知っている	ご存じだ[ごぞんじだ]
見る	ご覧になる[ごらんになる]
着る	お召しになる[おめしになる]
寝る	お休みになる[おやすみになる]
くれる	くださる
する	なさる

上述單字中，「いらっしゃる、おっしゃる、くださる」和「なさる」的ます形在活用時會發生特殊的變化，即「る」不是變成「り」，而是變成了「い」，所以分別變成了「いらっしゃいます、おっしゃいます、くださいます」和「なさいます」。除了「ます形」之外，其他的活用皆可循五段動詞「る」詞尾的規則進行，並無特別的變化。

総理は再来月プサンにいらっしゃいます。

總理下個月會大駕光臨釜山。

この映画は大統領もご覧になったそうだ。

聽說這部電影連總統都看過。

総理[そうり] 總理
再来月[さらいげつ] 下下個月
映画[えいが] 電影
大統領[だいとうりょう] 總統

● 「総理[そうり]」是「内閣総理大臣[ないかくそうりだいじん]」的縮寫，但有時也會用通稱的「首相[しゅしょう]」一詞。

🌂 試著用下列題中的句子完成「尊敬語變化後」的日語句子。（請將題目句尾改成敬體表現）

このワイシャツは課長が一昨年くれた ▶

片山さんはラーメンを食べた ▶

先生は大丈夫だと言った ▶

ワイシャツ 襯衫
課長[かちょう] 課長
一昨年[おととし] 前年
片山[かたやま]（日本姓氏）片山
ラーメン 拉麵
大丈夫[だいじょうぶ] 沒關係

(4) お／ご…ください

在尊敬語中，還可以用「お／ご」＋動詞ます形（去除ます）或是漢字詞＋「ください」的方式，形成尊敬語。但請注意，雖然大部分的漢字詞的前面是加上「ご」，但也存在著如「お電話[おんわ]」這樣前面加「お」的例外。

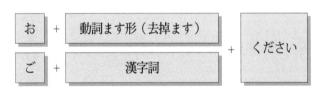

是非こちらにお泊まりください。　請一定要在這裡留宿。
どうぞおかけください。　　　　　請坐下。

是非[ぜひ] 務必
泊まる[とまる] 住宿

● 「おかけください」用了「腰をかける[こしをかける]（坐下）」中的「かける」，故引申為「坐下」之意。

🌂 試著用下列題中的句子完成句尾為「…お／ご…ください。」的日語句子。

お食事をゆっくり楽しんでください ▶

切符を見せてください ▶

電車が来ますので、注意してください ▶

食事[しょくじ] 用餐
楽しむ[たのしむ] 愉快、期待
切符[きっぷ] 票
見せる[みせる] 讓…看
電車[でんしゃ] 電車
来る[くる] 來
注意[ちゅうい] 注意

「来てください」的恭敬說法為「おいでください」，這也是例外情況，請另外背下來。

2. 謙讓語 I

(1) お／ご…

這個句型是說話者用來表達自己要為對方做某件事的句型，即「（請容我）為…做…」的意思。

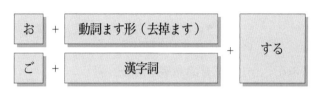

お荷物をお持ちします。　　　　　幫您拿行李。

吉村さんにキョンジュをご案内した。　為吉村先生介紹慶州。

🪭 試著用下列題中的句子完成句尾為「…お／ご…した。」的日語句子。

西川さんをお宅まで送った　▶

先生に月の写真を見せた　▶

お客様に電話で連絡した　▶

(2) 其他

跟尊敬語一樣，許多的動詞轉變成謙讓語時，也會變成另外一個截然不同的動詞。

	謙讓語 I
行く 来る	伺う[うかがう]
聞く 尋ねる 訪ねる	伺う[うかがう]
言う	申し上げる[もうしあげる]
会う	お目に掛かる[おめにかかる]
知る	存じ上げる[ぞんじあげる]
あげる	差し上げる[さしあげる]
もらう	いただく
見る	拝見する[はいけんする]
見せる	お目に掛ける[おめにかける] 御覧に入れる[ごらんにいれる]
借りる	拝借する[はいしゃくする]

荷物[にもつ] 行李
持つ[もつ] 拿、攜帶
案内[あんない] 導引

西川[にしかわ]
（日本姓氏）西川
お宅[おたく] 貴府上
送る[おくる] 送
先生[せんせい] 老師
月[つき] 月
写真[しゃしん] 照片
見せる[みせる] 讓…看
お客様[おきゃくさま]
客人
連絡[れんらく]
聯絡、聯繫

行く[いく] 去
来る[くる] 來
聞く[きく] 問
尋ねる[たずねる] 詢問
訪ねる[たずねる] 訪問
言う[いう] 說
会う[あう] 見
知る[しる] 知道、理解
見る[みる] 看
借りる[かりる]
借（入）

◉「聞く[きく]」同時有「聽」跟「問」的意思，但變成謙讓語「伺う[うかがう]」時，只能用來表示其中「聽」的意思。

◉「会う[あう]（遇見、碰面）」也常會使用「お会いする」。

明日[あす] 明天
校長先生[こうちょうせんせい]
（高中以下的學校）
校長先生

明日、伺います。　　　　　明天去拜訪。

校長先生にそう申し上げた。　跟校長先生那樣稟告了。

🎏 試著用下列題中的句子完成「謙讓語變化後」的日語句子。（請將題目句尾改成敬體表現）

部長[ぶちょう] 部長
お宅[おたく] 貴府上
昨日[きのう] 昨天
小島[こじま]
（日本姓氏）小島
増田[ますだ]
（日本姓氏）増田

部長のお宅を見た　▶

昨日、小島先生に会った　▶

このあめは増田さんにもらった　▶

3. 謙讓語 II

謙讓語 II 是貶低自我主體地位的謙讓表現，應用時大體上都會變成另外一個完全不一樣的動詞。所以請直接看下表：

行く[いく] 去
来る[くる] 來
食べる[たべる] 吃
飲む[のむ] 喝
言う[いう] 說
知る[しる] 知道、理解

	謙讓語 II
行く 来る	参る[まいる]
いる	おる
ある	ござる
食べる 飲む	いただく
言う	申す[もうす]
知っている	存じている[ぞんじている]
知らない	存じない[ぞんじない]
する	致す[いたす]

「ござる」會發生不規則的活用變化，即ます形活用時，詞尾「る」不是變成「り」，而是變成了「い」，所以是「ございます」。

松村[まつむら]
（日本姓氏）松村

行って参ります。　我要出門了。

松村と申します。　我叫松村。

● 「我要出門了」在日本人的日常生活中大多只用「行ってきます」，想説得更有禮貌一點時，就會説「行って参ります」。

☂ 試著用下列題中的句子完成「謙讓語變化後」的日語句子。（請將題目句尾改成敬體表現）

本当[ほんとう] 真的
本[ほん] 書
明日[あす] 明天

それが本当かどうかは知りません　▶

その本はこちらにあります　▶

明日ならうちにいる　▶

4. 謙讓語Ⅰ與謙讓語Ⅱ

お／ご…致す[いたす]

這個句型是合併謙讓語Ⅰ和謙讓語Ⅱ的表達句型，換句話說，此句型不論是行為或主體面上，皆提高聆聽者的地位。把在謙讓語Ⅰ學到的「お／ご…する」中的「する」換成謙讓語Ⅱ的「致す[いたす]」就行了。「致す」通常寫作平假名，且這個表達句型主要用於各動詞的ます形（不含ます）。

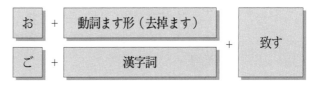

番号[ばんごう] 號碼
呼ぶ[よぶ] 叫
利用[りよう] 使用
方法[ほうほう]
方法、方式
説明[せつめい] 說明

番号をお呼び致します。　我會叫您的號碼。

利用方法をご説明致します。為您説明使用方法。

☂ 試著用下列題中的句子完成句尾為「…お／ご…致します。」的日語句子。

試合[しあい] 比賽
結果[けっか] 結果
知らせる[しらせる]
告知
品物[しなもの] 物品
お宅[おたく] 貴府上
届ける[とどける] 送達
武田[たけだ]
（日本姓氏）武田
紹介[しょうかい] 介紹

試合の結果を知らせる　▶

品物をお宅まで届ける　▶

武田さんを紹介します　▶

5. 丁寧語

(1) …でございます

如前所述，丁寧語指的是以「…です」、「…ます」作為句尾的語句。除了這種之外，還有比「…です」更恭敬的表達方式，那就是本句型「…でございます」。

青い[あおい] 藍色
〜方[ほう] …方（面）
表[おもて] 表面
〜側[がわ]
…側、…旁
部屋[へや] 房間
大変[たいへん]
相當、非常、十分
静か[しずか] 安靜

名詞
形容動詞詞幹
＋ で ＋ ございます

青い方が表側でございます。

藍色那面是正面。

こちらのお部屋は大変静かでございます。

這一邊的房間十分安靜。

● 比起「この」，使用「こちら」會更為恭敬。

試著用下列題中的句子完成句尾為「…でございます。」的日語句子。

担当者の北村です　▶

使い方は前の物と同じです　▶

● 「使い方[つかいかた]（使用方法）」是在第298頁學到的「[動詞ます形（去掉ます）＋方]」。

担当者[たんとうしゃ]
負責人
北村[きたむら]
（日本姓氏）北村
使い方[つかいかた]
使用方法
前[まえ] 前、前面
物[もの] 物品、東西
同じ[おなじ] 相同

(2)（お）…ございます

形容詞後面接「ございます」的話，會形成語氣相當恭敬的語句，此時若前面再追加一個「お」的話，則語氣中的禮儀度就至高無上了。形容詞的活用變化會隨著詞尾前面那個假名屬於哪段音而異。

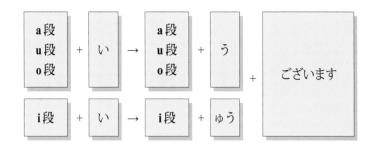

有點複雜，請參考下面的圖片說明。

a段 ＋ い

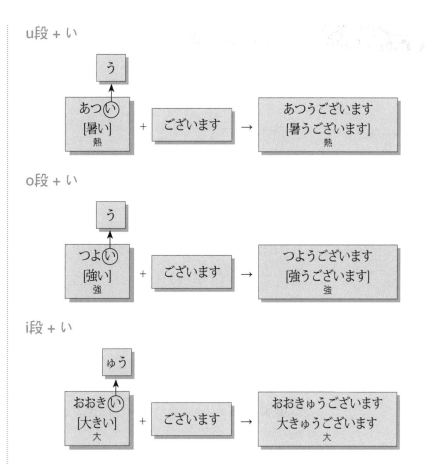

u段 + い

う

あつ（い）
[暑い]
熱

＋ ございます → あつうございます
[暑うございます]
熱

o段 + い

う

つよ（い）
[強い]
強

＋ ございます → つようございます
[強うございます]
強

i段 + い

ゅう

おおき（い）
[大きい]
大

＋ ございます → おおきゅうございます
大きゅうございます
大

大変[たいへん]
非常、十分
今日[きょう] 今天
寒い[さむい] 冷、寒冷

こちらは大変おいしゅうございます。 這邊的十分美味。

今日もお寒うございます。 今天也冷。

● 日本人打招呼時常用天氣作為開場白。

🪭 試著用下列題中的句子完成「…（形容詞變化）+うございます。」的日語句
子。

方[かた] 各位、…們
少ない[すくない] 少
嬉しい[うれしい]
開心、高興
安い[やすい] 便宜
映画[えいが] 電影
面白い[おもしろい]
有趣

そのような方は大変少ないです ▶

そうしていただけると、大変嬉しいです ▶

こちらは大変安いです ▶

この映画は大変面白いです ▶

社長已經回去了。（お…になりました。結尾句型）
▶

老師比約定時間還早到了。（来られた。結尾句型）
▶

片山先生吃了拉麵。（吃的尊敬語）（過去式的敬體表現）
▶

請坐下。（お…ください。結尾句型）
▶

致電聯絡客人。（ご…した。結尾句型）
▶

昨天拜謁了小島老師。（お…ました。結尾句型）
▶

我叫松村。（…と申します。結尾句型）
▶

為您介紹武田先生。（ご…致します。結尾句型）
▶

在下是負責人，敝姓北村。（…でございます。結尾句型）

▶ --

這東西十分便宜。（…（形容詞變化）＋うございます。結尾句型）

▶ --

挑戰長文 請試著先聆聽音檔來掌握內容，練習聽力。

52_2.MP3

お客様にお知らせ致します。町田からいらっしゃった矢野様、矢野様、服部様がお待ちになっています。放送をお聞きになりましたら、1階のサービスカウンターまでおいでください。

お客様[おきゃくさま] 客人　知らせる[しらせる] 告知　致す[いたす] 做　町田[まちだ]（地名）町田　矢野[やの]（日本姓氏）矢野　〜様[さま] …先生／女士　服部[はっとり]（日本姓氏）服部　待つ[まつ] 等　放送[ほうそう] 廣播、播放　聞く[きく] 聽、問　1階[いっかい] 1樓

附錄

本書中使用了1700多個日語單字,所以到目前為止,你
學到的不止是文法,更是一定程度的單字量。

五段動詞活用書寫表

請親自動筆練習五段動詞的活用變化，正確答案在第420頁。

否定形	使役形	被動形	使役被動形	ます形	辭書形
					書く[かく] 寫
					飲む[のむ] 喝
					買う[かう] 買
					送る[おくる] 送、送行
					消す[けす] 熄滅、關掉
					知る[しる] 知道、理解
					休む[やすむ] 休息
					吸う[すう] 吸、抽（菸）
					脱ぐ[ぬぐ] 脱
					読む[よむ] 讀
					撮る[とる] 拍、拍攝
					貸す[かす] 借（出）
					待つ[まつ] 等
					習う[ならう] 學習
					返す[かえす] 還、歸還
					歌う[うたう] 唱
					呼ぶ[よぶ] 叫
					聞く[きく] 聽、詢問

日語的「知る」指的是「深入了解」意思，
相當於英文的 know，所以沒有可能形。

禁止形	可能形	假定形（…ば）	命令形	推量形	て形／過去式
（無）	（無）				

一段動詞活用書寫表

請親自動筆練習一段動詞的活用變化，
正確答案在第422頁。

否定形	使役形	被動形	使役被動形	ます形	辭書形
					見る[みる] 看
					食べる[たべる] 吃
					着る[きる] 穿
					開ける[あける] 開、打開
					閉める[しめる] 熄滅、關
					借りる[かりる] 借（入）
					つける 開（燈）
					かける 打（電話）、掛
					見せる[みせる] 讓…看
					締める[しめる] 繫上
					教える[おしえる] 教
					覚える[おぼえる] 記、背
					忘れる[わすれる] 忘記

不規則動詞活用書寫表

請親自動筆練習不規則動詞的活用變化，
正確答案在第422頁。

否定形	使役形	被動形	使役被動形	ます形	辭書形
					来る[くる] 來
					する 做

禁止形	可能形	假定形（…ば）	命令形	推量形	て形／過去式

禁止形	可能形	假定形（…ば）	命令形	推量形	て形／過去式

五段動詞活用書寫表

五段動詞的活用變化整理如下，
一起來確認是否有寫錯哪個變化吧！

否定形	使役形	被動形	使役被動形	ます形	辭書形
書かない	書かせる	書かれる	書かされる 書かせられる	書きます	**書く[かく]** 寫
飲まない	飲ませる	飲まれる	飲まされる 飲ませられる	飲みます	**飲む[のむ]** 喝
買わない	買わせる	買われる	買わされる 買わせられる	買います	**買う[かう]** 買
送らない	送らせる	送られる	送らされる 送らせられる	送ります	**送る[おくる]** 送、送行
消さない	消させる	消される	消させられる	消します	**消す[けす]** 熄滅、關掉
知らない	知らせる	知られる	知らされる 知らせられる	知ります	**知る[しる]** 知道、理解
休まない	休ませる	休まれる	休まされる 休ませられる	休みます	**休む[やすむ]** 休息
吸わない	吸わせる	吸われる	吸わされる 吸わせられる	吸います	**吸う[すう]** 吸、抽（菸）
脱がない	脱がせる	脱がれる	脱がされる 脱がせられる	脱ぎます	**脱ぐ[ぬぐ]** 脫
読まない	読ませる	読まれる	読まされる 読ませられる	読みます	**読む[よむ]** 讀
撮らない	撮らせる	撮られる	撮らされる 撮らせられる	撮ります	**撮る[とる]** 拍、拍攝
貸さない	貸させる	貸される	貸させられる	貸します	**貸す[かす]** 借（出）
待たない	待たせる	待たれる	待たされる 待たせられる	待ちます	**待つ[まつ]** 等
習わない	習わせる	習われる	習わされる 習わせられる	習います	**習う[ならう]** 學習
返さない	返させる	返される	返させられる	返します	**返す[かえす]** 還、歸還
歌わない	歌わせる	歌われる	歌わされる 歌わせられる	歌います	**歌う[うたう]** 唱
呼ばない	呼ばせる	呼ばれる	呼ばされる 呼ばせられる	呼びます	**呼ぶ[よぶ]** 叫
聞かない	聞かせる	聞かれる	聞かされる 聞かせられる	聞きます	**聞く[きく]** 聽、詢問

禁止形	可能形	假定形（…ば）	命令形	推量形	て形／過去式
書くな	書ける	書けば	書け	書こう	書いて／書いた
飲むな	飲める	飲めば	飲め	飲もう	飲んで／飲んだ
買うな	買える	買えば	買え	買おう	買って／買った
送るな	送れる	送れば	送れ	送ろう	送って／送った
消すな	消せる	消せば	消せ	消そう	消して／消した
（無）	（無）通常不會使用，但常用於慣用語句。	知れば	知れ	知ろう	知って／知った
休むな	休める	休めば	休め	休もう	休んで／休んだ
吸うな	吸える	吸えば	吸え	吸おう	吸って／吸った
脱ぐな	脱げる	脱げば	脱げ	脱ごう	脱いで／脱いだ
読むな	読める	読めば	読め	読もう	読んで／読んだ
撮るな	撮れる	撮れば	撮れ	撮ろう	撮って／撮った
貸すな	貸せる	貸せば	貸せ	貸そう	貸して／貸した
待つな	待てる	待てば	待て	待とう	待って／待った
習うな	習える	習えば	習え	習おう	習って／習った
返すな	返せる	返せば	返せ	返そう	返して／返した
歌うな	歌える	歌えば	歌え	歌おう	歌って／歌った
呼ぶな	呼べる	呼べば	呼べ	呼ぼう	呼んで／呼んだ
聞くな	聞ける	聞けば	聞け	聞こう	聞いて／聞いた

一段動詞活用書寫表

一段動詞的活用變化整理如下，
一起來確認是否有寫錯哪個變化吧！

否定形	使役形	被動形	使役被動形	ます形	辭書形
見ない	見させる	見られる	見させられる	見ます	**見る[みる]** 看
食べない	食べさせる	食べられる	食べさせられる	食べます	**食べる[たべる]** 吃
着ない	着させる	着られる	着させられる	着ます	**着る[きる]** 穿
開けない	開けさせる	開けられる	開けさせられる	開けます	**開ける[あける]** 開、打開
閉めない	閉めさせる	閉められる	閉めさせられる	閉めます	**閉める[しめる]** 熄滅、關
借りない	借りさせる	借りられる	借りさせられる	借ります	**借りる[かりる]** 借（入）
つけない	つけさせる	つけられる	つけさせられる	つけます	**つける** 開（燈）
かけない	かけさせる	かけられる	かけさせられる	かけます	**かける** 打（電話）、掛
見せない	見せさせる	見せられる	見せさせられる	見せます	**見せる[みせる]** 讓…看
締めない	締めさせる	締められる	締めさせられる	締めます	**締める[しめる]** 繫上
教えない	教えさせる	教えられる	教えさせられる	教えます	**教える[おしえる]** 教
覚えない	覚えさせる	覚えられる	覚えさせられる	覚えます	**覚える[おぼえる]** 記、背
忘れない	忘れさせる	忘れられる	忘れさせられる	忘れます	**忘れる[わすれる]** 忘記

不規則動詞活用書寫表

不規則動詞的活用變化整理如下，
一起來確認是否有寫錯哪個變化吧！

否定形	使役形	被動形	使役被動形	ます形	辭書形
来ない[こない]	来させる [こさせる]	来られる [こられる]	来させられる [こさせられる]	来ます[きます]	**来る[くる]** 來
しない	させる	される	させられる	します	**する** 做

禁止形	可能形	假定形（…ば）	命令形	推量形	て形／過去式
見るな	見られる	見れば	見ろ	見よう	見て／見た
食べるな	食べられる	食べれば	食べろ	食べよう	食べて／食べた
着るな	着られる	着れば	着ろ	着よう	着て／着た
開けるな	開けられる	開ければ	開けろ	開けよう	開けて／開けた
閉めるな	閉められる	閉めれば	閉めろ	閉めよう	閉めて／閉めた
借りるな	借りられる	借りれば	借りろ	借りよう	借りて／借りた
つけるな	つけられる	つければ	つけろ	つけよう	つけて／つけた
かけるな	かけられる	かければ	かけろ	かけよう	かけて／かけた
見せるな	見せられる	見せれば	見せろ	見せよう	見せて／見せた
締めるな	締められる	締めれば	締めろ	締めよう	締めて／締めた
教えるな	教えられる	教えれば	教えろ	教えよう	教えて／教えた
覚えるな	覚えられる	覚えれば	覚えろ	覚えよう	覚えて／覚えた
忘れるな	忘れられる	忘れれば	忘れろ	忘れよう	忘れて／忘れた

禁止形	可能形	假定形（…ば）	命令形	推量形	て形／過去式
来るな[くるな]	来られる[こられる]	来れば[くれば]	来い[こい]	来よう[こよう]	来て[きて]／来た[きた]
するな	できる	すれば	しろ	しよう	して／した

01 認識名詞

敬體說法

照著做就對了 　　　　　　　　　第20頁

今日は月曜日です。　今天是星期一。
あの人は日本人です。　那個人是日本人。
駅はあそこです。　車站是在那裡。

その人は中国人じゃありません。
その人は中国人ではありません。
那個人不是中國人。
教科書はこの本じゃありません。
教科書はこの本ではありません。
教科書不是這本書。
郵便局はそこじゃありません。
郵便局はそこではありません。
郵局不是在那裡。

昨日は休みでした。　昨天是假日。
ここは映画館でした。
這裡是電影院。（過去式）
このかばんは千円でした。
這個包包是1000日元。（過去式）

あの人は外国人じゃありませんでした。
あの人は外国人ではありませんでした。
那個人不是外國人。（否定形過去式）
その方は田中さんじゃありませんでした。
その方は田中さんではありませんでした。
那位不是田中先生。（否定形過去式）
約束は4時じゃありませんでした。
約束は4時ではありませんでした。
約定不是在四點。（否定形過去式）

奠定實力 　　　　　　　　　第23頁

私は学生です。　我是學生。
あの人は外国人です。　那個人是外國人。

この人は韓国人じゃありません。
この人は韓国人ではありません。
這個人不是韓國人。
母は会社員じゃありません。
母は会社員ではありません。
我媽媽不是公司職員。
二人は兄弟でした。　兩個人是兄弟。（過去式）
ここは郵便局でした。　這裡是郵局。（過去式）
先生は日本の方じゃありませんでした。
先生は日本の方ではありませんでした。
老師不是日本人。（否定形過去式）
父は銀行員じゃありませんでした。
父は銀行員ではありませんでした。
我爸爸不是銀行員。（否定形過去式）

常體說法

照著做就對了 　　　　　　　　　第24頁

学校はあそこだ。　學校是在那裡。
それは嘘だ。　那是謊話。
その人は医者だ。　那個人是醫生。

主人はサラリーマンじゃない。
主人はサラリーマンではない。
丈夫不是上班族。
鈴木さんは社長じゃない。
鈴木さんは社長ではない。
鈴木先生不是社長。
これは宿題じゃない。
これは宿題ではない。　這個不是作業。

妻は公務員だった。　妻子是公務員。（過去式）
誕生日は一昨日だった。
生日是在前天。（過去式）
その人は留学生だった。
那個人是留學生。（過去式）

その子は男の子じゃなかった。
その子は男の子ではなかった。
那孩子不是男孩子。（否定形過去式）
コンサートは今晩じゃなかった。
コンサートは今晩ではなかった。
演唱會不在今天晚上。（否定形過去式）
そこは高校じゃなかった。
そこは高校ではなかった。
那裡不是高中。（否定形過去式）

妻は医者だ。　妻子是醫生。
あそこは学校だ。　那裡是學校。
姉は公務員じゃない。
姉は公務員ではない。　姊姊不是公務員。
試験は来週じゃない。
試験は来週ではない。　考試不在下禮拜。
その人は留学生だった。
那個人是留學生。（過去式）
一昨日は雨だった。　前天下雨了。
それは嘘じゃなかった。
それは嘘ではなかった。
那不是謊話。（否定形過去式）
コンサートは今晩じゃなかった。
コンサートは今晩ではなかった。
演唱會不是在今天晚上。（否定形過去式）

02 認識形容動詞

敬體說法

元気な人です。　充滿活力的人。
きれいな水です。　乾淨的水。
熱心な生徒です。　熱情的學生。

その学生はまじめです。　那位學生是誠實的。
家族は大切です。　家人是重要的。

このガラスは丈夫です。　這塊玻璃是堅固的。

勉強は嫌いじゃありません。
勉強は嫌いではありません。　不討厭讀書。
妹はきれいじゃありません。
妹はきれいではありません。
妹妹不是漂亮的。
その仕事は楽じゃありません。
その仕事は楽ではありません。
那件事是不輕鬆的。

そのホテルは便利でした。
那間飯店是方便的。（過去式）
お寺は静かでした。　寺廟是安靜的。（過去式）
このスーツケースは不便でした。
這個旅行箱是不方便的。（過去式）

この料理は簡単じゃありませんでした。
この料理は簡単ではありませんでした。
這道料理不簡單。（否定形過去式）
練習は大変じゃありませんでした。
練習は大変ではありませんでした。
練習不累。（否定形過去式）
土曜日は暇じゃありませんでした。
土曜日は暇ではありませんでした。
星期六不悠閒。（否定形過去式）

そこは有名な店です。　那間店是有名的。
その人は静かです。　那個人是文靜的。
その学生はまじめじゃありません。
その学生はまじめではありません。
那個學生不是認真的。
今日は暇じゃありません。
今日は暇ではありません。　今天不是悠閒的。
その人はきれいでした。
那個人是漂亮的。（過去式）
この料理は簡単でした。
這道料理是簡單的。（過去式）

そのホテルは便利じゃありませんでした。
そのホテルは便利ではありませんでした。
那間飯店是不方便的。（否定形過去式）
このガラスは丈夫じゃありませんでした。
このガラスは丈夫ではありませんでした。
這塊玻璃不是堅固的。（否定形過去式）

常體說法

照著做就對了　　　　　　　　　　　　第34頁
この服は変だ。　這衣服是奇怪的。
その電柱は邪魔だ。　那根電線桿是礙事的。
おしゃべりは迷惑だ。　嘮叨是困擾的。

クリスマスは楽しみじゃない。
クリスマスは楽しみではない。
聖誕節不是期盼的。
出張は嫌じゃない。
出張は嫌ではない。　出差是不討厭的。
日本語は下手じゃない。
日本語は下手ではない。　日語是不生疏的。

その人は立派だった。
那個人是優秀的。（過去式）
手術は駄目だった。　手術是失敗的。（過去式）
教科書は適当だった。
教科書是適當的。（過去式）

彼女は幸せじゃなかった。
彼女は幸せではなかった。
那位女子不是幸福的。（否定形過去式）
怪我は大丈夫じゃなかった。
怪我は大丈夫ではなかった。
傷口不是無所謂的。（否定形過去式）
その人の説明は丁寧じゃなかった。
その人の説明は丁寧ではなかった。
那個人的說明是不細心的。（否定形過去式）

奠定實力　　　　　　　　　　　　　　第37頁
その人は立派だ。　那個人是優秀的。
そのバラは特別だ。　那朵玫瑰是特別的。

彼女は幸せじゃない。
彼女は幸せではない。　那位女子不是幸福的。
国民はバカじゃない。
国民はバカではない。　國民不是笨的。

その人の説明は丁寧だった。
那個人的說明是細心的。
その事件は複雑だった。　那起事件是複雜的。

その国は危険じゃなかった。
その国は危険ではなかった。
那個國家不是危險的。
出張は嫌じゃなかった。
出張は嫌ではなかった。　出差不是討厭的。

03 認識形容詞

敬體說法

照著做就對了　　　　　　　　　　　　第39頁
熱いコーヒーです。　是熱咖啡。
冷たいジュースです。　是冰涼飲料。
ぬるいお湯です。　是溫的水。

春は暖かいです。　春天溫暖。
秋は涼しいです。　秋天涼爽。
この辞書は厚いです。　這字典是厚的。

私の車は小さくないです。
私の車は小さくありません。　我的車不小。
教室は明るくないです。
教室は明るくありません。　教室不明亮。
図書館は暗くないです。
図書館は暗くありません。　圖書館不昏暗。
漢字は易しくないです。
漢字は易しくありません。　漢字是不容易的。

友達は少なかったです。　朋友少。（過去式）
この荷物は重かったです。
這個行李重。（過去式）

その上着は軽かったです。
那件外套薄。（過去式）
アメリカは遠かったです。
美國是遠的。（過去式）

私の部屋は狭くなかったです。
私の部屋は狭くありませんでした。
我的房間不狹窄。（否定形過去式）

この傘は高くなかったです。
この傘は高くありませんでした。
那支雨傘不貴。（否定形過去式）
そのスカーフは安くなかったです。
そのスカーフは安くありませんでした。
那條圍巾不便宜。（否定形過去式）
富士山は低くなかったです。
富士山は低くありませんでした。
富士山不低。（否定形過去式）

この上着はいいです。　那件外衣是好的。
私の車はよくないです。
私の車はよくありません。　我的車是不好的。
その辞書はよかったです。
那本字典是好的。（過去式）
新しい靴はよくなかったです。
新しい靴はよくありませんでした。
新鞋子是不好的。（否定形過去式）

奠定實力　　　　　　　　　　　　第43頁
私のうちは小さいです。　我的家是小的。
日本は近いです。　日本是近的。
この絵はいいです。　那張畫是好的。
今日は暖かくないです。
今日は暖かくありません。　今天不是溫暖的。
このジュースは冷たくないです。
このジュースは冷たくありません。
這個果汁不是冰的。
その傘はよくないです。
その傘はよくありません。
那個雨傘不是好的。

トルコの冬は寒かったです。
土耳其的冬天是冷的。（過去式）
図書館は暗かったです。
圖書館是暗的。（過去式）
この音楽はよかったです。
這音樂是好的。（過去式）
お客さんは少なくなかったです。
お客さんは少なくありませんでした。
客人是不少的。（否定形過去式）
テストは難しくなかったです。
テストは難しくありませんでした。
考試是不難的。（否定形過去式）
この辞書はよくなかったです。
この辞書はよくありませんでした。
這本字典是不好的。（否定形過去式）

常體說法
照著做就對了　　　　　　　　　　第45頁
その選手は強い。　那位選手是強的。
そのチームは弱い。　那隊是弱的。
今月は忙しい。　這個月是忙碌的。

兄の腕は太くない。　哥哥的手臂是不粗的。
彼女の足は細くない。　女朋友的腿是不細的。
私の父は若くない。　我父親是不年輕的。

海外旅行は楽しかった。
海外旅行是愉快的。（過去式）
注射は痛かった。　打針是痛的。（過去式）
その犬はかわいかった。
那隻狗是可愛的。（過去式）

祖母のカレーはおいしくなかった。
奶奶的咖哩是不好吃的。（否定形過去式）
昨日の晩御飯はまずくなかった。
昨天的晚餐是不難吃的。（否定形過去式）
味は悪くなかった。
味道是不賴的。（否定形過去式）

海外旅行は面白い。　海外旅行是有趣的。
このケーキは甘い。　這塊蛋糕是甜的。
彼女の足は太くない。　女朋友的腿是不粗的。
その犬はかわいくない。　那隻狗是不可愛的。
注射は痛かった。　打針是痛的。（過去式）
今月は忙しかった。
這個月是忙碌的。（過去式）
その人は悪くなかった。
那個人不是壞的。（否定形過去式）
日本料理は辛くなかった。
日本料理不是辣的。（否定形過去式）

04 認識動詞——一段動詞

敬體說法

着物を着ます。　穿和服。
窓を開けます。　開窗戶。
ドアを閉めます。　關門。

電話をかけません。　不打電話。
答えを見せません。　不秀出答案。
ベルトを締めません。　沒繫皮帶。

名前を覚えました。　背了名字。
電話番号を忘れました。　忘了電話號碼。
お皿を並べました。　整齊地擺放了盤子。

ごみを捨てませんでした。
沒丟垃圾。（否定形過去式）
ドイツ語の勉強を始めませんでした。
沒開始學德語。（否定形過去式）
人を集めませんでした。
沒召集人。（否定形過去式）

1. 見る－見ます－見ません－見ました－見ませんでした
　食べる－食べます－食べません－食べました－食べませんでした
　つける－つけます－つけません－つけました－つけませんでした

2. 窓を開けます。　開窗戶。
　朝御飯を食べません。　不吃早餐。
　電気をつけました。　開燈。
　名前を覚えませんでした。
　　沒背名字。（否定形過去式）
　ごみを捨てました。　丟了垃圾。（過去式）
　電話番号を変えませんでした。
　　沒換電話號碼。（否定形過去式）
　答えを見せます。　秀出答案。
　ベルトを締めません。　沒繫皮帶。

常體說法

家を建てる。　蓋房子。
キムチを漬ける。　醃泡菜。
眼鏡をかける。　戴眼鏡。

会社を辞めない。　不辭掉公司（工作）。
部屋を片付けない。　不整理房間。
クラスメートをいじめない。　不欺負同學。

結婚を決めた。　決定結婚了。
泥棒を捕まえた。　抓到小偷了。
忘れ物を届けた。　送來了遺失物。

学生を褒めなかった。　不稱讚學生了。
車を止めなかった。　不停下車了。
道を間違えなかった。　沒搞錯路了。

1. 上げます－上げる－上げない－上げた－
上げなかった
下げます－下げる－下げない－下げた－
下げなかった
止めます－止める－止めない－止めた－
止めなかった

2. 学生を褒める。　稱讚學生。
試験を受ける。　參加考試。
運動を続けない。　不持續運動。
眼鏡をかけない。　不戴眼鏡。
道を間違えた。　搞錯路了。
飛行機の時間を調べた。　查閱了航班時刻。
木を植えなかった。　不種樹了。
忘れ物を届けなかった。　遺失物沒送來了。

05 認識動詞－五段動詞

敬體說法

照著做就對了　　　　　　　　　第58頁

鉛筆を買います。　買鉛筆。
手紙を送ります。　寄信。
火を消します。　關火。

たばこを吸いません。　不抽菸。
コートを脱ぎません。　不脱外套。
新聞を読みません。　不閱讀報紙。

弟を待ちました。　等弟弟了。
テニスを習いました。　學網球了。
お金を返しました。　還錢了。

ラジオを聞きませんでした。　不聽廣播了。
歯を磨きませんでした。　不刷牙了。
財布を無くしませんでした。　沒弄丟錢包了。

1. 習います－習いません－習いました－習
いませんでした
待ちます－待ちません－待ちました－待
ちませんでした
飲みます－飲みません－飲みました－飲
みませんでした

2. 学校を休みます。　不去上學。
雑誌を貸しませんでした。　不借出雜誌了。
新聞を買いました。　買了報紙。
コートを脱ぎません。　不脱外套。
手紙を送りました。　寄出信了。
メールを書きます。　寫電子郵件。
歌を歌いません。　不唱歌了。
お金を返しませんでした。　沒還錢了。

常體說法

照著做就對了　　　　　　　　　第61頁

電気を消す。　關燈。
授業を休む。　沒去上課。
靴下を脱ぐ。　脱襪子。

ボールペンを貸さない。　不借原子筆。
恋人を待たない。　不等男（女）朋友。
入学を喜ばない。　不期待入學。

ピアノを弾いた。　彈了鋼琴。
スリッパを履いた。　穿了拖鞋。
においをかいだ。　聞了味道。

荷物を持った。　拿了行李。
手を洗った。　洗了手。
家を売った。　賣了房子。

掃除を頼んだ。　託人打掃了。
足を踏んだ。　踩到腳了。

メニューを選んだ。　挑選菜單了。

パスポートを無くした。　弄丟護照了。
ボタンを押した。　按了按鈕。
傘をさした。　撐了傘。

自動車を売らなかった。　不賣車了。
ゲームを楽しまなかった。　不期待玩遊戲了。
興味を持たなかった。　不感興趣了。

奠定實力 　　　　　　　　　　　　第68頁
1. 脱ぐ－脱ぎます　　　持つ－持ちます
　　貸す－貸します　　　呼ぶ－呼びます

2. 弾く－弾かない　　　習う－習わない
　　読む－読まない　　　ある－ない

3. 書く－書いた　　　飲む－飲んだ
　　行く－行った　　　撮る－撮った
　　返す－返した　　　待つ－待った

4. 洗う－洗わなかった
　　消す－消さなかった
　　休む－休まなかった
　　ある－なかった

5. 傘をさす。　撐傘。
　　においをかがない。　沒聞到味道。
　　クラシックを聞いた。　聽了古典音樂。
　　掃除を頼まなかった。　不託人打掃了。

06 認識動詞—不規則動詞

敬體說法

照著做就對了 　　　　　　　　　　第69頁
おばが来ます。　阿姨來。
競争をします。　競爭。

おじは来ません。　姨丈不來。
けんかをしません。　不打架。

友達のお父さんが来ました。
朋友的父親來了。
社会科学の研究をしました。
做社會科學研究了。

先生のおじいさんは来ませんでした。
老師的爺爺不來了。
案内をしませんでした。　不介紹了。

奠定實力 　　　　　　　　　　　　第72頁
明後日、友達のお父さんが来ます。
朋友的父親後天來。
車の運転をします。　開車。
おばは来ません。　姑姑不來。
友達のお母さんは洗濯をしません。
朋友的母親不洗衣服。
いとこが来ました。　表哥來了。
返事をしました。　回答了。
課長は来ませんでした。　課長不來了。
講義の準備をしませんでした。　沒備課了。

常體說法

照著做就對了 　　　　　　　　　　第73頁
部長のお姉さんが来る。　部長的姊姊來。
質問をする。　提問。

桜井さんのおじさんは来ない。
櫻井先生的姨丈不來。
下宿をしない。　不寄宿。

お巡りさんが来た。　警察伯伯來了。
失敗をした。　失敗了。

両親は来なかった。　父母親沒來了。
自己紹介をしなかった。　不做自我介紹了。

来週、社長のお姉さんが来る。
社長的姊姊下一週來。
食事の支度をする。　準備飯菜。
両親は来ない。　雙親不來。
自己紹介をしない。　不做自我介紹。
昨日、先生のお兄さんが来た。
老師的哥哥昨天來了。
今日、散歩をした。　今天散步了。
部長のおじさんは来なかった。
部長的大伯沒來了。
花火見物をしなかった。　不觀賞煙火了。

07 五段動詞在a段音上的變化
一否定形

この鳥は飛ばない。　這隻鳥不飛。
高い物を買わない。　不買昂貴的東西。
午後、約束がない。　下午沒有約。
この鉛筆は手が汚れない。
這支鉛筆不會弄髒手。
いとこが来ない。　表哥沒來。
今度の日曜日は仕事をしない。
這個星期日不工作。

1. 笑う－笑わない　　　飲む－飲まない
　　空く－空かない　　　移る－移らない
　　話す－話さない　　　ある－ない
　　待つ－待たない　　　汚れる－汚れない
　　死ぬ－死なない　　　来る－来ない
　　飛ぶ－飛ばない　　　する－しない

2. 高い物を買わない。　不買貴的東西。
　　いとこが来ない。　表哥沒來。
　　午後、約束がない。　下午沒有約。

この鉛筆は手が汚れない。
這隻鉛筆不會弄髒手。

今天在百貨公司裡發現了非常小巧且可愛的金
魚，但那隻金魚動也不動。那是用塑膠做成的金
魚。不需要進食，水也不會變髒。很方便的金
魚。三隻525日圓，也不貴。

08 五段動詞在a段音上的變化
一使役形

家内を働かせました。　讓妻子工作了。
服を着させました。　使…穿了衣服。
運転手を来させました。　讓司機過來了。
この地図をコピーさせました。
讓這張地圖被影印了。（影印了這張地圖）

その歌手はファンを喜ばせた。
那位歌手讓粉絲開心了。
永井さんは子供を出掛けさせた。
永井先生讓孩子出門了。
部長は会社の人をうちに来させた。
部長讓公司的人來家裡了。

その先輩は後輩にボールを拾わせました。
那前輩叫後輩撿球了。
おばあさんは子供に道を尋ねさせました。
奶奶讓小孩問了路。
おじいさんは孫に車を運転させました。
爺爺讓孫子開了車。

1. 拾う－拾わせる　　　休む－休ませる
　　咲く－咲かせる　　　眠る－眠らせる
　　貸す－貸させる　　　尋ねる－尋ねさせる
　　持つ－持たせる　　　来る－来させる

死ぬ－死なせる　　する－させる
喜ぶ－喜ばせる

2. 部長は会社の人をうちに来させました。
部長讓公司的人來家裡了。
先輩は後輩をスーパーに行かせた。
前輩叫後輩去了超市。
先生は生徒に漢字の意味を調べさせました。
先生は学生に漢字の意味を調べさせました。
老師讓學生查了漢字的意思。
おばあさんは孫に道を尋ねさせた。
奶奶讓孫女問了路。
父は僕に柔道を習わせました。
父は私に柔道を習わせました。
父親讓我學了柔道。

我是高中網球社的社員。網球社的前後輩關係曾
經不好，前輩叫後輩去撿球，星期天前輩會讓後
輩準備便當，但那都是以前的事了。最近的前輩
已經不會叫後輩去做這些事了。

09 五段動詞在a段音上的變化
－被動形

私は母に褒められました。　我被母親稱讚了。
大島さんは社長に呼ばれました。
大島先生被社長叫去了。
僕は父に注意されました。　我被父親提醒了。

私は弟にカメラを壊された。
我的相機被弟弟弄壞了。
私は妹にテストの点を見られた。
我考試的成績被妹妹看到了。

僕は先生にかばんの中をチェックされた。
我的手提包被老師檢查了。

雨に降られました。　被雨淋了
犯人に逃げられました。　被壞人逃走了。
お客さんに来られました。　客人來了。

パーティーは7時半から開かれた。
派對七點半開始舉行了。
そのビルは去年建てられた。
那棟大樓是在去年落成了。
この茶碗は韓国で生産された。
這個碗在韓國被生產了。

1. 買う－買われる　　読む－読まれる
　泣く－泣かれる　　撮る－撮られる
　壊す－壊される　　逃げる－逃げられる
　待つ－待たれる　　来る－来られる
　死ぬ－死なれる　　する－される
　呼ぶ－呼ばれる

2. 私は犬に噛まれました。　我被狗咬了。
　私は電車の中で隣の人に足を踏まれた。
　僕は電車の中で隣の人に足を踏まれた。
　我在電車內被旁邊的人踩到腳了。
　雨に降られました。　被雨淋了。
　お客さんに来られた。　客人來了。
　この茶碗は韓国で生産されました。
　這個碗在韓國被生產了。

昨天被媽媽看到男朋友的照片了。男朋友是外國
人，所以（媽媽）嚇了一大跳。還以為會遭到反
對，卻沒有遭到反對。但是，我今天被男朋友甩
了，聽說他也有愛人，而且他跟那個人結婚了。我
被（男朋友）劈腿了。

10 五段動詞在a段音上的變化
一使役被動形

照著做就對了　　　　　　　　　　第96頁

婚約者は僕に高い指輪を買わせた。
未婚妻讓我買了昂貴的戒指。
僕は婚約者に高い指輪を買わされた。
我被未婚妻強迫買了昂貴的戒指。
（我不願意，卻無可奈何地買了）

警察官は僕に事件の内容を話させた。
警察讓我説了事件的內容。
僕は警察官に事件の内容を話させられた。
我被警察強迫説了事件的內容。
（我不想説，卻迫不得已説了）

先生は生徒にテーブルを並べさせた。
老師讓學生排桌子了。
生徒は先生にテーブルを並べさせられた。
學生被老師強迫排了桌子。
（學生不想，卻迫不得已排了）

校長は私に学校を辞めさせた。
校長讓我辭掉了學校的工作。
私は校長に学校を辞めさせられた。
我被校長強迫辭職了。
（我不願意，卻迫不得已辭職了。）

医者は私に病院を退院させた。
醫生讓我出院了。
私は医者に病院を退院させられた。
我被醫生強迫出院了。
（我不願意，卻迫不得已出院了。）

奠定實力　　　　　　　　　　　　第97頁

1. 言う－言わされる, 言わせられる
   焼く－焼かされる, 焼かせられる
   押す－押させられる
   持つ－持たされる, 持たせられる
   並ぶ－並ばされる, 並ばせられる

飲む－飲まされる, 飲ませられる
眠る－眠らされる, 眠らせられる
覚える－覚えさせられる
来る－来させられる
する－させられる

2. 僕は婚約者に高い指輪を買わされた。
   我被未婚妻強迫買了昂貴的戒指。（我不願意，但未婚妻要我買，所以才買了昂貴的戒指）
   僕は警察官に事件の内容を話させられました。
   僕は警官に事件の内容を話させられました。
   私は警察官に事件の内容を話させられました。
   私は警官に事件の内容を話させられました。
   我被警察強迫説了事件的內容。
   （警察要我説事件的內容，我才迫不得已説了。）
   その先生は校長に学校を辞めさせられた。
   那個老師被校長強迫辭職了。
   （那個老師不願意，但在校長要求下跟學校辭職。）
   僕は妻に田舎に来させられました。
   我被妻子強迫來鄉下了。（我不願意，但妻子要我來，我才迫不得已來到了鄉下）
   私は医者に病院を退院させられた。
   僕は医者に病院を退院させられた。
   我被醫生強迫出院了。
   （我不願意，但醫生安排我出院了。）

11 五段動詞在i段音上的變化
一ます形

照著做就對了　　　　　　　　　　第99頁

ソファーを置きました。　放了沙發。
気を付けました。　有小心了。
特別番組を放送しました。　播放特別節目了。

1. 飛ぶ－飛びます　　来る－来ます
　　やる－やります　　　する－します
　　折れる－折れます

2. 今年の8月にライブをやります。
　　今年8月舉辦演唱會。
　　ソファーを置きません。　不放沙發。
　　気を付けませんでした。　不小心了。
　　ナイフが折れました。　刀子斷了。
　　特別番組を放送しました。
　　播放特別節目了。

我有當歌手的朋友，是大學時期的朋友。其他朋友大學畢業後都進入公司，這位朋友卻沒有進入公司。現在是有名的歌手。我上個禮拜去了那位朋友的演場會，那場演唱會也有在電視上播放。

12 五段動詞在u段音上的變化
　　　－辭書形

目が回る。　眼珠子打轉。（出現頭暈症狀）
首が飛ぶ。　脖子飛走／飛去。（被解雇）
足が出る。
腳露出來。（支出比預算或收入多、透支）
胸騒ぎがする。
（因為不祥預感而）心驚肉跳、忐忑不安

1. 折ります－折る　　来ます－来る
　　回ります－回る　　します－する
　　過ぎます－過ぎる

2. 骨を折る。　辛苦、勞累。
　　口が過ぎる。　言之過甚。

目が回る。　頭暈腦脹。
首が飛ぶ。　被解雇。
足が出る。　透支。

我在去年的大學入學測驗中落榜了，所以今年又參加測驗了。入學測驗在明天，我在學習方面做了充足準備，身體狀態也很好。我認為我會考上，但卻因為不祥預感而忐忑不安，很擔心考試。

13 五段動詞在u段音上的變化
　　　－禁止形

騒ぐな。　不准吵鬧。
負けるな。　別輸。
来るな。　不准來。
するな。　別做。

そんなに怒るなよ。　別那麼生氣。
約束を忘れるなよ。　別忘了約定。
ここには来るなよ。　不准來這裡。
そんなに心配するなよ。　別那麼擔心。

1. 騒ぎます－騒ぐな　　来ます－来るな
　　負けます－負けるな　します－するな

2. そんなに怒るな。　別那麼生氣。
　　授業に遅れるな。　上課不准遲到。
　　約束を忘れるな。　別忘了約定。
　　ここには来るな。　不准來這裡。
　　そんなに心配するな。　別那麼擔心。

我小時候是越叫不能做什麼就越會去做的孩子。雖然聽到別人說不准丟石頭，但還是常丟石頭。五歲時打破了家裡的玻璃，弟弟受傷了，就被父母罵了。老師雖然要我不要欺負朋友，但我還是常欺負同班同學，小學三年級時被校長罵了。

14 五段動詞在e段音上的變化
一可能形

外国人も住める。　外國人也可以住。
朝早く起きられる。　可以早點起床。
明日来られる。　明天可以來。
授業に出席できる。　可以去上課。

このカメラはいい写真が撮れます。
這台相機可以拍出好照片。
そのソファーは形が変えられます。
那個沙發可以改變形狀。
休みの日は寝坊ができます。
假日可以好好地睡懶覺。

私は一人で着物が着れる。
我可以獨自穿上和服。
お金が借りれる。　可以借錢。
お正月に友達が来れる。
朋友在新年時可以來家裡。

1. 遊ぶ－遊べる
　 来る－来られる, 来れる
　 起きる－起きられる, 起きれる
　 する－できる

2. ここは外国人も住める。
　　外國人也能住在這裡。

お正月に友達がうちに来られません。
お正月に友達がうちに来れません。
朋友在新年時不能來家裡。
ミニスカートがはけない。　不能穿迷你裙。
休みの日は寝坊ができます。
假日可以好好地睡懶覺。

昨天腳受傷了。雖然可以獨自行走，但因為會痛而走得非常慢。不過，無法自己下樓梯。我們公司的辦公室雖然只有二樓高，但沒有電梯。不過，即使如此還是因為工作忙碌而無法放假不去公司。

15 五段動詞在e段音上的變化
一假定形

これを読めば分かる。
假如讀了這個的話就會知道。
時間があれば最後までできた。
假如有時間的話就可以做到底。
8時を過ぎれば電車はすく。
假如8點過後，電車會變空曠。
福田さんが来れば、必ず試合に勝てる。
假如福田先生來的話，一定可以在比賽中獲勝。
手術をすれば治る。　假如動手術的話就會好起來。

1. 分かる－分かれば　　来る－来れば
　 見える－見えれば　　する－すれば

2. 雨が降ればキャンプは中止だ。
　　假如下雨的話，露營就取消。
　 晴れればここから島が見えます。
　　假如放晴的話，這裡看得見島。
　 8時を過ぎれば電車はすく。
　　假如8點過後，電車會變空曠。

福田さんが来れば、必ず試合に勝てます。
假如福田先生來的話，一定可以在比賽中獲勝。

手術をすれば治る。
假如動手術的話就會好起來。

挑戰長文　　　　　　　　　　第114頁
學校作業報告雖然多，但這是最後一項報告。完
成這個報告的話，所有作業都做完了。作業全都
做完的話，暑假期間就能夠自由玩耍。我暑假要
去北海道。去北海道的話，就會涼快多了，而且
風景也十分美麗，所以很期待。

16 五段動詞在e段音上的變化
　　　—命令形

照著做就對了　　　　　　　　第116頁
前へ進め。　給我往前走！
犯人を捕まえろ。　給我去抓犯人！
こっちに来い。　給我到這裡來！
子供は親が教育しろ。
孩子要接受父母的教育！（你給我好好管教你的孩子！）

ちょっと手伝えよ。　給我稍稍的幫一下吧！
早く決めろよ。　快點給我決定吧！
妹と一緒に来いよ。　給我跟你妹妹一起過來吧！
大丈夫だから安心しろよ。
就説了沒事了給我放下心來吧！

奠定實力　　　　　　　　　　第117頁
1. 手伝う－手伝え　　来る－来い
　　止める－止めろ　　する－しろ

2. 村に戻れ。　給我回村子去！
　　シートベルトを締めろ。　給我繋上安全帶！
　　早く決めろ。　快點給我決定！
　　妹と(一緒に)来い。　給我跟你妹妹一起過來！
　　大丈夫だから安心しろ。
　　就説了沒事了給我放下心來！

挑戰長文　　　　　　　　　　第117頁
聽好了！你女兒在（我）這裡，到後天為止給我
準備好5,000萬日元。這樣做的話，我就會把（你
的）女兒還給你。不准報警，如果你報警的話，
你女兒就死定了。後天我會打電話告知你地點，
然後給我自己一個到那裡去。

17 五段動詞在o段音上的變化
　　　—推量形

照著做就對了　　　　　　　　第119頁
エイプリルフールを楽しもう。
一起期待愚人節吧！
ハーモニカを吹こう。　一起吹口琴吧！
感謝の気持ちを伝えよう。　傳達感謝之情吧！
この店にまた来よう。　再來這間店吧！
パーティーの会場を予約しよう。
預約派對會場吧！

奠定實力　　　　　　　　　　第120頁
1. 楽しむ－楽しもう　来る－来よう
　　伝える－伝えよう　する－しよう

2. 一緒にエイプリルフールを楽しもう。
　　一起期待愚人節吧！
　　山に登ろう。　去爬山吧！
　　お母さんに感謝の気持ちを伝えよう。
　　向母親表達感謝之情吧！
　　昔のレコードを集めよう。
　　收集以前的唱片吧！
　　この店にまた来よう。　再來這間店吧！
　　パーティーの会場を予約しよう。
　　預約派對會場吧！

挑戰長文　　　　　　　　　　第120頁
這個社區去年常發生交通事故，我們一起讓交通
事故從這個小鎮匿跡吧！交通事故中，發生在交
叉路口的事故最多，（大家）過馬路時，請小心
一點吧！車子也請慢慢開吧！

18 動詞的另一種活用—て形

照著做就對了　　　　　　　　　第123頁

毎朝6時に起きて、顔を洗って、朝御飯を食べます。

每天早上6點起床，洗臉，吃早餐。

1時間歩いて、プールで泳いで、ブランチを食べます。

走路1小時，到游泳池游泳，然後吃早午餐。

毎晩9時からのニュースを見て、お風呂に入って、12時に寝ます。

收看每天晚上9點開始播放的新聞，然後洗澡，12點睡覺。

月曜日は10時に学校へ来て、4時まで講義を受けて、5時からバイトをします。

星期一早上10點到學校，上課到4點，從5點開始打工。

11時から3時までパートをして、買い物をして、うちに帰ります。

從11點到3點打工，去買東西，然後回家。

試合に勝って、みんなが喜んだ。

因為比賽贏了，所以大家都很高興。

花瓶を落として、母に叱られた。

因為打破花瓶，所以被媽媽罵了。

荷物をたくさん運んで、疲れた。

因為搬了很多行李，所以感到疲累。

パソコンが壊れて、困った。

因為個人電腦壞了，所以很困擾。

怪我をして、病院に行った。

因為受傷，所以去了醫院。

明日、6時半に起こして。　明天六點半叫醒我。

このページを読んで。　讀一下這頁。

もう一度よく考えて。　再重新考慮一下。

こっちに来て。　到這裡來。

お父さんと相談して。　跟爸爸商量一下。

奠定實力　　　　　　　　　　第126頁

1. 落とす−落として　　死ぬ−死んで
   住む−住んで　　　　勝つ−勝って
   困る−困って　　　　壊れる−壊れて

引く−引いて　　　　来る−来て
行く−行って　　　　する−して

2. 日曜日は友達に会って、プールで泳いで、ブランチを食べる。

星期日跟朋友碰面，在游泳池游泳，還一起吃了早午餐。

荷物をたくさん運んで疲れました。

因為搬了很多行李，所以感到疲累。

もう一度よく考えて。　再重新考慮一下。

19 必背的助詞

奠定實力　　　　　　　　　　第136頁

A: 来月、日本の友達の結婚式があります。

下個月日本朋友要舉辦婚禮。

B: そうですか。　是這樣啊。

A: ええ。／はい。

韓国の友達と(一緒に)行きます。

嗯，我和韓國朋友一起去。

結婚式のお祝いはいくらですか。

結婚禮金要包多少呢？

B: 二万円は出します。　要包2萬日元。

A: 二万円も出しますか。

要包到2萬日元那麼多嗎？

B: はい。　是的。

A: そうですか。　是這樣啊。

20 意義多元的重要助詞

奠定實力　　　　　　　　　　第147頁

夏休みだから、大阪へ来た。

因為放暑假而來到了大阪。

東京から名古屋まで電車で来た。

從東京搭電車到名古屋。

名古屋で友達のうちに泊まった。
在名古屋投宿於朋友家。

名古屋から大阪まではバスで来た。
從名古屋搭巴士來到了大阪。

バスにはお客さんが私しかいなかった。
バスにはお客さんが僕しかいなかった。
巴士上只有我一名乘客（客人）。

大阪ではおいしい物ばかり食べた。
在大阪淨是只吃到了美味的食物。

大阪の料理は東京の料理よりおいしいと思う。 我覺得大阪料理比東京料理更美味。

明日から仕事があるから、今日東京に帰る。
明日から仕事があるから、今日東京に戻る。
從明天開始還要工作，所以今天返回東京。

山の頂上まで1時間半くらいかかった。
山の頂上まで1時間半ぐらいかかった。
到山頂花了1個半小時左右。

そんなに大変じゃなかった。子供でも大丈夫だ。
並沒有那麼勞累，就算是小孩也沒事。

山には木とか花などが多かったし、空気もよかった。
山裡有很多樹、花等，空氣也很好。

挑戰長文　　　　　　　　　第158頁

我明年三月要去韓國。聽説很多日本人因為韓國的食物而相當地困擾。但我很喜歡吃辣的食物，也非常喜歡泡菜及燒肉…等，所以不擔心食物（問題）。

21 語尾助詞

奠定實力　　　　　　　　　第153頁

これ、おいしいわ。 這個好吃耶。

来月(の)1日か2日に寄ります。
下個月一日或二日會順便去。

電話番号は03-3628-9875ですね。
電話號碼是03-3628-9875對吧？

知らなかった？木村さんも行くよ。
妳不知道嗎？木村先生也會去喲。

その花、きれいだね。 那朵花～漂亮耶！

22 其他的助詞

奠定實力　　　　　　　　　第158頁

昨日、友達と(一緒に)山に行った。
昨天跟朋友一起去登山了。

リュックに食べ物や飲み物やお菓子(など)を入れた。
在背包內放了食物、飲料及日式點心（等）。

朝7時にうちを出た。 早上七點離開家裡了。

23 必背的疑問詞

照著做就對了　　　　　　　第163頁

誕生日はいつですか。 生日是何時呢？

あの方はどなたですか。 那位是誰呢？

その男の人は誰ですか。 那個男人是誰呢？

この箱は何ですか。 這個箱子是什麼呢？

体の具合はいかがですか。 身體狀態如何呢？

新しいセーターはどうですか。
新的毛衣如何呢？

私の席はどこですか。 我的座位在哪裡呢？

欲しいスーツはどちらですか。
想要的西裝是哪一邊？

好きなケーキはどっちですか。
喜歡的蛋糕在哪一邊？

それはどうしてですか。 那是為什麼？

横浜行きのバスはどれですか。
往橫濱的巴士是哪一台？

24 表示數字與數量的疑問詞

照著做就對了　　　　　　　　第164頁
ボーリングのベストスコアはいくつですか。
保齡球的最高得分是幾分？

その手袋はいくらですか。
那雙手套多少錢呢？

費用はどのくらいですか。
費用大約是多少呢？

25 用於名詞之前的疑問詞

照著做就對了　　　　　　　　第165頁
私はどのクラスですか。　我是哪一班？

タイタニックはどんな船ですか。
鐵達尼號是什麼樣的船？

奠定實力　　　　　　　　　　第166頁
あの方はどなたですか。　那位是哪一位？

体の具合はいかがですか。　身體狀態如何？

横浜行きのバスはどれですか。
開往橫濱的巴士是哪一台？

私の席はどこですか。　我的座位在哪裡？

欲しいスーツはどちらですか。
想要的西裝是哪一邊的？

このセーターはいくらですか。
這件毛衣多少錢？

費用はどのくらいですか。　費用大約是多少呢？

ボーリングのベストスコアはいくつですか。
保齡球的最高得分是幾分？

好きなケーキはどんなケーキですか。
喜歡的蛋糕是哪一種蛋糕？

どの手袋がいいですか。　哪雙手套好？

26 必背的副詞

照著做就對了　　　　　　　　第168頁
店はもう開いた。　商店已經開門了。
髪はもう切った。　頭髮已經剪了。
冷蔵庫はもう直した。　冰箱已經修好了。

福島さんはもう着きます。
福島先生快抵達了。
電車はもう動きます。　電車馬上要出發了。
肉はもう焼けます。　肉快烤好了。

魚をもう1匹釣った。　再多釣了一隻魚。
もう少し味噌を足した。　再稍微加一點味噌。
学生がもう一人増えた。　學生再增加了一名。

その子はまだ赤ちゃんです。
那孩子還只是嬰兒。
3月はまだ寒いです。　三月還冷。
時間はまだ6時です。　時間才6點。

フランス人はあまりゴルフをしない。
法國人不太打高爾夫球。
冷房はあまり好きじゃない。
冷房はあまり好きではない。　不太喜歡冷氣。
その話はあまり役に立たない。
那故事沒什麼幫助。

風がよく通ります。　很通風。
星がよく見えます。　星星看得很清楚。
パンがよく焼けます。　麵包烤得很好。

雪がよく降る。　經常下雪。
パソコンがよく壊れる。　個人電腦常故障。
夫がよく手伝う。　丈夫經常幫忙。

お金は確か、足りたと思います。
我沒記錯的話，錢大概已經足夠了。

その機械は確か、直したと思います。
我沒記錯的話，那台機器大概修理了。
そのブログは確か、無くなったと思います。
我沒記錯的話，那個部落格也許已經消失了。

人の物は絶対に盗まない。
絕對不會偷別人的東西。
動物は絶対に触らない。　絕對不摸動物。
僕は絶対に逃げない。　我絕對不會逃走。

大学院は絶対通います。　我一定會去讀研究所。
この株は絶対上がります。
這個股票一定會上漲。
今回の旅行は絶対楽しみます。
這次的旅行肯定很期待。

<table>
<tr><td>奠定實力</td><td>第174頁</td></tr>
</table>

何にするか、もう決まりました。
要用什麼來做已經決定了。
電車はもう動く。　電車馬上要出發了。
もう一度探しました。　有再找一次了。
時間はまだ6時だ。　時間還沒六點。
その話はあまり怖くなかったです。
その話はあまり怖くありませんでした。
那個故事不太恐怖。
ここは隣の部屋の音がよく聞こえる。
這裡可以很清楚聽到隔壁房間的聲音。
雪がよく降ります。　經常下雪。
二人は確か去年別れたと思う。
我沒記錯的話，兩個人好像去年分手了。
人の物は絶対(に)盗みません。
絕對不會偷別人的東西。
次の試合では絶対(に)勝つ。
今度の試合では絶対(に)勝つ。
下次比賽一定會贏。

27 意思與用法相近的副詞

<table>
<tr><td>照著做就對了</td><td>第175頁</td></tr>
</table>

はじめて会社に勤めた。　第一次到了公司上班。
はじめて犬を育てた。　第一次養了狗。
はじめてホームランを打った。
第一次打出了全壘打。

はじめに野菜を切りました。
第一次切了蔬菜。
はじめに神様に祈りました。
第一次向神明祈禱了。
はじめに部屋を飾りました。
第一次佈置了房間。

さっき庭で何かが光った。
剛才院子有什麼東西在發亮。
さっきパソコンが直った。
剛才個人電腦故障了。
さっき雨がやんだ。　剛才雨停了。

この前、新しい星が見付かりました。
之前發現了新的星星。
この前、家の壁にペンキを塗りました。
之前油漆了家裡的牆壁。
この前お祭りで踊りました。
之前在慶典上跳了舞。

荷物は今度運ぶ。　行李下次搬。
テストの結果は今度知らせる。
考試結果下次通知。
この話は今度伝える。　這段話下次傳達。

子供は後で起こします。　稍後再叫醒孩子。
お湯は後で沸かします。　水等一下再煮沸。
この絵は後で掛けます。　等一下再掛上那幅畫。

このおもちゃは必ず直る。
這玩具一定會修好。
痛みは必ず消える。　疼痛一定會消失。

夢は必ずかなう。　夢想一定會實現。

このおもちゃはきっと直ります。
這玩具一定會修好。
痛みはきっと消えます。　疼痛肯定會消失。
夢はきっとかないます。　夢想肯定會實現。

日本語を是非教えてください。
請一定要教我日語。
そこの景色を是非見てください。
請一定要看那邊的風景。
水泳を是非始めてください。
請一定要開始游泳。

IT産業が非常に盛んだ。　IT産業相當繁盛。
技術が非常に素晴らしい。　技術十分優秀。
柄が非常に細かい。　紋路非常細微。

妻はとても優しいです。　妻子十分善良。
今日の結果はとても残念です。
今天的結果十分可惜。
怪我はとてもひどいです。　傷得很重。

済州道の豚肉はすごくうまい。
濟州島的豬肉超級好吃。
その建物はすごく古い。　那棟建築物超級古老。
加藤さんの髪はすごくきれいだ。
加藤小姐的頭髮超美。

奠定實力　　　　　　　第181頁
昨日、はじめてホームランを打ちました。
昨天第一次打出全壘打。
はじめは日本語は簡単だと思った。
はじめは日本語は易しいと思った。
起初覺得日文很簡單。
さっき庭で何かが光りました。
剛才院子有某樣東西在發亮。
この前、父が亡くなった。
父親不久前病逝了。
お金は今度払います。　錢下次再支付。

後で荷物を運ぶ。　等一下搬行李。
夢は必ずかないます。　夢想一定會實現。
（必然100%）
この病気はきっと治る。　這病想必會痊癒。
（有可能無法痊癒）
日本語を是非教えてください。
請一定要教我日語。
技術が非常に素晴らしい。　技術十分優秀。
怪我がとてもひどいです。　傷得很重。
その時、すごく恥ずかしかった。
那時非常難為情。

28 以そ開頭的基本連接詞

照著做就對了　　　　　　　第184頁
この湖は広いです。そして、深いです。
這片湖泊很廣闊，而且很深。
これが出張のスケジュールです。
そして、これが電車の切符です。
這是出差行程表，還有這個是電車票。
中野君は急に立った。そして、先生の前ま
で行った。
中野小弟突然站起來，然後走到老師面前。

1時間くらい昼寝をしました。
それから、新聞を読みました。
睡了一個小時左右的懶覺，然後讀了報紙。
プレゼントにリボンを付けた。それから、
彼女にあげた。
在禮物上繫了緞帶，然後給了女朋友。
久しぶりに小学校の先生を訪ねた。
それから、先生と一緒に食事をした。
隔了好久才去找國小老師，接著和老師一起吃了飯。

財布を拾いました。それで、交番へ行きま
した。
撿到了錢包，然後送到派出所。

友達のレポートを写しました。
それで、不可をもらいました。
抄了朋友的報告，所以得到了「丁」。
夕べ雨に濡れた。それで、風邪を引いた。
昨晚被雨淋濕了，所以感冒了。

小野君は背が高いです。それに、勉強もできます。
小野先生個子高且功課好。
そのレストランは安い。それに、おいしい。
那間餐廳便宜且美味。
この店のサービスはよくない。
それに、ハンバーガーもまずい。
那間店的服務不好，而且漢堡也難吃。

奠定實力　　　　　　　　　第186頁
中野君は急に立った。そして、先生の前まで行った。
中野先生突然站起來，然後走到老師面前。
久しぶりに小学校の先生を訪ねました。
それから、先生と一緒に食事をしました。
隔了好久才去找國小老師，接著和老師一起吃了飯。
夕べ雨に濡れた。それで、風邪を引いた。
昨晚被雨淋濕了，然後就感冒了。
そのレストランは安いです。それに、おいしいです。
那間餐廳便宜而且美味。

29 其他的基本連接詞

照著做就對了　　　　　　　第187頁
今日は曇りでした。けれども、涼しくなかったです。
今天是陰天，但不涼爽。
今日も熱は続きました。
けれども、昨日よりは下がりました。
今天也持續熱感（高溫），但（溫度）比昨天低。

30分並んだ。けれども、人気のゲームソフトはもう無かった。
排了30分鐘，但當紅的遊戲軟體已經沒了。

両親と僕は布団で寝ます。でも、妹だけはベッドで寝ます。
父母親和我睡在棉被（地板）上。不過，唯獨妹妹睡在床鋪上。

| 編註 | 原文的「布団で寝る」一般指的是日式房間在榻榻米上鋪上棉被，然後在榻榻米上睡覺的意思。 |

地震で家が揺れた。でも、誰も起きなかった。
房子因為地震而搖晃。不過，誰都沒有清醒過來。
森さんは下着だけだった。でも、誰も驚かなかった。
森先生只穿著內衣。不過，每個人都不覺得驚訝。

私は高校で日本語を勉強しました。
しかし、カタカナが全部分かりません。
我在高中學了日語。但是，完全不認得片假名。
韓国では箸とスプーンを使う。
しかし、日本では箸だけ使う。
在韓國會使用筷子跟湯匙。但是，在日本只使用筷子。
天気予報では今日は曇ると言った。
しかし、とてもいい天気だ。
天氣預報說今天會轉陰天。但是，但天氣非常好。

彼らはドイツへ行きました。又、フランスにも寄りました。
他們去德國了。另外，也順便去了法國。
彼は有名な俳優だ。又、歌手でもある。
他是知名演員。另外，也是歌手。
君でもいい。又、別の人でもいい。
是你也好。另外，或是其他人也可以。

電話又はメールで連絡をください。
請打電話或寫電子郵件連絡。
バス又はタクシーに乗ります。
搭巴士或計程車。
東又は南に玄関を作る。
在東側和南側建造玄關。

用意はできましたか。では、始めてください。
都準備好了嗎？那麼，就請開始吧。

話はもう終わりましたか。では、そろそろ帰ります。
話説完了嗎？那麼，該回家了。

ほかに何か意見はありますか。
では、デザインはこれに決まりました。
除此之外還有其他意見嗎？那麼，設計就決定採用這個了。

おなかがすいた。だから、ピザを食べた。
肚子餓，所以吃了披薩。

日本にはクリスチャンが少ない。
だから、教会があまり無い。
日本的基督徒少，所以沒什麼教會。

テストの問題がすごく難しかった。
だから、100点の生徒が一人もいなかった。
考試題目超級難，所以沒有一個學生考滿分。

白雪姫はりんごを口に入れました。
すると、急に倒れました。
白雪公主將蘋果放進嘴巴裡，於是突然暈倒了。

箱の紐を引いた。すると、大きな音がした。　拉了箱繩，於是發出了很大的聲響。

ベルが鳴った。すると、たくさんの学生が教室を出た。
鈴響了，於是許多學生們走出教室了。

奠定實力　　　　　　　　第191頁

今日も熱は続きました。けれども、昨日よりは下がりました。
今日も熱は続きました。でも、昨日よりは下がりました。
今天也持續熱（高溫）。但是，（溫度）比昨天低。

地震で家が揺れた。でも、誰も起きなかった。
地震で家が揺れた。けれども、誰も起きなかった。
房子因為地震而搖晃。但是，誰都沒有清醒過來。

韓国では箸とスプーンを使います。
しかし、日本では箸だけ使います。
在韓國會使用筷子跟湯匙。但是，在日本只會使用筷子。

彼らはドイツへ行った。又、フランスにも寄った。
他們去德國了。另外，也順便去了法國。

バス又はタクシーに乗ります。
搭巴士或計程車。

話はもう終わりましたか。では、そろそろ帰ります。
話説完了嗎？那麼，差不多該回家了。

おなかがすいた。だから、ピザを食べた。
肚子餓了。所以吃了披薩。

ベルが鳴りました。すると、たくさんの学生が教室を出ました。
ベルが鳴りました。すると、たくさんの生徒が教室を出ました。
鈴響了。於是許多學生們走出教室了。

挑戰長文　　　　　　　　第192頁

上個月我跟三位朋友一起去歐洲了。首先去了英國，英國的風景既美，也有很多親切的人。但是，食物不美味，所以用餐時挺累人的。然後，去了法國。在法國參觀了美術館、建築物⋯等各個地方，而且，也買了不少東西，非常愉快。但是，法國人做事慢條斯理。然後，最後去了義大利。義大利的食物最為美味。

30 修飾名詞的方法

照著做就對了　　　　　　第196頁

体が小さい男性のスーツ　矮個子男性的西裝
パスワードが必要な場合　需要密碼的情況
駅から一番近いスーパー　離車站最近的超市

法律の専門の先生　法律專業人士
目のきれいな人　眼睛漂亮之人

速度の遅い台風　速度慢的颱風

ワインに合う料理　適合紅酒的料理
日が暮れない季節　天不會黑的季節
三人が向かった場所　三個人走向之處
今まで治らなかった病気　目前為止無法痊癒的病

体が大きい女性の服はなかなかありません。
体の大きい女性の服はなかなかありません。
幾乎沒有大尺碼的女裝。
その鳥は雨が多い森にいる。
その鳥は雨の多い森にいる。
那隻鳥在雨水多的森林裡。
目がきれいな人に会いました。
目のきれいな人に会いました。
遇見了眼睛很美的人。
ワインに合う料理を習った。
學了適合紅酒的料理。
この病気は今まで治らなかった病気です。
這個病是到目前為止無法痊癒的病。

在韓國不太會看得到熊，但在日本有很多熊出沒的地點。在東京也有熊會出沒的地點。東京西側山多河多樹木多，所以也棲息著很多動物。在東京可以看到的動物約有43種，這種可以看到那麼多動物的大型城市，在全世界也算是相當罕見。

31 名詞和形容詞的て形

行きは船で、帰りは飛行機です。
去程是搭船，回程時是搭飛機。
永井さんは親切で明るいです。
永井先生親切又開朗。
その神社は古くて有名です。
那座神社古老且有名。

火事で家が焼けた。
因為失火，所以房子燒掉了。
坂が急で大変だった。
因為坡道陡峭，所以爬得很辛苦。
喉が痛くて声が出なかった。
因為喉嚨痛，所以無法發出聲音。

旅館の部屋が畳じゃなくて残念でした。
因旅館房間不是榻榻米而感到可惜。
店員の説明が丁寧じゃなくて頭に来ました。
因為店員的説明不夠有禮，所以我火大了。
夕飯がおいしくなくて、半分しか食べませんでした。
因為晚餐不好吃，所以我只吃了一半。

行きは船で、帰りは飛行機だ。
行く時は船で、帰る時は飛行機だ。
去程是搭船，回程是搭飛機。
その神社は古くて有名です。
那座神社古老且有名。
火事で家が焼けた。　因為失火，房子燒掉了。
喉が痛くて声が出なかった。
因為喉嚨痛，所以無法發出聲音。
旅館の部屋が畳じゃなくて残念でした。
因為旅館房間不是榻榻米，所以感到可惜。
夕飯がおいしくなくて、半分しか食べませんでした。
晩御飯がおいしくなくて、半分しか食べませんでした。
因為晚餐不好吃，所以只吃了一半。

位於香川縣，被稱為「こんぴらさん」的金刀比羅宮，是以石階聞名的知名神社，從最底層到最頂層的階梯總計有1368階。由於階梯數多而爬起來相當辛苦，所以也有人無法抵達到最頂層。

32 把形容動詞、形容詞變成副詞的方法

照著做就對了　　　　　　　　第203頁

元気に返事をしました。　充滿活力地回答了。

石鹸できれいに手を洗いました。
きれいに石鹸で手を洗いました。
石鹸で手をきれいに洗いました。
用肥皂將手洗乾淨。

十分にお礼を言いました。　充分地道謝了。

糸を短く切った。
短く糸を切った。　把線剪短。

ハンカチの売り場を新しく作った。
新設立了手帕專櫃。

新しくハンカチの売場を作った。
設立了新的手帕專櫃。

あの人のお父さんは早く亡くなった。
他的父親早早離世了。

奠定實力　　　　　　　　　　第205頁

品物を適当に選びました。
適當地挑選了物品。

石鹸できれいに手を洗った。
用肥皂將手洗乾淨。

何でも楽しく勉強しよう。
不管是什麼都愉快地學習吧！

ハンカチ(の)売り場を新しく作りました。
新設立了手帕專櫃。

挑戰長文　　　　　　　　　　第205頁

日語的平假名並非新創文字，而是由漢字演變而來。平假名從十世紀起被廣泛使用，因為多由女性使用，所以又稱作「おんなで（女手）」。初時由平假名撰寫出來的文字篇章，都不受人們重視。

33 把形容動詞、形容詞變成名詞的方法

照著做就對了　　　　　　　　第206頁

家庭の大切さ　家人的可貴
クレジットカードの便利さ　信用卡的便利
国際政治の複雑さ　國際政治的複雜

昼の暑さ　白天的熱
言葉の難しさ　言詞的困難
廊下の長さ　走廊的長度
頭のよさ　頭腦之好

奠定實力　　　　　　　　　　第208頁

これは静かさが特徴のパソコンです。
這是一台以靜音為特點的個人電腦。

家庭の大切さを教える。　教導家庭的重要

朝晩の寒さは冬を感じさせます。
早上跟晚上的冷度令人感受到像冬天。

頭のよさが分かる。
可以知道腦筋的好（腦筋有多好）。

挑戰長文　　　　　　　　　　第208頁

我在日本的大學讀了四年書，明天是畢業典禮，下下個禮拜要回韓國。既感到半分開心，卻也感到半分失落。不管是國外生活的辛苦，還是跟日本人溝通時遇到的困難…等，我學了很多。這四年歲月是我的珍貴的回憶（寶物）。

34 把形容動詞、形容詞變成動詞的方法

照著做就對了　　　　　　　　第210頁

その人は自分の知識を得意がりました。
他炫耀了自己的知識。

姉は将来を不安がりました。
姊姊對未來感到不安。（過去式）

その外国人はランドセルを不思議がりました。
那位外國人覺得日本小學生的獨特肩背包感到不可思議。

息子はその猫をかわいがった。
兒子很疼愛那隻貓。

母は私との別れを寂しがった。
母親對我們之間的離別感到依依不捨。

弟は耳を痛がった。　弟弟覺得耳朵痛。

松岡さんは工場での仕事を嫌がった。
松岡先生討厭工廠的工作。

姉は将来を不安がりました。
姊姊對未來感到不安。

その人は大丈夫だと強がった。
那個人逞強地説自己沒事。

息子はその猫をかわいがりました。
兒子很疼愛那隻貓。

由於我們家的狗狗是黑色且毛很長，所以在夏天也會感到非常熱。由於今年夏天特別炎熱，所以我們把狗的毛剪短了。狗狗在剪毛時雖然有點反抗，但毛被我們剪得短短地。之後牠就不會覺得熱了。往後每年夏天都要把狗毛剪短。

35 把動詞變成名詞的方法

踊りを習いました。　　學跳舞了。
教えを受けました。　　接受教導了。
借りを返しました。　　借的還回去了。

行きはタクシーに乗った。
行く時はタクシーに乗った。
去的時候搭計程車了。
その先生の教えを受けました。
接受那位老師的教導。
借りを返した。　　借的還回去了。

昨晚有個社團的喝酒聚會。前輩們要我乾杯了好幾次（我在前輩們要求下乾杯了好幾次），回家時無法獨自行走。今天從早上就開始頭痛，但今天是假日，所以可以在家好好休息。我認為乾杯也是一種霸凌。

36 接頭詞與接尾詞

ご家族の皆さんはお元気ですか。
您的家人們好嗎？
今日は一日中雨だった。
今日は一日中雨が降った。
今天一整天都在下雨。
そこには色々な動物達がいます。
那裡有著許多動物（們）。
皆、素晴らしい先生方だった。
都是優秀的老師們。
彼らは何も知りませんでした。
他們什麼都不知道。
明日、1時頃うちを出る。
明天1點左右會出家門。
この近所においしいパン屋(さん)はありませんか。
この近くにおいしいパン屋(さん)はありませんか。
這附近沒有好吃的麵包店嗎？
由美ちゃんはまだ背が低い。
由美小妹的個子還很嬌小。

これは私の好きな音楽家のホームページで
す。
これは私が好きな音楽家のホームページで
す。
これは僕の好きな音楽家のホームページで
す。
これは僕が好きな音楽家のホームページで
す。
這是我喜歡的音樂家的網頁。
一月おきに病院に行った。
1ヶ月おきに病院に行った。
每隔1個月去一趟醫院。
前から3人目の人は誰ですか。
從前面數來的第三個人是誰？
毎週1冊ずつ本を読んだ。
每週固定閱讀一本書。

今天在課堂上討論閱讀一事。先5人分成一組來進
行討論，然後在全員再一起討論。10人中有1個人
說每週閱讀1本書，跟我同組的林同學是讀很多書
的人，聽說每週固定讀2本書。而我幾乎都沒在閱
讀，感到有點慚愧。

37 存在句型

庭に猫がいます。　在庭院裡有貓咪。
2階に受付があります。　在2樓有接待處。
駐車場にトラックがあります。
在停車場有貨車。
講堂に校長先生がいます。　在禮堂內有校長。

卵は冷蔵庫にあります。　雞蛋在冰箱。
入口はあっちにあります。　入口在那邊。
おじは名古屋にいます。　叔叔在名古屋。

その鳥はアフリカにいます。　那隻鳥在非洲。

日本にファンが大勢いる。
在日本有很多粉絲。
事務所に灰皿が二つある。
在辦公室裡有兩個菸灰缸。
動物園にライオンが1匹だけいる。
在動物園裡只有一隻獅子。
ここに封筒が7枚ある。　在這裡有七個信封。

中川さんのそばに中川さんのご主人がい
る。
中川小姐的旁邊有中川小姐的丈夫
（中川小姐的丈夫在中川小姐的旁邊）。
駅の近くに新聞社がある。
車站的附近有報社。
トラの横にキリンがいる。
老虎的旁邊有長頸鹿。
教室の隅にゴミ箱がある。
教室的角落有垃圾桶。

その山はこの地図の真ん中にあります。
那座山在這張地圖的正中間。
その虫は葉の表にいます。
那隻蟲在葉子的表面上。
辻さんは本棚の向こうにいます。
辻先生在書櫃的對面。
フィルムは引き出しの中にあります。
底片在抽屜的裡面。

地下1階に食料品売場があります。
在地下一樓有食品賣場。
卵は冷蔵庫にある。　雞蛋在冰箱。
日本にファンが大勢います。
日本にファンがたくさんいます。
在日本有很多粉絲。
動物園にライオンが1匹だけいる。
在動物園裡只有一隻獅子。
教室の隅にゴミ箱があります。
在教室角落有垃圾桶。

その山はこの地図の真ん中にある。
那座山在這張地圖的正中間。

挑戰長文　　　　　　　　　　第230頁
車站旁有間百貨公司。我常去那間百貨公司購物。百貨公司的旁邊有間報社，報社的後面有座動物園。在天氣好的日子裡，我常常會帶孩子去那座動物園。孩子非常喜歡獅子。那座動物園的停車場在入口的附近。

38 表示授受關係的句型

照著做就對了　　　　　　　　第233頁
社長はお嬢さんにハーブティーをあげました。
社長給（他的）女兒草本茶了。
先生は留学生に果物をあげました。
老師給留學生水果了。
お客さんはウェイトレスにチップをあげました。
客人給服務生小費了。

社長のお嬢さんは社長にハーブティーをもらいました。
社長的千金從社長那邊得到草本茶了。
（社長給社長的千金草本茶了。）
留学生は先生に果物をもらいました。
留學生從老師那邊得到水果了。
（老師給留學生水果了。）
ウェイトレスはお客さんにチップをもらいました。
服務生從客人那邊得到小費了。
（客人給服務生水果了。）

あなたは佐々木さんにシャツをあげた。
你給佐佐木先生襯衫了。
佐藤さんは私に鏡をくれた。
佐藤先生給我鏡子了。

私はあなたにお土産をあげた。
我給你伴手禮了。
中村さんはあなたにお祝いをくれた。
中村先生給你賀禮了。
私は小林さんに手袋をあげた。
我給小林先生手套了。
あなたは私にお見舞いをくれた。
你給我探病的禮品了。

妹はあなたにお菓子をあげました。
妹妹給你日式點心了。
あなたは弟にかばんをくれました。
你給弟弟包包了。
兄はあなたに財布をあげました。
哥哥給你錢包了。
あなたは祖父にネクタイをくれました。
你贈送我爺爺領帶了。

私は猫に魚をやりました。　我給貓咪魚了。
私は社長にお茶を差し上げました。
我敬贈社長茶了。
私は花に水をやりました。
我給花水了。（我澆花了）
私はお客様に案内書を差し上げました。
我呈贈客人說明書了。

私は部長に自動車をいただきました。
我從部長那邊得到汽車了。
私は友達にクリスマスカードをもらいました。
我從朋友那邊得到聖誕節卡片了。
私は孫に手紙をもらいました。
我從孫子那邊得到信了。
私は校長先生にいいアドバイスをいただきました。
我從校長先生那邊得到了好的建議。

友達のお母様が私にお茶碗をくださいました。
朋友的母親給我碗了。
いとこが私にたばこをくれました。
表哥給我香菸了。

課長が私に机をくださいました。
課長給我書桌了。
娘が私にお箸をくれました。
女兒給我筷子了。

奠定實力　　　　　　　　　　第239頁
太郎は花子に花瓶をあげました。
太郎給花子花瓶了。
留学生は先生に果物をもらった。
留学生は先生から果物をもらった。
留學生從老師那邊得到水果了。
あなたは佐々木さんに鏡をあげました。
你給佐佐木先生鏡子了。
佐藤さんは私にお見舞いをくれた。
佐藤さんは僕にお見舞いをくれた。
佐藤先生給我探病的禮品了。
私は先生にあめを差し上げました。
我敬贈老師糖果了。
私は花に水をやった。
僕は花に水をやった。　我給花（澆）水了。
私は校長先生にいいアドバイスをいただきました。
我從校長先生那邊得到了好的建議。
先輩のお父様が私にその案内書をくださった。
前輩的父親授予我那個說明書了。

挑戰長文　　　　　　　　　　第240頁
我們班老師在學生們生日時一定會給（咱們同學）禮物。我也從老師那邊得到了禮物，是個小小的又漂亮的鏡子。朋友們也給了我各式各樣的禮物。今天是老師的生日，我們出了一點錢去買禮物贈送給老師。

39 自動詞與他動詞

奠定實力　　　　　　　　　　第243頁
木の枝が折れました。　樹枝斷了。

木の枝を折りました。　折斷樹枝了。
牛肉の輸入が始まった。　牛肉的進口開始了。
牛肉の輸入を始めた。　開始進口牛肉了。
電気が消えました。　電沒了。
電気を消しました。　關（電）燈了。

挑戰長文　　　　　　　　　　第243頁
松本先生變了很多。松本先生以前總是只喝酒，還經常扔東西。因為喝醉而弄壞了很多東西。連個人電腦也因為被松本先生扔出去而壞掉了。那樣的松本先生現在卻完全不喝酒了。松本先生說「最重要的是自己的心意，如果你想改變就會改變。」

40 連接名詞的句型

照著做就對了　　　　　　　　第249頁
日本語を使う機会が欲しいです。
想要使用日語的機會。
部屋のイメージに合うカーテンが欲しいです。
想要有適合房間概念的窗簾。
おいしいブルーベリージャムが欲しいです。
想要美味的藍莓果醬。

授業の前に予習をする。　上課前預習。
3年前にこの店を開いた。　3年前開了這間店。
2週間前にソウルに来た。
2個禮拜前來到了首爾。
朝御飯の前に1時間歩く。
吃早餐前走路1小時。

展覧会の後で、パーティーをしました。
展覽會後舉辦了派對。
昼休みの後で、少し散歩をしました。
午餐時間後稍微散步了。

その番組の後で、天気予報が放送されました。
那個節目（結束）後播放了天氣預報。

兄のステーキは私のステーキより厚いです。
哥哥的牛排比我的牛排厚。
今年の問題は去年の問題より難しいです。
今年的題目比去年的題目困難。
地理は歴史より得意です。　地理比歷史擅長。

暑さより寒さの方が嫌いだ。
比起熱，更討厭冷。
子供より親の方が熱心だ。
比起子女，父母更熱心。
会話より文法の方が易しい。
比起會話，文法更簡單。

お茶と紅茶とどちらが好きですか。
茶跟紅茶，比較喜歡哪一個？
4日と8日とどちらが都合がいいですか。
4號跟8號，哪一天比較方便？
この旅館とこのホテルとどちらが安いですか。
這間旅館與這間飯店，哪一間比較便宜？

紅茶の方が好きです。　比較喜歡紅茶。
8日の方が都合がいいです。　8號比較方便。
この旅館の方が安いです。
這間旅館比較便宜。

日本の家の門は韓国の家の門ほど大きくない。
日本房子的大門不像韓國房子的大門那麼大。
ここはソウルほど賑やかじゃない。
ここはソウルほど賑やかではない。
這裡不像首爾那樣繁榮。

日本のネットショッピングは韓国ほど盛んじゃない。
日本のネットショッピングは韓国ほど盛んではない。
日本的網路購物不像韓國那麼盛行。

勉強の中で数学が一番苦手だ。
學習（的科目）中，最不擅長的是數學。
女の子の中で長谷川さんが一番うるさい。
女孩子之中，以長谷川小姐最吵。
世界の湖の中でバイカル湖が一番深い。
世界的湖泊中，以貝加爾湖最深。

出発は明後日にしよう。
出發（時間）就決定訂在後天吧！
集まる場所は駅にしよう。
集合地點決定在車站吧！
贈り物はお皿にしよう。　禮物就選盤子吧！

健康のために朝早く起きます。
為了健康而早起。
家族のために働きます。　為了家人而工作。
留学生のためにパーティーを開きます。
為了留學生而開派對。

原さんの奥さんは女らしい方だ。
原先生的夫人是個女人味十足的人。
それは子供らしい考えだ。
那是很孩子氣的想法。
井上先生は先生らしい先生だ。
井上老師是很有老師樣的老師。

その話はまるで小説のようです。
那段論述跟小説（的劇情）一般。
今日の寒さはまるで冬のようです。
今天寒冷如冬。
その騒ぎはまるで戦争のようです。
那陣騷動宛如戰爭。

祖母の声がした。　傳來了奶奶的聲音。
変な味がした。　傳出了奇怪的味道。

日本語を使う機会が欲しいです。
想要有使用日語的機會。

食事の前に手を洗う。　用餐之前先洗手。

3年前にこの店を開きました。
三年前開了這間店。

試合の後で選手にサインをもらった。
比賽之後從選手那邊得到簽名了。

都市ガスは空気より軽い。
都市的瓦斯比空氣輕。

東京の料理より大阪の料理の方が味が薄い
です。
相較於東京的料理，大阪料理的味道更淡。

4日と8日とどっちが都合がいい?
4日と8日とどちらが都合がいい?
4日跟8日，哪一天比較方便？

8日の方が都合がいいです。　8日比較方便。

ここはソウルほど賑やかじゃない。
ここはソウルほど賑やかではない。
這裡沒有首爾那麼繁華。

世界の湖の中でバイカル湖が一番深いです。
世界的湖泊中，以貝加爾湖最深。

集まる場所は駅にした。
集合的地點決定了在車站。

健康のために朝早く起きます。
為了健康要早點起床。

彼は男らしい人だ。
他很有男人的樣子（男人味）的人。

その話はまるで小説のようです。
那段論述好像小說（的劇情）一般。

肉を焼くにおいがする。　傳來烤肉的味道。

明年我也終於要結婚了。現在因為準備結婚而忙碌。準備結婚需要花錢，我沒想要會花那麼多錢。真想在結婚前收到特別獎金。蜜月旅行決定去加拿大了。由於女朋友喜歡滑雪，所以在加拿大時為了她要去滑雪場。我也會滑雪，但女朋友更會滑雪。而且，我不像女朋友那麼喜歡滑雪。

41 前接形容動詞、形容詞的句型

その学生はまじめそうです。
那位學生看起來很認真。

このお菓子は甘そうです。
那個點心看起來很甜。

その荷物は重そうです。　那個行李看起來很重。

あの人は暇そうです。　那個人看起來很悠閒。

そのお店は忙しくなさそうだ。
那間店看起來不忙碌。

この道具は便利じゃなさそうだ。
この道具は便利ではなさそうだ。
這個工具看起來不便利。

出席者は多くなさそうだ。
出席者看起來不多。

御飯の量は十分じゃなさそうだ。
御飯の量は十分ではなさそうだ。
飯量看起來不足。

このスープは熱そうです。
這個湯看起來很燙。

あの人は暇そうだ。　那個人看起來很悠閒。

このアナウンサーはあまり若くなさそう
だ。
このアナウンサーはあまり若そうじゃな
い。
このアナウンサーはあまり若そうではな
い。
這位播報員看起來不太年輕。

御飯の量は十分じゃなさそうです。
御飯の量は十分ではなさそうです。
御飯の量は十分そうじゃありません。
御飯の量は十分そうではありません。
飯量看起來不足。

餐廳或食堂前有著食品模型。只要看到食品模型的話，就能立刻知道那是什麼樣的料理。雖然有跟實物非常相似而看起來十分美味的食品模型，但也有看起來非常不好吃的食品模型。製作食品模型好像也是有趣的事。

42 可接名詞和形容動詞、形容詞的句型

早起きが習慣になった。　早起變成了習慣。
顔が丸くなった。　臉變圓了。
乗り換えが不便になった。
轉乘變得不方便了。
お湯がぬるくなった。　水變溫了。
いとこが二十歳[はたち]になった。
いとこが二十歳[にじゅっさい]になった。
表哥20歲了。
駅の建物が立派になった。
車站的建築物變好看了。

飲み物を冷たくします。　將飲料冰一下。
川をきれいにします。　讓河川變乾淨。
息子を警官にします。　讓兒子當警察。
問題を複雑にします。　讓問題變複雜。
その話をドラマにします。
將那件事拍成連續劇。
足を細くします。　讓腿變細。

この部屋は狭すぎます。　這間房間太窄了。
その人は子供すぎます。　那個人太年幼了。
この試合は危険すぎます。
這場比賽太危險了。
私の腕は太すぎます。　我的手臂太粗了。
学生100人は大勢すぎます。
100名學生太過大量了。

この問題は簡単すぎます。
這個問題太簡單了。

オートバイは昼間でもライトをつける。
摩托車即使在白天也要開著車燈。
田舎の生活は不便でも静かでいい。
既使鄉村的生活不方便，卻很寧靜，所以很好。
体は小さくても力は強い。
即使個頭小，力氣卻很大。
言う事は立派でもやる事は全然違う。
即使說起來口若懸河，做起事卻完全不一樣。
日本は近くても遠い国だ。
日本是既近又遠的國家。
このドアは男の人の力でも開かない。
這道門即使是男人也打不開。

卒業式は20日じゃなくて、21日です。
畢業典禮不是20號，而是21號。
公園のトイレはきれいじゃなくて、嫌です。
公園的廁所不乾淨，所以不喜歡用。
このビールは苦くなくて、おいしいです。
這啤酒不苦，所以好喝。
夕べは眠くなくて、全然寝ませんでした。
昨天晚上不眠，所以完全沒睡。
私の仕事は輸入管理じゃなくて、輸出管理です。
我的工作不是進口管理，而是出口管理。
娘は体が丈夫じゃなくて、心配です。
因為女兒的身體不健康，所以很擔心。

保証人は日本人でなければならない。
保証人は日本人でなくてはならない。
擔保人一定要是日本人才行。
食べ物は安全でなければならない。
食べ物は安全でなくてはならない。
食物一定要安全才行。
パイロットは目がよくなければならない。
パイロットは目がよくなくてはならない。
飛行員的眼睛一定要好才行。

睡眠時間は6時間以上でなければいけません。

睡眠時間は6時間以上でなくてはいけません。

睡眠時間一定要超過6小時才行。

スポーツ選手は体が丈夫でなければいけません。

スポーツ選手は体が丈夫でなくてはいけません。

運動選手的身體一定要結實才行。

お年寄りの部屋は暖かくなければいけません。

お年寄りの部屋は暖かくなくてはいけません。　老人家的房間一定要暖和才行。

カレンダーが1月のままだ。
月曆仍舊是1月的沒變。

そこは今も不便なままだ。
那裡一直到現在仍然還是不便。

靴がまだ新しいままだ。　鞋子仍舊是新的。

カップのお湯は熱いままだ。
杯子內的水還是熱的。

気温はマイナスのままだ。
氣溫仍還是在零下。

この川の水はきれいなままだ。
這條河川的水仍然很乾淨。

アルバイトの学生は男の子だったり女の子だったりします。
打工的學生有男孩子也有女孩子。
打工的學生有時是男孩子，有時是女孩子。

今の仕事は暇だったり忙しかったりします。
現在做的工作有時悠哉，有時忙碌。

私の成績はよかったり悪かったりします。
我的成績時好時壞。

上の家は賑やかだったり静かだったりします。
樓上鄰居有時吵鬧，有時安靜。

御飯の量が多かったり少なかったりします。
飯量有時多，有時少。

料理をする人はお母さんだったりお父さんだったりします。
做料理的人有時是母親，有時是父親。

夜になって、外が暗くなりました。
到了夜裡外面就變黑了。

乗り換えが不便になった。
轉乘變得不方便了。

この歯磨きは歯を白くします。
這個牙膏讓牙齒變白。

その人は息子を警官にした。

その人は息子を警察官にした。
那個人讓兒子當警察了。

両親は考えが古すぎます。
父母親的想法過於迂腐。（敬體表現）

この問題は簡単すぎる。

この問題は易しすぎる。　這個問題過於簡單。

漫画でも勉強に役に立つ物もあります。
即使是漫畫，也有些對讀書是有益的。

体は小さくても力は強い。
即使個頭小，力氣卻很大。

重い病気じゃなくて、安心しました。

重い病気ではなくて、安心しました。

重い病気でなくて、安心しました。
不是嚴重的病，所以放心了。

夕べは眠くなくて、全然寝なかった。
昨天晚上不眠，所以完全沒睡。

メンバーの30%は女性でなければなりません。

メンバーの30%は女性でなくてはなりません。

メンバーの30%は女性でなければいけません。

メンバーの30%は女性でなくてはいけません。
成員（裡）的30%必須是女性才行。

久しぶりに会った友達は昔のままでした。
好久不見的朋友還是老樣子都沒變。

そこは今も不便なままだ。
那裡到現在仍舊是不方便。

祖母は起きる時間が5時だったり8時だったりします。
奶奶的起床時間有時是5點，有時是8點。

今の仕事は暇だったり忙しかったりする。
現在的工作時而忙碌時而悠閒。

挑戰長文　　　　　　　　　　　　第276頁
我今年20歲了，但因為身高很矮而常被誤以為是國中生。我朋友因為長得太高而很難找到男朋友，身高太高或是太矮都不太好。

43 連接動詞的句型—否定形

照著做就對了　　　　　　　　　　第278頁
病気がよくならなくて、入院した。
因為病情沒有好轉，所以住院了。

お金がなくて、払えなかった。
因為沒有錢，所以付不出來。

スクリーンが見えなくて困った。
因為看不到投影布幕，所以感到困擾。

このパソコンは故障しなくていい。
這台個人電腦沒有故障，真好。

この仕事は山下さんに頼まないで、石川さんに頼みました。
這件工作沒有委託給山下先生，而是委託給石川先生。

眼鏡をかけないで、コンタクトをしました。
沒戴眼鏡，而是戴了隱形眼鏡。

帽子をかぶらないで、ゴルフをしました。
沒戴帽子，而打了高爾夫球。

遠慮しないで、たくさん食べました。
推辭不了，所以吃了很多。

写真の質を落とさずに拡大する。
在不影響照片的品質下放大。

雨の中を、傘をささずに歩く。
沒撐傘走在雨中。

約束せずに友達のうちに行く。
沒有先約就去朋友家。

そんなに驚かないでください。
請不要嚇成那樣。

心配をかけないでください。　請不要擔心。

そばに来ないでください。　請不要到旁邊來。

この虫を触らない方がいい。
最好不要摸這隻蟲子。

仕事を辞めない方がいい。
最好不要辭掉工作。

今度の飲み会には出席しない方がいい。
這次的喝酒聚會最好不要參加。

これからは、たばこを吸わないつもりです。
打算以後不抽菸了。

今度の日曜日は出掛けないつもりです。
打算這禮拜天不出門了。

娘には仕事をさせないつもりです。
打算不叫女兒做事了。

これ以上太らないように注意された。
被別人提醒不要再變胖了。

試合に負けないように祈った。
祈禱比賽不要輸掉。

来週は授業に来ないように伝えた。
轉達下週不要來上課。

電車ではなるべく座らないようにします。
在電車上盡力不坐下。

甘い物はなるべく食べないようにします。
盡可能不要吃甜食。

眠い時は運転しないようにします。
感到睏時盡可能地不要開車。

藤田さんはずいぶん怒らないようになった。
藤田先生變得不太會生氣了。

耳がよく聞こえないようになった。
耳朵變得聽不太到了。

息子はゲームをしないようになった。
兒子變得不打電動了。

藤田さんはずいぶん怒らなくなりました。
藤田先生變得不太會生氣了。
耳がよく聞こえなくなりました。
耳朵變得聽不太到了。
息子はゲームをしなくなりました。
兒子變得不打電動了。

この講義は出席を取らないことがある。
這堂課有時不點名。
この部屋の電気は時々つかないことがある。
這房子的電燈常常會打不開。
私は家の掃除をしないことがある。
我有時不打掃家裡。

手術を行わないことになりました。
（因外力因素而）變成不動手術了。
二人は別れないことになりました。
（因外力因素而）兩人不分手了。
石井さんは来ないことになりました。
（因外力因素而）石井先生不來了。

人の物は盗まないことにする。
我決定不偷別人的東西。
ブログのデザインを変えないことにする。
我決定不更換部落格的設計。
課長の意見に反対しないことにする。
我決定不反對課長的意見。

お金を包まなくてもいいです。
即使不包禮金去也可以。
お金を包まなくても構いません。
即使不包禮金去也沒關係。
スーツを着なくてもいいです。
即使不穿西裝也可以。
スーツを着なくても構いません。
即使不穿西裝也沒關係。
事務所まで来なくてもいいです。
即使不到辦公室來也行。

事務所まで来なくても構いません。
即使不到辦公室來也沒關係。

ブラジルに行く時は、ビザを取らなければ
ならない。
ブラジルに行く時は、ビザを取らなくては
ならない。
去巴西時一定要取得簽證才行。
次の駅で地下鉄に乗り換えなければならな
い。
次の駅で地下鉄に乗り換えなくてはならな
い。
在下一站一定要改搭地鐵才行。
再来月またここに来なければならない。
再来月またここに来なくてはならない。
下下個月一定要到這裡來才行。

そろそろ帰らなければいけません。
そろそろ帰らなくてはいけません。
差不多該回家才行。
明日は5時に起きなければいけません。
明日は5時に起きなくてはいけません。
明天一定要在五點起床才行。
お年寄りには親切にしなければいけませ
ん。
お年寄りには親切にしなくてはいけませ
ん。
一定要親切地對待老人家才行。

奠定實力　　　　　　　　　　　第289頁
病気がよくならなくて入院しました。
因為病沒有好轉，所以住院了。
遠慮しないでたくさん食べた。
遠慮せずにたくさん食べた。
推辭不了，所以吃了很多。
どこにも寄らずに帰りました。
どこにも寄らないで帰りました。
沒順道繞去其它地方就回家了。
そんなに驚かないでください。
請不要這樣嚇別人。

この道は夜通らない方がいい。
晚上最好不要經過這條路。

これからはたばこを吸わないつもりです。
打算以後不抽菸了。

これ以上太らないよう(に)注意された。
被人提醒不要再變胖了。

甘い物はなるべく食べないようにした。
盡可能不要吃甜食了。

キムさんは日本語を間違えないようになりました。

キムさんは日本語を間違えなくなりました。
金先生變得不會說錯日語了。

お金で済まないことがある。
有用錢無法解決的事。

手術を行わないことになりました。
（因外力因素而）變成不動手術了。

これからは嫌なことから逃げないことにした。
（我）決定往後面對討厭的事也絕不逃避了。

事務所まで来なくてもいいです。

事務所まで来なくても構いません。
不到辦公室來也可以。

ブラジルに行く時はビザを取らなければならない。

ブラジルに行く時はビザを取らなくてはならない。

ブラジルに行く時はビザを取らなければいけない。

ブラジルに行く時はビザを取らなくてはいけない。
去巴西時一定要取得簽證才行。

挑戰長文　　　　　　　　　第291頁
最近的孩子幾乎都不會在沒先約的情況下就跑到朋友家去。90％的小學生和國中生都回了「最好不要在沒有先約的情況下就去朋友的家裡」。我認為就算沒約好也沒關係，但跟我抱持同樣想法的人卻寥寥無幾。往後我決定不會在沒約好的情況下就跑到任何人的家裡去。

44 連接動詞的句型─使役形

照著做就對了　　　　　　　第292頁
パソコンを使わせてください。
請讓我使用個人電腦。

ちょっと腰をかけさせてください。
請讓我稍微坐一下？

日本に留学させてください。
請讓我去日本留學。

私に写真を撮らせてください。　請讓我拍照。

今度の出張は私に行かせてください。
這次出差請讓我去。

今日は私にご馳走させてください。
今天請讓我請吃飯。

奠定實力　　　　　　　　　第294頁
電話を一本かけさせてください。
請讓我打一通電話。

パソコンを使わせてください。
請讓我使用個人電腦。

私に写真を撮らせてください。　請讓我拍照。

今日は私にご馳走させてください。
今天請讓我請吃飯。

挑戰長文　　　　　　　　　第294頁
我常常到各種地方去拍攝各種人物照。但是，突然說「請讓我拍照」的話，會回答「好的，請拍」的人卻寥寥無幾。很多人認為這樣做很奇怪，也有很多人覺得害羞。所以，雖然很難達成，不過拍出好照片時真的會覺得很開心。即使很辛苦，也會浮起再加把勁的念頭。

45 連接動詞的句型─ます形

照著做就對了　　　　　　　第295頁
ロシア語を習いませんか。
要不要學俄羅斯語呢？

電気をつけませんか。　要不要開燈呢？
来週のパーティーに来ませんか。
要不要參加下週的派對呢？

食事の後、歯を磨きましょう。
用餐後去刷牙吧！
歯ブラシは1ヶ月に1回取り替えましょう。
牙刷每個月更換一次吧！
ペットの世話をきちんとしましょう。
好好地照顧寵物吧！

席を移りましょうか。　我們移動一下座位好嗎？
この椅子はもう捨てましょうか。
這椅子我們現在丟掉好嗎？
一緒に散歩でもしましょうか。
一起去散步好嗎？

塩を取りましょうか。　拿一下鹽巴好嗎？
ドアを閉めましょうか。　關門好嗎？
ほかの人より早く来ましょうか。
比其他人早點來好嗎？

前田さんに謝りたい。　想跟前田先生道歉。
誰かに道を尋ねたい。　想跟某個人問路。
先生に質問したい。　想跟老師提問。

姉はお茶を習いたがった。　姊姊想學茶道了。
父は新しい家を建てたがった。
父親想蓋新房子了。
兄も一緒に来たがった。　哥哥想一起來了。

DVDを返しに来ました。　來歸還DVD了。
お客さんを迎えに駅まで行きました。
到車站去迎接客人了。
花見をしに上野公園へ行きました。
去上野公園賞花了。

大阪城公園へ花見に行った。
去大阪城公園賞花了。
彼が私の両親に挨拶に来た。
男朋友來跟我父母問候了。

レジの打ち方を覚えました。
記住了操作收銀機的方法。
キムチの漬け方を習いました。
學了醃泡菜的方法。
食事の仕方を変えました。
改變了用餐的方法。

ごみを拾いなさい。　請撿垃圾。
こっちに来なさい。　請到這裡來。
もっと早く連絡しなさい。　請再早一點聯絡。

桜が咲き始めた。　櫻花開始開花了。
段々、星が見え始めた。
星星漸漸地開始看得到了。
会議の書類を準備し始めた。
開始準備會議用的文件了。

石が光り出しました。　石頭開始發光了。
その木はゆっくりと倒れ出しました。
那棵樹開始緩緩地倒下了。
息子が女の子を意識し出しました。
兒子開始意識到女孩子了。

作文を書き終わった。　作文寫完了。
御飯を食べ終わった。　飯都吃完了。
洗濯し終わった。　衣服洗好了。

その猫はずっと鳴き続けました。
那隻貓咪持續地叫。
建物が増え続けました。　建築物持續地增多。
岡田さんはBSEの研究をし続けました。
岡田先生持續地研究了狂牛病。

日本酒はにおいが残りやすい。
日本酒容易在口中留下氣味。
この機械は壊れやすい。　這台機器容易故障。
この喫茶店はお客さんが来やすい。
這間咖啡店常會有客人造訪。

濡れた水着は脱ぎにくい。　溼掉的泳裝難脫。

このトイレは汚れにくい。
這間廁所不太會變髒。

このメーカーの製品は故障しにくい。
這個製造商的產品不容易壞掉。

歌を歌いながら歩きます。
一邊唱歌一邊走路。

子供を育てながら働きます。
一邊養育小孩一邊工作。

バイトをしながら日本語学校に通います。
一邊打工一邊上日語學校。

昨日、飲みすぎた。　昨天喝過頭了。
おしょうゆをつけすぎた。　沾太多醬油了。
お客さんを招待しすぎた。　邀請太多客人了。

村上さんと近藤さんは気が合いそうです。
村上先生與近藤先生好像合得來。

その仕事は疲れそうです。
那個工作好像很累。

台風がこちらの方に来そうです。
颱風好像朝這裡來。

奠定實力　　　　　　　　第307頁
私と(一緒に)踊りませんか。
要不要跟我一起跳舞呢？

ペットの世話をきちんとしましょう。
我們好好地照顧寵物吧。

ペットをきちんと世話しましょう。
一緒に散歩でもしましょうか。
一起去散步之類的好嗎？

塩を取りましょうか。　拿一下鹽巴好嗎？
前田さんに謝りたい。　想跟前田先生道歉。
姉はお茶を習いたがりました。
姊姊想學茶道。

お客さんを迎えに駅まで行った。
到車站去迎接客人了。

日本人の挨拶の仕方は難しいです。
日本人打招呼的作法很難。

キムチの漬け方を習った。
學了醃泡菜的方法。

部屋にいない時は電気を消しなさい。
不在房間時請把燈關掉。

タイでの生活にもやっと慣れ始めました。
終於開始習慣在泰國的生活了。

その子は急に泣き出した。
那孩子忽然開始哭了。

作文を書き終わりました。　作文都寫完了。
それでも、地球は回り続ける。
儘管如此，地球仍會持續地轉動。

最近、どうも疲れやすいです。
最近不知道怎麼地很容易疲倦。

夏風邪は治りにくい。
夏季的感冒很難痊癒。

(アル)バイトをしながら日本語学校に通いました。
一邊打工一邊上日語學校。

(お)しょうゆをつけすぎた。　沾太多醬油了。
ろうそくの火が消えそうです。
蠟燭好像要熄了。

挑戰長文　　　　　　　　第309頁
我18歲時第一次學習玩滑雪板。太喜歡玩滑雪板了，所以每年一到冬天的週末就會去滑雪場。最近因為滑雪場內滑雪太輕鬆而覺得不怎麼好玩，所以開始在滑雪場以外的場地滑雪。但是上禮拜在山裡迷失方向而無法滑下山，非常恐怖。而且，也開始下雪了。非常地可怕。即使如此，往後還是想繼續玩滑雪板。

46 連接動詞的句型—辭書形

照著做就對了　　　　　　　第311頁
駅に着く前に電話をかけた。
在抵達車站前打了電話。

日が暮れる前にうちに帰れた。
在天色變暗前回到家了。

卒業する前に友達と旅行に行った。
畢業前跟朋友去旅行了。

ハイヒールを履くつもりです。
打算穿高跟鞋。
夏までにやせるつもりです。
打算在夏天來臨前瘦下來。
家内と一緒に来るつもりです。
打算跟內人一起過來。

ここは自由に屋上に上がることができる。
這裡可以自由地爬上屋頂。
このツアーは有名な観光地を訪ねることができる。
這趟旅程可造訪知名觀光景點。
ここでは色々な経験をすることができる。
在這裡可進行各種體驗。

下着が無くなることがあります。
曾有過內衣（內層的衣物）不見的情況。
地震で窓ガラスが割れることがあります。
曾有過地震將窗戶的玻璃震破的情況。
ソフトのインストールを失敗することがあります。
曾有過安裝軟體失敗的情況。

私がプレゼントを選ぶことになった。
（因外力因素而）變成由我來挑了禮物。
山を下りることになった。
（因外力因素而）變成下了山。
坂本さんも来ることになった。
（因外力因素而）變成坂本先生也來了。

言いたいことははっきり言うことにしました。
我決定了要把想說的話都說清楚。
父の会社に勤めることにしました。
我決定了要到父親的公司去上班。
学校の近くで下宿することにしました。
我決定了要寄宿在學校附近。

旅行を十分楽しむために計画をしっかり立てた。
為了充分享受旅行而周密地制定計畫。
お客さんを迎えるためにきれいに掃除した。
為了迎接客人而打掃的乾乾淨淨。
9時までに来るためにタクシーに乗った。
為了九點前到來而搭了計程車。

洗濯物が乾くようにエアコンをつけました。
為了讓洗好的衣服快乾而開了冷氣。
元気な子が生まれるように祈りました。
為了能生出健康的孩子而祈禱。
間違いをもう一度確かめるように言いました。
為了再一次確認錯誤而說了。

ゲームのスコアが残るようにした。
盡力地留下遊戲分數。
店の中が外からよく見えるようにした。
盡量地讓店外可以清楚看到商店內部。
必ずデータを保存するようにした。
務必盡力地儲存資料。

ログインに時間がかかるようになりました。
在登入時變得要花時間。
雑誌も借りられるようになりました。
變得也能借雜誌了。
その生徒は授業に来るようになりました。
那學生變得會來上課了。

ちょうど映画が始まるところだ。
電影正好開始。
ちょうど電車を降りるところだ。
正好要下電車。
今から準備するところだ。
正打算從現在開始準備。

暗くなる前に(うちに)帰りなさい。
暗くなる前に(うちに)帰れ(よ)。
天黑之前（請）快點回家。

その自転車は捨てないで直すつもりです。
那台腳踏車（我）打算不扔掉，要修理一下。

ここは自由に屋上に上がることができる。
這裡可以自由地爬上屋頂。

地震で窓ガラスが割れることがあります。
曾有過地震把窗戶的玻璃震破的情況。

部屋と部屋の間の壁を壊すことになった。
變成把房間與房間之間的牆壁拆毀了。

言いたいことははっきり言うことにしました。
我決定了要把想說的話都說清楚。

発音を直すために個人レッスンを受けた。
為了矯正發音而接受個人課程。

子供でも読めるように、漢字を使いませんでした。
為了讓小孩子也能閱讀而不使用漢字。

柔らかくして、お年寄りも食べられるようにした。
做得軟一點讓老人也能吃下。

一人で少し動けるようになりました。
變得可以自己一個人動一動了。

ちょうど映画が始まるところだ。
電影正好開始。

我不會游泳。為了能夠學會游泳，我決定每天都到游泳池去。我打從在每天早上6點開始的游泳班裡學習游泳。每天，我去公司之前，都變得會去游泳池游一個小時。由於一定要做到避免賴床，所以我打算晚上都早點就寢。

47 連接動詞的句型─推量形

これから友達に会いに行こうと思う。
我在想現在開始去見朋友。

そろそろテストを始めようと思う。
我在想差不多了該開始考試。

今年はゆっくり祭り見物をしようと思う。
我在想今年要慢慢地參觀慶典。

チャイムを押そうとした時、ドアが開きました。
正想按門鈴時，門就開了。

お皿を並べようとした時、地震が起きました。
正想擺放餐盤時，地震就發生了。

ファイルをダウンロードしようとした時、エラーが出ました。
正想下載檔案時，（系統就）出錯了。

今日は遅くなりましたから、ホテルに泊まろうと思います。
因為今天已經比較晚了，所以我想就住在飯店吧！

これから友達に会いに行こうと思う。
今から友達に会いに行こうと思う。
我在想現在開始去見朋友。

道を渡ろうとした時、信号が赤に変わりました。
正要過馬路時，紅綠燈變成紅燈了。

窓を開けようとしたが、開かなかった。
在想說要把窗戶打開，但是打不開。

那是個冬天的寒冷早晨。正當我差不多打算起床時，床鋪劇烈搖晃起來了。（原來是）發生地震了。想要逃到安全的地方去，卻因為地震太大而完全動彈不得。地震結束了。幸好沒有受傷。由於一旦發生火災就大事不妙，所以當我想要迅速

移動到屋外時，但門卻打不開。無可奈何之下，只能從窗戶逃出去了。

48 連接動詞的句型—て形

照著做就對了　　　　　　　　　第324頁

辞書を引いても意味がわかりませんでした。
即使查字典也查不到字義。

二つの絵をいくら比べても違いがわかりませんでした。
即使比較了這兩張畫，都無法找到差異之處。

その人はいくら注意しても同じ失敗を何度もしました。
那個人不管再怎麼提醒他小心注意，還是犯了幾次相同的錯誤。

ここではいくら騒いでもいい。
這裡再怎麼吵鬧也行。

ここではいくら騒いでも構わない。
這裡再怎麼吵鬧也沒關係。

試験に落ちてもいい。　考試落榜也行。

試験に落ちても構わない。
考試落榜也沒關係。

バイトをしてもいい。　去打工也行。

バイトをしても構わない。　去打工也沒關係。

畳の縁を踏んではいけません。
不可以踩踏榻榻米的邊緣處。

御飯に箸を立ててはいけません。
不可以把筷子插在飯上。

ここでサッカーをしてはいけません。
這裡不可以踢足球。

病気がきちんと治ってから退院した。
病確實痊癒之後就出院了。

日が暮れてから近所を散歩した。
天色變暗後就到附近散步了。

青木さんが来てから会議を始めた。
青木先生來了之後就開始開會了。

車に乗るようになってから太ってしまいました。
開始搭車後就變胖了。

卵が割れてしまいました。　雞蛋破掉了。

エスカレーターが故障してしまいました。
電梯壞掉了。

ここにあった紙を全部使ってしまった。
將在這裡所有的紙張全部用光了。

全員の名前を覚えてしまった。
背下了所有人的名字。

全部きれいに食べてしまった。
全都喝得一乾二淨了。

たばこを吸ってみました。　試著抽菸。

韓国語を教えてみました。　試著教韓語。

外国で生活してみました。　試著在國外生活。

ジーパンをはいていく。　穿牛仔褲後去。

学生を連れていく。　帶著學生去。

うちで食事をしていく。　在家吃完飯後去。

みんな自分の家に帰っていきます。
全都各自回家去。

この仕事をこれからも続けていきます。
這項工作以後會持續下去。

一つ一つ説明していきます。
一一持續說明下去。

今日は歯医者に寄ってきた。
今天順道去了一趟牙科才來。

家族も一緒に連れてきた。
家人也一起帶來了。

先週習ったことを復習してきた。
複習了上週學到的內容。

若い女性が隣に引っ越してきました。
年輕女性搬來到隔壁了。

新しい葉が出てきました。　新葉長出來了。

今までずっと姉に遠慮してきました。
一直跟姊姊推辭到現在。

風が吹いてきた。　風開始吹了。

少し疲れてきた。　開始覺得有點疲倦了。

頭が混乱してきた。　腦袋開始混亂了。

お湯を沸かしておきます。　先把水煮開。

米を水に漬けておきます。
先將米浸泡在水中。

レストランを予約しておきます。
先預約好了餐廳。

外は今、雪が降っている。　外面正在下雪。

弟は自分の部屋で寝ている。
弟弟正在自己房裡睡覺。

今、夕飯の支度をしている。
現在正在準備晚餐。

その店では布団を売っています。
那家店正在賣棉被。

貿易会社に勤めています。
正在貿易公司就職。

私は毎朝1時間ジョギングをしています。
我（目前）每天早上跑步一小時。

店はもう閉まっている。　商店已經關門了。

この冷蔵庫は壊れている。　那台冰箱壞了。

西村さんはもう来ている。
西村先生已經來了。

このデータはCDに焼いてあります。
這份資料有燒在CD內。

テストによく出る問題を集めてあります。

テストによく出る問題が集めてあります。
有收集了常出現在考試中的考古題。

友達と会う約束をしてあります。

友達と会う約束がしてあります。
有跟朋友約好要見面。

京都へ向かっているところだ。
正要前往京都。

机の上を片付けているところだ。
正在整理桌面。

どうするか、相談しているところだ。
正在討論要怎麼做。

あなたは山口さんに雑誌を貸してあげました。
你借雜誌給山口先生了。

姉は友達に宿題を見せてあげました。
姊姊讓朋友看作業了。

私は藤原さんに食事をご馳走してあげました。
我請藤原先生吃飯了。

斉藤さんは私に写真を送ってくれた。
齋藤先生寄照片給我了。

岡本さんはあなたに上着を選んでくれた。
岡本先生幫你挑了外衣（外層的衣服）。

サンタクロースは娘にプレゼントを持ってきてくれた。
聖誕老人帶禮物給女兒了。

その人は猿に服を買ってやりました。
那個人幫猴子買了衣服。

僕は弟にコーヒーを入れてやりました。
我為弟弟泡了咖啡。

私は妹に化粧をしてやりました。
我幫妹妹化了妝。

後輩がその先輩を車で送って差し上げた。
後輩開車送那位前輩回去了。

友達が部長にその話を伝えて差し上げた。
朋友轉達那件事給課長了。

兄は課長にいい人を紹介して差し上げた。
哥哥引薦了好的人選給課長了。

先生は友達を許してくださいました。
老師原諒了（我的）朋友。

あなたは私に色々な事を教えてくださいました。
你教導了我許多事。

松田さんのご両親がうちまで来てくださいました。
松田先生的父母親來到我家裡了。

私は夫に料理を手伝ってもらった。
丈夫幫我煮飯了（我煮飯時從丈夫那邊得到了幫助）。

僕は家内に電気をつけてもらった。
內人幫我開了燈（我從妻子那邊得到了開燈）。

私達はお店に10人分の席を準備してもらった。
商店幫我們安排好了10個人座位
（我們從商店那邊得到了10個人的座位準備）。

先生にアイディアを出していただきました。
老師幫我出了點子（我從老師那邊得到了點子）。

その方に会社を訪ねていただきました。
那一位人士拜訪了公司
（從那一位人士那得到了拜訪公司）。

社長に挨拶していただきました。
社長跟我打了招呼（從社長那邊得到了問候）。

切手を貼ってください。　請貼郵票。

次の駅で特急に乗り換えてください。
請在下一站換轉特快列車。

出掛ける支度をしてください。
請做好外出準備。

自分の席に戻ってください。
請回到自己的座位去。

彼と別れてください。　請跟他分手。

手伝いに来てください。　請來幫我。

興味を持ってくれますか。
你可以（對我）產生興趣嗎？

電池を取り替えてくれますか。
你可以幫我更換電池嗎？

私と一緒に来てくれますか。
你可以跟我一起來嗎？

背中に薬を塗ってくれませんか。
不能幫我在背上塗藥嗎？

ブラインドを上げてくれませんか。
不能幫我把百葉窗拉起來嗎？

この書類を10枚ずつコピーしてくれませんか。
不能幫我將這資料印成各10張嗎？

この書類は鉛筆で書いてくださいますか。
這資料可以幫我用鉛筆寫嗎？

その人に電話をかけてくださいますか。
可以幫我打電話給那個人嗎？

この手紙を日本語に翻訳してくださいますか。
可以幫我把這封信翻譯成日文嗎？

この仕事はほかの人に頼んでくださいませんか。
你不能幫我將這件工作委託給其他人呢？

ちょっとドアを開けてくださいませんか。
你不能幫我來開門嗎？

1階のロビーまで来てくださいませんか。
你不為了我到一樓的大廳來嗎？

ちょっとここに座ってもらえますか。
可以請你在這裡稍坐片刻嗎
（我能夠得到你在這裡稍坐片刻嗎）？

ちょっと車を止めてもらえますか。
可以請你暫時停一下車嗎
（我能夠得到你把車子稍停一下嗎？）？

間違いがないかチェックしてもらえますか。
可以請你幫我確認有沒有錯誤嗎
（我能夠得到你確認看看有沒有錯誤嗎）？

もう少し待ってもらえませんか。
你能夠再稍微等一下嗎
（我不能得到你的再稍微等一下嗎）？

仕事を続けてもらえませんか。
你能夠繼續工作嗎
（我不能得到你繼續做這件工作嗎）？
細かく説明してもらえませんか。
你能夠詳細說明嗎
（我對能得到你的詳細說明嗎）？

一度会っていただけますか。
可以請您再跟我碰一次面嗎
（我能夠得到跟你見一次面嗎）？
たばこをやめていただけますか。
可以請您戒菸嗎（我能夠得到你把菸戒掉嗎）？
案内していただけますか。
可以請您為我導引嗎（我能夠得到你的導引嗎）？

日本語の作文を直していただけませんか。
你能夠幫我修改日文的作文嗎
（我不能得到你修改日文的作文嗎）？
この子猫を育てていただけませんか。
你能夠幫我養育這隻幼貓嗎
（我不能得到你養育這隻小貓嗎）？
手伝いに来ていただけませんか。
能夠請您來幫我嗎（我不能得到你來幫忙我嗎）？

奠定實力　　　　　　　　　　　第348頁

雨と風が強すぎて、傘をさしても濡れました。
風雨太大，就算撐傘也會溼掉。
この美術館では自由に作品に触ってもいい。
この美術館では自由に作品に触っても構わない。
在這美術館內，即使隨意用手觸摸作品也沒關係。
ここに腰(を)かけてはいけません。
ここに座ってはいけません。
不允許坐在這裡。
日が暮れてから近所を散歩した。
日が暮れてから近くを散歩した。
太陽下山後在附近散步了。
この町もすっかり変わってしまいました。
這個小鎮也完全都變了模樣。

この仕事は今日中にやってしまう。
この仕事は今日中にしてしまう。
這件事今日內就會全部做完。
このお店の新しいチーズバーガーを食べてみたいです。
この店の新しいチーズバーガーを食べてみたいです。
想吃看看這間店新推出的起司漢堡。
案内所で地図をもらって行った。
在詢問處拿到地圖後走掉。
戦争やテロでたくさんの人が死んでいきます。
因戰爭或恐攻讓許多人不斷死去。
どうするか、よく考えてきた。
想好要怎麼做後前來了（該怎麼做，想了很多很多）。
若い女性が隣(の家)に引っ越してきました。
年輕的女性搬來到隔壁來了。
午前中はずっと雨だったが、午後になって晴れてきた。
午前中はずっと雨が降っていたが、午後になって晴れてきた。
上午持續下雨，但下午開始逐漸地放晴了。
出掛ける前に靴を磨いておきました。
外出之前先刷了鞋子。
1週間に3日、スポーツクラブに通っています。
平常一個禮拜到健身俱樂部三次。
その虫はまだ生きている。　那隻蟲子還活著。
部屋の壁に僕の好きな女優のポスターが貼ってあります。
部屋の壁に僕が好きな女優のポスターが貼ってあります。
部屋の壁に私の好きな女優のポスターが貼ってあります。
部屋の壁に私が好きな女優のポスターが貼ってあります。
房間牆壁上貼著我喜歡的女演員的海報。

兄は今お風呂に入っているところです。
兄は今お風呂に入っている。
哥哥現在正在洗澡。
母は太田さんに忘れ物を届けてあげました。
母親將太田先生遺失物送回去了。
あなたは私に命の大切さを教えてくれた。
あなたは僕に命の大切さを教えてくれた。
你教導給我了生命的可貴（的道理）。
僕は犬を褒めてやりました。
私は犬を褒めてやりました。　我誇獎狗狗了。
後輩がその先輩を車で送って差し上げた。
後輩開車送那位前輩回去了。
デザートのサービスをお客様が喜んでくださいました。
デザートのサービスをお客さんが喜んでくださいました。
客人對點心的服務感到高興了。
(私は)知らない人に(お)財布を拾ってもらった。
我不認識的人幫我撿回了錢包
（我從不認識的人那邊得到了撿回錢包）。
先生にアイディアを出していただきました。
老師幫我出了主意（我從老師那邊得到了主意）。
できるだけ情報を集めてください。
請盡可能地幫我收集資訊。
次の信号を右へ曲がってくれますか。
次の信号を右に曲がってくれますか。
可以（幫我）下個紅綠燈處右轉嗎？
この書類を10枚ずつコピーしてくれませんか。
不能幫我將這資料印成各10張嗎？
プレゼント用に包んでくださいますか。
可以幫我包裝成禮物嗎？
遠藤さんにこの鍵を渡してくださいませんか。
你不能幫我把這個鑰匙交給遠藤先生嗎？
間違いがないかチェックしてもらえますか。
我可以請你幫我確認有沒有錯誤嗎
（我可以得到你確認有沒有錯誤嗎？）

細かく説明してもらえませんか。
詳しく説明してもらえませんか。
不能夠請你詳細説明嗎
（我不能得到你的詳細説明嗎）？
病院に連れていっていただけますか。
可以請你帶我去醫院嗎
（我可以得到你帶我去醫院嗎）？
中川さんに遅れないように言っていただけませんか。
不能夠請您幫我告訴中川先生説不要遲到嗎
（我可以得到你幫我跟中川先生説記得不要遲到嗎）？

挑戰長文　　　　　　　　　第352頁

在電話普及之前常使用電報。電話普及後，電報漸漸不被使用，但婚禮或喪禮的通知訊息直到現在仍常常使用電報。我結婚時也有很多人發送電報給我。最近還有可愛的日本人偶搭配訊息卡片的電報，很受女性的歡迎。

49 連接動詞的句型—過去式

照著做就對了　　　　　　　第353頁

その小説家は死んだ後で、有名になった。
那位小説家死後才變有名。
この薬は御飯を食べた後で飲んだ。
這個藥在飯後服用了。
中学校を卒業した後で、オランダに来た。
國中畢業後來到了荷蘭。

新幹線に乗ったことがあります。
曾乘搭過新幹線。
座布団を投げたことがあります。
曾扔過坐墊。
病気で入院したことがあります。
曾因為生病而住過院。

事務所の電気がついたままだ。
辦公室的燈還開著。

後輩に1万円借りたままだ。
向晚輩借了10,000日元（一直借著，未還狀態）。
友達とけんかしたままだ。
和朋友吵架了（還是吵架，沒和好的狀態）。

家の前を行ったり来たりしました。
在家門前來回走動。
電気をつけたり消したりしました。
將電燈開開關關。
今日は洗濯したり掃除したりしました。
今天洗了衣服，也打掃了。

もっと大きい病院に移った方がいい。
最好移送到更大間的醫院。
竹内さんにも声を掛けた方がいい。
最好也跟竹內先生搭話。
もう少し店員を教育した方がいい。
最好再教育一下店員。

やっと熱が下がったところです。
剛才好不容易才退燒了。
ちょうどパンが焼けたところです。
麵包正好剛烤好。
研究室に行ってきたところです。
正好剛從研究室那回來。

孫は小学4年生に上がったばかりだ。
孫子才升上國小四年級沒多久。
日本での生活に慣れたばかりだ。
剛適應在日本的生活沒多久。
先週退院したばかりだ。　上週才剛出院沒多久。

奠定實力　　　　　　　　　　第359頁
その映画は見た後で、色々考えさせられる
映画だった。
那部電影是看完之後會讓你百感交集的電影。
病気で入院したことがある。
曾因為生病而住院過。
祖父が3日前に出掛けたまま帰ってきません。
爺爺3日前外出後，就一直還沒回來。

休みの日は本を読んだりテレビを見たりする。
休假時有時讀書，有時看看電視。
どんな書類が必要かは大使館に尋ねた方がいいです。
最好像大使館諮詢好看需要什麼樣的文件。
やっと熱が下がったところだ。
剛才好不容易才退燒了。
亡くなったばかりの妻が夢に出てきました。
去世沒多久的妻子出現在我的夢中了。

挑戰長文　　　　　　　　　　第360頁
我上個月才剛到了日本。為了就讀日本的大學的經濟系，現在正在日語班裡學習日語。由於是突然決定要留學，所以到日本後才開始學日語。因此，目前還不太會說日語，曾在溝通方面吃了好幾次苦頭。來日本前，我曾以為到日本後再學日語也關係，但我現在的想法已經改變，認為到國外生活時，最好能去那之前先學好那個國家的語言比較好。

50 連接所有詞類的句型—假設句型

照著做就對了　　　　　　　　第364頁
御飯が少なければ、もう少し入れます。
假如飯少的話，就再多添一點。
明日、天気がよければ、サッカーをします。
假如明天天氣好的話，就踢足球。
12月まで待てば、安く買えます。
假如等到12月的話，就能便宜買到。
褒められれば、誰でも嬉しいです。
假如任何人被誇獎，都會高興。

着物は絹じゃなければ嫌だ。
着物は絹でなければ嫌だ。
假如和服不是絲綢製成的話，就討厭。

柔道は体が丈夫じゃなければできない。
柔道は体が丈夫でなければできない。
假如身體不夠結實的話，就不能學柔道。
暑くなければ夏じゃない。
假如不熱的話，就不像夏天。
お金が足りなければ少し貸す。
假如錢不夠的話，我就借你一點。

明後日の午前だったら、時間があります。
若是後天上午的話，就有時間。
今度の試験が駄目だったら、また受けます。
若是這次考試不行的話，會再報考一次。
味が薄かったら、しょうゆを付けて食べます。
若是味道清淡的話，我會沾醬油吃。
お酒を飲んだら、車の運転はしません。
若是喝酒的話，我就不會開車。

3日じゃなかったら、私も行ける。
3日でなかったら、私も行ける。
如果不是3天的話，我也能去。
好きじゃなかったら、別れた方がいい。
好きでなかったら、別れた方がいい。
如果不喜歡的話，最好分手。
具合が悪くなかったら、外に出ても構わない。
如果身體狀況不佳的話，到外面去也沒關係。
もし学生が増えなかったら、講義は無くなる。
如果學生沒增加的話，課程就不開了。

カウンターだと、寿司は高くなります。
一旦坐在吧檯座位的話，壽司的價格會提高。
先生が嫌いだと、勉強も嫌いになります。
一旦對老師感到討厭，也會討厭那門課。
寒いと、動きたくなくなります。
一旦變冷，就變得不想動了。
この橋を渡ると、海が見えます。
一旦過了橋之後，就看得見大海。

外国人じゃないと、このインターナショナルスクールには入学できない。
外国人でないと、このインターナショナルスクールには入学できない。
只要不是外國人的話，就不能就讀國際學校。
店員が親切じゃないと、客が入らない。
店員が親切でないと、客が入らない。
只要店員不親切的話，客人就不會來。
講義が面白くないと、学生が来ない。
若是課程不有趣的話，學生就不會來。
ランプが消えないと、ドアが開かない。
若是燈不熄滅的話，門就不會開。

金子さんなら、もう帰りました。
如果是金子小姐的話，她已經回家了。
邪魔じゃないなら、そのままにしておいてもいいです。
邪魔でないなら、そのままにしておいてもいいです。
如果沒造成妨礙的話，就這樣放著也行。
それほど高くなかったなら、買いたかったです。
如果沒貴成那樣的話，我想買。
医者に何も言われなかったなら、大丈夫です。
如果醫生什麼也沒説的話，就沒關係。

奠定實力 第376頁

褒められれば誰でも嬉しい。
假如被誇獎的話，任何人都會高興。
仕事じゃなければ、こんなことはしません。
仕事でなければ、こんなことはしません。
假如不是工作的話，不會做這件事。
味が薄かったら、(お)しょうゆを付けて食べる。
若是清淡的話，我會沾醬油吃。
もし服のサイズが合わなかったら、取り替えに行きます。
若是衣服尺寸不合的話，我就拿去換。

この橋を渡ると海が見える。
一旦過了這條橋，就能看見大海。

講義が面白くないと、学生が来ません。
一旦課程不有趣的話，學生就不會來。

医者に何も言われなかったなら、大丈夫だ。
如果醫生什麼也沒説的話，就沒關係。

挑戰長文　　　　　　　　　第376頁
日本很多咖啡廳的都提供早餐優惠菜單。想享用便宜量多的早餐的話，愛知縣的早餐優惠是第一名。支付400日元左右的話，就能享用到咖啡、三明治、雞蛋料理和沙拉。如果有造訪愛知縣的話，一定要吃吃看早餐優惠。

51 連接所有詞類的句型—常體説法

照著做就對了　　　　　　　第378頁
犯人は一人じゃないだろう。
犯人應該不只有一個吧！

その仕事は大変だっただろう。
那項工作應該很累人吧！

その事故で怪我をした人は少なくなかっただろう。
因為那場事故而受傷的人應該不少吧！

クリスマスイブのディズニーシーは込んだだろう。
聖誕夜時，迪士尼海洋公園裡應該人擠人吧！

ここは押し入れだろう？
這裡應該是日式壁櫥吧！

そのテストはちっとも簡単じゃなかっただろう？
那場考試應該一點也不簡單才對吧！

その人は力が強かっただろう？
那個人應該力量很大吧！

駅前の通りが賑やかになっただろう？
車站前的街道應該很熱鬧吧！

その時代は女性には大変な時代だったでしょう。
那個時代對女性來説應該是很辛苦的時代吧！

そんなに心配しなくても大丈夫でしょう。
應該不用那麼擔心也沒關係吧！

その車はスピードはあまり速くないでしょう。
那台車的速度應該不太快吧！

明日は曇るでしょう。
明天的天氣應該是陰天吧！

その話は嘘じゃなかったでしょう？
那件事不是假的吧？

水曜日は暇じゃないでしょう？
星期三不悠閒吧？

そのお菓子は甘いでしょう？
那點心甜吧？

台所の電気がつかないでしょう？
廚房現在沒有電吧？

そんなことを言ったら失礼かもしれません。
説這種話也許不禮貌。

そこは水がきれいじゃないかもしれません。
那裡的水也許不乾淨。

そのミュージカルは楽しくなかったかもしれません。
也許不太喜歡那場音樂劇。

明日までに雨がやまないかもしれません。
也許雨會一直下到明天。

正しい答えはこれじゃないと思う。
我認為這個也許不是正確的答案。

近くにスーパーがあれば便利だったと思う。
我認為假如附近有超市的話就會很方便。

音楽のない生活はつまらないと思う。
我認為沒有音樂的生活很乏味。

上田選手のうまさが光ったと思う。
我覺得上田選手的強項已嶄露鋒芒。

ここに来る予定じゃなかったと言いました。
據説他本來沒打算要來這裡。

来年のオリンピックが楽しみだと言いました。
據説明年的奧林匹克很值得期待。

明るい色だと汚れやすいと言いました。
據説明亮的顏色容易髒掉。

意味がよく分からなかったと言いました。
據説之前不太知道意思。

医者は金持ちだというイメージがある。
醫生給人是富翁的印象。

数学は嫌いじゃなかったという人は楽しめる本だ。
據説是不討厭的數學的人可以看得很愉快的一本書。

結婚は30歳を過ぎてからでも遅くないという考え方の人が増えている。
認為30歲過後再結婚也不遲的人愈來愈多。

信号が赤の時は止まらなければならないという規則を知らない人はいない。
沒有不知道紅綠燈是紅燈時要停下來的人。

昔ここは飛行場だったらしいです。
過去這裡似乎曾經是機場。

そこは車がないと不便らしいです。
那裡沒車的話似乎會不方便。

北海道は割合暖かったらしいです。
北海道似乎相對地溫暖。

席はまだ空いているらしいです。
座位似乎還空著。

あそこが入口のようだ。　那裡好像是入口。
その人は宮崎さんの隣が嫌だったようだ。
那個人好像不想在宮崎先生旁邊。

横山さんは鼻が悪いようだ。
横田先生的鼻子好像不太好。

会議はまだ続いているようだ。
會議好像仍持續著。

まだ終わりじゃないみたいです。
好像還沒有要結束。

パスポートは必要じゃなかったみたいです。
好像不需要護照。

テストは難しかったみたいです。
考試好像很難。

風がやんだみたいです。　風好像停下來了。

雲のように自由に生きたい。
想如雲般自由自在地生活。

昼のように明るい。　如白天般明亮。
火が消えたように静かになった。
如火熄滅般安靜下來了。

火がついたように赤ん坊が泣き出した。
如點火般地嬰兒開始哭泣了。

宮本さんの誕生日は昨日だったそうです。
聽説宮本先生的生日是在昨天。

その学生はまじめじゃなかったそうです。
聽説那位學生不認真。

デザインがかわいくなかったそうです。
聽説是設計不可愛。

この靴下は足が冷えないそうです。
聽説這襪子能讓腳不會感到冰冷。

高木さんは私のクラスじゃなかったはずだ。
高木同學理應不屬於我的班上。

その人はエジプトでは有名なはずだ。
那個人在埃及應該很出名。

日本人と話す機会は多くないはずだ。
跟日本人説話的機會應該不多。

問題は何もなかったはずだ。
應該不會有任何問題。

安藤さんが犯人のはずがありません。
安藤先生理應不會是犯人。

家族が大切じゃないはずがありません。
家人應該不會是不重要的。

このセーターが小さいはずがありません。
這件毛衣應該不會太小。

そんなに時間がかかるはずがありません。
應該不會花那麼多的時間。

これはアルコールじゃないんだ。
這個不是酒精。
マラソンの練習が嫌いだったんだ。
馬拉松的練習很讓人討厭。
これは本当に買ってよかったんだ。
真的是幸好買下來了。
この写真はいとこが写してくれたんだ。
這照片是表哥幫我拍的。

谷口さんは留守だったんですか。
谷口先生不在家對嗎？
お祭りは賑やかじゃなかったんですか。
慶典是不熱鬧嗎？
この薬は苦くないんですか。
這藥是不苦的嗎？
この切符はどこで降りても構わないんですか。
這張票是到哪下車都行嗎？

来週、花見に行く予定なんですが、一緒に行きませんか。
下週預計要去賞花，要不要一起去呀？
話がちょっと複雑なんですが、聞いてもらえませんか。
說來是有點複雜的，你要聽我說嗎？
上の家がうるさいんですが、ちょっと注意してくださいませんか。
樓上鄰居吵得要死，可以讓幫我跟他們講小聲一點嗎（幫我提醒他們一下嗎）？
よく分からなかったんですが、もう一度説明していただけますか。
我實在是聽不太懂，可以請你再說明一次嗎？

飲みたくなかったのに、飲まされた。
明明不想喝（酒），但被人逼著喝了。
ハンさんは日本語が下手だったのに、上手になった。
小韓的日語原本明明不好，但（現在）已經好多了。

テストは易しくなかったのに、みんな80点以上取った。
考試明明都有難度，但大家都考了80分以上。
急げば間に合うのに、大野さんは急ごうとしない。
加快動作的話明明就能趕得上，但大野先生不打算加快動作。

台風のため(に)電車が遅れました。
因為受颱風的影響，電車誤點了。
私は声が変なため(に)よく驚かれます。
因為我的聲音很奇怪，所以常常（有人）受到驚嚇。
そのドラマはつまらなかったため(に)、人気がありませんでした。
因為那部連續劇很無趣，所以就沒有受到歡迎。
うちの前にビルができたため(に)、窓から遠くが見えなくなりました。
因為房子前面出現了大樓，所以從窗戶看不到遠處。

誰の日記か知らない。　不知道是誰的日記。
どこのハードディスクが一番静かか調べている。
正在打聽哪個製造商的硬碟最安靜。
どうしたらいいかわからない。
不知道怎麼做會比較好。
いつ連絡をもらったか覚えていない。
想不起來是何時接到連絡的。

輸入牛肉じゃないかどうか、確かめてから買います。
確認是否是進口牛肉或別種牛肉之後才買。
先生が教育に熱心かどうか、学生はすぐにわかります。
老師對教育是不是抱持著熱誠，學生立刻會知道。
仕事が忙しくないかどうか、心配です。
會擔心不知道工作是忙還是不忙的。
約束を忘れていないかどうか、電話をかけてみます。
不知道是否是忘了約定還是怎樣的，所以打通電話看看。

イチローが高校時代、ピッチャーだったのを知っている。
知道了鈴木一朗高中時期是擔任投手。
その医者が親切じゃなかったのを思い出した。
想起了那位醫生並不親切。
髪の色が暗かったのを明るくした。
把原先暗色的頭髮亮化了。
久しぶりに友達と集まるのを楽しみにしている。
期待著跟好久不見的朋友的聚會。

今井さんが悪い人じゃないことを知りませんでした。
過去不知道今井先生不是壞人。
昔、いい成績を取るために一生懸命だったことを思い出しました。
想起了過去為了取得好成績而拼命努力。
日本の家が狭くないことを知らない人が多いです。
很多人不知道日本房子其實不窄。
食事の支度を全然手伝わなかったことを母に叱られました。
被母親斥責完全不幫忙準備煮飯。

そんなつもりじゃなかったということをわかってもらえなかった。
得不到別人理解我並沒打算那樣做的這件事。
もう好きじゃないということを話した方がいい。
不再喜歡的這件事，最好是把話講出來。
痛みがひどいということを誰にも言わなかった。
我完全沒有跟任何人講痛得很厲害的這件事。
河野さんが食堂を始めたということを聞いた。
我聽説了河野先生開了食堂的這件事。

飼っていた犬が死んで、悲しかっただろう。
養的狗狗死了，應該很難過吧！
その教授は専門分野が違うだろう？
那位教授的專業領域不同吧？
4月になれば、暖房は要らないでしょう。
4月になれば、暖房は必要ないでしょう。
到了四月應該就不需要暖氣了吧？
その話は嘘じゃなかったでしょう？
那件事應該不是假的吧？
約束の時間に間に合わなかったかもしれません。
約束の時間に遅れたかもしれません。
也許會比約定時間晚到。
音楽のない生活はつまらないと思う。
音楽がない生活はつまらないと思う。
我認為沒有音樂的生活很乏味。
チョコレートをくれるつもりだったと言いました。
説是想過打算要給我巧克力。
数学は嫌いじゃなかったという人は楽しめる本だ。
據説是不討厭的數學的人可以看得很愉快的一本書。
席はまだ空いているらしい。
座位似乎還空著。
あの子はこの学校の生徒じゃないようだ。
あの子はこの学校の生徒ではないようだ。
あの子はこの学校の学生じゃないようだ。
あの子はこの学校の学生ではないようだ。
那個孩子好像不是這所學校的學生。
パスポートは必要じゃなかったみたいだ。
パスポートは要らなかったみたいだ。
好像不需要護照。
雲のように自由に生きたい。
雲のように自由に暮らしたい。
想像雲一樣地自由地生活。
内田さんに集まる場所と時間を知らせたそうです。
聽説已經告知內田先生會合的地點和時間了。

問題は何もなかったはずだ。
理應不會有任何問題。

そんなはずはありません。　不應該會那樣。

マラソンの練習が嫌いだったんだ。
馬拉松的練習很讓人討厭。

この切符はどこで降りても構わないんですか。
這張票是在哪下車都可以的嗎？

よく分からなかったんですが、もう一度説明していただけますか。
我聽不太懂，可以請再説明一次嗎？

急げば間に合うのに、大野さんは急ごうとしない。
加快動作的話明明就能趕得上，但大野先生不打算加快動作。

うちの前にビルができたため(に)、窓から遠くが見えなくなった。
因為房子前面出現了大樓，所以從窗戶看不到遠處。

どうしたらいいかわからない。
不知道怎麼做會比較好。

ほかの人が代わりに行ってもいいかどうか、聞いてみました。
試著詢問是否能由其他人代替前往。

自転車に乗るのが趣味なのはいいことです。
把騎自行車當作興趣是一件好事。

準備ができないことを、早く知らせなければなりません。

準備ができないことを、早く知らせなければいけません。

準備ができないことを、早く知らせなくてはなりません。

準備ができないことを、早く知らせなくてはいけません。
無法做準備一事，要儘快通知（對方）才行。

ここが昔、港だったということは、あまり知られていません。
這裡過去曾是港口這件事，很少人知悉。

挑戰長文　　　　　　　第400頁
有聽説過會説話的捲筒衛生紙嗎？或許有人已經知道了，但這種捲筒衛生紙所搭掛著的捲筒架有錄音功能，是任何人想使用捲筒衛生紙時都會發出聲音的物品。若聽到捲筒衛生紙説：「現在收到的物品需要收據嗎？」的話，不論是誰都會大吃一驚才對吧！

52 連接所有詞類的句型—敬體説法

照著做就對了　　　　　第404頁
お客様はこれをお選びになりました。
客人選擇了這個。

高橋先生は新しい研究会をお始めになりました。
高橋先生開始了新的研究會。

山本先生はオックスフォード大学をご卒業になりました。
山本先生畢業於牛津大學。

その方はお財布を落とされた。
那位人士的錢包掉了。

部長は電話番号を変えられた。
部長換了電話號碼。

小山さんがこのプロジェクトを計画された。
小山先生策畫了這項企畫。

このワイシャツは課長が一昨年くださいました。
這件襯衫是課長前年給我的。

片山さんはラーメンを召し上がりました。
片山先生吃了拉麵。

先生は大丈夫だとおっしゃいました。
老師説沒關係了。

お食事をゆっくりお楽しみください。
請慢慢享用食物。

切符をお見せください。　請出示票券。
電車が来ますので、ご注意ください。
電車來了，請注意。

西川さんをお宅までお送りした。
把西川先生送到他家裡了。
先生に月の写真をお見せした。
讓老師看了月亮的照片。
お客様に電話でご連絡した。
打電話聯絡客戶了。

部長のお宅を拝見しました。
參觀部長的宅邸。
昨日、小島先生にお目に掛かりました。
昨天拜謁了小島老師。
このあめは増田さんにいただきました。
這糖果是從增田先生那邊得到的。

それが本当かどうかは存じません。
不知道那是不是事實。
その本はこちらにございます。
那本書在這邊。
明日ならうちにおります。
明天的話，我在家。

試合の結果をお知らせ致します。
告知比賽結果。
品物をお宅までお届け致します。
將東西送到貴府上。
武田さんをご紹介致します。
為您介紹武田先生。

担当者の北村でございます。
在下是負責人，敝姓北村。
使い方は前の物と同じでございます。
使用方法跟以前的東西一樣。

そのような方は大変少のうございます。
那種人非常少。
そうしていただけると、大変嬉しゅうござ
います。
若您能那麼做的話，我會非常高興。

こちらは大変安うございます。
這邊的十分便宜。
この映画は大変面白うございます。
這部電影相當有趣。

奠定實力　　　　　　　　　　第412頁
社長はもうお帰りになりました。
社長已經回去了。
先生は約束の時間より早く来られた。
老師比約定時間還早到了。
片山さんはラーメンを召し上がりました。
片山先生吃了拉麵。
(どうぞ)おかけください。　請坐下。
お客様に電話でご連絡した。　致電聯絡客人。
昨日、小島先生にお目に掛かりました。
昨日、小島先生にお会いしました。
昨天拜謁了小島老師。
松村と申します。　我叫松村。
武田さんをご紹介致します。
為您介紹武田先生。
担当者の北村でございます。
在下是負責人，敝姓北村。
こちらは大変(お)安うございます。
這東西十分便宜。

挑戰長文　　　　　　　　　　第413頁
親愛的來賓您好。從町田來的矢野先生、矢野先
生請注意，服部先生正在等候您。若您聽到廣
播，請至一樓服務檯處。

台灣廣廈 國際出版集團
Taiwan Mansion International Group

國家圖書館出版品預行編目（CIP）資料

全新開始！學日語文法【QR碼行動學習版】/藤井麻里著.
-- 初版. -- 新北市：國際學村出版社，2023.11
　面；　公分
ISBN 978-986-454-310-6(平裝)

1.CST: 日語 2.CST: 語法

803.16　　　　　　　　　　　　　　　　　112015472

🌐 國際學村

全新開始！學日語文法【QR碼行動學習版】

作　　者／藤井麻里　　　　　　　編輯中心編輯長／伍峻宏
譯　　者／許竹瑩　　　　　　　　編輯／王文強
　　　　　　　　　　　　　　　　封面設計／林珈仔・內頁排版／菩薩蠻數位文化有限公司
　　　　　　　　　　　　　　　　製版・印刷・裝訂／東豪・綋億・弼聖・明和

行企研發中心總監／陳冠蒨　　　　線上學習中心總監／陳冠蒨
媒體公關組／陳柔彣　　　　　　　數位營運組／顏佑婷
綜合業務組／何欣穎　　　　　　　企製開發組／江季珊、張哲剛

發　行　人／江媛珍
法 律 顧 問／第一國際法律事務所 余淑杏律師・北辰著作權事務所 蕭雄淋律師
出　　　版／國際學村
發　　　行／台灣廣廈有聲圖書有限公司
　　　　　　地址：新北市235中和區中山路二段359巷7號2樓
　　　　　　電話：（886）2-2225-5777・傳真：（886）2-2225-8052
讀者服務信箱／cs@booknews.com.tw

代理印務・全球總經銷／知遠文化事業有限公司
　　　　　　地址：新北市222深坑區北深路三段155巷25號5樓
　　　　　　電話：（886）2-2664-8800・傳真：（886）2-2664-8801
郵 政 劃 撥／劃撥帳號：18836722
　　　　　　劃撥戶名：知遠文化事業有限公司（※單次購書金額未達1000元，請另付70元郵資。）

■出版日期：2023年11月　　　　　ISBN：978-986-454-310-6

Original Title: 일본어 문법 무작정 따라하기
Copyright © 2008 Fujii, Asari
All rights reserved.
Original Korean edition published by Gilbut Publishing Co., Ltd., Seoul, Korea
Traditional Chinese Translation Copyright © 2023 TAIWAN MANSION BOOKS GROUP Co., Ltd.
This Traditional Chinese Language edition published by arranged with Gilbut Publishing Co., Ltd. through MJ Agency